DIE RETTUNG VON KASSIE

Die Rettung von Kassie (Die Delta Force Heroes, Buch Fünf)

SUSAN STOKER

Copyright © 2019 Susan Stoker
Englischer Originaltitel: »Rescuing Kassie (Delta Force Heroes Book 5)«
Deutsche Übersetzung: Marion Blusch für Daniela Mansfield Translations 2019
Alle Rechte vorbehalten. Dies ist ein Werk der Fiktion. Namen, Darsteller, Orte und Handlung entspringen entweder der Fantasie der Autorin oder werden fiktiv eingesetzt. Jegliche Ähnlichkeit mit tatsächlichen Vorkommnissen, Schauplätzen oder Personen, lebend oder verstorben, ist rein zufällig.
Dieses Buch darf ohne die ausdrückliche schriftliche Genehmigung der Autorin weder in seiner Gesamtheit noch in Auszügen auf keinerlei Art mithilfe von elektronischen oder mechanischen Mitteln vervielfältigt oder weitergegeben werden.
Titelbild entworfen von: Chris Mackey, AURA Design Group

Besuchen Sie Susan im Netz!
www.stokeraces.com
facebook.com/authorsusanstoker
twitter.com/Susan_Stoker
bookbub.com/authors/susan-stoker
instagram.com/authorsusanstoker
Email: Susan@StokerAces.com

EBENFALLS VON SUSAN STOKER

Die Delta Force Heroes:

Die Rettung von Rayne (Buch Eins)
Die Rettung von Emily (Buch Zwei)
Die Rettung von Harley (Buch Drei)
Die Hochzeit von Emily (Buch Vier)
Die Rettung von Kassie (Buch Fünf)
Die Rettung von Bryn (Buch 6) **(erhältlich ab Mitte Februar 2020)**

SEALs of Protection:
Schutz für Caroline (Buch Eins) **(erhältlich ab Anfang Januar 2020)**
Schutz für Alabama (Buch Zwei) **(erhältlich ab Anfang Januar 2020)**

KAPITEL EINS

An: Graham
Von: Kassie
Betreff: Hi
Hi Graham. Ich heiße Kassie. Mir ist dein Profil auf der Matches-R-Us-Webseite aufgefallen. Ich finde, du siehst interessant aus. Ich würde mich gern ein wenig unterhalten.
~Kassie

An: Graham
Von: Kassie
Betreff: Ich bin's wieder
Hi Graham. Ich bin es, Kassie (schon wieder). Ich habe dir letzte Woche eine Nachricht geschrieben, aber nichts von dir gehört. Ich dachte, ich versuche es einfach noch mal, nur für den Fall, dass meine Nachricht in den Hunderten anderer Nachrichten untergegangen ist, die du jede Woche erhältst. *Grins*
Warum erzähle ich dir nicht einfach ein bisschen über

mich? Vielleicht bist du eher dazu geneigt, mir zu antworten, wenn du mich ein bisschen besser kennst. Ich wohne schon mein ganzes Leben lang in Austin. Meine Schwester ist gerade im letzten Jahr der Highschool. Sie wohnt zusammen mit meinen Eltern in der Gegend von Ann Creek, etwas westlich von Austin (für den Fall, dass du das nicht bereits wusstest). Ich bin dreißig Jahre alt und leite eine Filiale der Bekleidungskette JCPenney. Ich bin weder groß noch klein. Mit knapp einem Meter siebzig liege ich genau im Mittelbereich.

Verdammt. Ich habe versucht, mir etwas Interessanteres über mich einfallen zu lassen ... aber es ist mir nicht gelungen.

Auf deinem Profilbild sieht es so aus, als würdest du angeln. Ich war auch schon mal angeln, habe aber nichts gefangen. Dafür hat es mir gefallen, mit dem Boot zu fahren. :)

Das war es jedenfalls über mich. Ich hoffe, du meldest dich.

~Kassie

An: Graham

Von: Kassie

Betreff: Ich bin eine Gestaltwandlerin und kann mich in einen Werwolf verwandeln

... Und bin dazu bereit, mich zu paaren ...

Grins

Okay, das stimmt nicht (wer hätte das gedacht, was?), aber du bekommst wahrscheinlich einen ganzen Haufen E-Mails, die langweilige Titel haben wie »Hi« und »Du siehst süß aus«.

Ich nehme an, dass du kein Interesse an mir hast, da du meine anderen beiden E-Mails nicht beantwortet hast, aber ich dachte, ich versuche es noch ein letztes Mal, falls du eine gestörte Ex-Freundin hast, die sich in dein Profil hackt und alle deine Nachrichten löscht.

Wie auch immer, mir fällt nichts mehr ein, um dich zu überzeugen, mir eine Chance zu geben.

Ich bin nichts Besonderes. Ich bin nicht reich. Ich bin nicht schön. Ich bin nicht sehr klug und habe keinen spannenden Job. Ich dachte nur, dass du aussiehst wie ein Mann, der so ist wie ich. Langweilig und normal.

Scheiße, ich meine natürlich nicht *langweilig* wie in langweilig, ach, ich sollte wohl besser den Mund halten, bevor ich mir noch mein eigenes Grab schaufle. lol

Jetzt, da ich dich wahrscheinlich beleidigt habe und du die Augen verdrehst und dich fragst, warum zur Hölle ich dir überhaupt geschrieben habe und warum du das überhaupt noch liest, lasse ich dich in Ruhe.

Ich hoffe, du findest auf dieser Webseite, was du suchst. Viel Glück.

~Kassie

An: Kassie

Von: Graham

Betreff: AW: Ich bin eine Gestaltwandlerin und kann mich in einen Werwolf verwandeln

Jetzt hast du mich doch neugierig gemacht. *Grins*

Der Grund, warum ich nicht geantwortet habe, ist der, dass ich dieses Profil nicht besonders oft besuche. Um ehrlich zu sein, habe ich mich nur bei Matches-R-Us angemeldet, weil meine Kumpels mich dazu genötigt haben.

Normalerweise antworte ich überhaupt nicht auf Nachrichten, die ich bekomme. Eigentlich wäre es am besten, ich würde mein Profil löschen. Aber aus irgendeinem Grund habe ich das nicht getan.

Warum schreibe ich nun also gerade dir? Weil du mich zum Lachen bringst. Und zwar laut. Und das, was ich an einer Frau am meisten schätze, ist ein guter Sinn für Humor.

Wie du weißt, heiße ich Graham. Ich angle gern. Ich bin zweiunddreißig Jahre alt und ungefähr einen Meter fünfundachtzig groß. Ich bin beim Militär und lebe in der Nähe von Fort Hood.

Ich kann nicht behaupten, dass man mich schon mal langweilig genannt hätte ... Aber irgendwie gefällt mir das. :) Ich bin nichts weiter als ein Mann, der seinen Dienst für sein Land verrichtet, gern Zeit mit seinen Freunden verbringt und gelegentlich auch mal ein Bierchen trinkt.

Wieso suchst du auf einer Partner-Webseite einen Kerl? An deinem Profilbild kann ich sehen, dass du hübsch bist, und du siehst gar nicht aus wie ein großer, haariger Werwolf. lol

Ich freue mich schon darauf, weitere E-Mails mit dir auszutauschen.

~Graham

An: Graham

Von: Kassie

Betreff: Das Aussehen kann täuschen

Natürlich sehe ich auf meinem Profilbild nicht aus wie ein großer, haariger Werwolf. Da bin ich ja schließlich in Menschengestalt ... Ist doch klar. *Grins*

Aber im Ernst, um ehrlich zu sein, ist das Bild bereits vier Jahre alt, obwohl ich heute immer noch genauso aussehe wie damals. Braunes Haar, haselnussbraune Augen, ich bin weder fett noch dürr. Ich mache nicht gern Sport, aber ich nehme an, da du beim Militär bist, trainierst du gern. Aber da ich es so sehr hasse, habe ich nie ganz eingesehen, warum ich es tun sollte. Ich versuche natürlich trotzdem, gesund zu bleiben ... Du weißt schon ... Ich parke ganz hinten auf dem Parkplatz und nehme wenn möglich die Treppe, solche Sachen eben. Aber das Fitnessstudio? Kommt nicht infrage.

Was machst du beim Militär? Was ist deine MBS? (Bist du nicht beeindruckt, dass ich diese Abkürzung kenne? Solltest du besser nicht sein. Ich habe »militärische Abkürzungen« bei Google eingegeben und das ist dabei herausgekommen. Ha!) Ich war einmal mit einem Kerl aus der Armee zusammen und wenn ich ehrlich bin, war er mir zu aggressiv. Ich hoffe, du bist nicht einer dieser Männer, die die ganze Zeit »Boah« sagen. Mein Ex pflegte es zu grunzen, wenn er ... nun, du weißt schon. *Würg*

Du solltest außerdem wissen, dass ich online um einiges unterhaltsamer bin als im wirklichen Leben. Ich bin ziemlich introvertiert ... Und ja, mir ist klar, dass es merkwürdig ist, weil ich eine Filialleiterin bin und trotzdem nicht gern unter Leute gehe. Ich *kann* natürlich unter Leute gehen, aber wenn ich die Wahl habe, bleibe ich lieber zu Hause. Ich will dir damit nur sagen, dass du dich nicht daran gewöhnen solltest, dass ich witzig bin. Leuten gegenüber, die ich nicht kenne, bin ich ausgesprochen zurückhaltend und ich gehöre auch zu diesen Leuten, denen die perfekte Antwort erst zwei Stunden später einfällt. (Hast du diese Episode von *Seinfeld* gesehen? Oh mein Gott, ich fand es zum Totlachen, als George

Costanza sagte: »Der Idiotenladen hat angerufen und sie haben nicht mehr genug von dir auf Lager!« HAHAHAHAHAHA)

Okay, so lustig war es nun auch wieder nicht, aber so bin ich eben. Ich habe einen ziemlich merkwürdigen Sinn für Humor. Sollten wir uns jemals persönlich kennenlernen, würde ich dich wahrscheinlich beleidigen und dann noch drei von vier Leuten, die dabeistehen.

Ich würde gern mehr über dich erfahren. Was ist mit deinen Eltern? Geschwistern? Wenn du sagst, du trinkst gern mal ein Bierchen mit deinen Freunden, trinkst du dann ein paar oder gleich zwei Sixpacks? Ich bin an allem interessiert, was du mir erzählen möchtest!

Jetzt muss ich aber Schluss machen, es ist nämlich Vollmond und ich spüre den Drang, mich zu verwandeln. *Grins*

~Kassie

An: Kassie

Von: Graham

Betreff: Es ist nicht sicher …

Es ist nicht sicher, ganz hinten auf dem Parkplatz zu parken. Ich finde es toll, dass du ein paar Extraschritte machen willst, aber du solltest kein Risiko eingehen, nur um sie zu bekommen. Besonders wenn du im Einzelhandel arbeitest. Ich nehme an, du arbeitest manchmal, wenn es schon dunkel ist? Tu mir einen Gefallen und versuche, die zusätzlichen Schritte auf irgendeinem anderen Weg zu bekommen. :)

Und was meinen Job angeht, da gibt's nicht viel zu sagen … Ich bin bei der OPSEC … (Und da du die Abkürzungen ja gegoogelt hast, solltest du wissen, was das heißt. :)) Und ich kann dir außerdem verraten, dass ich als 21B arbeite.

Und eins kannst du mir glauben, nie im Leben würde ich »Boah« zu einer Frau sagen ... Falls du weißt, was ich meine. :)

Es ist überhaupt nichts dabei, introvertiert zu sein. Und das sage ich nicht nur so. Die Zeiten, in denen ich in Bars oder Klubs herumgehangen habe, sind längst vorbei. Die perfekte Art, den Abend zu verbringen, ist für mich zum Beispiel, zu Hause zu bleiben, etwas Leckeres zu Abend zu essen, sich zu unterhalten und einen Film oder eine Sendung im Fernsehen zu schauen. Aber du musst dir keine Sorgen machen, auch in der Öffentlichkeit weiß ich mich zu benehmen, kannst also im Hintergrund bleiben und zuschauen.

Und ich würde wetten, dass du auch in echt wirklich witzig bist ... Du denkst nur, du wärst es nicht. Jeder, der George Costanza zitieren kann, ist in meinen Augen richtig cool. Und jetzt muss ich mir keine Sorgen mehr darum machen, dich mit *meinem* Sarkasmus zu beleidigen. Und das ist fantastisch!

Genau wie du habe ich eine kleine Schwester. Sie heißt Jade. Sie ist nur zwei Jahre jünger als ich. Momentan lebt sie in Chapel Hill und unterrichtet an der Universität von North Carolina. Sie hat bei uns die Intelligenz abbekommen. *Grins*

Und mach dir keine Gedanken, Kass, ich trinke zwar hin und wieder gern mal ein Bier, bin aber keineswegs ein Alkoholiker. Ich bin ziemlich stolz darauf, so gut in Form zu sein, und würde mir das niemals antun. Die Soldaten, mit denen ich zusammenarbeite, müssen sich auf mich verlassen können, genau wie ich mich auf sie. Aber schön, dass du gefragt hast.

Musst du eigentlich jedes Mal auf den Vollmond warten, bis du dich verwandeln kannst, oder kannst du dich verwandeln, wann immer du willst?

Bis später, Graham

An: Graham

Von: Kassie

Betreff: Bist du einer von diesen Typen ...

... der seiner Freundin eine Waffe kauft und dafür sorgt, dass sie Selbstverteidigungskurse belegt, damit sie in Sicherheit ist? Ist denen gar nicht klar, dass es viel wahrscheinlicher ist, von einem Auto überfahren statt mit der Waffe bedroht oder überfallen zu werden? Aber ... ich weiß, was du meinst. Wenn ich abends den Laden zusperren muss, parke ich immer unter einer Laterne und sorge dafür, dass einer von den Sicherheitsleuten mich zum Wagen bringt. Und bevor du mir jetzt sagst, ich soll den Sicherheitsleuten nicht vertrauen, weil sie normalerweise unterbezahlt sind und mich vielleicht sogar angreifen könnten, das weiß ich bereits. Ich rufe immer eine meiner Freundinnen an, wenn wir losgehen, und sie bleibt in der Leitung, bis ich im Wagen bin und die Türen abgeschlossen habe.

Tatsächlich ist es so, dass mein Chat mit dir das »Unsicherste« ist, was ich seit Langem gemacht habe. Schließlich könntest du ein dreiundsechzigjähriger Serienmörder sein, der im Internet Fotos von gut aussehenden Männern aufgestöbert hat, um sie als sein Profilfoto zu verwenden und nichts ahnende Frauen in seine Fänge zu locken. Und ja, mir ist durchaus bewusst, dass das umgekehrt auch der Fall sein könnte .⋆ Aber du hast Glück, denn das ist nicht der Fall. Ich bin tatsächlich Kassie Anderson. Dreißig Jahre alt.

Und ich lebe in der Gegend von Austin. Obwohl ich mir schon mal überlegt habe umzuziehen. Manchmal hat man einfach das Bedürfnis, von seiner Vergangenheit loszukommen ... Kennst du das? Kennst du übrigens jemanden, der bei dir in der Gegend eine Wohnung vermietet? Ich mach nur Spaß ... So halb.

Aber vielen Dank, dass du dir Gedanken um meine Sicherheit machst.

Du bist also ein Einsatztechniker, was? (Jetzt musst du aber von meinen Google-Fähigkeiten beeindruckt sein! *Grins*) Minen, Brücken und solche Sachen. Hört sich ... langweilig an. lol (Entschuldige, das war gemein.) Aber im Ernst, du musst ziemlich schlau sein. Wahrscheinlich viel zu schlau für mich. (Und ich glaube nicht eine Sekunde lang, dass deine Schwester die Intelligenz allein abbekommen hat.)

Du bist doch ein Kerl ... Vielleicht kannst du mir mal was erklären? Warum in aller Welt haben Männer das Bedürfnis, Frauen per E-Mail Bilder von ihren Schwänzen zu schicken? Ich verstehe das einfach nicht. Denken sie vielleicht, ich würde dann die Nachricht aufmachen und mir denken: »Oh mein Gott, was für ein Riesenschwanz! Ich muss ihm sofort zurückschreiben und von ihm verlangen, sich mit mir in einer dunklen Gasse zu treffen, damit ich mich eingehend damit beschäftigen kann.« Mal im Ernst, wenn ich ganz ehrlich sein soll, sieht ein Penis ohnehin schon ziemlich merkwürdig aus. Sie hängen runter, wackeln herum, warum in aller Welt denkt ein Kerl, dass es okay ist (oder gar sexy oder cool), einer Frau, die er nicht kennt und mit der er noch kein Wort gewechselt hat, ein Bild von seinem Schwanz zu schicken?

Also, ich kann ja verstehen, dass der umgekehrte Fall für Männer nicht zu unangenehm ist. Wenn Frauen plötzlich damit anfangen würden, irgendwelchen fremden Männern Bilder von ihren Titten zu schicken, würde das den meisten Männern wahrscheinlich gefallen. Ungefähr so: »Oh ja, ich habe heute wieder dreizehn Bilder bekommen! Boah!« (Hast du bemerkt, was ich da gemacht habe? *Kicher*)

Jedenfalls kannst du es mir vielleicht erklären, weil ich es einfach nicht verstehe. (Genauso wenig, wie Männer Frauen auf der Straße hinterher pfeifen. Glauben die, die Frau fühlt sich geschmeichelt und würde dann zu dem Mann gehen und ihn fragen, ob er mit ihr ausgehen will? Für mich ergibt das alles keinen Sinn.)

Und damit habe ich wahrscheinlich so ziemlich alle Grenzen überschritten, die wir auf dieser Webseite haben sollten. Wahrscheinlich überwacht ein Angestellter von Matches-R-Us meine Nachrichten und wenn ich mich morgen einloggen will, werde ich feststellen, dass ich wegen der *Sache mit den Schwanzfotos* rausgeworfen wurde. :)

Ich hoffe, du hattest heute einen guten Tag. Meiner war toll. Ich hatte den ganzen Tag mit irgendwelchen Idioten zu tun, die mich dafür verantwortlich gemacht haben, dass ihre Kreditkarten nicht funktionieren, und mich davon überzeugen wollten, dass die Klamotten, die sie kaufen wollten, von dem Ständer mit fünfzig Prozent Ermäßigung stammen und nicht von dem mit zehn Prozent Ermäßigung ... Und dabei war es ganz offensichtlich, dass sie einfach nur den Aufkleber von einem Hemd abgeknibbelt hatten, um ihn auf das zu kleben, was sie haben wollten. (Ich habe dir doch gleich gesagt, dass mein Leben langweilig ist.)

Ich habe es, glaube ich, noch nicht erwähnt, aber vielen Dank für deinen Dienst für unser Land. Ich weiß, dass manche Leute es nicht gern hören, aber ich wollte es trotzdem sagen. Vielen Dank.

~Kassie

An: Kassie
Von: Graham
Betreff: Nein. Auf keinen Fall.

Ich habe wirklich keine Ahnung, warum Männer glauben, es sei cool, Frauen Fotos von ihrem Schwanz zu schicken. Sexy ist es auch nicht. Oder warum sie glauben, dass Frauen, die sie gar nicht kennen, diesen Blödsinn sehen wollen. Und außerdem ... Ich glaube nicht, dass es mir gefallen würde, Fotos von irgendwelchen Brüsten zu sehen, aber deine kannst du mir gern schicken ...

ICH MACHE NUR SPASS! :) Ich bin ja kein Perverser. Ich muss zugeben, dass ich natürlich schon ein paarmal durch Tumblr gescrollt habe, wo ja kein Mangel an Nacktbildern herrscht, aber in der digitalisierten Welt von heute kann alles überwacht werden. SMS, E-Mails, Anrufe, ja und sogar unsere Nachrichten hier auf Matches-R-Us. So etwas wie ein System, in das man sich nicht einhacken kann, gibt es nicht. Denk immer daran. Egal was du sagst oder zu wem du es sagst, es kann dich immer wieder einholen und dir Schwierigkeiten bereiten oder dir helfen.

Es tut mir wirklich leid, dass du es mit solchen Idioten zu tun hast. Habe ich manchmal auch, allerdings nicht in derselben Weise ... Und zumindest kann ich sie erschießen. *Grins* Ich mach nur Spaß. (So halb.)

Toll, wie du mein Spezialgebiet gegoogelt hast. :) Überleg dir mal, dass es noch vor zwanzig Jahren unmöglich war, solche Informationen einfach so zu erhalten. Das macht es den Kriminellen und Terroristen sicher oft einfacher. Und da wir gerade dabei sind, wenn du manchmal längere Zeit nicht von mir hörst, mach dir keine Sorgen. Das ist nur die Arbeit. Manchmal kann ich mich länger nicht einloggen, weil ich beschäftigt bin.

Und ich möchte dir noch sagen, dass ich dich mag, Kassie Anderson. (Und wenn dein Name nicht ganz so alltäglich wäre, würde ich dich dafür ausschimpfen, dass du mir deinen vollen Namen, dein Alter und deinen Wohnort verraten hast ... Aber da es im Umkreis von hundert Kilometern um Austin mehr als hundertfünfzig Frauen mit dem Namen Kassie Anderson gibt, werde ich dir das Leben nicht allzu schwer machen – und ja, ich habe dich gegoogelt!) Wir schreiben uns jetzt schon eine ganze Weile und ich bin mir hundertprozentig sicher, dass ich dich gern besser kennenlernen würde. Könntest du dir vorstellen, dich mit mir zu treffen? Das können wir dann so machen, wie es dir am liebsten wäre. Ich kann in deine Gegend kommen, die Fahrt dauert nur eine Stunde oder sowas, oder du kannst hierherkommen. Wir bleiben in der Öffentlichkeit, damit du dich sicher fühlst.

Und nur damit du's weißt, ich habe sowas noch nie zuvor gemacht. Ich wollte mich noch nie mit jemandem treffen, den ich online kennengelernt habe. Und das sage ich nicht einfach nur so. Überlege es Dir.

~Graham

An: Graham

Von: Kassie

Betreff: Es tut mir leid

Es tut mir leid, dass ich eine Weile nicht geschrieben habe. Ich gebe zu, deine letzte Nachricht hat mich erschreckt. Ich meine, das sollte sie eigentlich nicht, weil ich dich auch mag, aber ich habe darüber nachgedacht, wie dumm es war, mit einem Mann online zu reden, den ich nicht wirklich kenne. Und wie viel dümmer es wäre, dich persönlich zu treffen.

Aber Tatsache ist, dass ich es *will*. Ich hätte nie gedacht, dass ich nach meiner Erfahrung mit meinem Ex jemals an jemand anderem in der Armee interessiert sein könnte. Austin ist nicht gerade eine reine Militärstadt, wenn du weißt, was ich meine. Aber nachdem ich darüber nachgedacht hatte, habe ich beschlossen, dass ich keine andere Wahl habe. Ich fühle mich wirklich zu dir hingezogen und möchte es gern versuchen.

Aber Graham, du solltest wissen, ich dachte, dass du mir nicht antworten würdest, als ich dir zum ersten Mal geschrieben habe. Ich dachte, du hättest keine Lust. Dass ich dir ein oder zwei Nachrichten schreiben würde und du mich ignorieren würdest, und damit wäre die Sache gegessen. Aber dann *hast* du geantwortet. Und es hat mich einfach umgehauen, wie nett du warst, sodass ich vergessen habe, dass echte Liebesgeschichten für mich normalerweise nicht funktionieren. Es gibt einen Grund, warum ich introvertiert bin.

Also, was auch immer passiert, es liegt nicht an dir, sondern an mir. Okay?

~Kassie

An: Kassie

Von: Graham

Betreff: Du brauchst dich nicht zu entschuldigen

Es tut mir leid, dass ich dich verunsichert habe. Das war ganz und gar nicht meine Absicht.

Echte Liebesgeschichten funktionieren nicht für dich?

Aber das bist schon du auf deinem Profilbild ... oder? Diese Frau finde ich nämlich faszinierend. Du siehst aus wie das Mädchen von nebenan ... Und ich war die ganze Grundschulzeit über in das Mädchen von nebenan verknallt. Sie war in der Mittelstufe, trug eine Brille und saß jeden Abend auf der Terrasse und machte ihre Hausaufgaben. *Grins*

Also, ich bitte dich nur um ein einziges Treffen. Dann sehen wir weiter.

Ich habe nicht das Gefühl, dass mir entgangen ist, dass da noch irgendetwas anderes im Busch ist als das, was du geschrieben hast. Ich bin ziemlich aufmerksam und kann zwischen den Zeilen lesen. Aber wir werden es locker angehen lassen. Okay?

Ich hoffe, du hattest eine gute Woche bei der Arbeit und musstest niemanden erschießen. :)

~Graham

An: Graham

Von: Kassie

Betreff: Es fielen keine Schüsse

Es wird dich freuen zu hören, dass ich heute niemanden erschießen musste ... Aber ich war nahe dran. *Grins* Wahrscheinlich sollten wir darüber keine Witze machen (aber ich finde es trotzdem lustig).

Vielen Dank für dein Verständnis, was unser Treffen angeht. Ich denke weiter darüber nach.

Schaust du manchmal *Criminal Minds*? Es war unglaublich gruselig gestern Abend. Ich habe einen ziemlich verdrehten Verstand und sehe Verbrecher hinter jeder Ecke, aber das war verrückt! Garcia ist aber mein Held. Es ist unmöglich, dass es im wahren Leben genauso leicht ist, an

Informationen heranzukommen, aber es macht trotzdem Spaß, die Sendung anzusehen (und ja, ich erinnere mich, was du darüber gesagt hast, dass alles gehackt und nachverfolgt werden kann, und vielleicht bin ich ja nicht ganz normal, aber ich finde das ziemlich cool ... Vor allem deshalb, weil all unsere Nachrichten hier sind und dafür sorgen können, dass jemand dich aufspürt, falls du auf die Idee kommst, mich zu töten). *Grins*

Okay, ich bin völlig erledigt. Ich halte mich also kurz. Ich hoffe, du hattest eine gute Woche.

~Kassie

P.S.: Hast du eigentlich einen Spitznamen? Ich habe darüber nachgedacht und in all den Filmen und Serien, die ich geschaut habe, haben die Jungs vom Militär immer coole Spitznamen. :)

An: Kassie

Von: Graham

Betreff: Spitzname

Ich habe tatsächlich einen Spitznamen, er lautet Hollywood. Du weißt, wie diese Dinge zustande kommen, oder? Normalerweise ist es etwas Peinliches, das ein Soldat tut oder sagt, oder wie er aussieht, und seine Freunde beginnen damit, ihn so zu nennen, und dabei bleibt es dann. Also ja, Hollywood. Mir wurde einmal gesagt, dass ich so hübsch bin, dass ich in Hollywood sein sollte. Natürlich hat es einer meiner Arschlochfreunde gehört, und das war's.

Ich habe die Episode von *Criminal Minds* gestern Abend nicht gesehen, aber ich werde sie jetzt online schauen. Wenn du ausgeflippt bist, will ich wissen warum ... damit ich die Monster in Zukunft in Schach halten kann. Und du wärst überrascht, wie viele Informationen jemand ohne große Schwierigkeiten herausfinden kann ...

Ich muss heute zur Hochzeit eines Freundes gehen, aber ich wollte dir eine kurze Nachricht schicken und dich wissen lassen, dass ich an dich denke. Ich wünsche dir ein schönes Wochenende.

~Hollywood

An: Graham
Von: Kassie
Betreff: Gefällt mir
Dein Spitzname gefällt mir. Ich habe mir dein Profilbild noch einmal angesehen (okay, ich gebe es zu ... ich habe es in letzter Zeit häufiger angesehen) und obwohl du eine Baseballmütze trägst, sodass man deine Augen nicht sehen kann, erinnerst du mich irgendwie an Colin Egglesfield. :)

Tut mir leid, dass ich mich nicht gemeldet habe. Ich hatte so viel Stress bei der Arbeit.

~Kassie

An: Kassie
Von: Graham
Betreff: Kurze Rückmeldung
Ich wollte nur kurz hören, wie's dir geht. Ich habe schon länger nichts mehr von dir gehört. Alles in Ordnung? Mir fehlen deine Nachrichten.

~Hollywood

An: Graham
    Von: Kassie
    Betreff: Viel zu tun
    Es geht mir gut, ich habe nur viel zu tun.
    Das ist allerdings irgendwie eine Lüge. Ich bin völlig durch den Wind. Du solltest alle meine Kontaktinformationen löschen und vergessen, dass ich überhaupt existiere. Ganz im Ernst. Es ist zu deinem eigenen Besten.
    ~Kassie

An: Kassie
    Von: Graham
    Betreff: Das geht nicht
    Ich kann dich nicht vergessen. Irgendwie gehst du mir unter die Haut und ich kann nicht aufhören, an dich zu denken. Und jetzt mache ich mir Sorgen. Was ist denn los? Du kannst mit mir reden. Ich bin ein guter Zuhörer.
    ~Hollywood

An: Kassie
    Von: Graham
    Betreff: Militärball
    Hi. Ich habe nicht viel Zeit, also werde ich mich kurzfassen. Wir haben jetzt lange genug geredet und mir ist klar, dass ich dich wirklich mag. Du bist lustig, süß und ich würde mich gern persönlich mit dir treffen. Ich will aber nicht, dass du dich bedroht fühlst. In ein paar Wochen gibt es einen Militärball. Es ist ein Kostümball und er findet in Austin statt. Ich dachte, vielleicht möchtest du dich dort mit

mir treffen? Wir könnten sehen, ob die Chemie, die wir online haben, auch von Angesicht zu Angesicht noch da ist. Wenn ja, toll, dann sehen wir weiter. Wenn nicht, ist es auch nicht schlimm. Was hältst du davon?

~Hollywood

Kassie Anderson blickte ängstlich auf ihr Telefon hinab, als es in ihrer Hand klingelte. Sie hoffte, wieder von Hollywood zu hören, hatte aber auch Angst vor dem, was er sagen würde. Sie war überfordert, wusste aber nicht, wie sie aus der Situation herauskommen sollte, in der sie sich befand.

Als Kassie sah, dass die E-Mail nicht von Hollywood kam, wollte sie das Telefon ausschalten und es ignorieren, aber sie konnte es nicht. Das wusste sie. Sie klickte auf die E-Mail und war nicht überrascht von dem, was sie las.

Jacks freut sich über deine Fortschritte. Zeit, einen Schritt weiterzugehen. Erstatte umgehend Bericht.

Kassie hätte sich am liebsten übergeben.

Ihr Ex-Freund würde sie nie in Ruhe lassen. Niemals.

Sie dachte, sie könnte sich endlich entspannen, als er wegen Entführung und Körperverletzung verhaftet worden war. Dass sie mit ihm fertig war. Aber sie hatte sich selbst was vorgemacht. Es spielte keine Rolle, dass er hinter Gittern war. Er hatte genügend Freunde, die sie im Auge behielten. Wenn sie nicht tat, was er wollte, würde sie dafür zahlen.

Ihr Handy piepte erneut. Eine weitere Nachricht.

Diesmal war es die von Hollywood, auf die sie gewartet hatte.

Kassie las die E-Mail zweimal, ihre Augen füllten sich mit Tränen. Er wollte sich mit ihr treffen. Weil er sie *mochte*. Und sich nicht nur mit ihr treffen, sondern sie auch zu einem Militärball mitnehmen. Sie hatte online über diese Bälle gelesen, als sie wie besessen alles gegoogelt hatte, was es über die Armee zu erfahren gab. Es handelte sich dabei um eine große Angelegenheit. Und er hatte sie eingeladen.

Richard hatte sie nie zu einem offiziellen Ball eingeladen, aber er hatte sie zu einem seiner eigenen militärischen Treffen mitgenommen. Er hatte ihr gesagt, was bei den ausgefallenen militärischen Gesellschaftsbällen vor sich ging, und er hatte einen in seiner Wohnung »nachgemacht«.

Der schlimmste Teil war das Trinken aus der Grog-Schale. Richard hatte ihr erzählt, es wäre Tradition, dass jeder der Anwesenden trinken musste … und wenn man eine Frage nicht beantworten konnte, musste man trinken … und wenn man jemanden falsch ansah, musste man erneut trinken.

Und es war schrecklich. Schrecklich. Richard hatte jede Art von Alkohol, den er zur Hand hatte, sowie scharfe Soße, Worcestershire-Soße und alles andere, was dieses Gesöff unerträglich machen würde, hineingetan. Der Grog war als Strafe gedacht gewesen und er hatte große Freude daran gehabt, sie so oft wie möglich zu bestrafen … Fragen zu stellen, von denen er wusste, dass sie sie nicht beantworten konnte, und zu lachen, während seine Freunde sie festhielten, während er ihr das Zeug mit Gewalt einflößte.

Kassie zitterte und hoffte, dass Hollywood sie nicht zwingen würde, beim Ball aus der Grog-Schale zu trinken.

Aber das Entscheidende war, dass Hollywood nicht verdient hatte, was sie ihm antat. Das Dumme war nämlich, dass sie den Mann wirklich mochte. Er schien überhaupt nicht wie ihr Ex zu sein oder wie Richards Freund ihr hatte weismachen wollen. Sie spürte die Chemie zwischen ihnen. Und wenn die online schon so stark war, wie würde sie dann erst persönlich sein?

Was auf Wunsch ihres Ex-Freunds als Racheakt begonnen hatte, hatte sich zu etwas völlig anderem entwickelt. Ihre Aufgabe war es nur gewesen, Hollywood für sie zu interessieren, damit Richards Freunde ihn für das, was sie geplant hatten, vorführen konnten, aber selbst das hatte sie vermasselt.

Kassie hätte Hollywood gern abgesagt, ihm erzählt, dass sie ihn nicht mehr sehen oder mit ihm reden wollte, aber das war unmöglich. Jacks hatte alle Karten in der Hand.

Sie tippte langsam eine Antwort in ihr Handy und hasste sich dafür mit jedem Buchstaben mehr.

Ich würde gern mit dir zum Ball gehen. Ich kann's kaum erwarten, dich kennenzulernen. ~Kassie

KAPITEL ZWEI

»Es gefällt mir sehr, dass du endlich wieder ausgehst«, sagte Karina mit einem breiten Lächeln auf dem Gesicht, während sie den Ständer mit den Kleidern durchsahen.

»So eine wahnsinnig große Sache ist das nun auch wieder nicht«, versicherte Kassie ihrer kleinen Schwester zum hundertsten Mal.

»Ist es sehr wohl«, widersprach sie. »Du bist seit Richard nicht ein einziges Mal aus gewesen. Ich habe mir schon Sorgen gemacht, dass du vielleicht überhaupt nie mehr ausgehst.«

Kassie versuchte, nicht zu seufzen. Ihre Eltern und ihre Schwester wussten über ein paar der Dinge Bescheid, die sie mit ihrem Ex durchgemacht hatte, doch längst nicht über alles. Es war peinlich, dass sie überhaupt so lange mit Richard zusammen gewesen war. Und sie fühlte sich schmutzig und widerte sich selbst an, und war trotz allem anscheinend unfähig, ihr Leben weiterzuleben. Aber natürlich hatte sie sich das nicht ausgesucht.

Karina ließ Kassie auch weiterhin ganz genau wissen, was sie über ihre kommende Verabredung zum Militärball dachte.« »Ich meine, Richard sah zwar gut aus und so, aber es war nicht fair von ihm, zu verlangen, dass du den ganzen Tag nur zu Hause bist, um auf ihn zu warten, während er tat, was immer er wollte. Falls ich jemals einen Soldaten zum Freund haben sollte, werde ich auf keinen Fall einfach hier in Austin bleiben, während er sein Ding durchzieht. Ich würde darauf bestehen, dass er mich heiratet und ich mit ihm dorthin ziehe, wo er stationiert wird.«

Kassie zuckte bei der kleinen Spitze zusammen. Ihr war klar, dass ihre Schwester es keinesfalls abwertend meinte, und trotzdem taten ihre Worte weh. Richard hatte immer und immer wieder gesagt, dass er sie heiraten wollte und dass er sie überall mit hinnehmen würde, wo er stationiert war, wenn sie erst verheiratet waren, doch soweit war es nie gekommen. Nachdem er verletzt worden war, war plötzlich alles Gerede von Heirat vergessen und er wurde immer besitzergreifender, was sie anging. Kassie hätte ihn auf der Stelle geheiratet … Zumindest vor dem Unfall, und auch wenn es sie zu einem schlechten Menschen machte, so war sie doch froh, dass sie es nicht getan hatte, weil er zu dem Menschen geworden war, der er heute war. Nach dem schrecklichen Vorfall mit der Grog-Schale auf diesem nachgestellten Militärtreffen hatte sie versucht, sich langsam von ihm zu distanzieren … Allerdings ohne Erfolg.

»Ich kann nicht glauben, dass du dich noch mal mit einem Typen von der Armee einlässt«, sprach Karina weiter. »Ich meine, schließlich hast du ziemlich lautstark erklärt, dass du dich nie wieder mit jemandem treffen willst, der beim Militär ist.«

»Ich weiß, aber dann ist mir klar geworden, dass das Militär nicht das Problem war … sondern Richard selbst.«

»Oh mein Gott!«, rief Karina plötzlich laut aus und erschreckte damit Kassie zu Tode und brachte drei Frauen, die in der Nähe standen, dazu, die Köpfe zu ihnen umzuwenden. »Ich habe das perfekte Kleid gefunden!«

Karina nahm ein Kleid von der Stange, hielt es hoch und zeigte es ihrer Schwester.

Kassie war sprachlos.

Sie und Karina standen sich nahe. Obwohl sie dreizehn Jahre auseinander waren, legte Kassie Wert darauf, fast jeden Abend mit ihrer Schwester zu sprechen und zum Haus ihrer Eltern zu fahren, um sie mindestens einmal pro Woche zu besuchen. Sie hatten einen ähnlichen Geschmack, auch wenn das jüngere Mädchen viel aufgeschlossener und geselliger war als seine ältere Schwester.

Das Kleid, das ihre Schwester hochhielt, war wunderschön. Kassie streckte die Hand danach aus, bevor ihr bewusst wurde, was sie tat. Das Kleid war von einem so dunklen Lila, dass es fast schwarz wirkte. Es hatte kurze, angeschnittene Ärmel und einen V-Ausschnitt vorne und hinten. Es sah so aus, als würde es sich eng an ihren Oberkörper schmiegen, bevor es sich dann an der Taille zu einem Rock ausweitete, der aus einem kilometerlangen, weichen Stoff zu bestehen schien. Kassie konnte sich fast vorstellen, wie es um ihre Beine wogte, wenn sie ging. Es war das schönste Kleid, das sie je gesehen hatte.

»Es sieht zu lang aus«, sagte sie leise.

»Probiere es mal an«, drängte Karina sie. »Du kannst es ja immer noch ändern lassen.«

Kassie nickte und schluckte dann hart. Die ganze Sache mit dem Militärball hatte sich bis zu diesem Moment nicht wirklich echt angefühlt. Mit Soldaten zusammen zu sein war einschüchternd, besonders nachdem man Richards Freunde kennengelernt hatte. Mit Hollywood am Computer zu chatten war eine Sache, aber mit ihm persönlich zu sprechen war eine ganz andere. Sie mochte ihn, ja, aber sie täuschte ihn auch, und das fraß sie innerlich auf.

Sie hatte ihm nur geschrieben, weil sie dazu gezwungen worden war. Aber die Tatsache, dass sie ihn mochte, war fast noch schlimmer. Wenn er ein Arschloch gewesen wäre, hätte es das, wozu sie gezwungen wurde, leichter gemacht.

»Komm schon, Dummchen. Beeil dich«, drängte Karina sie.

Kassie sah ihre Schwester an und nickte. Gemeinsam gingen sie zur Umkleidekabine, doch Kassie hörte das Geplapper ihrer Schwester kaum. Karina sah ihr ziemlich ähnlich, aber Kassie wusste, dass sie niemals so hübsch wie ihre Schwester sein würde. Karina war ein Cheerleader und Mitglied im Volleyballteam gewesen und hatte an mehreren Theateraufführungen teilgenommen. Sie ließ sich einfach nicht in eine Sparte stecken und hatte während der Schulzeit Freundschaften zu vielen verschiedenen Leuten gepflegt. Sie war aufgeschlossen, freundlich und sorglos.

Und Kassie wollte es auch so belassen.

Bei dem Gedanken, dass Richards Freund Dean sie in die Finger bekommen könnte, hätte Kassie sich am liebsten übergeben. Als Richard ins Bundesgefängnis in Fort Leavenworth, Kansas, eingeliefert wurde, hatte Kassie gedacht, dass seine Schreckensherrschaft über sie endlich beendet wäre. Aber ein besessenes Arschloch wie ihn konnten anscheinend nicht mal Gitterstäbe und Stacheldraht aufhalten.

Er hatte seinen langjährigen Freund dazu gebracht, dort weiterzumachen, wo er aufgehört hatte. Dean war etwa einen Meter achtzig groß, muskulös und hatte dunkelbraune Haare, die er hinten länger trug, wie in einem Vokuhila aus den achtziger Jahren. Die meiste Zeit hatte er sie zu einem Pferdeschwanz gebunden, der ihm schlaff auf den

Rücken hing, und mehr als einmal wollte Kassie eine Schere nehmen und ihn einfach abschneiden, weil er so ekelhaft war.

Er hatte dünne Lippen, die er zusammendrückte, wenn er verärgert war, sodass es fast so aussah, als hätte er überhaupt keinen Mund. Seine Nase war lang und dünn, und wenn sie seine Augen beschreiben müsste, hätte sie den Begriff »Knopfaugen« verwendet.

Er war nicht attraktiv, aber er war stark. Das hatte sie auf die harte Tour gelernt, als er sie festgehalten hatte, während Richard ihr die ekelhafte Grog-Mischung eingeflößt hatte.

Dean folgte ihr überall hin. Kassie wäre nicht überrascht gewesen, wenn er draußen auf dem Parkplatz des Einkaufszentrums gelauert und darauf gewartet hätte, dass sie und ihre Schwester auftauchen. Er wusste, mit wem sie ihre Zeit verbrachte, und das eine Mal, als sie versucht hatte, mit jemandem auszugehen, nachdem Richard ins Gefängnis gekommen war, war er im Restaurant aufgetaucht und hatte an der Bar ganz in der Nähe des Tisches Platz genommen, an dem sie und ihre Verabredung gesessen hatten. Er hatte sie den ganzen Abend über mit seinem Handy fotografiert.

Am nächsten Tag hatte Dean angerufen und ihr gesagt, dass Richard nicht glücklich gewesen wäre, als er von ihrem Versuch gehört hatte, ihn zu betrügen.

Kassie wollte von Austin wegziehen. Weg von Dean. Weg von den Erinnerungen an Richard. Und sie war fast bereit, es zu tun, als Richard den Einsatz erhöhte.

Er benutzte Dean nicht mehr, um *sie* zu bedrohen, sondern hatte seine Aufmerksamkeit jetzt auf ihre Schwester gelenkt. Immer wenn Kassie etwas tat, was Richard nicht gefiel, brachte Dean sie dazu, ihm zu gehorchen, indem er *Karina* bedrohte.

Sie wollte zur Polizei gehen, aber sie hatte eine Todesangst vor dem, was Dean tun würde. Also schob sie es weiter auf in der Hoffnung, dass Richard mit seinem neuen Leben hinter Gittern zu beschäftigt sein würde und er und Dean sie und ihre Familie vergessen würden.

Als Dean ihr von Richards Wunsch berichtet hatte, sich an einen der Soldaten heranzumachen, der »sein Leben ruiniert hatte«, um Insiderinformationen zu erhalten, die zum Untergang der Gruppe beitragen würden, hatte Kassie sich schlichtweg geweigert. Sie wollte in keinerlei Hinsicht eine Spionin sein oder einer Gruppe von Soldaten, die Richard bereits terrorisiert hatte, noch mehr Schwierigkeiten bereiten. Die Tatsache, dass er eine Frau und ihr Kind entführt hatte, machte sie ganz krank.

Und doch war sie jetzt hier. Und probierte ein Kleid für den Militärball an. Genau das, was sie immer hatte vermeiden wollen. Aber sie würde alles tun, damit Karina in Sicherheit war. Sie würde sich sogar ihren Ängsten stellen, indem sie diese Art von Veranstaltung besuchte.

»Komm schon! Beeil dich!«, befahl Karina vor der Kabine. »Ich will es sehen!«

Kassie ließ ihre Jeans auf den Boden fallen und stieg in das Kleid. Sie schloss den Reißverschluss und drehte sich zum Spiegel um.

Das Kleid passte perfekt. Als wäre es für sie gemacht. Es war gar nicht so lang. Wenn sie hohe Absätze trug, hatte es die perfekte Länge. Der V-Ausschnitt vorne war tief genug, um sexy zu sein, ohne zu viel zu zeigen. Kassie hatte sich schon immer als zu pummelig empfunden, aber dieses Kleid betonte ihre Kurven und machte sie irgendwie eher sexy, als dass sie sich fett fühlte.

Sie drehte sich um und starrte auf die Rückseite des Kleides. Der Rückenausschnitt war besonders tief, sodass man ihren BH sehen konnte. Sie machte sich eine mentale

Notiz, bevor sie gingen, noch in der Dessous-Abteilung vorbeizuschauen. Ein normaler BH würde mit diesem Kleid einfach nicht funktionieren.

Kassie drehte sich und das Material wogte in einem violetten Wirbel herum, dann legte es sich wieder um ihre Beine. Ihr braunes Haar tat das Gleiche und strich über ihre Brüste, als sie innehielt. Sie hatte dichtes, üppiges Haar. Es dauerte ewig, bis es trocken war, aber Kassie liebte es insgeheim und betrachtete es als eines ihrer besten Merkmale.

Zum ersten Mal seit langer, *langer* Zeit fühlte Kassie sich wieder hübsch.

Da sie anscheinend einfach nicht mehr warten konnte, öffnete Karina die Tür zur Garderobe.

»Du bist einfach zu langsam, also habe ich – oh mein Gott. Ich wusste ja gleich, dass es passt!«, rief sie aufgeregt. »Am besten stecken wir dann dein Haar hoch und du hast doch diese Kette, die perfekt dazu passt. Du weißt schon, die mit dem Anhänger; der fällt dann bis in den Ausschnitt hinab und zieht die Aufmerksamkeit auf deine besten Stücke.«

Kassie sah ihre Schwester an und verdrehte die Augen, doch die redete ohne Pause weiter.

»Wir müssen einen BH finden, der deine Brüste anhebt, aber den man von hinten nicht sehen kann. Und du brauchst Strümpfe. So ein Kleid kannst du nicht ohne tragen. Am besten halterlose Strümpfe, die bis zum Oberschenkel reichen. Und dann hast du ja noch diese schwarzen, hohen Schuhe, die perfekt dazu passen. Oh mein Gott, Kass. Es gefällt mir wahnsinnig gut!«

Kassie grinste. »Mir auch.«

Die Schwestern lächelten einander an.

»Ich kann meinen Ball nächste Woche kaum erwarten«, platzte Karina heraus.

»Hat dich schon jemand gefragt, ob du mit ihm hingehst?«

Karina schüttelte den Kopf. »Nein, aber es ist ja auch noch Zeit.«

»Und hast du jemanden im Auge?«, neckte Kassie sie.

»Da ist dieser Neue in der Schule, der ist extrem heiß.«

»Tatsächlich?«, fragte Kassie abwesend, den Blick auf ihr Spiegelbild gerichtet. Sie konnte kaum glauben, wie gut das Kleid an ihr aussah.

»Ja, er hat braunes Haar, das ihm in die Stirn fällt. Wenn er den Kopf schüttelt, damit es ihm nicht in die Augen fällt, könnte ich in Ohnmacht fallen. Er sieht dich an, als wärst du das Wichtigste auf der ganzen Welt. Seine blauen Augen dringen in dein Innerstes vor. Es ist so intensiv und toll. Oh, und außerdem ist er groß und muskulös, aber nicht übertrieben, das wäre eklig. Er ist im letzten Jahr der Highschool und sieht so aus, als wäre er schon älter als achtzehn.« Sie zuckte mit den Achseln. »Ich habe das Gerücht gehört, dass er ein oder zwei Jahre nicht in die Schule gehen konnte, weil es Probleme in der Familie gab. Aber er ist gerade erst nach Austin gezogen und wollte einen echten Highschool-Abschluss machen, nicht nur die Mittlere Reife. Aber genug von mir. Zieh das Kleid aus und dann ziehen wir los und suchen passende Unterwäsche.«

Kassie lachte über die ungezügelte Aufregung ihrer Schwester. Einkaufen zu gehen war nicht ihre Lieblingsbeschäftigung, aber jeder Tag, an dem sie Zeit mit Karina verbringen konnte, war ihrer Meinung nach ein guter Tag. Sie würde alles für sie tun. Und dazu gehörte auch eine Verabredung mit einem Typen vom Militär, den sie online kennengelernt hatte mit der Absicht, ihn zu täuschen, um Informationen über ihn zu bekommen, den sie an den Schlägerfreund ihres Ex-Freundes weitergeben würde, damit sie weitere Methoden finden konnten, den Mann zu quälen.

Gott, sie hasste sich selbst für das, was sie tat.

»Ich warte hier draußen. Beeil dich!«, befahl Karina und verließ die kleine Umkleidekabine.

Aber um dafür zu sorgen, dass ihre Schwester in Sicherheit war, würde Kassie tun, was sie tun musste. Sie musste sich ja nur mit Hollywood treffen, versuchen, ein paar Dinge von ihm zu erfahren, die Dean nützlich waren, und dann würde sie den attraktiven Soldaten nie mehr wiedersehen müssen.

Sie sah noch einmal in den Spiegel, bevor sie verzweifelt die Augen schloss. Das Dumme war nur, sie wusste, dass es damit nicht getan war. In der Sekunde, in der sie Dean Informationen zukommen ließ, würden er und Richard mehr von ihr verlangen. Sie belog sich selbst, wenn sie dachte, dass Richard nach dem Ball damit aufhören würde, Karina oder sie selbst zu bedrohen.

Kassie war auf einmal ziemlich müde. Völlig erschöpft. Wenn es nur um sie ginge, hätte sie Dean zum Teufel geschickt. Ihr war es mittlerweile egal, was er tat. Er konnte sie schlagen – es wäre auch nicht das erste Mal –, dafür sorgen, dass sie gefeuert wurde – auch das wäre nicht das erste Mal, dass sie sich wegen Richard und Dean einen neuen Job suchen musste –, aber wenn es um ihre Familie ging, wehrte sie sich nicht, und das wussten die beiden anscheinend.

Ihre Augen füllten sich mit Tränen, während sie den Reißverschluss des Kleides öffnete und es auszog. Wenn sie doch nur jemanden hätte, der sie beschützte, dann käme sie sich nicht so allein vor. Aber genauso gut konnte sie sich zehn Millionen Dollar wünschen. Es würde einfach nicht geschehen. Nicht, wenn Dean jede ihrer

Bewegungen beobachtete und alles an Richard weiterleitete.

Kassie atmete tief durch, hängte das Kleid auf und zog ihre Klamotten wieder an. Darüber zu weinen, wie ungerecht das Leben war, würde auch nichts ändern. Sie musste einfach den heutigen Tag durchstehen. Und dann den morgigen. Und dann den darauffolgenden. Immer einen nach dem anderen. So hatte sie bis jetzt alles durchgestanden, das sie durchmachen musste. Und so würde sie auch alles weitere durchstehen, was das Leben ihr in Zukunft bringen würde.

Doch das Wichtigste in ihrem Leben war die Familie. Und sie würde es nicht zulassen, dass Richard ihr die wegnahm.

KAPITEL DREI

»Ich bin fertig«, sagte Harley.

»Was?«, fragte Rayne gleichzeitig mit Emily, die sagte: »Noch nicht.«

»Wir sind schon seit zwei Stunden hier. Ihr beiden habt jedes einzelne Kleid im ganzen Laden anprobiert. Ihr habt gefunden, was ihr anziehen wollt, aber auf keinen Fall bleibe ich jetzt noch zwei Stunden länger hier, um die passenden Accessoires, Schuhe, Unterwäsche, Tasche, Strumpfhose und was ihr sonst noch alles für diesen blöden Ball braucht zu finden«, erklärte Harley ihnen.

Sie stand mit verschränkten Armen da und funkelte die beiden Frauen an.

»Bist du sicher, dass du nicht noch ein paar Kleider anprobieren willst?«, fragte Rayne. »Du hast einfach das erste genommen, das dir in die Finger gekommen ist.«

»Da bin ich mir mehr als sicher«, entgegnete Harley. »Ganz im Ernst. Ich bin mittlerweile fast so weit zu sagen, scheiß drauf, und mich mit meiner Jogginghose zu Hause auf die Couch zu pflanzen und an meinem Code zu arbeiten. Ich weiß, wie wichtig die Sache für Coach ist, aber ich bin fertig.«

Emily nahm Harley kurz in den Arm. »Okay. Kein Problem. Ich kann dich nach Hause bringen und dann wieder herkommen, damit Rayne und ich die Sache zu Ende bringen können.«

Harley schüttelte den Kopf. »Nein. Ich habe Coach bereits eine SMS geschrieben. Er hat gerade etwas zu tun, aber er schickt Hollywood. Er wird hier sein, sobald er kann.«

Rayne verengte die Augen zu Schlitzen. »Du hast dir bereits einen Fluchtplan zurechtgelegt?«

»Natürlich«, erklärte Harley ohne eine Spur von Reue. »Ich wollte ja nicht, dass ihr euch irgendetwas überlegt, um mir so lange Schuldgefühle einzureden, bis ich bleibe.«

Rayne und Emily kicherten.

»Okay, okay, du hast brav mitgemacht«, gestand Rayne ihr zu. »Danke, dass du mitgekommen bist. Das Kleid, das du ausgesucht hast, ist wunderschön. Coach wird den Verstand verlieren, wenn er dich darin sieht.«

»Ich weiß«, sagte Harley ganz ohne Einbildung.

Ihr Telefon klingelte, sie blickte darauf und las die Nachricht. »Es ist Hollywood. Er wartet draußen.« Harley umarmte Rayne und Emily. »Bis später.«

Die beiden anderen Frauen verabschiedeten sich und Harley ging mit ihrem neuen Kleid nach draußen, das sie sich über den Arm gelegt hatte. Sie entdeckte sofort Hollywood in Coachs Highlander. Er hatte am Bordsteinrand geparkt und stand an der Beifahrertür, die Arme vor der Brust verschränkt, und trommelte ungeduldig mit den Fingern auf seinen Bizeps. Er trug die pixelbedruckte Armee-Kampfuniform, die er und die anderen Männer täglich trugen, nichts Ungewöhnliches in diesem Teil von Texas.

Wie alle Männer im Team war Hollywood gut aussehend, aber er hatte das gewisse Etwas, das Frauen, unabhängig von ihrem Alter, dazu brachte, sich aufzurichten und sich nach ihm umzudrehen. Harley sah nicht weniger als fünf Frauen, die sich sogar zweimal nach ihm umschauten, als sie ihn neben dem Fahrzeug stehen sahen. Sie schätzte sein Aussehen als das, was es war, aber sie selbst hatte nur Augen für Coach.

»Hey, Hollywood. Vielen Dank, dass du zu meiner Rettung gekommen bist«, sagte Harley, als sie zu ihm ging.

»Kein Problem«, versicherte er ihr.

Harley wusste, dass es wahrscheinlich schon ein Problem war, sprach ihn aber nicht darauf an. Sie erlaubte ihm, ihre Tür zu öffnen und ihr neues Kleid zu nehmen, bevor sie einstieg. Sie fühlte sich nicht wohl mit der Art und Weise, wie alle Jungs sich um sie bemühten und sie behandelten, als wäre sie die Königin von England, aber sie hatte gelernt, es zu akzeptieren.

Hollywood hängte ihr Kleid an einen Haken auf der Rückbank und stieg auf der Fahrerseite ein. Sie fuhren die Straße hinunter zu ihrer Wohnung, als Hollywoods Telefon piepste. Er blickte auf das Telefon, das an seinem Gürtel befestigt war, und dann wieder auf die Straße.

Als es wieder einen Piepton von sich gab, fragte Harley: »Soll ich für dich nachsehen?«

Hollywood zögerte einen Moment lang, nahm dann sein Handy, entsperrte es mit dem Daumen und hielt es ihr hin. »Normalerweise würde ich denjenigen warten lassen, das wäre mir egal. Aber wir sind bei der Arbeit gerade mitten in einer wichtigen Sache und für den Fall, dass es Ghost ist, sollte ich besser nachschauen.«

»Kein Problem«, erklärte Harley ihm und blickte hinab auf sein Handy. »Es handelt sich um eine E-Mail von jemandem namens Kassie.« Sie blickte zu Hollywood hoch und war erstaunt festzustellen, dass sein sonst so ungeduldiger und ernster Gesichtsausdruck jetzt freudig war. »Soll ich es dir vorlesen?«

»Ja, bitte.«

Sie war sogar noch mehr überrascht von der Tatsache, dass er sie eine private E-Mail lesen ließ, doch es freute sie auch. Rayne, Emily und sie wussten, dass Hollywood eine Verabredung für den Militärball hatte, sie wussten nur nichts über die Frau, die er eingeladen hatte. Er hatte ihnen weder verraten, wie er sie kennengelernt hatte, noch sonst irgendetwas, also konnte sie der Versuchung nicht widerstehen, ein klein wenig über diese mysteriöse Frau zu erfahren.

Sie klickte die E-Mail an und las sie laut vor.

»Da du ja beim Militär bist, weißt du sicher, wie man eine Leiche so versteckt, dass niemand sie finden kann, nicht wahr? Ich habe nämlich so langsam die Schnauze voll den Arschlöchern bei der Arbeit. Ich hatte es gerade mit einer Frau zu tun, die ein Kleid zurückgeben wollte. Sie behauptete, es würde nicht passen, dabei war es offensichtlich, dass sie es bereits ausgiebig getragen hatte. Es roch nach Parfüm und hatte sogar ein paar Schweißflecke unter den Achseln. Als ich sie darauf ansprach und ihr sagte, dass wir das Kleid nicht zurücknehmen könnten, weil sie es getragen hatte, bekam sie einen Wutanfall. Sie drohte damit, dafür zu sorgen, dass ich gefeuert werde, sagte, sie würde all ihren Freundinnen erzählen, sie sollten hier nicht mehr einkaufen, und machte sich auf alle möglichen anderen Arten zum Idioten. Das wäre fast so, als würde ich das Kleid zu dem Ball nächste Woche tragen und es dann zurückbringen wollen. Ich bin zwar geizig, aber *so* geizig nun auch wieder nicht. Herr im Himmel. Aber egal. Ich hoffe, dein Tag ist besser als meiner. Und um deine Frage zu beantworten, nein, ich übernachte nicht im Hotel. Ich kann die Ausgabe nicht rechtfertigen, wenn ich in so geringer Entfernung zur Innenstadt lebe (ich habe dir gesagt, ich bin geizig). Ich wünsche dir einen tollen Tag. Kassie.«

Als Harley aufhörte zu reden, legte sich ein Schweigen über den Wagen. Sie sah Hollywood an und stellte fest, dass sein Lächeln sich zu einem breiten Grinsen ausgeweitet hatte.

»Du magst sie«, stellte sie fest.

»Was?«

»Du magst sie«, wiederholte Harley.

Hollywood zuckte mit den Achseln. »Ja klar. Sonst hätte ich sie wohl nicht zu dem Ball eingeladen.«

»Wie hast du sie kennengelernt?«

»Online.«

»Wirklich?«

»Ja, wirklich.« Hollywood blickte zu ihr rüber. »Warum fragst du?«

Diesmal war es an Harley, die Achseln zu zucken. »Ich weiß auch nicht. Ich finde es einfach nur amüsant. Ich meine, du bist der heißeste Typ des ganzen Teams. Es ist lustig, dass du eine Online-Bekanntschaft zum Ball einlädst. Du hast sie gefragt, ob sie im Hotel übernachtet?«

Glücklicherweise war Hollywood bereits daran gewöhnt, wie schnell Harley während der Unterhaltung das Thema wechselte.

»Ja.«

»Und sie lebt in Austin?«

»Harley, *ja*. Warum willst du das alles wissen?«, beschwerte sich Hollywood.

»Weil wir rein gar nichts über diese Frau wissen. Und

wenn sie eine von uns werden soll, wollen wir mehr über sie erfahren.«

Hollywood riss seinen Blick zu Harley herum und schaute dann wieder auf die Straße. Seine Stimme war leise, als er sprach. »Glaube jetzt bloß nicht, dass ich sie heiraten werde. So ist das nicht. Ich habe sie noch nicht einmal persönlich kennengelernt. Ja, ich mag sie, aber ich kenne sie nicht. Nicht wirklich.«

»Und *was* weißt du von ihr?«, wollte Harley wissen und weigerte sich, ihn vom Haken zu lassen.

Hollywood seufzte und sagte dann: »Sie ist dreißig und hat eine Schwester, die im letzten Jahr an der Highschool ist. Wie du dir sicher denken kannst, arbeitet sie im Einzelhandel und es gefällt mir nicht besonders. Ich habe das Gefühl, dass ihr nicht besonders gefällt, dass ich beim Militär bin, aber sie versucht, so zu tun, als würde es ihr nichts ausmachen. Aber ...« Er sprach nicht weiter.

»Aber was?«, wollte Harley wissen.

»Ich weiß auch nicht. Sie ist witzig und sie bringt mich zum Lachen. Aber ich weiß, dass sie irgendetwas vor mir versteckt.«

»Natürlich tut sie das«, erklärte Harley ihm sofort.

Hollywood musste leise lachen, doch Harley ignorierte ihn und sprach weiter.

»Sie hat dich online kennengelernt. Dich noch nie von Angesicht zu Angesicht gesehen. Du siehst extrem gut aus. Sie ist eingeschüchtert, Hollywood. Ich weiß noch, wie es war, als ich Coach kennengelernt habe. Du musst verstehen, dass die meisten normalen Frauen nicht daran gewöhnt sind, wenn superheiße Typen Interesse an ihnen zeigen. Ich weiß ja nicht, wie sie aussieht, aber ich nehme an, dass sie eher so wie Rayne, Emily und ich ist als ein Dallas Cowboy Cheerleader. Natürlich versteckt sie einen Teil ihrer Persönlichkeit vor dir. Es ist deine Aufgabe, sie dazu zu bringen, dass sie sich wohlfühlt und ihre Mauern sinken lässt, damit sie dir ihre wahren Gedanken und Gefühle offenbaren kann.«

»Willst du damit sagen, das waren nicht ihre wahren Gefühle, als sie mich gefragt hat, ob ich weiß, wie man eine Leiche versteckt?«, witzelte Hollywood.

»Du weißt genau, was ich meine«, beharrte Harley und ihre Lippen zuckten nicht einmal, als er versuchte, einen Scherz zu machen.

»Das tue ich und ich weiß auch, dass die Tatsache, dass ich sie online kennengelernt habe, dazu führt, dass viele Dinge ungesagt bleiben. Aber es ist mehr als nur das. Ich weiß auch nicht genau, woran es liegt, aber es scheint, als würde sie mehr verstecken als nur die Unsicherheit, einen Typen übers Internet kennenzulernen«, erklärte Hollywood.

»Sei vorsichtig«, warnte Harley ihn. »Ich mag dich mittlerweile zu gern, als dass es mir gefallen würde, wenn dich irgend so eine Tussi umbringt, die du online kennengelernt hast.«

Harley wandte den Kopf ab und sah aus dem Fenster. Sie waren vor ihrer Wohnung angekommen, ohne dass sie es überhaupt bemerkt hatte. Sie beugte sich hinab, nahm ihre Handtasche und wollte gerade die Tür öffnen. Doch Hollywood legte ihr die Hand auf den Arm und hielt sie davon ab.

»Ich bin mir sicher, dass sie mich nicht umbringen wird, aber du hast recht. Ich mag sie. Und ich bin kein Idiot, ich weiß sehr wohl, dass das, was wir momentan haben, ziemlich oberflächlich ist. Per E-Mail verstehen wir uns wunderbar, aber ich habe Angst davor, dass es nicht mehr so ist, wenn wir uns persönlich kennenlernen. Und das wäre wirklich blöd, weil ich sie so sehr mag. Es gefällt mir überhaupt nicht, dass sie bei der Arbeit so schlecht behandelt wird, aber es gibt nichts, was ich dagegen tun könnte. Ich kann nur versuchen, sie zum Lächeln zu bringen, und auf ihren Scherzen aufbauen. Und trotzdem kann ich nicht umhin zu denken, dass sie noch etwas anderes versteckt als die Tatsache, dass sie ihren Beruf hasst. *Das* ist es, was ich gemeint habe. Ich bin mehr als nur ein attraktiver Mann, auch wenn das die meisten Leute nicht bemerken.«

Harley blickte in Hollywoods tiefe, braune Augen. »Das weiß ich. Die Mädchen und ich werden versuchen, beim Ball so viel wie möglich über sie herauszubekommen.«

»Nein, tut das nicht«, entgegnete Hollywood sofort. »Ich will nicht, dass du für mich spionierst. Das fände ich wirklich blöd. Alles, was es zu wissen gibt, will ich selbst herausfinden. Es wäre unfair und gemein, ihr euch auf den Hals zu hetzen. Versprich mir, dass du nicht versuchen wirst, irgendwelche Informationen aus ihr herauszupressen.«

»Ich verspreche es«, gab Harley sofort nach. »An ihrer Stelle würde es mir auch nicht gefallen, wenn mir jemand so etwas antäte.«

»Genau.«

»Und jetzt lass mich gehen, damit du mit deinen Kriegsspielchen mit meinem Schatz weitermachen kannst, was auch immer sie sein mögen. Ich habe bereits viel zu viel Zeit im Einkaufszentrum mit Rayne und Emily vergeudet. Es gibt noch eine Million Dinge, die ich für das neue *This is War*-Spiel vorbereiten muss, an dem ich gerade arbeite. Weißt du vielleicht, um welche Uhrzeit Coach heute ungefähr nach Hause kommt?«

Hollywood zuckte mit den Achseln. »Da bin ich mir nicht so sicher. Wenn alles so läuft, wie wir es uns vorstellen, wahrscheinlich so um sechs. Und wenn es schlecht läuft, dann vielleicht erst im Morgengrauen.«

Harley war noch nicht ganz ausgestiegen, hielt inne und fragte: »Werdet ihr Jungs abreisen müssen? *Können* wir alle überhaupt auf den Ball gehen?«

»Wir kommen zum Ball«, erklärte Hollywood mit Nachdruck. »Ich werde meine Chance, Kassie kennenzulernen, auf keinen Fall verpassen.«

»Gut«, sagte Harley nickend und stieg dann ganz aus dem Wagen. Sie machte die Tür zu und nahm sich ihr Kleid vom Rücksitz. Hollywood hatte das Fenster auf der Beifahrerseite heruntergelassen und sie sagte zu ihm: »Kassie. Ihr Name gefällt mir schon mal.«

Hollywood lächelte. »Mir auch. Bis später.«

»Bis dann. Vielen Dank, dass du mich aus dem Einkaufszentrum gerettet hast.«

»Gern geschehen.«

Harley sah dabei zu, wie er das Fenster wieder hoch ließ und aus der Parklücke fuhr. Während sie zu ihrem Haus marschierte, gingen ihr Tausende verschiedene Gedanken durch den Kopf. Es war nur allzu offensichtlich, dass Hollywood sich für diese mysteriöse Kassie interessierte, und das tat sie nun auch.

KAPITEL VIER

Kassie saß auf der großen Couch und war so nervös wie schon lange nicht mehr. Es half auch nicht gerade, dass überall Männer in ihren blauen Galauniformen herumliefen. Sie konnte nicht umhin, sich an die Militärparty zu erinnern, auf der sie mit Richard gewesen war. Es war schrecklich gewesen und der letzte Tropfen, der in ihrer Beziehung das Fass zum Überlaufen gebracht hatte. Sie hatte es gehasst, zwei Jahre Beziehung wegzuwerfen, aber danach wusste sie ohne Zweifel, dass sie nichts mehr mit dem Mann ... oder seinen Freunden zu tun haben wollte.

Kassie wollte ihre Hände beschäftigt halten und nicht so aussehen, als ob sie im Begriff wäre, sich zu übergeben, während sie auf Hollywood wartete, und widerstand dem Drang, ihr Telefon herauszuziehen und so zu tun, als wäre sie darin vertieft.

Karina war in ihre Wohnung gekommen und hatte ihr geholfen, sich auf den Ball vorzubereiten. Sie hatte ihr Tipps zu ihrem Make-up gegeben und sie hatten eine Million Fotos gemacht. Es war ein Samstag und Karina konnte nicht lange bleiben, weil sie zur Highschool musste.

Es fand ein Footballspiel statt und die Cheerleader mussten früh da sein, um die Menge aufzumischen und die Mannschaft auf dem Platz willkommen zu heißen. Kassie fand es schrecklich, das Spiel zu verpassen, denn sie versuchte, zu allen Veranstaltungen von Karina zu gehen, aber ihre Schwester hielt es ihr nicht vor, dass sie dieses Mal nicht dabei war.

Sie hatten gekichert und getratscht, als sie Kassie für den Abend fertig gemacht hatten. Karina erzählte mehr von dem neuen mysteriösen Typen in der Schule und berichtete Kassie, dass sie dachte, er könnte an ihr interessiert sein. Kassie war nicht begeistert von dieser Nachricht, aber Karina war fast erwachsen, also mischte sie sich nicht ein. Es war schön, sie wegen eines Jungen so aufgeregt zu sehen.

Kassie hatte lange Zeit versucht, Richards Wutausbrüche vor ihrer Schwester zu verbergen, aber als er das letzte Mal hier gewesen war, hatte Karina gesehen, wie er sie angeschrien hatte. Sie hatte sogar versucht zu intervenieren, aber Richard hatte daraufhin Karina ins Visier genommen. Es war nicht der beste Abend gewesen und als Folge davon hatte ihre kleine Schwester nun Hemmungen, sich wirklich auf jemanden einzulassen ... bis jetzt.

Nachdem Kassie angezogen, geschminkt und angewiesen worden war, Spaß zu haben, und ihre kleine Schwester ihr befohlen hatte, ihn sich zu schnappen, war sie in die Innenstadt gefahren. Es war noch ziemlich früh – Kassie war immer früh dran, wo immer sie hinging – und jetzt saß sie in der Empfangshalle des Vier Jahreszeiten in der Innenstadt von Austin und wartete gespannt auf Hollywood.

Sie hatte begonnen, ihn Graham zu nennen, aber da er alle seine E-Mails mit »Hollywood« unterschrieben hatte,

hatte sie mittlerweile angefangen, ihn in ihrem Kopf auch so zu nennen.

Kassie versuchte, nicht herumzuzappeln, als sie die Menschen um sich herum betrachtete. Die Frauen waren in atemberaubende, bodenlange Kleider in allen Farben gekleidet. Die meisten waren dunkel, schwarz oder marineblau, aber es gab auch gelegentlich orangefarbene oder gelbe Kleider. Kassie wusste, dass sie von allen Männern in ihren schicken Uniformen beeindruckt sein sollte, aber ehrlich gesagt brachten sie so viele schlechte Erinnerungen an den »Ball« zurück, den Richard in seiner Wohnung gehalten hatte, komplett mit allen seinen Freunden in ihren Uniformen, dass es für sie angenehmer war, sich auf die Frauen zu konzentrieren als auf die Männer.

Sie hatte eine kleine Handtasche auf dem Schoß und sie fühlte, wie ihr Telefon mit einer eingehenden SMS oder einer E-Mail vibrierte. Kassie dachte darüber nach, es zu ignorieren, weil sie vermutete, dass es ihre Schwester wäre, aber dann kam ihr der Gedanke, dass es vielleicht Hollywood sein könnte. Vielleicht sagte er ab und sie konnte gehen.

Kassie öffnete die kleine Handtasche, zog ihr Telefon heraus und blickte darauf hinab, in der Erwartung, eine ermutigende Nachricht von ihrer Schwester oder Hollywood zu finden. Aber das war es nicht, was sie bekommen hatte.

Viel Spaß heute Abend. Lutsch seinen Schwanz, lass ihn dich ficken, egal wie, aber erledige den Job. Karina sieht übrigens heute Abend ganz bezaubernd in ihrem Cheerleader-Kostüm aus. Bis dann.

. . .

Kassie sog scharf die Luft ein und drückte dann auf das Telefon, sodass das Display dunkel wurde. Wie auf Autopilot steckte sie es zurück in ihre Tasche und starrte stur geradeaus. Unter enormer Willenskraft gelang es ihr, ihre Tränen zu unterdrücken. Dean hatte Karina auch schon zuvor bedroht, natürlich hatte er das, deswegen saß sie ja überhaupt hier in diesem Hotel, aber so schlimm war es vorher noch nicht gewesen.

Die Tatsache, dass er bei dem Footballspiel war und ihre Schwester beobachtete, sorgte dafür, dass sie am liebsten aus Frustration geschrien hätte.

Und in dem Moment traf Kassie die Entscheidung, sowohl ihre Eltern als auch ihre Schwester zu warnen. Sie war diejenige, die geheim hielt, wie böse Richard und Dean waren. Doch keiner der beiden Männer war dumm. Die SMS von Dean, die sie gerade bekommen hatte, war zwar nicht gerade freundlich, trotzdem enthielt sie nichts, was man als direkte Drohung deuten konnte ... obwohl es genau das war.

Kassie war allerdings auch nicht dumm. Und die Drohungen weiterhin für sich zu behalten wäre einfach nur idiotisch. Verdammt, es war sowieso schon idiotisch gewesen, das Geheimnis so lange zu verschweigen, aber sie war ehrlich davon überzeugt gewesen, dass Richard es früher oder später müde werden und sie in Ruhe lassen würde. Kassie hatte immerhin den Beweis der vagen Drohungen in den SMS und E-Mails von Dean. Bei den übrigen Dingen, die Richard ihr angetan hatte, stand sein Wort gegen ihres, aber immerhin war das etwas.

Sie musste zur Polizei gehen und eine einstweilige Verfügung erwirken, nicht dass es viel nützen würde, aber es war besser als nichts. Sie musste ihr Leben wieder in die Hand nehmen.

Kassie blickte auf die Uhr. Es war an der Zeit, dass Hollywood auftauchte. Sie wusste vage, wie er aussah, aber nicht so richtig. Das Bild auf der Dating-Webseite war bestenfalls okay gewesen. Die Mütze auf seinem Kopf verbarg den größten Teil seines Gesichts vor der Kamera. Sie konnte erkennen, dass er groß und in Form war. Seine Arme sahen kräftig aus, als er den Fisch auf dem Bild hochhielt.

Ein Trio von Frauen trat durch die Türen des Hotels ein und Kassie konnte sie nur mit Ehrfurcht anstarren. Sie waren unglaublich. Wenn die Frauen, die sie vorher bemerkt hatte, gut ausgesehen hatten, gaben diese drei dem Ausdruck eine neue Bedeutung.

Sie waren alle etwa gleich groß, ziemlich groß, besonders mit ihren hohen Absätzen. Die größte Frau trug ein schwarzes Kleid, das ihren schlanken Körper umschmeichelte. Es war das schlichteste der drei, da es lange Ärmel und keinen Ausschnitt hatte und nicht einen Zentimeter Haut zeigte. Es sah sexy an ihr aus und obwohl es eng geschnitten war, war es nicht im Geringsten nuttig. Es war stilvoll und irgendwie ließ es die Frau, die ohnehin schon groß war, noch größer erscheinen.

Eine andere war das genaue Gegenteil ihrer großen Freundin. Sie trug auch ein schwarzes Kleid, das bis auf den Boden reichte, wie es für diese formelle militärische Veranstaltung angemessen war, aber es war ärmellos mit einem Rundhalsausschnitt. Es hatte eine Empire-Taille und bestand aus mehreren Lagen Stoff. Das Kleid funkelte mit den in das Oberteil eingenähten Strasssteinen. Und wo die erste Frau schlank war, war diese kurvenreich. Das Kleid versteckte einige dieser Kurven, aber es war offensichtlich, dass die Frau Vertrauen in sich selbst und ihren Körper hatte. Sie lachte über etwas, das ihre Freundin sagte, und warf dabei den Kopf zurück, und Kassie bemerkte, dass sich mehrere Männer umdrehten, um sie anzustarren.

Die dritte Frau trug ein hellblaues Kleid. Es hatte eher so was wie einen Meerjungfrauen-Schnitt und schleifte hinten leicht auf dem Boden, wenn sie sich bewegte. Die Vorderseite war gerade hoch genug, sodass die schönen blauen Schuhe, die sie trug, unten aus dem Rock hervorlugten, während sie ging. Sie hatte sich einen weißen Schal über die Schultern geworfen, aber Kassie konnte die Spitze darunter sehen, in die sie vom Hals bis zur Taille gehüllt war.

Sie fühlten sich offensichtlich wohl miteinander und waren sich ihres Aussehens sicher. Sie zogen nicht in den Ballsaal, sondern blieben in der Nähe der Türen und warteten offensichtlich auf den, der sie abgesetzt hatte.

Kassie lächelte vor sich hin. Selbst als sie mit Richard zusammen gewesen war und gedacht hatte, dass sie ihn heiraten würde, war er nie höflich genug gewesen, sie an der Tür eines Etablissements abzusetzen, während er das Auto parkte. Der Gedanke war ihm wahrscheinlich nie in den Sinn gekommen. Kassie hatte es nie etwas ausgemacht, aber die drei Freundinnen lachen und miteinander reden zu sehen und zu wissen, dass sie Männer hatten, die sich genug um sie bemühten, um sie vor der Tür abzusetzen, damit sie nicht auf den hohen Absätzen über den ganzen Parkplatz gehen mussten und dabei vielleicht ihre Kleider schmutzig machten, war bittersüß.

Kassie ließ den Blick noch einmal durch die Eingangshalle streifen. Sie und Hollywood hatten verabredet, sich dort vor den Feierlichkeiten zu treffen, und er hatte sogar vorgeschlagen, vor Beginn des Balls vielleicht einen Drink in der Bar zu nehmen. Sie hatten nicht viel Zeit, aber Kassie schätzte die Möglichkeit, mit ihm persönlich zu sprechen, bevor sie die Formalitäten und Gepflogenheiten des Balles durchlaufen mussten. Sie schauderte, wenn sie an Letzteres dachte, aber sie nahm einen tiefen Atemzug, um sich zu beruhigen.

Kassie hasste es, dass sie Hollywood etwas vormachte. Sie hatte viel darüber gehört, was Richard der Frau namens Emily und ihrer Tochter Annie angetan hatte, und war entsetzt, dass ihr Ex so durchgedreht war, dass er fast Menschen getötet hätte. Aber ein Teil von ihr war egoistischerweise erleichtert, dass nicht sie es war, die sich in dieser Lage befand. Richard hatte sie ein paar Mal geschlagen, hart genug, dass ihr ohne Zweifel klar war, dass er, wäre er nicht vorher ins Gefängnis gewandert, sie wahrscheinlich ernsthaft verletzt ... wenn nicht sogar getötet hätte.

Aber einen der Männer auszuspionieren, die Richard dafür verantwortlich machte, dass er nun im Gefängnis steckte, war nichts, was sie gern tat. Auch wenn es darum ging, Karina zu beschützen. Etwas musste sich ändern. Und sie würde damit beginnen, ihrer Familie zu erzählen, wie Richard und Dean sie terrorisiert hatten. Wenn sie es wüssten, dann würde der Einfluss nachlassen, den Richard und Dean auf sie hatten. Sie würde sich überlegen, was sie danach als Nächstes tun würde.

Die Türen zur Eingangshalle öffneten sich wieder und Kassie drehte den Kopf und sah, wie eine Gruppe von Männern das Hotel betrat. Drei gingen zu den Frauen, die sie vorhin bewundert hatte. Es fühlte sich fast so an, als würde sie etwas beobachten, was nicht für sie bestimmt war, denn die Männer begrüßten ihre Freundinnen, als hätten sie sie seit einem Jahr nicht mehr gesehen, obwohl es wahrscheinlich nur ein paar Minuten gewesen waren.

Die Zuneigungsbekundungen in der Öffentlichkeit waren für den Anlass angemessen, aber sie waren so intim, dass sie es gleichzeitig irgendwie nicht waren. Eine Liebkosung hier, ein verklärter Blick dort, und die Art, wie sie ihre Frauen küssten ... wow. Kassie blickte von den Paaren weg, nur um sich auf etwas anderes zu konzentrieren, und ihre Aufmerksamkeit landete auf den anderen Männern. Sie waren alle gleich angezogen, alle in ihren Uniformen, aber in Wirklichkeit waren sie sehr unterschiedlich.

Zwei Männer fielen ihr sofort auf. Der erste war der größte und stärkste Mann der Gruppe. Er musste mindestens zwei Meter groß sein und hatte einen scharfen, finsteren Gesichtsausdruck, der wegen der Narbe, die über seine Wange lief, noch beängstigender wirkte. Kassie machte eine mentale Notiz, sich um jeden Preis von ihm fernzuhalten. Der irritierte und ungeduldige Blick auf seinem Gesicht erinnerte sie zu sehr an Richard, wenn er sauer auf etwas war, was sie getan oder nicht getan hatte.

Der andere erregte ihre Aufmerksamkeit, einfach weil er schön war. Einem Mann sollte es nicht erlaubt sein, so gut auszusehen. Er hatte dunkles Haar, das etwas zu lang war. Es kräuselte sich um seinen Hals und fiel ihm in die Stirn, und er musste es immer wieder zurückstreichen. Er hatte kräftige Wangenknochen, volle rosa Lippen, eine perfekte Nase, und mein Gott, als er lächelte, hätte Kassie schwören können, dass mehrere der umstehenden Frauen seufzten.

Es war fast beängstigend, wie attraktiv der Mann war. Die Galauniform passte ihm perfekt, die schwarze Fliege, das weiße Hemd, die dunkelblaue Jacke und die Hose ... wenn sie es nicht besser wüsste, hätte sie gedacht, dass er ein professionelles Model wäre, das die Uniform für ein Fotoshooting trug. Kassie wusste einen gut aussehenden Mann zu schätzen, aber dieser war mehr als nur gut aussehend.

Sie zwang sich wegzuschauen. Es sah nicht so aus, als

wäre er mit jemandem zusammen gekommen, aber sie wusste ohne Zweifel, dass er wahrscheinlich jemanden auf dem Ball treffen würde. Männer wie er gingen nie allein zum Ball.

Sie blickte wieder auf die Uhr und seufzte. Sie hasste es, wenn die Leute zu spät kamen. Es war schon mal das Erste, was gegen Hollywood sprach ... nicht dass sie gezählt hätte. Je mehr sie darüber nachdachte, was sie hier machte und was der Abend mit sich bringen würde, desto nervöser wurde sie. Sie konnte es kaum erwarten, diese Veranstaltung hinter sich zu bringen. Wenn Hollywood nur endlich kommen würde.

»Hey, Hollywood, wo steckt denn nun deine Verabredung?«, fragte Beatle mit seinem typischen Südstaatenakzent. Während einer Mission konnte er den Akzent komplett abstellen und sich so anhören wie jeder andere Einwohner des Landes, in dem sie sich befanden, aber wenn er zu Hause war, entspannt und unter Freunden, war sein Akzent deutlich hörbar.

»Ich bin mir ziemlich sicher, dass sie das da drüben auf der Couch ist«, erklärte Hollywood seinem Freund und zeigte auf die Frau, die ganz allein in der Eingangshalle saß.

Als hätten sie es geplant, drehten Truck, Beatle und Blade sich alle gleichzeitig in die Richtung, in die Hollywood zeigte.

»Das Mädchen in dem lila Kleid?«, fragte Blade.

Truck sprach kein Wort, doch er stieß einen leisen Pfiff aus, mit dem alles gesagt war.

»Verdammt, du bekommst immer die Hübschen ab«, jammerte Beatle.

»Hört schon auf, ihr Idioten«, befahl Hollywood und stieß Blade gegen die Schulter. »Seht ihr nicht, dass sie sowieso schon nervös ist? Und ihr Schakale starrt sie an, als wäre sie ein Stück Frischfleisch, und das macht die Sache auch nicht besser.«

»Ist sie das?«, flüsterte Harley neben ihm.

Hollywood drehte sich zu ihr um und sah, dass Harley bis über beide Ohren grinste.

»Ja.«

»Worauf wartest du dann noch, geh zu ihr!«, befahl Harley ihm und stieß ihn vor die Schulter, wie er es gerade bei seinem Teamkollegen getan hatte.

»Ihr könnt schon mal vorgehen«, sagte Hollywood zu der Gruppe. »Wir sehen uns, bevor wir zur Begrüßung antreten müssen. Wir werden erst ein Getränk an der Bar nehmen.«

»Eine gute Idee«, bemerkte Rayne. »Der Alkohol wird dafür sorgen, dass sie sich entspannt, und dann kannst du sie ein bisschen besser kennenlernen, bevor die Formalitäten beginnen.«

»Ganz genau. Und jetzt verschwindet«, bat Hollywood.

»Hast du Angst, dass sie uns sieht und sich fragt, was sie mit dir anfangen soll?«, fragte Truck grinsend.

»Jetzt haut schon ab«, entgegnete Hollywood, drehte seinen Freunden den Rücken zu und ging auf die Frau zu, die auf der Couch saß.

Er hörte seine Freunde lachen, als er den Abstand zu ihnen vergrößerte, verlor aber das Interesse, als er sah, wie sich die Augen der Frau fast komisch weiteten, als er auf sie zukam.

Sobald er ihr nahe genug gekommen war, um ihre Augen zu sehen, wusste Hollywood, dass es Kassie war. Er hatte sich das Bild angesehen, das sie auf der Dating-Seite hatte, und zwar so oft, dass er ihre hübschen haselnussbraunen Augen überall erkennen würde. Sie stand auf, als er sich näherte, aber der großäugige Blick auf ihrem Gesicht änderte sich nicht. Es war eine Mischung aus Furcht, Verwirrung und Verlangen. Ihm gefielen das Verlangen und die Verwirrung, aber er verabscheute die Furcht, die er in ihrem Gesicht sah. »Hi. Kassie, nehme ich an?«, fragte er leise und hielt ihr die Hand hin.

Sie blickte hinab auf seine Hand und dann erneut in sein Gesicht. Eine Sekunde lang dachte Hollywood, sie würde sie nicht schütteln, aber schließlich ergriff sie sie doch.

»Ja. Ich bin Kassie. Graham? Hollywood, meine ich?«

Ihre Hand war kalt, aber weich. Hollywood nahm die andere Hand dazu, um ihre schmalen Finger zu umschließen, denn er wollte sie gleichzeitig beruhigen und wärmen. »Tja, der bin ich. Schön, dich kennenzulernen, Kassie. Du siehst toll aus.« Und das tat sie wirklich.

Hollywood konnte den Blick nicht von ihr lassen. Sie trug ihr Haar offen und die braunen Strähnen lockten sich um ihren Ausschnitt und den Ansatz ihrer Brüste. Er war der Meinung, dass sie es nicht wusste und höchstwahrscheinlich entsetzt sein würde, wenn sie es täte, aber das lenkte seine Aufmerksamkeit nur mehr auf ihre Brüste, anstatt sie hinter den Haaren zu verstecken. Das tiefe Lila ihres Kleides bildete einen wunderbaren Kontrast zu ihrer Haut. Er hätte sie am liebsten entführt, um mit ihr in einem ruhigen Raum zu sitzen und sie besser kennenzulernen. Mit den spießigen Offizieren und dem Protokoll des Militärballs wollte er sich jetzt eigentlich wirklich nicht befassen müssen.

»Vielen Dank. Du siehst auch toll aus.«

Sie sprach die Worte höflich aus, doch darunter meinte

er, noch etwas anderes zu hören ... Vielleicht Enttäuschung? Er ließ ihre Hand los und machte einen Schritt zurück, um ihr ein bisschen Platz zu lassen. Es geschah nicht oft, dass er sich sofort zu einer Frau hingezogen fühlte, und es ärgerte ihn wirklich, dass sie nicht so zu empfinden schien. Anscheinend hatte er sich bezüglich des Blickes, den er für Verlangen gehalten hatte, geirrt.

»Hör zu«, sagte er leise, »wenn du deine Meinung geändert hast, ist das völlig in Ordnung. Es ist eben ein Schuss ins Blaue, jemanden online kennenzulernen. Anscheinend hast du etwas anderes erwartet. Als ich dein Foto auf der Webseite gesehen habe, hast du mir sofort gefallen, aber nur, weil *du mir* gefällst, bedeutet das noch längst nicht, dass ich dir gefalle. Wenn du willst, können wir die ganze Sache abblasen.«

Einen Moment lang sah sie erstaunt aus, dann blickte sie hinab auf ihre Hände, in denen sie eine kleine Handtasche hielt. Einen Moment lang spielte sie damit, dann hob sie den Kopf, sah ihm in die Augen und platzte heraus: »Du siehst so verdammt gut aus.«

»Äh ... Vielen Dank ...«, entgegnete Hollywood, der nicht ganz verstand, was sie damit sagen wollte.

»Ich habe nicht erwartet ... Auf deinem Bild ist nicht so gut zu erkennen ... Ich ...« Sie beendete den Satz nicht, während sie versuchte, ihre Gedanken zu ordnen. Dann sagte sie schließlich: »Wir passen nicht zusammen.«

»Kass, ich bin mir nicht ganz sicher, was du da zu sagen versuchst«, erklärte Hollywood ihr.

»Ich habe ... Ich habe eben einfach nicht gedacht, dass du so toll aussiehst.«

»Und das ist ein Problem?«

»Ja, also ...« Sie zuckte mit den Achseln.

Hollywood fuhr sich mit der Hand durchs Haar, seufzte

dann frustriert und sagte leise: »Ich hasse diese Bälle.« Dann fuhr er mit normaler Stimme fort: »Bitte. Gib mir eine Chance, damit ich dir zeigen kann, wie sehr ich dich mag.« Er konnte ihr schlecht sagen, dass er sich wünschte, *nicht* so gut auszusehen. Es würde sich oberflächlich und dämlich anhören. Aber sein ganzes Leben lang war er aufgrund seines Aussehens beurteilt worden. Er hatte absichtlich ein schlechtes Bild auf die Webseite gesetzt, weil er wollte, dass die Frau ihn erst als das kennenlernte, was er war. Und ihm nicht nur eine Nachricht schrieb, weil er gut aussah.

Er bemerkte, dass sie schluckte und dann tief durchatmete. »Es tut mir leid. Das war so unhöflich. Ich hatte einfach nicht erwartet, dass du so gut aussiehst. Ich dachte, du wärst eher sowas wie der Junge von nebenan.«

»Du möchtest mit dem Jungen von nebenan ausgehen?«, fragte Hollywood grinsend, damit sie wusste, dass er nur Spaß machte. Die Anspannung fiel von ihm ab, als sie lachte.

»Das ist nur so eine Redensart. Wenn du meinen Nachbarn kennen würdest, wüsstest du, dass das überhaupt nicht infrage käme. Er ist Mitte zwanzig und hält sich für Gottes Geschenk an die Frauen.« Sie streckte ihm erneut die Hand hin. »Können wir noch mal von vorne anfangen? Hi. Ich bin Kassie Anderson. Schön, dich kennenzulernen.«

Er nahm erneut ihre kalte Hand und antwortete: »Graham Caverly. Aber du kannst mich Hollywood nennen. Schön, dich kennenzulernen, Kassie.«

Sie lächelten einander einen Augenblick lang an, bevor Hollywood fragte, ohne ihre Hand loszulassen: »Ist dir kalt? Hast du etwas zum Umlegen?«

»Nein, mir ist nicht kalt«, erklärte sie ihm. »Meine Hände sind immer kalt. Wahrscheinlich sind sie einfach schlecht durchblutet oder sowas.«

»Sag mir Bescheid, wenn dir kalt wird. Wenn wir erst einmal die Begrüßungsformalitäten hinter uns haben, kann ich dir mein Jackett geben.«

Sie starrte ihn an, als hätte er ihr gesagt, er würde ihr eine Million Dollar schenken. Er hasste es, dass sie von seiner Geste so überrascht war, und fragte: »Möchtest du etwas trinken, bevor wir hineingehen?«

»Ja, sehr gern.«

Hollywood ließ ihre Hand los und war erstaunt darüber, dass er sie am liebsten direkt wieder genommen hätte, hielt ihr stattdessen den Arm hin und zeigte zur anderen Seite der Eingangshalle, wo die Hotelbar sich befand. »Ladies first.«

Er konnte ihren Hintern in Augenschein nehmen, als sie zur Bar gingen. Er hätte sich wie ein Lustmolch fühlen sollen, aber Kassie Anderson hatte die Art von Arsch, die jeder heißblütige Mann bewundern musste. Kurvig und voll. Sie war kleiner als seine zwei Meter, aber nicht zu viel. Er konnte ihre Füße nicht sehen, aber er nahm an, dass sie hohe Absätze trug, was sie etwa fünfzehn Zentimeter kleiner machen würde, als er es war. Er mochte Rayne, Emily und Harley, bevorzugte aber kleinere Frauen, und Kassie Anderson passte gut zu ihm.

Sie betraten die Bar und Hollywood drängte sie zu einem kleinen Tisch etwas abseits. Er zog einen Stuhl für Kassie heraus und nahm dann den Platz ihr gegenüber ein, was ihm erlaubte, den Eingang im Auge zu behalten. So sehr er sich auch nur auf Kassie konzentrieren wollte, der Soldat der Delta Force war zu sehr in ihm verwurzelt. Er bemerkte, dass der Flur, der zur Küche auf der linken Seite führte, ein möglicher Ausgang sein könnte, sowie der Notausgang auf der anderen Seite der Bar.

»Guten Abend. Was möchten Sie trinken?«, fragte die

Bedienung, als sie zwei Servietten auf den runden Tisch legte. Sie lächelte Hollywood an und beugte sich ein wenig vor, sodass er ihr in den Ausschnitt schauen konnte.

»Ich hätte gern eine Margarita mit Eis. Ohne Salz«, erklärte Kassie ihr.

»Für mich bitte ein Bier vom Fass«, sagte Hollywood, ohne auf das großzügige Dekolleté zu schauen, das die Bedienung ihm darbot.

Die Bedienung nickte und streichelte sanft Hollywoods Arm, bevor sie sagte: »Ich heiße Becky und wenn ich noch etwas für Sie tun kann, sagen Sie mir einfach Bescheid.«

Hollywood beachtete das offensichtliche Flirten der Bedienung überhaupt nicht, sondern genoss den Anblick der Frau vor sich. Sie biss sich nervös auf die Unterlippe, sah ihm jedoch in die Augen. Sie hatte die längsten Wimpern, die er je bei einer Frau gesehen hatte, und sie sorgten dafür, dass ihre haselnussbraunen Augen umso mehr hervorstachen. Er hätte sie ununterbrochen anstarren können, aber da sie das nervös machte, sagte er stattdessen: »Danke, dass du dich mit mir getroffen hast. Ich habe das Gefühl, dich schon ziemlich gut zu kennen, dabei sind wir uns eigentlich fast völlig fremd.«

»Naja, *völlig* fremd kann man nun auch nicht behaupten«, neckte sie ihn. »Immerhin weiß ich, dass du gern angelst, beim Militär bist und wahrscheinlich morgen in der Filmindustrie anfangen könntest, wenn du deinen Job aufgibst.«

»Glaub mir, wenn ich mein Aussehen verändern könnte, würde ich es tun«, sagte Hollywood mit leiser und intensiver Stimme. Ohne ihr die Möglichkeit zu geben, etwas darauf zu erwidern, sprach er weiter. »Mein ganzes Leben lang haben Frauen mich nach meinem Aussehen bewertet und nicht nach meiner Persönlichkeit. Um ehrlich zu sein, hat mir das, als ich zwanzig war, ziemlich gut gefallen. Aber jetzt bin ich älter und ich hasse es. Den Frauen ist es völlig egal, ob ich Katzen lieber mag als Hunde, oder dass es für mich das Schönste auf der Welt ist, früh aufzustehen und laufen zu gehen, bevor der Rest der Welt erwacht. Ihnen geht es nur darum, ein Foto mit mir zu machen, das sie in den sozialen Medien posten können, oder zu versuchen, mich ins Bett zu bekommen. Das Beste daran, sich im Internet getroffen zu haben, ist die Tatsache, dass wir uns erst richtig kennenlernen konnten, ohne dass unser Aussehen eine große Rolle gespielt hätte.«

Er hatte eigentlich nicht vorgehabt, mit all dem herauszuplatzen, doch nun konnte er es nicht zurücknehmen.

Kassie schwieg einen Moment lang, bevor sie sagte: »Ich nehme an, dass die meisten Frauen sich genauso fühlen. Wenn sie auch nur fünf Kilo Übergewicht haben, werden sie kritisiert, weil sie nicht wie die Schauspielerinnen im Kino aussehen oder die Models in den Werbeanzeigen. Und wenn eine Frau gar fünfundzwanzig oder fünfzig Kilo mehr auf den Rippen hat, als es das Schönheitsideal der Modeindustrie vorschreibt, wird dafür gesorgt, dass sie sich unzulänglich fühlt. Ich gebe zu, dass dein gutes Aussehen mich einschüchtert, Hollywood. Ich sehe selbst nicht schlecht aus, aber wie die meisten Frauen fühle ich mich auch nicht allzu hübsch. Hab also Geduld mit mir, während ich versuche, mich daran zu gewöhnen, dass du nicht der Junge von nebenan bist, sondern der schönste Mann, den ich jemals kennengelernt habe.«

»Das kann ich machen«, erwiderte Hollywood sofort und ihm gefiel ihre offene Art.

»Obwohl ich zugeben muss«, sagte sie, zog die Nase kraus und grinste, damit er wusste, dass sie scherzte, »ich bin nicht jemand, der für einen Morgenlauf zu haben ist, und überhaupt mache ich nicht gern Sport.«

Hollywood lachte mit ihr und griff nach ihrer Hand. Er nahm sie und hob sie sich an die Lippen. Dann küsste er ihren Handrücken und stellte erneut fest, wie kalt ihre Hand in seiner war, bevor er leise sagte: »Du musst allerdings wissen, dass du nicht nur nicht schlecht aussiehst, sondern atemberaubend schön bist.«

»Warte nur, bis du mich morgens ohne Make-up siehst, mein Haar ganz verwuschelt, weil ich darauf geschlafen habe, und in den gemütlichen Klamotten, mit denen ich immer zu Hause rumhänge.«

Hollywood konnte sich nichts Erregenderes vorstellen als das, was sie gerade beschrieben hatte. Ihm hatten natürliche Frauen schon immer besser gefallen als aufgestylte Frauen im Abendkleid ... Obwohl Kassie in ihrem Kleid toll aussah.

Als wäre ihr klar geworden, dass das, was sie gerade gesagt hatte, anmaßend war, stammelte sie entschuldigend: »Damit wollte ich natürlich nicht sagen ... Das war keine Einladung, ich wollte nur ...«

Hollywood lachte leise und versuchte dann, sie zu beruhigen. »Ich weiß, was du meinst, Kass. Aber du solltest wissen, dass ein wahrer Mann es liebt, wie seine Frau aussieht, ganz egal, ob die Gesellschaft sie für schön hält oder nicht. Egal ob sie Größe fünfzig oder sechsunddreißig trägt oder irgendwas dazwischen. Solange die Frau ihn liebt und ein guter Mensch ist, ist die Verpackung nicht mehr als das ... nur eine Verpackung.«

Sie lächelten einander einen Moment lang an, bis die Bedienung wiederkam und ihren intimen Moment störte. »Hier sind die Getränke schon. Eine Margarita und ein Lone Star Bier vom Fass für den gut aussehenden Soldaten.«

Hollywood weigerte sich, Kassies Hand loszulassen, und schob ihre beiden Hände nur an den Tischrand, damit Becky die Getränke abstellen konnte.

»Kann ich Ihnen sonst noch etwas bringen?«, schnurrte sie, ohne Hollywood aus den Augen zu lassen.

»Nein, danke. Mein *Freund* und ich werden uns melden, wenn wir noch etwas brauchen«, sagte Kassie trocken, ein strahlendes, aufgesetztes Lächeln auf dem Gesicht.

»Natürlich«, entgegnete Becky und stellte sich aufrecht hin. »Lassen Sie es sich schmecken.«

Hollywood nahm mit der freien Hand sein Bier und hielt es hoch. »Stoßen wir an. Auf einen schönen Abend und darauf, dass wir einander endlich besser kennenlernen.« Er machte eine kleine Pause, während sie ihr Getränk hochhob, und fügte dann hinzu: »Und zu meiner Verabredung, die mich vor einer übereifrigen Bedienung gerettet hat, die ihre Grenzen nicht kennt.«

Kassies Wangen röteten sich, doch sie sagte einfach nur: »Auf einen schönen Abend«, und stieß mit ihm an.

Er lächelte sie strahlend an, als er einen Schluck von seinem Bier nahm. Er war nervös gewesen, Kassie zu treffen und zu sehen, ob die Chemie, die er durch ihre Online-Korrespondenz fühlte, sich auch persönlich übertragen würde. Das tat sie. Er konnte es kaum erwarten, dass sie seine Freunde kennenlernte, und wollte mehr über sie erfahren. Der Abend konnte jetzt nur noch besser werden.

KAPITEL FÜNF

Der Abend kann von nun an eigentlich nur noch bergab gehen.

Kassie war normalerweise nicht besonders pessimistisch, aber als sie und Hollywood die Bar verließen, um zum Ballsaal zu gehen, konnte sie nicht umhin, ein wenig nervös zu sein. Die Militärtraditionen, von denen Richard ihr erzählt hatte, waren alle vollkommener Blödsinn, sie hatte seinen sogenannten Ball auf Google nachgesehen, aber obwohl sie wusste, dass ihr Ex-Freund bezüglich dessen, was tatsächlich auf einer Veranstaltung des Militärs passierte, gelogen hatte, war sie sich plötzlich unsicher und ziemlich nervös. Aber Kassie hatte versprochen, mit Hollywood auf diesen Ball zu gehen, also konnte sie sich jetzt nicht drücken.

Immer wieder strich sie mit ihrer freien Hand den Stoff ihres Kleides glatt und hoffte das Beste.

»Du hast mir erzählt, dass einer deiner Ex-Freunde beim Militär war«, sagte Hollywood. »Warst du schon mal bei so einem Ball?«

Kassie atmete tief durch und antwortete dann: »Nein, nicht wirklich. Manchmal hat er ein paar Freunde eingeladen und sie hatten alle ihre Galauniformen an und behaupteten, sie würden dem tatsächlichen Militärprotokoll folgen, aber ich habe online nachgeschaut, nachdem es vorbei war, und ein paar der Sachen, die sie gemacht haben, schienen nicht richtig gewesen zu sein.« Ihr war durchaus klar, dass sie zu viel redete, aber sie schien einfach nicht aufhören zu können. »Ich meine, die meisten Sachen, die er tat, *basierten* auf tatsächlichen Militärtraditionen, soweit ich das überblicken kann, aber er hat sie irgendwie verändert und ... na ja ... die Antwort auf deine Frage ist nein.«

Seine Lippen zuckten, aber er sagte nichts darüber, dass sie so viel plauderte. »Also weißt du vielleicht schon, wie die ganze Sache abläuft. Aber um es dir noch mal zu erklären, als Erstes gibt es einen Cocktail, bei dem wir uns alle gegenseitig kennenlernen. Dann kommt die Begrüßungsschlange, um dich dem Adjutanten vorzustellen, und dann begrüßen wir alle, die in der Schlange stehen. Ich weiß nicht, wer heute Abend hier sein wird, aber die höchsten Offiziere zusammen mit ihren Begleiterinnen werden da sein. Dann gibt es Abendessen und danach beginnen die traditionellen Reden. Danach geht der Tanz los. Hast du irgendwelche Fragen?«

Kassie schüttelte den Kopf. Nein. Sie verstand das Konzept, weil sie es online nachgesehen hatte, aber was sie mit Richard und seinen Freunden durchgemacht hatte war ihr immer noch im Gedächtnis, obwohl es vor über einem Jahr geschehen war.

»Gut. Ich kann es nicht erwarten, dich meinen Freunden vorzustellen.«

»Kennst du sie schon lange?«, wollte Kassie wissen und versuchte, sich vom Ball abzulenken.

»Die Männer schon. Wir arbeiten schon seit mehreren

Jahren zusammen. Sie sind wie Brüder für mich. Zwei haben feste Freundinnen und einer ist verheiratet.«

»Hmmm«, machte Kassie, die nicht desinteressiert klingen wollte, sich aber an einige der Dinge erinnerte, zu denen Richard sie gezwungen hatte, und sie hoffte, dass ihre Nachforschungen richtig waren. Es war ja sicher nicht so, dass all diese Männer und Frauen in ihren wunderschönen Kleidern einige der schrecklichen Dinge tun würden, die Richard und seine Freunde getan hatten ... Zumindest glaubte sie das nicht.

»Truck hat seinen Spitznamen bekommen, weil er einmal einen Motor gegessen hat, und Beatle hat heimlich drei Ehefrauen, die er im Keller seines Hauses versteckt.«

»Aha, toll«, sagte Kassie, während ihr Blick hin und her flitzte, als sie den Ballsaal betraten. Es war hier drin nicht dunkel, Gott sei Dank, aber hell erleuchtet konnte man es auch nicht gerade nennen. Sie sah sich um, neugierig darauf, wie ein echter Militärball ablief. Natürlich konnte Richards Wohnung nicht mithalten, aber sie fragte sich, ob der Ballsaal so aussehen würde wie der Veranstaltungsort für den Abschlussball von der Highschool oder eleganter, wie sie sich einen echten Ballsaal eben vorstellte.

Als Hollywood sie sanft bei den Schultern packte und sie an die Wand drängte, sah sie ihn überrascht an. »Was –«

»Du hörst mir überhaupt nicht zu, Kass. Was ist denn los?«

»Ich höre dir sehr wohl zu«, protestierte sie.

»Und was habe ich gerade gesagt?«, fragte er sie sanft.

»Äh ...« Kassie zermarterte sich das Gehirn, während sie versuchte, es sich ins Gedächtnis zu rufen, stellte dann aber fest, dass sie nicht die geringste Ahnung hatte, was er gesagt hatte.

»Entspann dich«, befahl ihr Hollywood. »Du benimmst

dich ja fast, als würde man dich in eine Folterkammer bringen. Und ich dachte schon, *ich* würde diese Bälle hassen«, sagte er mehr zu sich selbst als zu ihr.

»Es tut mir leid«, erklärte ihm Kassie und sah ihm diesmal in die Augen. »Ich bin einfach nur nervös.«

»Du brauchst nicht nervös zu sein«, versicherte Hollywood ihr.

»Ich möchte dich nicht blamieren«, sagte sie zu ihm.

»Kass, solange du nicht dein Kleid auszieshst und nackt auf dem Tisch tanzt, kannst du mich gar nicht blamieren.«

Sie sah zu ihm auf und schenkte ihm ein kleines Lächeln. »Das hatte ich eigentlich auch nicht vor ... Das mache ich nur während meines Jobs am Abend.« Kassie versuchte, ihre zitternden Hände und Knie unter Kontrolle zu kriegen, während sie mit Hollywood scherzte.

Er lächelte bei ihrem versuchten Witz, sagte aber nichts weiter als: »Gut.« Dann sah er einen Moment lang zu ihr hinab. »Vielleicht findest du mich ein wenig zu forsch, aber ich würde dich gern umarmen.«

»Wirklich?«

»Wirklich.«

Kassie dachte kurz darüber nach und entschied, dass sie eine Umarmung wirklich gut gebrauchen könnte. »Das würde mir gefallen.«

Ohne ein weiteres Wort trat Hollywood zu ihr und nahm sie in den Arm. Eine Hand landete auf ihrem Rücken und die andere zwischen ihren Schulterblättern. Er zog sie sanft an sich.

Kassie schloss die Augen und legte Hollywood vorsichtig die Arme um die Hüften. Das Gefühl seines starken Körpers, der sie festhielt, half ihr sehr dabei, sich zu entspannen. Hollywood war nicht Richard. Ganz und gar nicht. Er versuchte nicht, sie zu betatschen, sondern hielt sie einfach nur fest. Und es fühlte sich toll an.

»Entspann dich, Kass. Es wird ein schöner Abend werden«, flüsterte Hollywood. Die Hand, die er zwischen ihre Schulterblätter gelegt hatte, ließ er zu ihrem Kopf wandern und ermutigte sie so, ihren Kopf an seine Schulter zu legen.

Sie schmiegte ihre Wange gegen das dunkelblaue Jackett und umschlang ihn ein wenig weiter mit den Armen, sodass sie nun auf seinem Rücken lagen.

»Atme tief durch«, murmelte er.

Kassie atmete tief durch. Dann noch mal. Und noch mal. Hollywood roch einfach toll. Sie konnte die Chemikalien der Reinigung riechen, mit denen seine Uniform gesäubert worden war, aber es war die hölzerne Note, die dafür sorgte, dass sie ihr Kinn hob und ihre Nase an seinen Hals legte.

Kassie spürte, dass Hollywood seine Hand von ihrem Kopf hinab zu ihrem Poansatz wandern ließ, doch sie war zu sehr darauf konzentriert, die Quelle des wunderbaren Dufts zu finden, als dass es ihr tatsächlich aufgefallen wäre. Erneut atmete sie ein. Da. An seinem Hals war er definitiv stärker.

»Riechst du an mir?«, fragte Hollywood mit leiser Stimme.

Es war Kassie peinlich, dass er sie erwischt hatte, und sie versuchte, sich aus seiner Umarmung zu lösen, doch er hielt sie nur noch fester, sodass sie ihm nicht entkommen konnte. Sie entschied, dass es besser war, wenn sie ihn nicht ansehen musste, also legte sie ihre Wange wieder an seinen Oberkörper und entgegnete: »Kann schon sein.«

Sie spürte, wie seine Brust sich senkte, als er Luft aus seinem Mund blies. »Ich könnte nicht behaupten, dass schon jemals zuvor eine Frau an mir gerochen hätte.«

»Die wissen nicht, was ihnen entgeht«, scherzte Kassie.

»Gefällt es dir?«

Sie nickte an ihn geschmiegt. »Es ist sehr subtil. Aber es beweist, dass du dir für heute Abend Mühe gegeben hast. Vielleicht aber auch nicht und es handelt sich dabei nur um deine Seife, aber trotzdem gefällt es mir.«

»Wahrscheinlich handelt es sich um mein Aftershave«, erklärte Hollywood ihr.

Kassie konnte einfach nicht widerstehen. Sie wand sich in seiner Umarmung und strich mit der Nase an seinem Kiefer entlang, wobei sie tief einatmete. »Du riechst wirklich gut«, erklärte sie ihm unnötigerweise.

Hollywood machte einen kleinen Schritt von ihr weg und legte eine Hand an ihr Kinn. Dann hob er ihren Kopf, sodass sie nicht umhinkonnte, ihn anzusehen. »Du steckst voller Widersprüche, Kassie Anderson. In einem Moment bist du witzig und ich lache mich tot, und im nächsten Moment verhältst du dich so, als würde der schwarze Mann gleich aus einer Ecke gesprungen kommen. Dann riechst du an mir und erklärst mir, dass dir mein Duft gefällt.«

Sie zuckte ein wenig verlegen mit den Achseln. »Ich möchte eigentlich nicht widersprüchlich sein.«

»Es gefällt mir. Aber wenn du gleich an meinen Freunden riechst, wie du gerade an mir gerochen hast, wird mir das nicht gefallen.«

Sie grinste zu ihm hinauf. »Das werde ich nicht tun. Versprochen. Aber du solltest wissen ... Ich liebe den Geruch von Männern. Zumindest wenn sie sich Mühe geben. Rich... äh ... mein Ex-Freund hat sich nie die Mühe gemacht. Er hat behauptet, Aftershave wäre etwas für Weicheier. Und ich habe sogar schon Fremden im Aufzug oder sogar Kellnern Komplimente darüber gemacht, wie gut sie riechen.«

»Ich merke es mir. Und dein Ex-Freund liegt da völlig falsch. Gut riechen zu wollen, um deiner Freundin oder deiner Verabredung einen Gefallen zu tun, macht dich nicht zum Weichei. Ganz im Gegenteil, etwas *nicht* zu tun, was sie mag, macht dich zum Weichei.«

Oh Gott. Hollywood sagte und tat all die richtigen Dinge. Fast wäre sie wieder in Schuldgefühlen versunken. Es gefiel Kassie ganz und gar nicht, dass sie ihm etwas vormachte. Bis jetzt war er einfach nur fantastisch gewesen. Ganz sicher nicht das Arschloch, als dass Richard und Dean ihn hinstellten.

Sie schluckte. Karina. Sie musste an ihre Schwester denken. Schließlich tat sie das für sie.

»Sollen wir dann langsam mal versuchen, deine Freunde zu finden?«, wollte Kassie wissen. Je schneller sie die Sache hinter sich brachte desto besser. Sie wusste nicht, auf welche Art von Information Dean es abgesehen hatte, aber vielleicht würde irgendjemand etwas sagen, das sie an ihn weiterleiten konnte.

»Ja«, sagte Hollywood abwesend und sah ihr suchend in die Augen. Was er darin suchte, wusste sie nicht, aber sie hoffte, dass die Schuldgefühle darüber, dass sie ihn anlog, nicht aus ihrem Blick sprachen.

Er ließ seine Arme sinken, griff nach ihrer Hand und verflocht seine Finger mit ihren, dann drückte er sie kurz, bevor er sich dem großen Saal zuwandte. Während sie durch den Raum streiften, nickte Hollywood verschiedenen Leuten zu. Kassie hielt sich an seiner Hand fest, als hinge ihr Leben davon ab.

Nach ein paar Minuten steuerte er auf eine Gruppe von Männern und Frauen zu. Es war die Gruppe, die Kassie schon zuvor aufgefallen war. Wenn sie schon vorher von ihnen beeindruckt gewesen war, war sie jetzt richtiggehend eingeschüchtert.

»Hey, Hollywood«, grüßte sie einer der Männer, als sie sich der Gruppe näherten.

»Hey, Beatle. Ich möchte euch allen Kassie Anderson vorstellen.«

Kassie winkte ihnen schüchtern zu und fühlte sich unwohl und fehl am Platz. »Hi.«

»Oh mein Gott, dein Kleid ist unglaublich!«, rief eine der Frauen. »Die Farbe ist der Wahnsinn. Ich habe erst gedacht, es sei schwarz, aber jetzt sehe ich, dass es dunkellila ist.«

»Danke«, erwiderte Kassie. Unbewusst griff sie nach Hollywoods Hand.

»Ich bin Rayne«, erklärte die Frau, die ihr das Kompliment über ihr Kleid gemacht hatte, und streckte ihr die Hand zur Begrüßung hin.

Kassie musste Hollywoods Hand loslassen, um Rayne zu begrüßen, sie spürte aber, wie Hollywood ihr die Hand ins Kreuz legte, als sie sich vorbeugte und die Hand der anderen Frau ergriff. »Schön, dich kennenzulernen«, erklärte sie.

»Ich bin Emily«, sagte eine der anderen Frauen in gleichmäßigem Ton. »Sehr erfreut, dich kennenzulernen.«

Kassie schüttelte auch ihr die Hand.

Dann stellte sich die letzte Frau vor. »Und ich bin Harley. Ja, ich weiß, das ist ein komischer Name. Meine Eltern waren Motorradfahrer und haben ihre Kinder nach dem benannt, was ihnen auf der Welt am liebsten war.«

»Und ich bin Kassie«, sagte Kassie. »Mit K.« Sie zuckte mit den Achseln. »Meine Eltern fanden es lustig, meinen Namen einzigartig zu machen, und als meine Schwester geboren wurde, behielten sie das K bei und nannten sie Karina.«

»Der Typ neben Rayne ist Ghost, Emily ist mit Fletch verheiratet und Harley ist mit Coach zusammen. Die anderen Jungs sind Beatle, Blade und Truck«, beendete Hollywood die Vorstellung.

Nachdem sie jedem einzelnen Mann zugewinkt hatte, sagte Truck: »Möchtet ihr Damen vielleicht etwas Punsch trinken? Ich würde ihn holen.«

Kassie sah dort hinüber, wo der große Mann hingezeigt hatte, und zuckte zusammen. Sie suchte nach der Schüssel mit dem Grog und war sich nicht sicher, wie sie sie hatte übersehen können. Auf einem Tisch an der gegenüberliegenden Wand standen zwei große Schalen mit Punsch.

»Ich möchte keinen Grog«, platzte Kassie heraus.

»Wie bitte?«

»Grog? Hat sie da gerade Grog gesagt?«

»Was?«

Die leisen Fragen kamen von Hollywoods Freunden, doch Kassie hatte nur Augen für Hollywood. »Ich weiß nicht, was ich falsch gemacht habe, aber bitte zwinge mich nicht dazu, das Zeug zu trinken.« Sie wusste, dass sie in Panik geriet, konnte aber nicht anders. Die Schüssel mit dem Grog schien tatsächlich zu existieren, wie sie bei ihren Nachforschungen herausgefunden hatte.

»Kass –«, begann Hollywood, doch sie fiel ihm ins Wort.

»Ich verspreche, ich werde mich benehmen. Ich werde dich nicht in Verlegenheit bringen. Aber zwinge mich nicht dazu, das zu trinken. Davon wird mir schlecht. Ich weiß, dass es so ist. Ich will doch nur –«

»Kassie«, unterbrach Hollywood sie barsch und legte ihr die Hände an die Wangen, sodass sie zu ihm hochblicken musste. »In der Schüssel dort drüben ist kein Grog. Nur Punsch. Nichts weiter als Punsch.«

Kassie legte die Stirn in Falten und sah verwirrt zu ihm

auf. Sie griff nach seinen Handgelenken, als hinge ihr Leben davon ab. Sie sah nichts als besorgte Blicke, die zu ihr hinabsahen. Sie hörte nicht, wie seine Freunde miteinander flüsterten. »Punsch?«

»Ja, Kass. Nichts weiter als wässrige Bowle. Wahrscheinlich Fruchtpunsch oder sowas. Kein Grog.«

Sie schluckte. »Bist du dir sicher? Es gibt doch immer Grog. Ich habe es auf Google nachgeschaut.«

Hollywood wandte den Kopf, doch sein Blick verließ niemals ihr Gesicht. »Blade. Kannst du Kassie über die Grog-Tradition aufklären?«

»Sicher. Sie ist beim Regimentsessen an der Tagesordnung. Es ist eine Tradition, die auf die Ritter der Tafelrunde zurückgeht. Wegen des Gewichts der damaligen Rüstung war es schwer, sich zu bewegen und ein Getränk zu holen. So wurde es als Strafe für jemanden verwendet, der sich falsch verhalten hatte oder ungehorsam war. Das Gleiche gilt heute. Es gibt normalerweise eine alkoholische und nicht-alkoholische Version und Leute, die gegen irgendeine Art von Regel verstoßen haben, müssen aus der Grog-Schale trinken.«

»Und was ist ein Regimentsessen?«, fragte Hollywood und blickte dabei Kassie unverwandt in die Augen.

»Eine formale Zeremonie beim Militär, die dafür sorgen soll, die Kameraderie unter den Soldaten zu stärken«, antwortete Blade sofort.

»Und sind Ehefrauen, Freundinnen oder Partner dazu eingeladen?«

»Nein«, erwiderte Blade nachdrücklich.

Hollywood verengte die Augen zu Schlitzen und fragte Kassie mit leiser Stimme: »Wann hast du denn bei der Grog-Zeremonie mitgemacht, Süße?«

»Ich ... äh ...« Plötzlich war sich Kassie der Männer und

Frauen, die um sie herumstanden und sie anstarrten, nur allzu bewusst. Sie schluckte, war verlegen, doch das Entsetzen hatte sie nicht mehr im Griff.

»Hat dein Ex-Freund dich zu einer solchen Veranstaltung mitgenommen? Hast du gesehen, wie Leute davon getrunken haben?«, hakte Hollywood nach.

»Er hat einmal bei sich zu Hause so eine Veranstaltung organisiert, wo es eine Grog-Schale gab«, erklärte Kassie ihm und biss sich dann auf die Lippe. »Ich habe dir doch schon davon erzählt. Ich habe normalerweise die meisten Fehler gemacht und musste die ganze Zeit davon trinken. Sie fanden es lustig, mich dazu zu zwingen.«

Hollywood schloss einen Moment lang die Augen und Kassie hätte schwören können, dass einer seiner Freunde leise »Dieses Arschloch« murmelte, doch bevor sie etwas darauf erwidern konnte, hatte Hollywood die Augen wieder geöffnet und sagte ernst: »Es tut mir leid, dass du das durchmachen musstest, Kassie. Wie Blade schon gesagt hat, ist die Grog-Schale nur besonderen Veranstaltungen, bei denen nur Soldaten erlaubt sind, vorbehalten. Ich muss zugeben, dass es ziemlich eklig ist, aber wir haben das alles schon durchgemacht, allerdings ist es als Spaß gedacht. Und ich schwöre dir, heute findest du nur Punsch in der Schüssel. Nichts Ekelhaftes. Okay?«

Kassie nickte. Sie war jetzt sehr verlegen. Sie hatte sich zum Narren gemacht. Sie hätte wissen müssen, dass Richard nicht das richtige militärische Protokoll befolgt hatte. Die Grog-Schale gab es zwar wirklich, aber nur für interne Militär-Zeremonien ... nicht für Freunde oder Familienmitglieder. »Ich glaube, dass ich deinen Ex-Freund nicht sonderlich mag«, bemerkte Hollywood, stellte sich aufrecht hin und ergriff erneut ihre Hand.

»Da sind wir schon zu zweit«, entgegnete Kassie mit nervösem Lachen.

»Da wir dieses Missverständnis nun beseitigt haben ... hätte jemand gern ein Gläschen komplett verwässerten, kaum trinkbaren Fruchtpunsch?«, fragte Truck trocken.

»Oh, wenn du es so verlockend beschreibst, wer könnte da Nein sagen?«, erwiderte Emily lachend.

»Dann hole ich mal vier Tassen«, entgegnete Truck und nickte Kassie mit einer Geste zu, die sie beruhigen sollte, die sie in Wirklichkeit aber verwirrte.

Der große Mann kam nach ein paar Minuten zurück und verteilte die Tassen an die Frauen.

Kassie blickte darauf herab und glaubte immer noch nicht hundertprozentig, dass es keine Mischung aus Essig, scharfer Soße und allem anderen war, was Richard so gefunden und auf seinen Partys in die Grog-Schale gegossen hatte. Sie versuchte, heimlich an dem Getränk zu riechen, bevor sie einen Schluck nahm, aber Hollywood behielt sie im Auge und ertappte sie dabei.

Ohne ein Wort zu sagen, nahm er ihr sanft den Becher aus der Hand und brachte ihn an seine eigenen Lippen, nahm einen Schluck und zeigte ihr, dass es sicher war, davon zu trinken. Dann gab er ihn zurück und nickte ihr zu.

Kassie fühlte sich wie eine Idiotin und trank von der roten Flüssigkeit. Es war genau so, wie Truck es beschrieben hatte, nichts als verwässerter Punsch. Sie fühlte sich noch mehr wie eine Närrin und ließ das Gespräch um sich herum weitergehen, wobei sie mehr zuhörte, als dass sie teilnahm.

»Ich kann immer noch nicht glauben, dass Mary heute Abend nicht mitgekommen ist«, beschwerte sich Rayne. »Einer von euch hätte sie fragen sollen«, sagte sie und starrte Beatle, Blade und Truck vorwurfsvoll an.

»Habe ich ja auch«, entgegnete Truck gleichgültig.

»Hast du das wirklich?« Rayne sah den großen Mann mit offenem Mund an.

»Ja, und sie hat Nein gesagt.« Truck schien es nicht viel auszumachen, dass sie ihn hatte abblitzen lassen.

»Verdammt. Sie erzählt mir wirklich kaum noch was«, stellte Rayne traurig fest.

Ghost legte ihr den Arm um die Schultern und umarmte sie, ohne etwas zu sagen.

»Nimm es nicht persönlich«, sagte Truck. »Sie hat so vieles, an das sie sich gewöhnen muss: einen neuen Job, eine neue Stadt, die Tatsache, dass ihre beste Freundin so gut wie verheiratet ist.«

»Das sollte keine Rolle spielen«, protestierte Rayne. »Seit ich denken kann, stehen wir uns so nahe wie Schwestern. Als sie eine Chemotherapie brauchte, haben wir fast jeden Tag miteinander verbracht. Irgendetwas stimmt da nicht, und es bringt mich um, dass sie mich ausschließt.«

»Ich finde, du solltest es nicht zu persönlich nehmen«, sagte Emily leise. »Nachdem Annie und ich entführt worden waren, war sie großartig. Sie hat für uns gekocht, mehrere Nächte hintereinander auf Annie aufgepasst, während Fletch und ich versucht haben zu verstehen, was genau passiert war. Gib ihr einfach etwas Zeit. Freundschaften, die so eng sind wie eure, hören nicht einfach auf. Sie versucht herauszufinden, wie sie jetzt in dein Leben passt, wo du doch Ghost hast.«

Kassie verschluckte sich an dem Punsch, von dem sie gerade einen Schluck genommen hatte. Sie sah Emily mit großen Augen an. *Das* war Emily? *Die* Emily? »Heißt du Emily Grant?«, wollte sie wissen.

Alle Blicke wendeten sich ihr zu, während Emily ihr antwortete.

»So habe ich geheißen. Jetzt bin ich Emily Fletcher. Ich habe vor ein paar Wochen geheiratet.«

Kassies Verstand war in Aufruhr. Sie hatte gewusst, dass diese Männer diejenigen waren, die Richard hasste, aber es hatte sich in ihrem Kopf nicht wirklich verhärtet. Sie hatte sie sich mehr als Hinterwäldler, rauer, ungehobelter, arschlochmäßiger vorgestellt. Aber bisher waren sie alle sehr nett zu ihr gewesen. Sie konnte Richard und Deans Hetzreden gegen sie nicht mit den Männern vereinbaren, die jetzt vor ihr standen.

»Kennst du sie?«, fragte Fletch verwirrt.

Kassie schüttelte schnell den Kopf. »Nein, eigentlich nicht. Aber ich habe in der Zeitung etwas darüber gelesen«, sagte sie und versuchte, einen plausiblen Grund dafür zu finden, woher sie Emilys Nachnamen kannte.

»Die verdammten Zeitungen«, grummelte Fletch.

Emily lächelte ein wenig reuevoll. »Ja, ich hätte nie gedacht, dass ich jemals berühmt werde. Und ganz besonders nicht deshalb, weil ich von einem psychotischen Soldaten entführt worden bin.«

»Aber jetzt geht es euch wieder gut? Dir und deiner Tochter?«, fragte Kassie, weil sie es unbedingt bestätigt haben wollte.

Emily nickte. »Ja, es geht uns beiden großartig. Annie hält es für nichts weiter als ein aufregendes Abenteuer. Ich hasse es, dass wir es durchmachen mussten, aber Gott sei Dank ist meine Tochter eher ziemlich dickhäutig und abenteuerlustig als ängstlich.«

»Dann ist ja gut«, sagte Kassie und meinte es von Herzen. Je besser sie die Männer und Frauen um sich herum kennenlernte, desto nervöser wurde sie. Wenn sie wüssten, warum sie wirklich hier war, würden sie sie hassen. Und dieser Gedanke war immer schwerer zu ertragen.

Plötzlich schallte ein Klingeln durch den Raum und die Männer blickten alle zur Tür.

»Es ist Zeit für die Empfangsreihe«, stellte Blade fest.

»Gut. Das ist der Teil des Abends, den ich am meisten mag«, sagte Coach und legte einen Arm um Harley.

Kassie erstarrte. Oh Gott. Die Empfangsreihe. Bilder von dem, wozu Richard sie gezwungen hatte, tauchten vor ihrem geistigen Auge auf. Und wieder wusste sie aufgrund ihrer Nachforschungen online, dass seine Version davon pervers und krank war, doch sie konnte nicht anders, als zu erschaudern, wenn sie darüber nachdachte.

»Es ist nicht so schlimm, wie du denkst«, flüsterte ihr Hollywood ins Ohr und nahm ihr sanft den mittlerweile fast leeren Becher ab und stellte ihn auf einen Tisch. »Ich bin die ganze Zeit über bei dir.«

Alle gingen in Richtung der Türen und Hollywood zog Kassie mit sich. Ihre Erinnerungen gingen zurück zu jener Nacht in Richards Wohnung.

Sie verließen den Raum und gingen in die Eingangshalle, wo sich eine Schlange gebildet hatte, die zu einem zweiten, größeren Ballsaal führte. Nachdem sie durch die Empfangsreihe gegangen waren, würden sie zu Abend essen ... wenn Kassie überhaupt etwas essen konnte. Alles, was um sie herum vorging, machte sie nervös und verunsicherte sie.

»Du bist wirklich ziemlich angespannt. Ist alles in Ordnung?«, fragte Hollywood sie leise, lehnte sich zu ihr und sprach nahe an ihrem Ohr.

Kassie nickte steif.

»Das Gefühl habe ich aber nicht«, stellte Hollywood fest

und drehte sie erneut zu sich um, sodass sie ihn ansehen musste. »Was macht dich so nervös?«

»Nichts.«

»Kassie«, warnte er sie.

»Es ist nur so ... Ich habe schlechte Erfahrungen mit der Empfangsreihe«, platzte sie heraus.

»Verdammt«, murmelte Hollywood. »Wozu hat das Arschloch dich noch auf seinem sogenannten Ball gezwungen?«

Beatle und Blade standen zu beiden Seiten neben ihnen, also wollte Kassie eigentlich nicht so gern zugeben, wozu Richard sie gezwungen hatte. Sie presste nervös die Lippen zusammen, versuchte dann aber schließlich leichthin zu sagen: »Wie heißt es doch so schön? Wenn du nervös bist, stell dir vor, dass alle nichts weiter anhaben als ihre Unterwäsche.«

Hollywood seufzte, als ihm klar wurde, dass sie ihm nicht erzählen würde, was mit ihrem Ex-Freund geschehen war. »Das macht man, wenn man eine Rede halten muss, Kass. Die Empfangsreihe ist eine weitere Tradition, die weit zurückreicht. Es ist lästig und etwas archaisch, aber es ist nichts, wovor man Angst haben müsste. Wir nennen dem Bediensteten unsere Namen und er meldet uns an. Dann gehen wir die Linie der ranghöchsten Offiziere und Unteroffiziere entlang, die heute Abend anwesend sind. Du schüttelst ihnen die Hände, sagst Hallo und gehst zum Nächsten. Und fertig. Damit hat es sich. Das ist alles, was passieren wird.«

»Ich weiß«, sagte sie und das tat sie auch. Das hielt die Erinnerungen jedoch dennoch nicht davon ab, vor ihrem geistigen Auge zu erscheinen.

»Wozu hat er dich gezwungen?«

Sie leckte sich nervös die Lippen, antwortete jedoch

nicht. Wenn sie damals schon verlegen gewesen war, stand das nicht im Gegensatz zu dem, was sie empfand, wenn sie daran dachte, vor Hollywood zugeben zu müssen, wozu Richard sie gezwungen hatte.

»Sag es mir, damit ich dich beruhigen kann, und du kannst diesen verstörten Blick mit den großen Augen sein lassen. Ich hasse es, Schätzchen. Ich hasse es, dass dich das zum Ausflippen bringt. Willst du gehen? Wir können auf jeden Fall gehen. Tatsächlich halte ich es für das Beste. Beatle, sag doch bitte Ghost Bescheid, dass –«

»Während wir die Reihe entlanggingen, musste ich all seine Freunde küssen«, platzte Kassie heraus.

Hollywood sah sie mit einer solchen Bestürzung an, dass sie schnell einen Scherz hinterher schob: »Ich weiß, dass das heute Abend nicht so sein wird. Stell dir nur mal vor, wie die Männer danach aussehen würden, mit all dem Lippenstift im Gesicht.«

»Wenn du sagst, er hat dich dazu gezwungen, sie zu küssen, was meinst du damit?«, fragte Hollywood mit tödlich kaltem Ton. »Ein Kuss auf die Wange?«

Kassie schüttelte den Kopf.

»Ein Bussi auf die Lippen?«

Sie schüttelte den Kopf erneut und biss sich auf die Unterlippe. Er war wirklich sehr verärgert. Sie hätte besser nichts sagen sollen.

»Nur damit ich es verstehe: Er hat dich dazu gezwungen, die Reihe hinab zu schreiten und all seinen Freunden einen Zungenkuss zu geben? Während er danebenstand? Hat er nicht mehr alle Tassen im Schrank?«

Hollywood sprach jetzt mit so lauter Stimme, dass Blade und Beatle ihn hören konnten. Kassie sah ihnen ins Gesicht und erschrak. Sie sahen ebenfalls völlig entsetzt aus.

Er wandte sich an Blade und sagte angespannt: »Wir

kommen gleich wieder.« Dann nahm er Kassie bei der Hand und zog sie zum Anfang der Empfangsreihe.

Entsetzt versuchte Kassie, sich loszureißen, doch er hielt sie fest. »Hollywood, ich bitte dich. Ich weiß doch, dass es falsch war, er ist ein Arschloch und ...« Sie beendete den Satz nicht, als er sich an mehreren Leuten, die an der Tür zum Ballsaal warteten, vorbei drängte und sie an der Seite gegen die Wand presste. Er lehnte sich selbst gegen die Wand und zog sie so an sich, dass sie mit dem Rücken gegen ihn lehnte. Er legte beide Arme um ihren Bauch und hielt sie fest an sich gedrückt.

Dann beugte er sich zu ihr, bis sein Kinn auf ihrer Schulter lag, und flüsterte ihr ins Ohr: »Sieh zu, Kass. So funktioniert die Empfangsreihe beim Militärball. Und zwar die *echte*, nicht die, die du bei deinem Ex-Freund durchmachen musstest.«

Ohne ein Wort zu sagen und mit weit aufgerissenen Augen sah Kassie zu. Paare und einzelne Soldaten stellten sich dem Bediensteten am Anfang der Schlange vor, und er wiederum nannte ihre Namen, sobald sie die erste Person in der Reihe begrüßten. Dann gingen sie die Reihe entlang und schüttelten jedem die Hand. Niemand hielt sich lange auf. Niemand küsste irgendwen. Alle lächelten und waren höflich. Es war genau wie das, was sie online gesehen hatte.

Sie fühlte sich erneut gedemütigt aufgrund dessen, was sie vor Hollywood zugegeben hatte und wozu Richard sie gezwungen hatte, und Kassie zitterte am ganzen Körper. Hollywood legte die Arme um sie und hielt sie davon ab, vor Demütigung in eine Million kleiner Stücke zu seinen Füßen zu zerspringen.

Hollywood legte seine Lippen wieder an ihr Ohr und sprach leise, wobei sein Atem ihr wohlige Schauer über den ganzen Körper laufen ließ, als er auf ihr sensibles Ohr traf.

»Es ist offensichtlich, dass alles, was dein Arschloch von einem Ex-Freund dir erzählt hat und wozu er dich gezwungen hat, völliger Blödsinn war. Er hat dich benutzt und bloßgestellt – und das ist völlig unmöglich. Komplett inakzeptabel. Es tut mir leid, was du durchgemacht hast. Ich bin froh, dass du schlau genug warst, um im Internet nachzuschauen, wie ein richtiger Ball abläuft, trotzdem finde ich es schlimm, dass du das durchmachen musstest, was du durchgemacht hast. Beim Militär geht es um Respekt, Süße. Und ja, es stimmt, wir können uns manchmal auch wie Arschlöcher verhalten, doch die Traditionen sind dazu bestimmt, die zu ehren, die vor uns gekommen sind. Sie sind nicht dazu da, zu erniedrigen oder zu beleidigen.«

Er atmete tief ein und ließ seine Nase sanft an ihrem Hals hinaufgleiten, genau wie sie es vorher bei ihm getan hatte. Kassie hörte, wie er tief einatmete, bevor er weitersprach. »Es kommt überhaupt nicht infrage, dass ich es zulasse, dass dich jemand respektlos behandelt. Wenn du mit mir zusammen bist, wird niemand jemals Hand an dich legen. Niemand wird dich küssen. Und natürlich würde ich nicht einfach nur dabeistehen und zusehen, dass dir sowas passiert. Was meine Freundinnen angeht, bin ich ziemlich besitzergreifend. Ich teile nicht. Ich würde dich *niemals* teilen.« Er lehnte sich zurück und drehte sie in seinen Armen um.

Kassie spürte, dass ihr Herz viel zu schnell schlug, aber es gefiel ihr, von Hollywood umarmt zu werden. Statt sich gefangen zu fühlen, wie es bei Richard der Fall gewesen war, fühlte sie sich beschützt und sicher.

Er beugte sich vor und küsste ihre Stirn, bevor er fragte: »Bist du in Ordnung?«

»Es tut mir leid. Ich will auch nicht die ganze Zeit ausflippen.«

»Daraus kann man dir keinen Vorwurf machen. Wenn ich das hätte durchmachen müssen, was du offensichtlich durchmachen musstest, würde ich auch ausflippen. Aber du kannst mir glauben, wenn ich dir sage, dass heute Abend nichts passieren wird, das dich in Verlegenheit bringen oder erniedrigen wird. Es gibt Abendessen und dann werden Reden gehalten, die dich wahrscheinlich zum Gähnen bringen werden, weil sie so langweilig sind. Wir stoßen auf das Militär an, auf Fort Hood und auf unsere einzelnen Einheiten. Dann wird getanzt. Und zwar ganz normale Tänze. Niemand muss sich ausziehen. Okay?«

Kassie wusste es zu schätzen, dass er versuchte, einen Scherz zu machen. »Verdammt, und ich habe mir extra die Brustwarzen abgeklebt und alles.«

Er grinste und schüttelte amüsiert den Kopf. Dann strich er ihr mit dem Finger über die Nase und sagte einfach: »Wenn du Bedenken wegen irgendwas hast, frag mich einfach. Ich verspreche, nicht zu lachen.«

»Das werde ich machen. Obwohl natürlich alles, was man im Internet findet, auf jeden Fall wahr ist. Ich kann es kaum erwarten, die Parade von Löwen, Tigern und Bären zu sehen, die am Ende eines jeden Militärballs stattfindet.«

Der Blick auf Hollywoods Gesicht war unbezahlbar, als ob er hoffte, dass sie Witze machte, aber nicht hundertprozentig sicher war. Kassie versuchte, ein ernstes Gesicht beizubehalten, es gelang ihr aber nicht. Um ihren Mund zuckte es und sie biss sich auf die Lippe, um ihr Lächeln zu unterdrücken.

»Oh Mann«, keuchte Hollywood. »Einen Moment lang habe ich wirklich geglaubt, du meinst es ernst. Ich sehe schon, bei dir muss ich höllisch aufpassen.«

»Ich neige dazu, Witze zu reißen, wenn ich nervös bin«,

erklärte Kassie ihm. »Ich versuche, es in den Griff zu bekommen.«

»Das brauchst du nicht. Es gefällt mir«, versicherte er ihr und beugte sich erneut zu ihr hinab, um sie auf die Stirn zu küssen. Dann nahm er ihre Hand in seine und sie gingen durch die Tür zurück zu ihrem Platz in der Schlange.

»Alles in Ordnung?«, wollte Truck wissen, als sie zurückkamen.

»Ja«, entgegnete Hollywood.

»Will ich wissen, was ihr Arschloch von einem Ex-Freund ihr während der Empfangsreihe angetan hat?«

»Definitiv nicht«, sagte Hollywood mit Nachdruck.

»Ich erzähle es dir später«, sagte Blade zu Truck und hörte sich wütend an.

Kassie errötete und biss sich nervös auf die Lippe. Mann, diese Typen mussten sie wirklich für eine komplette Idiotin halten. Sie konnte sich gerade so davon abhalten, einen schlechten Witz zu reißen.

Langsam bewegten sie sich in der Schlange entlang. Kassie sah genau dabei zu, was geschah, als Harley, Rayne, Emily und ihre Männer an der Reihe waren. Danach kamen Blade, Truck und Beatle.

»Einfach durchatmen, Süße«, murmelte Hollywood, bevor er dem Adjutanten ihre Namen nannte.

Und schneller als sie es für möglich gehalten hatte, hatten sie die Empfangsreihe hinter sich gebracht. Hollywood ließ seine Hand an ihrem Kreuz ruhen, wo sie auch während des gesamten Begrüßungsrituals geblieben war und ihr die Unterstützung gegeben hatte, die sie brauchte, um die schlechten Erinnerungen abzuwehren.

»Wo möchtet ihr sitzen?«, fragte Rayne in die Runde. Ghost führte die Gruppe zu einem Tisch am Rand des Saals.

Kassie machte es den anderen nach und blieb neben ihrem Stuhl stehen. Während der Ballsaal sich füllte, wurde es lauter und sie lehnte sich zu Hollywood und fragte: »Warum stehen wir eigentlich noch?«

Ohne sich über sie lustig zu machen oder ihr zu sagen, dass es dumm war, sich danach zu erkundigen, beantwortete Hollywood einfach ihre Frage. »Wir warten auf die Frauen am Haupttisch. Es gilt als unhöflich, wenn man sich hinsetzt, bevor sie es tun.«

»Oh«, machte Kassie. Bei Richards Versammlung hatte sie die Männer bedienen müssen und das war ihr nicht merkwürdig vorgekommen – Richard sorgte immer dafür, dass sie ihn bediente und er aß auch immer zuerst –, also hatte sie es nicht online nachgesehen.

Schließlich setzten sich die Damen am Haupttisch und die Männer schoben ihnen die Stühle zurecht. Kassie lächelte Hollywood an und setzte sich vorsichtig hin. Sofort zog er seinen eigenen Stuhl heraus und nahm Platz.

Kassie nahm sich das Programm vom Tisch und las es, als der Abend begann. Erst mussten sie alle wieder aufstehen, als die Standarten präsentiert wurden. Sie blieben auch während der Invokation stehen und es wurde auf verschiedene Dinge angestoßen.

Dann wurde ein Tisch vorne im Raum ins Rampenlicht gerückt. Darauf befand sich eine weiße Tischdecke mit einer einzelnen roten Rose in einer Vase, um die eine gelbe Schleife gebunden war. Der Tisch war mit einem umgedrehten Glas und einer einzelnen Kerze gedeckt und der Stuhl davor war leer.

Das Licht wurde abgeschwächt und die Männer im vorderen Teil des Raumes begannen zu sprechen.

»Die Tischdecke ist weiß – als Symbol für die Reinheit

unserer Absichten, wenn wir uns dazu verpflichten, unserem Land zu dienen.

Die einzelne rote Rose erinnert uns an die Leben der Amerikaner ... und ihrer Lieben und Freunde, die den Glauben nicht verlieren, während sie nach Antworten suchen.

Das gelbe Band steht für die Unsicherheit und die Hoffnung darauf, dass sie zurückkommen, sowie den Entschluss, das Möglichste zu tun, um sie zu finden.

Die Zitronenscheibe erinnert uns an das schlimme Schicksal all derjenigen, die in einem fremden Land gefangen oder verschollen sind.

Die Prise Salz symbolisiert die Tränen für all diejenigen, die verschollen sind, und ihre Familien, die sich nach Jahrzehnten der Unsicherheit nach Antworten sehnen.

Die brennende Kerze steht für die Hoffnung darauf, dass sie zurückkehren – tot oder lebendig.

Das Glas ist umgedreht – als Symbol dafür, dass sie nicht mehr mit uns anstoßen können.

Der Stuhl ist leer – weil sie nicht da sind. Legen wir eine Schweigeminute für all unsere verlorenen Helden ein.«

Niemand bewegte sich im gesamten großen Ballsaal. Niemand hustete oder sagte etwas. Nach ein paar Augenblicken sprach der Mann auf dem Podium erneut.

»Heben wir nun also unsere Wassergläser, um auf die anzustoßen und die zu ehren, die im Krieg gefangen genommen wurden oder verschollen sind, und hoffen darauf, dass unsere Anstrengungen, herauszufinden, wo sie verblieben sind, von Erfolg gekrönt werden, und darauf, dass all diejenigen, die unserer Nation dienen, sicher nach Hause zurückkehren.«

Jeder im Raum hob sein Glas und trank auf die

vermissten Männer und Frauen – und Kassie schloss die Augen, um ihre Gefühlsaufwallung zurückzuhalten.

Sie spürte eine Hand auf ihrem Oberschenkel und drehte sich zu Hollywood um.

Er sagte nichts, sondern sah sie einfach so an, als könnte er ihre Gedanken lesen. Als wüsste er von den schrecklichen Dingen, die Richard getan hatte. Und als könnte sie nicht umhin, es ihm zu erzählen, sagte Kassie: »Bevor wir bei den Veranstaltungen meines Ex-Freundes gegessen haben, nannte er diesen Tisch immer den ›Tisch der Deserteure‹. Er sagte, dass die weiße Tischdecke da ist, weil man darauf besser das Blut erkennen kann, das durch seine Handlungen vergossen wurde, der leere Teller, weil er es nicht verdient hat zu essen, die Rose repräsentiert die Tränen der Frauen und Kinder, die um ihren Liebsten weinen, das gelbe Band ist für Rache und der leere Stuhl steht dort, weil er es nicht verdient hat, mit der zivilisierten Gesellschaft am Tisch zu sitzen.«

Die Wut in Hollywoods Blick nahm zu, doch Kassie wusste, dass sie nicht gegen sie gerichtet war.

»Und da war mir klar, dass seine ganze blöde Veranstaltung völlig idiotisch war. Schließlich weiß jeder, wofür das gelbe Band steht. Man muss ein Narr sein, um es nicht zu wissen. Als ich am nächsten Tag nachgesehen habe, wofür der Tisch bei echten Militärveranstaltungen steht, habe ich genau die Worte gefunden, die der Mann hier gerade gesprochen hat.«

Sie machte eine Pause und sah wieder nach vorne, während sie über die traurigen Dinge nachdachte, für die der weiße Tisch stand. »Wenn es so wie heute vorgetragen wird, ist es sogar noch schöner«, flüsterte sie.

Die Ansprachen gingen weiter, doch Kassie fiel es schwer aufzupassen. Sie spürte, wie Hollywood sich zu ihr lehnte und nahe an ihrem Ohr sagte: »Ich wünschte, ich könnte eine Minute mit deinem Ex-Freund verbringen. Kassie, er hat absichtlich die ehrwürdigsten Traditionen des Militärs durch den Schmutz gezogen.«

»Es ist mir peinlich, dass ich so lange mit ihm zusammen gewesen bin.«

»Das muss dir nicht peinlich sein. Er ist derjenige, dem peinlich sein sollte, was er getan hat. Und außerdem sollte er sich schämen.«

»Es tut mir leid mit dem Deserteurtisch«, murmelte sie. »Obwohl ich wusste, dass es nicht wahr sein konnte, ließ er es so echt klingen.«

Hollywood legte ihr einen Finger unters Kinn und hob ihren Kopf, bis sie ihn ansah. »Es gibt nichts, was du bereuen müsstest. Er hat vielleicht alles getan, damit es echt klingt, und trotzdem ist dir aufgefallen, dass etwas nicht stimmen konnte, und du hast selbst nachgesehen.«

Ohne ein weiteres Wort senkte Hollywood seinen Mund auf ihren und er gab ihr den süßesten Kuss, den sie jemals bekommen hatte. Nur kurz berührten seine Lippen ihre und trotzdem hatte sie nie einen intimeren Kuss erfahren.

Kassie starrte mit großen Augen zu ihm hinauf und atmete schnell und flach.

»Jetzt weißt du Bescheid.«

Sie nickte und leckte sich die Lippen. Kassie hätte schwören können, dass sie Hollywood schmecken konnte, doch das war dumm, weil er sie ja gar nicht richtig geküsst hatte.

Sein Blick wanderte zu ihren Lippen und sie sah, wie seine Pupillen sich weiteten.

Oh mein Gott. Sie, Kassie Anderson, erregte diesen Mann. Diesen wunderschönen Mann, der jede einzelne

Frau im gesamten Raum hätte haben können. Sie hatte keine Ahnung, was sie machen sollte.

Plötzlich erhoben alle um sie herum die Gläser zum Toast, sodass sie unsanft aus ihrem intimen Moment geschüttelt wurden. Kassie drehte sich um und hob ihr Wasserglas, und obwohl sie keine Ahnung hatte, worauf sie anstießen, machte sie trotzdem mit.

Wie es sein konnte, dass dieser Abend zugleich der beste und der schlimmste ihres ganzen Lebens war, konnte Kassie nicht recht begreifen, aber so war es. Allem Anschein nach mochte Hollywood sie, mochte sie wirklich, und ihr ging es ebenso. Er war verständnisvoll, lieb, lustig, ein Gentleman, extrem heiß und hatte sie außerdem geküsst. Aber sie war nur hier, weil Richard Informationen über die Männer und Frauen haben wollte, die sich um den Tisch versammelt hatten, um diese gegen sie zu verwenden. Sie wusste nicht genau, was er damit vorhatte, aber wenn es nicht schon genug war, eine Frau und ihr Kind zu entführen, wollte sie auch gar nicht *wissen*, was er vorhatte.

Kassie traf die Entscheidung, als die Kellner das Essen servierten: Sie würde Hollywood noch vor Ende des Abends alles erzählen. Sie konnte nicht mit gutem Gewissen eine eventuelle Beziehung mit ihm eingehen, wenn dieses riesige Geheimnis zwischen ihnen stand.

Es würde ihm nicht gefallen, so viel war ihr klar. Wenn er aber hörte, warum sie es getan hatte, würde er es hoffentlich verstehen.

Sie lächelte ihm zu und war dankbar dafür, dass ihr Ex-Freund sie dazu gezwungen hatte, dem Mann zu schreiben, der jetzt neben ihr saß.

KAPITEL SECHS

Hollywood lächelte hinab auf die Frau in seinen Armen. Nach den Missverständnissen am Anfang des Abends hatten sich die Dinge beruhigt, als das Essen begonnen hatte. Er konnte kaum glauben, dass sie zugestimmt hatte, mit ihm zum Ball zu gehen, nach den schlechten Erfahrungen, die sie mit ihrem Ex-Freund gemacht hatte. Was war der Typ doch für ein Vollidiot.

Kassie war jetzt entspannt genug, um sich offen mit den anderen Frauen zu unterhalten. Sie hatte auch mit seinen Teamkollegen gescherzt und gelacht. Alles in allem war das die beste erste Verabredung gewesen, die er jemals gehabt hatte. Und es war ihm tatsächlich gelungen, einen der formalen Militärbälle wirklich zu genießen, was ziemlich ungewöhnlich für ihn war.

Die einzige andere merkwürdige Sache, die an jenem Abend passiert war, mal abgesehen davon, dass Kassie dachte, man würde sie dazu zwingen, aus der Grog-Schale zu trinken, war während des Abendessens geschehen. Trucks Handy hatte geklingelt und er war aufgestanden und hatte den Tisch verlassen, als er gesehen hatte, wer dran war. Hollywood hatte sich entschuldigt und war ihm gefolgt, weil er sicherstellen wollte, dass alles in Ordnung war.

Truck hatte ihm mehr als den anderen Teamkollegen über die aktuelle Situation mit Mary erzählt. Sie hatte erneut mit der Chemotherapie angefangen, es Rayne jedoch nicht mitgeteilt. Beide Männer hassten es, ein Geheimnis vor der Frau eines Teamkollegen zu haben, aber Mary hatte Truck angefleht, ihr nichts zu sagen.

Hollywood fand Marys Gedankengang falsch, sie dachte nämlich, dass sie während der ersten Chemotherapie zu viel von Raynes Zeit in Anspruch genommen hatte, und wollte ihr das nicht noch einmal antun, allerdings war das nicht seine Entscheidung.

Er holte Truck in der Eingangshalle ein und hörte das Ende des Gesprächs.

»... mir eine Stunde, um zu dir zu kommen. Hältst du es bis dahin aus? Und Annie schläft? Gut. Nein, du hast das Richtige getan, und nein, du störst nicht. Der Ball ist ohnehin langweilig.« Truck lachte leise, doch Hollywood spürte, dass keine wirkliche Freude darin lag. »Mary, ich habe dir doch schon gesagt, es ist in Ordnung. Du hast auf jeden Fall das Richtige gemacht. Ich werde in einer Stunde da sein. Nein, ich werde ihnen nicht sagen, warum ich nach Hause fahre, um dabei zu helfen, auf Annie aufzupassen. Vertrau mir einfach, okay?« Er senkte die Stimme. »Jetzt weine doch nicht, Mary. Ich weiß doch, wie sehr du es hasst. Aber gemeinsam werden wir dafür sorgen, dass du es auch noch dieses letzte Mal durchstehst. Es ist mir egal, was die Statistik sagt. Du wirst ihn auch ein zweites Mal besiegen. Ja, okay. Geh und leg dich hin. Entspann dich. Ich werde da sein, sobald es geht. Tschüss.«

Kaum hatte er aufgelegt, fragte Hollywood: »Sind Mary und Annie okay?«

»Ja, Annie schläft. Mary war gestern bei der Chemotherapie und muss sich jetzt die ganze Zeit übergeben. Sie macht sich Sorgen darüber, dass sie nicht dazu in der Lage ist, sich anständig um Annie zu kümmern. Sie fürchtet, falls irgendwas passiert, könnte sie nichts tun. Also werde ich hinfahren und mich um die beiden kümmern, bis Fletch und Emily morgen nach Hause kommen.«

Da er wusste, dass das nicht das Einzige war, das zwischen Truck und Raynes bester Freundin vor sich ging, fragte Hollywood: »Willst du, dass ich Emily Bescheid sage?«

»Würdest du das tun?«

»Natürlich.«

»Sag aber nichts von der Chemotherapie«, bat ihn Truck.

»Natürlich nicht«, entgegnete Hollywood, war ihm jedoch nicht böse.

»Danke. Ich weiß es wirklich zu schätzen.«

»Weißt du schon, was du tun wirst?« Er musste es einfach fragen.

Truck nickte bestimmt. »Ja, ich weiß *ganz genau*, was ich tun werde.«

»Mary hat sich in der Vergangenheit nicht gerade nett dir gegenüber verhalten.« Hollywood erzählte Truck da etwas, was dieser zweifelsohne bereits wusste.

»Pass auf, ich weiß, dass ihr Jungs euch Sorgen um mich macht, das braucht ihr aber nicht. Mary wollte einfach nur Rayne schützen. Sie war wütend auf Ghost und hat es an mir ausgelassen. Und jedes Mal, wenn sie seitdem gereizt war, lag das nicht daran, dass sie mich *nicht* mag.«

Hollywood betrachtete seinen Freund und nickte dann. »Kommt sie wieder in Ordnung?«

»Verdammt, auf jeden Fall, wenn ich ein Wörtchen mitzureden habe«, sagte Truck voller Mitgefühl.

»Gut. Fahr vorsichtig. Bis später.«

Hollywood war zurück in den Ballsaal gegangen und hatte der Gruppe mitgeteilt, dass Truck nach Hause gefahren war, um Mary mit Annie zu helfen. Er musste Emily, Fletch und Rayne mindestens ein Dutzend Mal versichern, dass nichts Schlimmes passiert war und dass Mary und Truck auf Annie aufpassen konnten, bis sie am nächsten Tag nach Hause zurückkehrten.

Und jetzt war Hollywood mit Kassie auf der Tanzfläche. Sie lag perfekt in seinen Armen und obwohl sie nicht richtig tanzten, sondern sich einfach nur hin- und herwiegten, machte es Hollywood nichts aus, weil er sie im Arm halten konnte.

»Können wir uns unterhalten?«, wollte Kassie wissen, nachdem sie einige Nummern durchgetanzt hatten.

»Natürlich, meine Süße.«

»Aber nicht hier. Können wir vielleicht spazieren gehen oder sowas?«

Hollywood sah besorgt zu Kassie hinab. Es war nie gut, wenn eine Frau sagte, sie wolle reden, was ihm aber wirklich nicht gefiel war die Tatsache, dass er nicht erraten konnte, was ihr gerade durch den Kopf ging. Er hatte gedacht, die Enthüllungen all der Dinge, die ihr Ex-Freund mit ihr angestellt hatte, wären vorbei. Er fragte sich, was dieser Mann sonst noch als Militärtradition ausgegeben hatte. Er mochte ihn nicht. Ganz und gar nicht. Kassie hatte an jenem Abend schon eine ganze Reihe verschiedener Gefühle durchlaufen müssen und ihm gefiel die entspannte und unkomplizierte Frau, die er gerade an seiner Seite hatte, und er wollte nicht, dass noch etwas heute Abend ihre Stimmung trübte.

»Ich glaube, in der Nähe der Eingangshalle gibt es einen kleinen Garten. Wir könnten dorthin gehen.«

»Sehr gut.«

Hollywood löste sich von ihr und führte sie aus dem Saal, wobei er Coach zunickte, als er an seinem Teamkollegen vorbeikam, um ihm Bescheid zu sagen, dass er für einen Moment draußen war. Sie befanden sich vielleicht in Amerika auf einer formellen Veranstaltung, doch niemals waren die anderen Teammitglieder unaufmerksam oder vernachlässigten einander. Auch hier unterstützten sie einander und damit hatten sie sich oft gegenseitig das Leben gerettet.

Hollywood und Kassie wanderten aus der Eingangshalle zu dem kleinen Spazierweg hinter dem Hotel. In den Bäumen waren Lichter aufgehängt, die dem gesamten Areal ein romantisches, aber sicheres Gefühl gaben. Bänke säumten den Gehweg und Kassie ging direkt zu einer und setzte sich.

Hollywood folgte, plötzlich nervöser, als er es den ganzen Abend über gewesen war. Er wollte Kassie nach Ende der Veranstaltung noch einmal einladen. Er *wollte* sie nicht nur wiedersehen, er *musste* es einfach. Sie passten auf einer grundlegenden Ebene zusammen und er war überglücklich, als ihm klar wurde, dass die lustige Frau, die ihm all diese E-Mails und Nachrichten schrieb, auch in Wirklichkeit genau die gleiche war.

»Was ist los?«, fragte er und nahm ihre immer kalten Hände in seine. Es fühlte sich mittlerweile schon ganz natürlich an, ihre Hand zu nehmen und sie auf sein Bein zu legen, wenn sie nebeneinandersaßen. Er konnte einfach seine Hände nicht von ihr lassen.

»Der Abend gefällt mir wirklich ausgesprochen gut«,

begann Kassie. »Und bevor ich weiterspreche, möchte ich, dass du weißt, dass ich dich gern wiedersehen würde.«

»Gut«, sagte Hollywood zufrieden. »Das will ich nämlich auch.«

Sie lächelte ihn schüchtern an. »Ich wusste nicht, was heute Abend auf mich zukommt, und du weißt ja, was für schlechte Erfahrungen ich mit der Farce eines Militärballs meines Ex-Freundes gemacht habe. Und obwohl ich im Internet nachgeschaut habe, was mich erwartet, war mir die ganze Sache dennoch nicht geheuer.«

»Ich bin überrascht, dass du überhaupt gekommen bist. Besonders wenn du dachtest, du müsstest aus der Grog-Schale trinken«, entgegnete Hollywood ehrlich.

»Da du es gerade ansprichst«, bemerkte Kassie widerstrebend. »Ich ...«

»Was ist denn los? Du kannst mir wirklich alles sagen, Kass.«

»Okay, wie du ja bereits weißt, ist mein Ex-Freund ein Arschloch. Und obwohl ich nicht mehr mit ihm zusammen bin, hat er einen Freund, der mich verfolgt und mir das Leben zur Hölle macht. Ich habe versucht, ihn nicht zu beachten, aber das hat nicht funktioniert.«

Hollywood erstarrte neben ihr. »Ist er ein Stalker?«

Kassie schüttelte den Kopf. »Nein, eigentlich nicht. Aber –«

»Wenn er dich verfolgt und dir das nicht gefällt, dann ist er ein Stalker«, versicherte Hollywood ihr streng. »Warst du schon bei der Polizei?«

»Nein, aber da will ich nächste Woche hin.« Sie hielt ihre freie Hand hoch und lächelte ihn an, während er sie weiterhin ernst anstarrte. »Ich verspreche es. Ich kann das allein einfach nicht mehr durchziehen. Das ist mir jetzt klar geworden. Aber ich muss erst mit meiner Familie reden.«

»Willst du, dass ich mit dir zur Polizei gehe?«, fragte Hollywood und wusste nicht, warum er sie das gefragt hatte, war sich aber sicher, dass es ihm nicht gefiel, wenn jemand die Frau belästigte, die neben ihm saß. Sie waren zwar nicht in einer festen Beziehung, aber irgendetwas war zwischen ihnen. Und sie bedeutete ihm etwas.

»Vielleicht. Aber Hollywood, das ist noch nicht alles.«

»Da ist noch mehr?«

»Ja«, sagte Kassie. »Also, dieser Freund meines Ex-Freundes geht mir seit rund einem Jahr auf die Nerven. Sie stehen sich schon seit ihrer Kindheit unglaublich nahe. Allerdings musst du wissen, dass Richard am Anfang unserer Beziehung lieb und freundlich gewesen war. Erst in Übersee ist er so geworden, wie er jetzt ist. Er sagt, dass eine Bombe ganz in seiner Nähe hochgegangen ist. Ihm ist nichts passiert, aber irgendetwas stimmt seitdem in seinem Kopf nicht. Die Ärzte haben gesagt, sie können nichts finden, aber meiner Meinung nach ist da irgendwas. Er hat sich verändert. Er hatte mich gefragt, ob ich ihn heiraten wollte, doch als er nach Hause kam, war er gemein. Er war nicht mehr der gleiche Mann, mit dem ich eine Beziehung hatte. Anfangs versuchte ich, Mitgefühl zu zeigen, schließlich wollte ich nicht Schluss mit ihm machen, weil er während des Einsatzes verletzt worden war, doch nach der Geschichte in seiner Wohnung musste ich es tun. Sein Freund aus Kindertagen versuchte ebenfalls, mit ihm zum Militär zu gehen, doch er hat das Basistraining nicht bestanden. Die beiden trainierten zusammen auf einem Gelände, das mein Ex-Freund selbst errichtet hatte. Tag und Nacht liefen sie durch den Hindernisparcours. Richard brachte seinem Freund alles bei, was er gelernt hatte. Und als Richard von seinem Einsatz zurückkam, gelang es ihm irgendwie, seinen Freund dazu zu bringen, alles zu glauben, was er sagte oder tat. Es war fast so, als wären sie eine Sekte oder sowas. Sie machten mir Angst. Beide. Ich wollte mit Richard Schluss machen, doch das ließ er nicht zu.«

Hollywood gefiel die Geschichte, die er da hörte, ganz und gar nicht, doch er hielt den Mund und ließ Kassie weiterreden.

»Ich schäme mich, zugeben zu müssen, dass ich die Beziehung so lange weiterlaufen ließ, weil ich immer hoffte, dass Richard sich wieder zu dem Mann entwickeln würde, in den ich mich verliebt hatte. Und wahrscheinlich außerdem auch, weil ich Angst vor dem hatte, was er tun würde, wenn ich die Polizei einschaltete, aber die Wahrheit ist, dass ich nicht wusste, wie ich aus der Beziehung herauskommen sollte. Die Zeiten, wenn mein Ex-Freund in Fort Hood war, waren die reinste Erholung, weil ich mir keine Gedanken um ihn machen musste. Aber er sorgte immer dafür, dass sein Freund Dean ein Auge auf mich hatte. In den letzten Monaten ist es wirklich schlimm geworden. Mein Ex-Freund war wie verrückt und begann, über alle möglichen wirren Dinge zu reden, Rache und solche Sachen.«

Plötzlich überkam Hollywood ein ausgesprochen schlechtes Gefühl. Die Haare in seinem Nacken richteten sich auf und er erstarrte.

»Ich versuchte so oft, ihm klarzumachen, dass er sich Dinge einbildete und dass er besser einen Arzt aufsuchen sollte, doch er hörte nicht auf mich. Ich konnte nichts richtig machen und er war ständig wütend auf mich. Ich hatte solche Angst vor ihm. Ich habe *immer noch* Angst vor ihm. Als Richard letztes Jahr ins Gefängnis kam, dachte ich, ich wäre endlich frei. Ich dachte, ich könnte endlich mit meinem Leben weitermachen.«

Sie hatte es schon mehrmals gesagt, doch jetzt endlich

war bei Hollywood der Groschen gefallen. Er hoffte wie verrückt, dass es sich um einen Zufall handelte, hatte aber das schlechte Gefühl, dass es keiner war. Er ließ Kassies Hand los und hätte sie am liebsten gleich wieder ergriffen, ignorierte das Gefühl aber und fragte stattdessen: »Wie hieß dein Freund noch mal?«

»Du musst verstehen, dass ich wahnsinnige Angst vor ihm hatte«, sagte Kassie hektisch und wischte sich die Hand an ihrem Kleid ab. »Dean folgte mir überall hin und überbrachte mir Nachrichten von meinem Ex-Freund.«

»Wie heißt dein Ex-Freund mit Nachnamen, Kassie?«, fragte Hollywood erneut.

»Jacks. Er heißt Richard Jacks«, flüsterte sie.

»Verdammte Scheiße«, fluchte Hollywood.

»Ich weiß«, sagte Kassie so schnell, dass ihre Worte ineinander übergingen. »Als er mir aufgetragen hat, dich über diese Partner-Webseite zu kontaktieren, wollte ich es nicht tun, aber er ließ mir keine Wahl. Und ich hätte auch nicht gedacht, dass ich dich so sehr mag.«

»Du spionierst mich also aus«, sagte Hollywood mit gepresster Stimme und all die guten Gefühle, die er für die Frau neben sich gehegt hatte, waren wie weggeblasen.

Sie schüttelte verzweifelt den Kopf. »Nein, so ist das nicht. Ich –«

»Du hast mir nur geschrieben, weil Jacks es von dir verlangt hat. Dann hast du dich mit mir angefreundet und mich dazu gebracht, dich hierher einzuladen, damit du ihm hinterher alles erzählen kannst.«

»Schon, aber –«

Hollywood ließ sie nicht ausreden. »Das ist doch ein Witz«, fauchte er. »Und ich dachte schon, ich hätte endlich jemanden getroffen, der mich mag, wie ich bin, und nicht wegen meines Aussehens, und stattdessen muss ich herausfinden, dass es sogar noch schlimmer ist. Du bist auch nicht besser als die blöden Weiber, die in den Kasernen rumhängen und auf einen One-Night-Stand hoffen.«

»Hollywood, nein, ich –«

»Was wolltest du ihm denn erzählen, Kassie? Willst du ihm vielleicht sagen, dass Coach mittlerweile eine Freundin hat, sodass er die auch verfolgen kann? Oder wirst du ihn eher auf Mary ansetzen, da sie Raynes beste Freundin und verletzlich ist?«

»Nein, hör zu. Ich würde niemals –«

»Erspare mir den Rest«, fuhr Hollywood sie an und stand auf, wobei er sie wütend anstarrte. »Ich will es nicht hören. Ich habe wirklich geglaubt, du seist anders als die anderen. Ich war so wütend, als ich das mit der Grog-Schale und der Empfangsreihe herausgefunden habe. Aber das war wahrscheinlich auch nur gespielt, nicht wahr? Eine Geschichte, die ihr beiden euch ausgedacht habt, damit du mir leidtust. Wahrscheinlich hast du mit all seinen Freunden gefickt, nicht wahr? Habt ihr alle Witze darüber gemacht, wie verängstigt die kleine Annie war, nachdem man sie unter Drogen gesetzt und aus dem Autowrack gezogen hatte? Vielleicht findest du es sogar witzig, dass Emily monatelang erpresst worden ist und krank wurde, weil sie nicht genügend Geld für etwas zu essen hatte, weil sie all ihr Geld Jacks gab.«

»Nein! Verdammt, Hollywood, hör auf, mich zu unterbrechen, und hör mir zu, ich habe nicht –«

»Warum sollte ich dir zuhören?« Hollywood war in Fahrt. Er sah sie durch eine Art roten Nebel, der sein Gesichtsfeld ausfüllte. Er konnte sich nicht daran erinnern, jemals zuvor so wütend gewesen zu sein. Und das lag teilweise daran, dass er Kassie so gernhatte, aber teilweise auch daran, dass Jacks immer noch nicht fertig war, Pläne gegen ihn und sein Team zu schmieden. »Du steckst doch mit Jacks unter einer Decke. Er ist im Gefängnis und versucht immer noch, uns das Leben zu vermiesen. Würdest du ihm bitte von mir und meinen Freunden eine Nachricht überbringen? Sag ihm, er soll uns zeigen, was er draufhat. Und egal wie viel Mühe er sich auch gibt, wir werden ihm den Hintern versohlen. Jacks ist nichts weiter als ein bemitleidenswerter, kleiner Feigling, und er wird immer ein Verlierer sein.«

Hollywood starrte Kassie weiterhin böse an. Sie war aufgestanden, hatte die Arme vor der Brust verschränkt und sah zu ihm auf. Sie sah niedergeschlagen und verängstigt aus. Das gefiel ihm nicht, doch die Tatsache, dass sie ihn so hintergangen hatte, lastete ihm auf der Seele.

»Ich weiß, dass er ein Verlierer ist«, entgegnete Kassie leise. »Das ist es ja, was ich dir zu erklären versuche. Wenn du mich nur aussprechen lassen würdest, würde ich –«

Ihr einfach nur zuzuhören verletzte ihn sogar schon. Er konnte es nicht zulassen, dass sie redete. Wenn sie das nämlich tat, würde sie etwas sagen, was ihn dazu bringen würde, Mitleid mit ihr zu haben und nachzugeben. Aber seine Freunde waren ihm wichtiger als sie. »Warum sollte ich es zulassen, dass jemand, der mich und meine Freunde hintergangen hat, mir noch mehr Lügen erzählt? Am besten fährst du jetzt nach Hause und sagst Jacks, was auch immer zum Teufel du willst. Aber eins sage ich dir, Kassie – falls du überhaupt wirklich so heißt –, wenn einem meiner Freunde auch nur ein Haar gekrümmt wird, wirst *du* dafür bezahlen.«

Daraufhin versuchte sie, nichts mehr zu sagen, sondern sah einfach zu ihm hinauf, während er böse auf sie hinab starrte.

»Jetzt hat es dir wohl die Sprache verschlagen?«, reizte er sie.

»Wenn du mir sowieso nicht zuhörst, warum sollte ich mir dann die Mühe machen?«, entgegnete sie einfach.

»Der heutige Abend war eine komplette Zeitverschwendung«, sagte Hollywood verbittert. »*Du* bist eine komplette Zeitverschwendung.« Dann drehte er sich um und versuchte, nicht zu bemerken, wie verletzt sie aussah, weil er sie mit seiner letzten Bemerkung so sehr getroffen hatte. Steif ging er in die Eingangshalle des Hotels zurück und geradewegs zu den Aufzügen. Er hieb auf den Knopf ein und kochte innerlich, während er auf den Fahrstuhl wartete.

Er musste es unbedingt seinen Teamkollegen mitteilen, dass Jacks noch immer hinter ihnen her war und kein Problem damit hatte, von seiner Zelle im Gefängnis aus andere Leute mit hineinzuziehen. Als der Aufzug kam, stieg er ein und drückte auf den Knopf für seine Etage.

Das Letzte, was er von Kassie Anderson sah, war ihr Rücken, als sie auf den Ausgang des Hotels zuging. Sie hatte den Kopf gesenkt und ging mit hängenden Schultern. Sie sah ganz sicher nicht aus wie eine Frau, die stolz auf das war, was sie getan hatte ... Aber das änderte nichts an der Tatsache, dass sie es getan hatte.

Hollywood löste die Fliege um seinen Hals und seufzte. Er war plötzlich unglaublich müde. Das Adrenalin wurde von seinem Körper absorbiert, sodass er jetzt nur noch erschöpft und traurig war. Vor einer halben Stunde noch hatte er sich wie der König der Welt gefühlt, doch jetzt fühlte er sich, als hätten die Taliban ihn tagelang gefoltert.

Als er aus dem Aufzug ausstieg und den Flur entlang zu seinem Zimmer ging, plante er bereits den nächsten Tag. Er würde seinen Freunden eine unbeschwerte Nacht gönnen, aber danach würden sie einen Plan aufstellen müssen, was zum Teufel sie tun sollten.

Jacks war wieder da und er würde jeden und alles dazu benutzen, das zu bekommen, wonach es ihm mehr als alles andere verlangte. Rache.

KAPITEL SIEBEN

»Damit ich das richtig verstehe«, sagte Ghost und klang richtig wütend, »es handelt sich bei Kassies Ex um Jacks, und sie hat dich auf der Webseite der Partnervermittlung absichtlich angeschrieben, sodass sie mehr über uns erfahren kann, um es dann an dieses Arschloch weiterzuleiten?«

»Ja«, bestätigte Hollywood verbittert.

»Bist du dir da sicher?«, wollte Coach wissen. »Sie kam mir gar nicht wie diese Art von Mensch vor.«

»Ich bin mir ausgesprochen sicher, sie hat es mir nämlich selbst gesagt«, erklärte Hollywood seinem Freund. »Ich wollte es erst auch nicht glauben.«

Die sechs Männer befanden sich gemeinsam in Hollywoods Zimmer und sprachen über alles, was er am Abend zuvor über Kassie und ihren alten Feind Jacks herausgefunden hatte.

Rayne, Emily und Harley schliefen noch, als Hollywood seinen Teamkollegen eine SMS geschrieben und sie um ein Treffen gebeten hatte. Truck war nach Temple aufgebrochen, aber sie würden ihn über alles informieren, was vor sich ging, wenn sie nach Hause kamen.

»Ich verstehe es einfach nicht«, warf Beatle ein. »Was hofft er denn, von ihr zu erfahren? Es ist ja nicht so, als würden wir herumsitzen und über unsere Missionen und solche Sachen reden. Sollte sie ihm also sagen, was du zum Abendessen gegessen hast und wie du küsst?«

Hollywood fuhr sich mit der Hand durchs Haar und zuckte mit den Achseln. Er wünschte sich, er hätte die Weitsicht gehabt, sie zu küssen, sie richtig zu küssen, und ihr nicht nur einen zarten Kuss auf die Lippen zu hauchen, bevor sie die Bombe hatte platzen lassen. »Ich habe verdammt noch mal keine Ahnung. Und wer kann das bei Jacks schon sagen. Aber es macht mich wütend, dass sie mich ausgenutzt hat.«

»Eigentlich sah es nicht so aus, als würde sie dich ausnutzen«, stellte Fletch leichthin fest. »So, wie ihr beiden Händchen gehalten habt, hatte ich eigentlich eher das Gefühl, dass ihr euch hervorragend versteht.«

»Warum bist du nicht sauer?«, maulte Hollywood ihn an. »Schließlich waren es deine Frau und dein Kind, die von diesem Arschloch entführt worden sind. Du solltest eigentlich stinkwütend sein, dass Kassie versucht hat, diese Scheiße abzuziehen.«

Fletch beugte sich vor und bedachte Hollywood mit einem Blick, den dieser nicht zu deuten wusste. »Ich weiß sehr wohl, dass Jacks meiner Frau eine Pistole an den Kopf gehalten hat. Das ist mir durchaus klar und ich habe mir mehr als hundertmal gewünscht, Rock hätte dem Typen eine Kugel in den Kopf verpasst. Aber Hollywood, es war Jacks, der die Pistole gehalten hat, nicht Kassie. Ich glaube nicht, dass die Frau, als die ich sie kennengelernt habe, einer Fliege etwas zuleide tun könnte. Emily hat mir erzählt, dass sie, als sie alle gemeinsam auf die Toilette gegangen sind, mit ihnen gelacht und geschwätzt hat, als hätte sie überhaupt keine Sorgen. Meine Frau mag sie und ich vertraue auf Ems Einschätzung, und zwar zu hundert Prozent.«

Hollywood schüttelte den Kopf. Er war nicht überzeugt. »Sie hat gelogen. Sie hat mir nur geschrieben, weil sie Informationen über uns sammeln wollte.«

»Vielleicht am Anfang. Aber warum hat sie dir immer wieder geschrieben? Sie hätte Jacks einfach sagen können, dass du dich nicht hast ködern lassen. Oder dass du kein Interesse an ihr zu haben scheinst. Das hat sie aber ganz offensichtlich nicht getan. Stattdessen hat sie dir immer wieder geschrieben«, entgegnete Fletch mit Nachdruck.

»Weil sie die Informationen brauchte!«, rief Hollywood aufgebracht. Fletch lehnte sich auf seinem Stuhl zurück und schüttelte den Kopf. »Das glaube ich nicht.«

»Scheiße, ich kann es nicht fassen«, murmelte Hollywood.

»Warum hätte sie dir von Jacks erzählen sollen?«, fragte nun auch Ghost, der seine Wut jetzt unter Kontrolle hatte.

»Wer zum Teufel weiß das schon?«, schnappte Hollywood.

»Aber jetzt mal im Ernst«, hakte Ghost nach. »Ihr seid euch langsam nähergekommen. Ihr habt den ganzen Abend über Händchen gehalten. Sie hatte dich genau da, wo sie dich haben wollte. Willst du etwa tatsächlich behaupten, dass du sie nicht mit auf dein Zimmer genommen hättest, wenn sie dir auch nur das geringste Anzeichen dafür gegeben hätte, dass sie das wollte?«, fragte er. »Warum hätte sie dir von Jacks erzählen sollen, wenn die Dinge so gut liefen?«

Einen Moment lang war es still im Raum, bevor Hollywood mutmaßte: »Weil sie Schuldgefühle hatte?«

»Ja«, stimmte Ghost ihm zu, »ich bin mir sicher, dass sie die hatte. Trotzdem hätte sie dir gar nichts erzählen müssen. Sie hätte den Abend einfach beenden und nach Hause gehen können und dann irgendeine Ausrede erfinden, um dich nie wiederzusehen, wenn sie wirklich Schuldgefühle wegen dem hatte, was sie getan hat. Aber stattdessen hat sie zugegeben, was sie getan hat. Und da wir schon beim Thema sind ... Warum hat sie bei dem, was Jacks von ihr verlangt hat, überhaupt mitgemacht?«

Hollywood starrte seinen Freund an. Diese Frage schien in seinem Kopf nachzuhallen. Warum? Er hob seine Finger an die Stirn und versuchte, die Kopfschmerzen wegzumassieren, die sich dort eingenistet hatten, seit er am Abend zuvor herausgefunden hatte, was Kassie getan hatte.

»Hat sie dir gesagt warum?«, hakte Beatle nach.

Hollywood versuchte, sich an den vorangegangenen Abend zu erinnern. »Sie hat gesagt, Jacks hätte einen Freund – Dean hieß er, glaube ich –, der zwar die Grundausbildung nicht geschafft hatte, aber ziemlich viel militärischen Kram von Jacks gelernt hatte und der sie verfolgte. Nachdem ich herausgefunden hatte, dass Jacks ihr Ex-Freund ist, und sie zugegeben hatte, was sie getan hat, habe ich ihr nicht gerade die Gelegenheit gegeben, sich zu erklären.«

»Er droht ihr mit irgendwas«, sagte Fletch ohne den geringsten Zweifel in der Stimme.

»Er ist im Knast«, erinnerte Hollywood seinen Freund.

»Aber sein Freund ist es nicht«, fügte Ghost hinzu.

»Verdammt«, fluchte Hollywood. Und plötzlich fühlte er sich schlecht. Eigentlich war er der Leidtragende der Situation und trotzdem hatte er Schuldgefühle, weil er sich nicht Kassies Erklärung angehört hatte.

»Halte deine Freunde nahe, deine Feinde aber noch näher«, sagte Blade trocken.

»Was?«, wollte Hollywood wissen.

»Halte deine Freunde –«

»Ich habe gehört, was du gesagt hast, Idiot«, unterbrach ihn Hollywood. »Wovon zum Teufel sprichst du?«

»Falls Jacks trotzdem noch vorhat, uns etwas anzutun ... Hättest du dann nicht gern jemanden auf unserer Seite, der weiß, was los ist, und uns Informationen beschaffen kann? Könnte Kassie uns nicht dabei helfen herauszufinden, was er vorhat und wer ihm hilft? Sonst wissen wir überhaupt nicht, was vor sich geht, und das könnte dazu führen, dass wir in eine heikle Lage geraten.«

»Die Situation ist doch bereits heikel«, entgegnete Hollywood trocken. »Aber so ganz unrecht hast du nicht.«

»Am besten schreibst du ihr eine E-Mail«, schlug Ghost vor. »Sag ihr, dass es dir leidtut und dass du gern mit ihr reden möchtest.«

»Also soll ich sie belügen, genauso wie sie mich angelogen hat?«, wollte Hollywood von seinem Freund wissen.

»Würdest du denn lügen?«, erwiderte Ghost mit typischer untrüglicher Intuition.

Verdammt. Er liebte seine Freunde und die Tatsache, dass es manchmal fast so war, als könnten sie die Gedanken des anderen lesen, aber jetzt gerade ärgerte es ihn extrem. Denn er wollte weiter wütend sein. Er wollte sich darüber beschweren, wie schrecklich Kassie war und dass das, was sie getan hatte, unverzeihlich war. Doch stattdessen benutzten sie Logik und sorgten dafür, dass er tatsächlich darüber nachdachte, was sie vielleicht gerade durchmachte.

Bevor er Ghost antworten konnte, piepte sein Telefon

und benachrichtigte ihn über den Eingang einer E-Mail. Hollywood blickte auf das Gerät und blinzelte. Dann blickte er noch mal darauf. »Verdammt«, sagte er leise.

»Was ist?«, wollte Blade wissen. »Ist es Truck? Oder eine der Frauen? Annie?«

»Nein, es ist Kassie. Sie hat mir eine E-Mail geschickt«, erklärte Hollywood seinen Freunden.

Als er einfach nur dastand und weiter auf den kleinen Bildschirm starrte, befahl Ghost ihm ungeduldig: »Jetzt mach schon, lies sie.«

Hollywood nickte und klickte auf die E-Mail. Die Männer im Zimmer wurden still, als er die Worte las, die Kassie ihm geschrieben hatte.

Als er innehielt und die Augen schloss, drängte Ghost ihn: »Willst du es uns vielleicht auch verraten? Wenn es um Jacks geht, geht es uns alle was an.«

»Ich weiß«, sagte Hollywood und fuhr sich mit einer Hand durch das kurze Haar. Am Anfang des Gesprächs mit seinen Freunden über die Situation war er wütend gewesen, doch innerhalb kurzer Zeit war er über frustriert bei verwirrt angelangt. »Sie ist verärgert. Und dazu hat sie jedes Recht. Ich war wirklich ein Esel.«

»Ich glaube nicht –«, begann Coach, doch Hollywood fiel ihm ins Wort.

»Nein, das war ich. Wirklich, es ist ja schön, dass ihr mich unterstützen wollt, aber ich habe sie nicht reden lassen. Ich habe sie immer wieder unterbrochen, weil ich so wütend auf mich war, weil ich sie wirklich mochte, und gedemütigt war, dass sie anscheinend nur wegen Jacks mit mir zusammen war.«

»Was schreibt sie?«, wollte Ghost wissen.

Hollywood räusperte sich und las seinen Freunden dann Kassies E-Mail vor.

. . .

An: Hollywood
Von: Kassie
Betreff: Es tut mir leid

Es tut mir leid. Und das werde ich so oft sagen, bis du mir vergibst. Es tut mir leid. So unglaublich leid.

Es tut mir leid, aber ich bin auch etwas wütend. Auf dich.

Ich hätte dir nicht von Richard erzählen müssen. Ich hätte niemals zugeben müssen, warum ich dir zum ersten Mal geschrieben habe, aber ich habe es getan. Und du hast mir nicht mal zugehört, als ich versucht habe, dir zu erklären warum.

Richard hat mich geschlagen. Das hat wehgetan. Und zwar so sehr, dass ich alles tun würde, damit es nicht noch mal passiert.

Er hat mich dazu gezwungen, seine ekelhaften Freunde zu küssen.

Er hat mich dazu gezwungen, diese Scheiße zu trinken, die er Grog nannte.

Er hat Militärtraditionen wie den verdammten »Deserteurtisch« erfunden und von mir verlangt, ihm blind zu vertrauen. Nachdem er im Einsatz gewesen war, habe ich mich nicht mehr bei ihm sicher gefühlt. Nicht ein einziges Mal.

Aber bei dir habe ich mich sicher gefühlt. Obwohl ich dich erst seit ein paar Stunden kannte, wusste ich, dass du mir niemals wehtun würdest. Doch dann hast du genau das getan. Du hast zwar nicht deine Fäuste benutzt, aber wehgetan hast du mir trotzdem.

Willst du wissen, warum ich dich damals angeschrieben habe?

Weil Richards Freund Dean meine kleine Schwester bedroht. Es wäre mir egal, wenn er mich bedroht, das ist nichts Neues. Das tut er die ganze Zeit. Aber jetzt verfolgt er Karina. Und er hat mich gezwungen, dir zu schreiben und zu versuchen, Informationen von dir zu bekommen. (Was denn für Informationen? Dass du in deiner Uniform toll aussiehst? Diese Idioten würden einen guten Plan nicht mal erkennen, wenn er ihnen in den Arsch beißt.) Sonst würde er dafür sorgen, dass Karina verschwindet und ich sie nie mehr wiedersehe.

Und DAS konnte ich nun wirklich nicht ignorieren. Wenn ich aufgrund meiner Taten in Gefahr geriet, so ist das eine Sache, aber wenn Dean Karina etwas antäte, würde ich nicht damit leben können.

Und deswegen habe ich es getan.

Obwohl es mir unangenehm ist, irgendetwas zu tun, was Richard oder Dean von mir verlangen. Aber es ist wahr, ich habe es getan. Du allerdings hast dafür gesorgt, dass ich dir vertraue. Du hast mich dazu gebracht zu denken, dass ich zur Abwechslung mal jemanden auf meiner Seite habe. Mir war klar, dass es dich aufregen würde, und ich hätte dir auch keinen Vorwurf daraus gemacht, aber du hättest mir wenigstens zuhören und erst dann entscheiden sollen, dass du nichts mit mir zu tun haben willst. Das wäre immerhin etwas anderes gewesen. Aber du hast mir nicht mal eine Chance gegeben. Auch wenn es jetzt vielleicht nicht mehr viel zählt, es tut mir leid, dass ich dich überhaupt aus den falschen Gründen angeschrieben habe, aber nachdem du mir geantwortet hattest, habe ich mich weiterhin mit dir unterhalten, weil ich dich wirklich mag. Dich.

Ich hoffe, du und deine Freunde befindet euch in Sicherheit. Richard ist ja (ganz offensichtlich) noch wütend auf euch alle. Ich weiß nicht, was er vorhat, aber ich bin mir sicher, dass ihr in seinem Plan alle sterben und begraben werden sollt.

Und obwohl ich aufgebracht, traurig und wütend auf dich bin, will ich dich doch nicht tot sehen. Also sei vorsichtig.

Viel Glück.

~Kassie

Vielleicht war es verrückt, doch Hollywood konnte nicht umhin, stolz auf Kassie zu sein. Er hatte ihr keine Chance gegeben, sich zu entschuldigen, und sie hätte sich einfach nach Hause schleichen und nie wieder mit ihm reden können. Doch stattdessen hatte sie es gewagt, ihn zu kontaktieren, obwohl sie nicht wusste, ob er auf Ihre E-Mail genauso abweisend reagieren würde, wie er es persönlich am Abend zuvor getan hatte. Und obwohl sie von Jacks und seinen Freunden misshandelt worden war, hatte sie keine Angst, ihn zu konfrontieren. Er hatte sich wie ein Arschloch verhalten, auch wenn er ein gewisses Recht dazu hatte in Anbetracht dessen, was sie ihm erzählt hatte, aber er hätte ihr zumindest zuhören müssen. Ihm gefiel, wie trotzig sie war und dass sie sich weigerte, die Dinge auf sich beruhen zu lassen.

Was ihm allerdings ganz und gar nicht gefiel war die Tatsache, dass Jacks seinen Freund dazu benutzte, Leute zu erpressen. Es war schlimm genug, was er Emily angetan hatte. Sie würden dem Ganzen ein Ende setzen müssen. Und zwar so schnell wie möglich. Er erhob sich.

»Fährst du zu ihr?«, wollte Ghost wissen.

»Das würde ich gern, ja. Aber erst muss ich herausfinden, wo sie wohnt.«

Ghost grinste ihn an. »Willst du Beth fragen?«

»Ja«, entgegnete Hollywood völlig ohne Reue. Ihre Adresse herauszufinden würde für die Hackerin, die sie in den letzten Monaten besser kennengelernt hatten, ein Kinderspiel sein.

»Brauchst du vielleicht Verstärkung?«, fragte Blade. »Schließlich hat sie dich ganz schön aufgemischt. Selbst ich habe ein bisschen Angst vor ihr.«

Hollywood starrte seinen Freund an, der bis über beide Ohren grinste. »Nein.«

»Soll ich dafür sorgen, dass Tex oder Beth mehr Informationen über diesen Dean ausgraben?«, wollte Coach wissen.

»Auf jeden Fall, verdammt«, versicherte Hollywood ihm. »Wir müssen außerdem herausfinden, wie er mit Jacks kommuniziert. Schließlich sollten seine Briefe überprüft werden, genau wie seine Anrufe. Kennt jemand irgendwen im Gefängnis von Leavenworth?«

Alle schüttelten den Kopf und Ghost sagte: »Ich frage mal Truck. Der scheint überall Verbindungen zu haben.«

»Ich weiß es zu schätzen. Würdet ihr bitte gehen, schließlich muss ich vor einer Frau zu Kreuze kriechen.«

Seine Freunde grinsen ihn an.

»Aber ganz im Ernst, Hollywood«, erklärte ihm Fletch, »wenn du irgendetwas brauchst, sag mir Bescheid. Em will zur Sixth Street, also bin ich noch ein paar Stunden hier.«

»Das werde ich. Jetzt muss ich mir nur noch überlegen, wie zum Teufel ich dafür sorgen soll, dass Kassie in Sicherheit ist, wenn sie eine Stunde entfernt von mir lebt. Und ihre Schwester auch. Und dann müssen wir uns um diesen Dean kümmern. Und dafür sorgen, dass Jacks versteht, dass er besser nicht einmal an seine Ex-Freundin *denken* sollte«, murmelte Hollywood.

»Hey ... ist Kassie der Grund dafür, dass du mich gefragt

hast, ob meine Wohnung noch zu vermieten ist?«, fragte Fletch plötzlich.

Hollywood zuckte ein wenig verlegen mit den Achseln. »Sie hat einmal nebenbei bemerkt, dass sie Interesse daran hätte, aus Austin wegzuziehen.«

Fletch stand auf, ging hinüber zu Hollywood und legte ihm seine Hand auf die Schulter. »Falls sie das Apartment brauchen kann oder haben will, gehört es ihr. Solange sie will.«

»Obwohl Jacks ihr Ex-Freund ist?«, fragte Hollywood. Eigentlich war es eine idiotische Frage, aber er musste wissen, dass Fletch ihr das nicht eines Tages vorhalten würde.

»*Ganz besonders*, weil sie Jacks' Ex-Freundin ist. Ich weiß nur allzu gut, wie dieses Arschloch den Leuten das Leben schwer macht. Nach dem, was mit Em passiert ist, und diesen Arschlöchern, die uns bei unserem Hochzeitsempfang ausgeraubt haben, sind mein Haus und meine Wohnung so sicher wie Fort Knox. Niemand kann auf meinem Anwesen auch nur einen Furz machen, ohne dass ich es weiß und von meiner App auf dem Handy benachrichtigt werde.«

Hollywood lachte leise. »Vielen Dank, Mann, ich weiß es zu schätzen. Ich weiß nicht, ob sie es braucht oder überhaupt will, aber es ist gut zu wissen, dass es die Option gibt.«

»Für dich würde ich doch alles tun. Wir haben zwar nicht das gleiche Blut, aber trotzdem sind wir Brüder. Daran gibt es nicht den geringsten Zweifel.«

Alle im Zimmer sagten »Hurra« und »Boah«, und Hollywood lächelte innerlich, als er daran dachte, was Kassie über dieses Wort gesagt hatte.

»Und jetzt«, erklärte er und hielt die Zimmertür auf,

»haut alle ab, damit ich losziehen und mich bei Kassie entschuldigen kann.«

Kurz nachdem alle gegangen waren, erhielt Hollywood eine SMS von Beth mit Kassies Adresse. Er dachte darüber nach, was er zu ihr sagen sollte ... Doch es fiel ihm nichts ein. Sie hatte sich bei ihm entschuldigt, aber tatsächlich war er derjenige, der sich bei *ihr* entschuldigen musste. Er hatte zwar das Recht, verärgert zu sein, aber es war nicht nett von ihm gewesen, dass er nicht zugelassen hatte, dass sie ihm alles erklärte. Und nun, da er wusste, dass sie das, was sie getan hatte, nur getan hatte, weil ihre Schwester bedroht wurde, fühlte er sich noch schlechter.

Hätte jemand seine Schwester Jade bedroht, hätte er alles dafür getan, um dafür zu sorgen, dass sie in Sicherheit war. Hollywood wusste, dass er damit anfangen musste, Kassie um Verzeihung zu bitten, weil er ihr am Abend zuvor nicht zugehört hatte, und dann würde er überlegen müssen, wie er ihr helfen könnte, in Erfahrung zu bringen, wie man Jacks' Rachegelüste gegen ihn verwenden konnte. Falls der Mann nämlich noch nicht wusste, dass Kassie ihm alles erzählt hatte, konnten sie das dazu benutzen herauszufinden, was er vorhatte, und ihn und sein Arschloch von einem Freund ausschalten, bevor sie weiteres Unheil anrichten konnten.

KAPITEL ACHT

Kassie war völlig erschöpft. Es war schon spät am Sonntagnachmittag und sie hatte in der letzten Nacht nicht sonderlich viel geschlafen, nachdem sie vom Ball nach Hause zurückgekehrt war. Ihr waren einfach zu viele Dinge durch den Kopf gegangen. Es war ein Wechselbad der Gefühle zwischen Traurigkeit und Herzschmerz und dann wieder brennender Wut. Hollywood hatte ihr nicht mal die Chance gegeben, etwas zu sagen. Sie hatte ihm nicht mal erklären dürfen, warum sie bei Richards und Deans idiotischem Plan mitgemacht hatte.

Er wäre dann wahrscheinlich immer noch wütend gewesen und wäre vielleicht auch davongestürmt, aber immerhin hätte er alle Fakten gekannt. Sie wusste, dass sie teilweise nur so aufgebracht war, weil sie den Mann so gernhatte und er sie ziemlich enttäuscht hatte. Nur einmal hätte sie gern einen Ritter in ihrem Leben gehabt. Jemand, der ihr beistand, ihre Hand hielt und ihr generell sagte, dass alles wieder in Ordnung kommen würde. So etwas hatte sie noch nie gehabt. Sie hatte gedacht, sie hätte es mit Richard, doch dann hatte es diese dumme Explosion im Einsatz gegeben, die alles ins Chaos gestürzt hatte.

Als sie endlich aus dem Bett gekrochen war, war sie nicht nur traurig darüber, was sie verloren hatte, nämlich den ersten Mann, den sie seit Richard wirklich gemocht hatte, sie war auch ein wenig enttäuscht. Sie hatte Hollywood eine E-Mail geschrieben. Sich erneut entschuldigt und ihm erklärt, was er sie am Abend zuvor nicht hatte sagen lassen.

Dann hatte sie das Selbstmitleid aufgegeben und war losgezogen, um das zu tun, was sie schon längst hätte tun sollen.

Der erste Stopp führte sie zum Haus ihrer Eltern. Jim und Donna Anderson mussten ganz genau erfahren, was im Leben ihrer ältesten Tochter vor sich ging. Was in den letzten Jahren alles vorgefallen war. Sie mussten erfahren, was für eine Art von Mann Richard Jacks war.

Zuerst waren sie verständlicherweise ziemlich schockiert gewesen. Ihr Vater hatte Richard gemocht, als er ihn kennengelernt hatte. Allerdings hatte er ihn seit dem Unfall nicht mehr oft gesehen und er hatte auch nicht geglaubt, was die Nachrichten über die Entführung von Emily und ihrer Tochter berichtet hatten. Allerdings hatte es ihren Vater sehr betroffen gemacht, als Kassie ihm erzählte, wie sehr sie am Ende der Beziehung gelitten und wie Richard sie verbal und körperlich missbraucht hatte.

Schließlich war sie sein erstes Kind, Daddys kleines Mädchen. Und als sie ihm die E-Mails und SMS von Dean gezeigt hatte, die angeblich ursprünglich von Richard stammten, war auch das sehr schwer zu ertragen gewesen. Sehr, sehr schwer. Und dann hatte sie ihnen unglücklicherweise auch noch mitteilen müssen, dass die Gefahr noch nicht vorüber war.

Sie musste ihnen erzählen, dass Dean jetzt Karina bedrohte. Und da war ihr Vater ein wenig ausgerastet. Er war im Zimmer herum gestürmt und hatte sich lauthals beschwert, dass er es nicht zulassen würde, dass Dean einer seiner geliebten Töchter auch nur ein Haar krümmte. Es tat Kassie gut, dass ihre Eltern die Gefahr ernst zu nehmen schienen. Es war jetzt auch klar, wie idiotisch es von ihr gewesen war, sie nicht schon vorher in Kenntnis gesetzt zu haben.

Als Nächstes musste sie ihrer Schwester Bescheid sagen, dass jemand sie beobachtete. Zu sehen, wie diese Nachricht ihre Schwester schockierte, hätte sie fast umgebracht. Und das war auch der Grund dafür gewesen, warum sie nicht schon eher etwas getan hatte. Sie hasste es, dass ihre kleine Schwester das durchmachen musste. Schließlich befand sie sich im Abschlussjahr. In ein paar Wochen würde der Abschlussball stattfinden. Und sie hätte sich eigentlich nur über drei Dinge Gedanken machen sollen, nämlich welche Universität sie besuchen wollte, dass sie sich an die Choreografie der Cheerleader-Aufführung erinnerte und ihre Noten.

Kassie war erst gegangen, nachdem Karina ihr versprochen hatte, vorsichtig zu sein, und ihr versichert hatte, dass sie ihr die ganze Situation später noch weiter erklären würde.

Dann war sie zur Polizei gegangen, um Anzeige gegen Dean zu erstatten. Sie hatte keine Beweise, dass Richard ebenfalls beteiligt war, weil er im Gefängnis saß, aber immerhin hörten die Beamten ihr zu. Sie kopierten all die Beweise, SMS und E-Mails, die Kassie mitgebracht hatte. Sie sagten ihr, sie sollte besonders vorsichtig sein und sich bei ihnen melden, falls sonst noch etwas vorfiele. Außerdem legten sie ihr nahe, eine Unterlassungsklage gegen Dean zu erwirken.

Sie versprach, sich die Sache einmal anzuschauen, war aber im Moment einfach zufrieden damit, dass die Polizei einige Informationen und einen Ausgangspunkt hatte, falls, Gott bewahre, ihr oder ihrer Schwester etwas zustoßen sollte.

Kassie hatte an diesem Morgen nichts gegessen, weil sie zu nervös gewesen war. Jetzt hatte sie wahnsinnigen Hunger, wollte nach ihrem Besuch bei der Polizei aber unbedingt schnell nach Hause. Karina machte sich große Sorgen über die gesamte Situation und hatte Kassie den ganzen Tag über mit SMS bombardiert. Kassie wollte jetzt eigentlich nur noch ins Bett kriechen und sich die Decke über den Kopf ziehen. Sie fuhr in eine Parklücke auf dem Parkplatz ihres Gebäudes und sah sich um. Ihr fiel nichts Ungewöhnliches auf, andererseits konnte Dean in einem der Wagen sitzen, ohne dass sie es je erfahren würde.

Kassie hasste es, so paranoid zu sein, sie erschauderte, atmete dann aber tief durch und machte die Tür auf. Und obwohl sie sich gar nicht sonderlich mutig fühlte, konnte sie immerhin so tun als ob. Sie griff sich ihre Handtasche und die Aktentasche, in der sie alle Beweise gesammelt hatte, die sie den ganzen Tag über mit sich herumgeschleppt hatte, und stieg aus. Mit der Hüfte schlug sie die Tür zu und drückte dann den entsprechenden Knopf auf ihrem Schlüssel, um die Wagentür zu verschließen, bevor sie zügig zur Eingangstür ihres Wohngebäudes ging.

Wie immer nahm sie die Treppe in den zweiten Stock – und hielt inne, als sie die Tür zu ihrer Etage öffnete. Neben ihrer Tür an die Wand gelehnt stand Hollywood. Er hatte die Beine an den Knöcheln gekreuzt, die Arme vor der Brust verschränkt und das Kinn auf die Brust gesenkt, als würde er schlafen. Nur eine Sekunde lang verspürte Kassie den Impuls, sich umzudrehen und abzuhauen. Noch hatte er sie nicht gesehen. Doch dann atmete sie tief durch. Nein. Sie hatte nichts falsch gemacht und sie hatte die Schnauze voll davon, ständig Angst zu haben. Sie glaubte nicht, dass sie es im Moment noch ertragen könnte, angeschrien zu werden, aber was für einen Unterschied machte das jetzt noch. Es handelte sich hier um ihr Leben. Sie hatte es selbst verschuldet, also musste sie jetzt auch mit den Konsequenzen ihrer Taten leben.

Hoch erhobenen Hauptes ging sie den Flur entlang. Sie hatte noch keine fünf Schritte getan, als Hollywood den Kopf hob und sie mit seinem Blick durchbohrte, während sie auf ihn zuging.

Kassie konnte an seinem Gesichtsausdruck nicht erkennen, was sich hinter seinen Augen abspielte. Sie war völlig erschöpft, und allein bei dem Gedanken daran, einen weiteren Anschiss von Hollywood ertragen zu müssen, hätte sie weinen können. So sehr sie sich auch einzureden versuchte, dass sie stark sei, so konnte man das im Moment wirklich nicht behaupten. Sie blickte hinab auf ihren Schlüsselbund und suchte so lange, bis sie den Schlüssel zu ihrer Wohnung gefunden hatte.

Ohne ein Wort zu sagen, ging sie an Hollywood vorbei und steckte den Schlüssel ins Schloss.

Sie beschloss, in die Offensive zu gehen, und fragte: »Wie hast du herausgefunden, wo ich wohne?«

»Eine Freundin von mir ist Hackerin«, sagte er ruhig, als hätte er nicht gerade zugegeben, dass er das Gesetz gebrochen hatte, um ihre Adresse herauszufinden. »Können wir miteinander reden?«, fragte er dann mit leiser Stimme.

»Man sollte eigentlich annehmen, du hättest gestern

Abend schon alles gesagt«, erklärte Kassie ihm und war stolz darauf, dass ihre Stimme nicht bebte.

»Ich war ein Idiot«, sagte er geradeheraus. »Ich hätte dir zuhören sollen. Ich bin froh, dass du mir eine E-Mail geschrieben hast.«

»Ja. Ich bin wirklich toll«, murmelte Kassie, während sie die Wohnungstür aufschloss und die Tür öffnete. Dann wandte sie sich an Hollywood, der neben der Tür stand, sah zu ihm hoch und hoffte, dass ihre Körpersprache alles Wichtige vermittelte. »Entschuldigung angenommen. Und jetzt verschwinde.«

Und sie hätte es auch durchgezogen, wenn er sie nicht berührt hätte. Dann hätte sie ihm einfach die Tür vor der Nase zugeschlagen und ganz normal ihren Abend verbracht.

Doch bevor sie hineinschlüpfen und ihm entkommen konnte, hatte er ihr eine Hand auf den Arm gelegt und sagte leise: »Bitte. Lass mich rein, damit wir uns unterhalten können. Ich warte schon seit heute Vormittag auf dich.«

Sie sah schockiert zu ihm hoch und versuchte, das warme Gefühl zu ignorieren, das seine Finger auf ihrem Arm hinterließen. »Du hast den ganzen Tag gewartet?«

»Ja. Sechs Stunden.«

Kassie seufzte schwer und schloss die Augen, wobei sie versuchte, wieder so wütend zu werden, wie sie es gewesen war, als sie ihm die E-Mail geschrieben hatte. Aber dazu fehlte ihr einfach die Energie. »Na gut. Aber ich bin wirklich müde, also musst du dich beeilen.«

Er nickte, sagte aber nichts.

Kassie schüttelte seine Hand ab und ging in ihre Wohnung. Er folgte ihr und sie konnte spüren, dass er sie ansah, als sie ihre Schlüssel in eine Schale auf dem Tisch neben der Tür warf. »Sperr bitte hinter dir ab«, bat sie ihn, noch immer, ohne ihn anzusehen, und ging tiefer in ihre Wohnung.

Die Wohnung war nicht gerade toll, aber immerhin günstig. Es gab eine kleine und funktionelle Küche, ein Sofa, einen Wohnzimmertisch, einen anständigen Fernseher und ein Regal voller Bücher. Wenn es in ihrem Leben drunter und drüber ging, konnte sie sich immer auf die Bücher verlassen. Sie halfen ihr dabei, alles durchzustehen. Überall gab es Fotos ihrer Familie und es war offensichtlich, dass hier eine Frau wohnte, die keinen großen Wert auf Ordnung legte.

Der Wohnzimmertisch war voller Werbung, die Spüle voller schmutzigem Geschirr, an einem Ende der Couch lag unordentlich eine Decke, zwei Paar Schuhe lagen in der Nähe auf dem Boden und hier und da standen halb abgebrannte Kerzen. Innerlich tat Kassie das alles mit einem Achselzucken ab. Auch egal. Schließlich hatte sie ihn nicht eingeladen.

Sie legte die Tasche mit den Beweisen, die sie den Polizisten und ihren Eltern gezeigt hatte, auf den Boden neben der Couch. Ihre Handtasche landete daneben. Dann setzte sie sich hin und fühlte sich, als ob das Gewicht der Welt auf ihr lastete. Es war nicht gerade die starke, ablehnende Haltung, die sie Hollywood zeigen wollte, aber sie hatte es im Moment einfach nicht in sich.

Sie sank in die grauen Wildlederkissen und seufzte erleichtert. Das Sofa war eines der ersten Dinge, die sie gekauft hatte, als sie eingezogen war, und sie hatte den Kauf nicht eine Sekunde lang bereut. Zwar war es teuer gewesen, aber dafür war es auch extrem bequem und genau das, was sie in diesem Moment brauchte.

Kassie schloss die Augen und tat so, als wäre sie allein. Sie tat so, als wäre ihr Leben nicht den Bach runtergegangen. Dass ihre kleine Schwester sich nicht die Augen aus dem Kopf geweint hatte, nachdem sie erfahren hatte, dass ein gruseliges, schleimiges Arschloch ihr nachspionierte und ihr etwas antun wollte.

»Kann ich dir etwas zu trinken bringen?«

Hollywoods Stimme durchbrach die Blase der Einsamkeit, in der sie vorgab sich zu befinden. Sie öffnete die Augen, wandte den Kopf zu ihm um und stellte fest, dass er neben der Armlehne der Couch stand und besorgt zu ihr hinabblickte.

»Nein. Können wir das endlich hinter uns bringen?«

Hollywood ging um den niedrigen Wohnzimmertisch vor der Couch herum und setzte sich neben sie. Er wandte sich ihr zu und hob ein Knie an, sodass es ihren Oberschenkel berührte. Er griff nach ihrer Hand und ließ seine Finger in ihre gleiten, wie er es auch am Abend zuvor getan hatte. Mit dem Unterschied, dass Kassie sich jetzt nicht beschützt fühlte, sondern so, als würde er sie festhalten.

Sie versuchte, ihre Hand wegzuziehen, doch er hielt sie nur umso fester.

»Entspann dich, Kassie.«

»Entspannen? Kommt gar nicht infrage.« Erneut zog sie an ihrer Hand und war frustriert, dass er sie nicht losließ. »Ich weiß auch nicht, was ich dir sagen soll. Und jetzt lass mich los, Hollywood.«

»Nein. Und du musst auch nichts sagen, *ich* aber schon. Zu meiner Verteidigung, du hast mich überrascht, das soll aber keine Rechtfertigung sein. Du musst wissen, dass ich Jacks wie einen Terroristen betrachte. Ganz egal ob ISIS, Taliban, Extremisten … um nur einige zu nennen. Im Ernst, genauso sehe ich ihn. Und hier war ich nun und hatte einen Heidenspaß bei unserer ersten Verabredung, ich fragte mich sogar, wie es mir gelungen war, jemanden wie dich zu finden, der so perfekt zu mir zu passen schien, und da hast du deine kleine Bombe losgelassen.«

Kassie wimmerte und zog fester an ihrer Hand, doch Hollywood hielt sie einfach noch fester. Sie wollte das alles nicht hören. Das wollte sie wirklich nicht. Mit der freien Hand versuchte sie, seine Hand loszumachen. Doch er legte seine andere Hand auf ihre und gebot ihr damit ganz einfach Einhalt. Er sprach schneller, als könnte er spüren, dass sie kurz davor stand, die Nerven zu verlieren.

»Ich kann nicht leugnen, dass ich sauer war, aber hauptsächlich deswegen, weil ich gespürt habe, dass es eine Verbindung zwischen uns beiden gab. Und dann bin ich heute Morgen aufgewacht und hatte das Gefühl, etwas sehr Wertvolles verloren zu haben. Mit dem Gefühl, einen großen Fehler gemacht zu haben. Ich habe mit meinen Freunden gesprochen und sie haben mir dabei geholfen, das zu bestätigen, was ich bereits wusste. Kassie ...« Er machte eine Pause und sah ihr in die Augen. »Ich weiß, dass du mir nicht sagen musstest, warum du mit mir Kontakt aufgenommen hast. Die Tatsache, dass du es trotzdem getan hast, zeigt mir deine Integrität. Wenn ich dir gestern Abend die Möglichkeit gegeben hätte, mir alles zu erklären, hätte ich mich beruhigt und mir wäre auch klar geworden, wie mutig du eigentlich bist.«

Kassie schloss die Augen und hatte Angst davor nachzugeben. Es fehlte nicht viel und sie hätte aufgegeben. Der ganze Tag war einfach zu viel gewesen. Sie spürte, wie er ihr eine Strähne ihres Haares hinter das Ohr strich, während er sprach.

»Es tut mir unheimlich leid, dass du die ganze Zeit über mit der Bedrohung durch Jacks leben musstest. Es tut mir leid, dass er Hand an dich gelegt hat. Bitte lass mich dir helfen, Kassie.«

»Warum?«, flüsterte sie.

»Warum ich dir helfen möchte?«, hakte Hollywood nach.

Kassie nickte und öffnete die Augen. Sie wollte sein Gesicht sehen, wenn er antwortete. Ganz sicher würde sie erkennen, ob er es ernst meinte oder ihr nur etwas vormachte.

Er scheute nicht davor zurück, ihr in die Augen zu sehen, als er sprach. »Weil ich mich noch nie einer Frau so verbunden gefühlt habe, wie ich es mit dir tue. Vor einem Jahr wäre mir vielleicht noch nicht mal klar gewesen, was wir haben. Doch nun, da fast alle meine Freunde die wahre Liebe gefunden haben, bin ich nicht bereit, das aufzugeben, was ich für wahre Liebe halte. Hätte mir in der Vergangenheit jemand das gesagt, was du mir gesagt hast, und getan, was du getan hast, hätte ich diejenige aufgegeben und keinen weiteren Gedanken an sie verschwendet. Aber mit dir ist das einfach nicht möglich. Irgendwie spüre ich dich in mir drin und dort hast du deine Wurzeln geschlagen.«

Sie ignorierte die Tatsache, dass er »wahre Liebe« gesagt hatte – darauf würde sie keinesfalls eingehen –, und musste unfreiwillig grinsen. »Also bin ich so eine Art Virus? Ist es das, was du mir sagen willst?«

Er erwiderte ihr Lächeln. »Nein, meine Süße, ich will dir damit sagen, dass es mir unmöglich ist, dich nicht wiederzusehen, so sehr ich es letzte Nacht auch versucht habe. Wir haben uns bei unserem E-Mail-Austausch ziemlich gut kennengelernt. Und als wir uns gestern Abend wirklich getroffen haben, hat das die Tatsache nur bestätigt, dass zwischen uns etwas Besonderes existiert. Und ich denke, dass du das Gleiche fühlst, andernfalls hättest du es nämlich nicht riskiert, mir von Jacks zu erzählen. Du verstehst mich einfach und ich dich. Und das will ich nicht wegwerfen. Okay, du hast mir vielleicht geschrieben, weil

Jacks es von dir verlangt hat. Das ist auch egal. Würde ich dieses Arschloch nicht so sehr hassen, würde ich mich sogar bei ihm bedanken.«

Kassie sah den Mann neben sich mit großen Augen an. Sie konnte nicht glauben, dass er innerhalb kürzester Zeit seine Meinung so komplett geändert hatte. Er war so verdammt wütend auf sie gewesen, dass er sie nie wiedersehen wollte, und jetzt behauptete er, sie hätten sich ineinander verliebt. »Ich habe kein Problem damit, mit dir und deinen Freunden zusammenzuarbeiten, um euch wissen zu lassen, was ich über Richard und seine Pläne weiß, auch wenn ich eigentlich keine Ahnung habe, was *genau* er plant. Aber ich bin gern der Mittelsmann und beschaffe euch die Informationen, die ihr haben wollt. Ich werde ihn mit falschen Informationen füttern und sogar als Köder fungieren, wenn es sein muss. Und all das würde ich tun, ohne deine Freundin zu sein, Hollywood. Ich finde es schrecklich, was er Emily und ihrer Tochter angetan hat. Du musst mir nicht schmeicheln und so tun, als würdest du mich mögen, nur um an Richard ranzukommen.«

Jetzt sah er wütend aus. Kassie hätte eigentlich Angst vor ihm bekommen sollen, doch sie wusste, dass er sie auch wütend niemals anrühren würde. Das hatte der gestrige Abend bewiesen. Er war unglaublich wütend gewesen, hatte sie aber nicht geschlagen, gestoßen, fest angefasst oder ihr sonst irgendwie Leid zugefügt.

»Ich sage dir doch nicht, wie sehr ich dich mag, um dich als Köder benutzen zu können. Verdammt, Kassie, ich weiß, dass ich manchmal ein Idiot sein kann, aber ein so großer nun auch wieder nicht. Und ich will auch nicht, dass du der Mittelsmann bist. Ich und meine Freunde können uns auch ohne deine Hilfe um dieses Arschloch kümmern. Ich will *dich* besser kennenlernen. Dich zum Abendessen einladen.

Filme mit dir schauen. Karina kennenlernen. Ihr zusehen, wenn sie bei den Spielen als Cheerleader tanzt. Es gibt nur eins, was ich will, und das ist Kassie Anderson. Sonst nichts, Süße. Ich habe keine versteckten Absichten. Ich will nur mit dir zusammen sein und dir hoffentlich näherkommen.«

»Oh.« Es war eine ziemlich lahme Antwort, aber mehr fiel ihr nicht ein.

»Heißt das ›Oh ja‹ oder ›Oh nein‹?«, wollte Hollywood wissen.

»Also, ich würde sagen ... eher ja.«

»Auch wenn das kein hundertprozentiges Ja ist, gebe ich mich damit zufrieden«, erklärte Hollywood ihr. »Und jetzt möchte ich dich fragen, ob du Hunger hast. Ich bin glatt am Verhungern. Ich wollte das Risiko nicht eingehen, dass du genau dann ankommst, wenn ich mir gerade etwas zu essen hole.«

»Haben die Nachbarn gar nichts gesagt? Ich kann mir nicht vorstellen, dass es ihnen gefallen hat, dass du den ganzen Tag im Flur herumgelungert hast«, sagte Kassie und versuchte, sich nicht schlecht zu fühlen, weil er solange auf sie gewartet hatte.

»Mehrere Leute haben mich gefragt, wer ich bin und was ich hier mache.« Hollywood zuckte mit den Achseln. »Ich habe ihnen gesagt, ich sei dein Freund und wir hätten uns gestritten. Und jetzt würde ich dich auf Knien um Vergebung bitten müssen. Anscheinend hatten sie nichts gegen diese Antwort. Ein paar von ihnen haben mir sogar Tipps gegeben, wie ich dich wieder zurückgewinnen kann.«

»Ich wage es gar nicht zu fragen«, murmelte Kassie.

»Rosen, für dich kochen, eine Fußmassage, mich von dir ans Bett fesseln zu lassen, damit du mit mir machen kannst, was du willst«, informierte Hollywood sie, ohne zu lachen.

Kassie fiel die Kinnlade herunter. »Im Ernst?«

»Im Ernst. Blumen habe ich nicht dabei und ich glaube, wir sind auch noch nicht bereit für die Dinge im Schlafzimmer, wobei ich zugeben muss, dass der Gedanke daran, dir ausgeliefert zu sein, alles andere als abtörnend ist, solange ich mich irgendwann mal revanchieren kann, was das angeht. Aber wenn du möchtest, kann ich dir etwas zu essen machen. Und ich habe es zwar noch nie probiert, aber ich könnte mir vorstellen, dass ich auch eine halbwegs ordentliche Fußmassage hinbekommen würde.«

Kassie schüttelte den Kopf, bevor er fertig war. Sie weigerte sich, sich diesen wunderbaren Mann in ihrem Bett vorzustellen. Es würde nicht passieren. Er würde sie kennenlernen, herausfinden, dass sie ihm zu langweilig war, und sich zurückziehen. »Ich bin müde, Hollywood. Sobald du gehst, gehe ich zu Bett.«

»Du musst doch etwas essen«, sagte er besorgt.

»Nein, das muss ich nicht. Es ist ja nicht so, als würde ich verhungern, wenn ich mal eine Mahlzeit auslasse.« Mit dem Kinn nickte sie in Richtung ihres Körpers.

Hollywood runzelte einen Moment lang die Stirn und fragte dann merkwürdigerweise: »Wo warst du heute?«

»Äh ...« Kassie fiel so schnell keine passende Antwort ein.

»Ich habe den ganzen Nachmittag auf dich gewartet. Und als du zurückgekommen bist, hattest du keine Einkaufstüten dabei, also warst du weder im Supermarkt noch im Einkaufszentrum. Warst du bei deiner Familie?«

Er war ziemlich scharfsinnig. Das würde sie sich merken müssen, wenn er bei ihr blieb. Sie nickte. »Ja, ich versuche, sie jedes Wochenende zu besuchen.«

Hollywood legte eine Hand seitlich an ihren Hals und streichelte mit dem Daumen sanft ihr Kinn, seine Finger fühlten sich warm auf der sensiblen Haut hinter ihrem Ohr an. »Hast du ihnen von Dean und Jacks erzählt?«

Kassie nickte. »Sie waren nicht gerade glücklich.«

»Das kann ich mir vorstellen. Und Karina? Hast du ihr gesagt, sie soll vorsichtig sein?«

Kassie nickte erneut und presste die Lippen zusammen, um nicht weinen zu müssen. Die Tränen standen ihr bereits in den Augen. Das Letzte, was sie jetzt jedoch gebrauchen könnte, war sein Mitleid. Sie war schon ihr ganzes Leben lang so gewesen. Stoisch und stark ... Solange sie kein Mitleid bekam. Dann fing sie sofort an zu heulen.

»Oh, meine Süße. Es tut mir so leid.«

Sie presste die Augen zusammen und versuchte, die Tränen zurückzuhalten. Sie wartete einen Moment lang und grunzte dann: »Ist schon in Ordnung. Ich hätte es ihnen schon längst sagen sollen.«

»Du hattest wirklich einen harten Tag«, murmelte Hollywood und zog sie an sich.

Damit war es um sie geschehen. Jetzt hätte sie die Tränen nicht mal mehr zurückhalten können, wenn jemand ihr eine Million Dollar geboten hätte. Die Tatsache, dass Hollywood sie bemitleidete und dass er überhaupt da war, war einfach zu viel. Sie hatte die Arme vor der Brust verschränkt und hielt sich an seinem T-Shirt fest, während sie weinte.

Kassie wusste eigentlich gar nicht so ganz genau, warum sie weinte. Viele Faktoren spielten eine Rolle. Stress, die Tatsache, dass sie in der Nacht zuvor nicht geschlafen hatte, die Achterbahnfahrt mit Hollywood, zu wissen, dass ihre Schwester Angst hatte ... all das spielte eine Rolle.

Hollywood sagte nichts, er hielt sie einfach nur fest, eine Hand auf ihrem Rücken und mit der anderen streichelte er beruhigend ihr Haar. Wieder und immer wieder. Von ihrem Kopf bis zu ihrem Rücken und dann noch mal.

Als sie endlich das Gefühl hatte, sich wieder in den Griff zu bekommen, war es ihr peinlich und sie löste sich von ihm. Kassie wischte sich mit den Händen die Tränen ab und konnte ihm nicht in die Augen sehen.

»Fühlst du dich jetzt besser?«

Sie schüttelte den Kopf. »Eigentlich nicht. Jetzt habe ich die Nase voller Rotz und weiß immer noch nicht, was ich gegen Dean unternehmen soll.« Sie konnte ihn einfach nicht anlügen, nicht nach dem schrecklichen Tag, den sie gehabt hatte, und der Tatsache, dass er sie bemitleidete.

Er lachte leise und verlagerte sein Gewicht an den Rand der Couch. »Ganz unrecht hast du nicht. Warum legst du dich nicht hin? Ruh dich ein bisschen aus, während ich uns was zu essen mache.«

Da blickte Kassie zu Hollywood hinauf. Ihre Tränen schienen ihn nicht anzuwidern, genauso wenig wie die Tatsache, dass ihr Gesicht ganz angeschwollen war. Und es machte ihm auch nichts aus, dass sie noch immer schniefte, als litte sie unter einer schrecklichen Allergie. »Was machst du da?«, flüsterte sie völlig verwirrt.

Er lehnte sich zu ihr, küsste sie auf die Stirn und sagte dann: »Ich werde uns etwas zum Abendessen machen.«

Kassie schüttelte den Kopf. »Nein, das meine ich nicht, ich meine: Was machst du hier? Mit mir?«

»Wie schon gesagt, ich mache uns was zu essen. Leg dich hin, Kassie. Entspann dich.«

»Das kann ich nicht«, murmelte sie, stellte ihre Füße auf die Kissen und zog die Knie an.

»Dann musst du es auch nicht. Lieg einfach nur da und denke an all die wunderbaren Sachen, die ich dir zu essen machen werde.«

Daraufhin musste sie lächeln. »Kannst du etwa kochen?«

»Du wirst es wohl einfach abwarten müssen, was?«, lautete seine Antwort und er lächelte sie ebenfalls an.

»Aber du hast einen langen Nachhauseweg.« Kassie sagte ihm da etwas, was er zweifelsohne schon wusste.

Hollywood tat es achselzuckend ab. »Eigentlich nicht, die Rückfahrt dauert nur eine Stunde.«

»Das ist eine ziemlich lange Fahrt.«

Er beugte sich über sie, legte die Hände zu beiden Seiten ihrer Schultern auf die Kissen und sagte leise: »Nach El Paso zu fahren dauert lange. Eine Stunde auf der Straße ist so gut wie nichts. Und nur damit du es weißt, die Tatsache, dass du hier und ich in Fort Hood wohne, wird mich nicht davon abhalten, dich zu sehen. Und selbst wenn es heißt, dass ich erst um neunzehn Uhr dreißig hier ankomme und um zweiundzwanzig Uhr wieder abfahre, weil ich um vier Uhr morgens aufstehen muss, um meinen Dienst anzutreten, dann werde ich es tun. Zwei Stunden Fahrt insgesamt machen mir überhaupt nichts aus, wenn es bedeutet, dass ich auch nur eine halbe Stunde damit verbringen kann, dich besser kennenzulernen.«

»Das ist doch verrückt«, erklärte sie Hollywood.

»Nein. Das nennt sich Entschlossenheit«, erwiderte er, gab ihr erneut einen Kuss auf die Stirn und richtete sich dann auf. »Mach die Augen zu, Kass. Ich werde uns jetzt was zu essen machen.«

Da ihr nichts anderes übrig blieb, tat Kassie wie geheißen.

KAPITEL NEUN

»Hey, Hollywood«, sagte Kass ihm ins Ohr. Seit dem Militärball waren zwei Wochen vergangen.

In jener ersten Nacht in ihrem Apartment war er geblieben und hatte ein unkompliziertes Abendessen mit Spaghetti und Knoblauchbrot gezaubert. Beim Essen hatten sie sich über alles Mögliche unterhalten. Sie hatte ihm erzählt, dass sie bei der Polizei gewesen war und dort alles erzählt hatte, womit Dean sie bedroht und was er alles getan hatte, seit Richard verhaftet worden war. Hollywood hatte sich erneut schuldig gefühlt, dass er am Abend zuvor nicht zugelassen hatte, dass sie ihm alles erklärte, es aber nicht erneut angesprochen. Schließlich war er jetzt da. Und er würde alles tun, um dafür zu sorgen, dass sie in Sicherheit war.

Und das hatte er auch getan. Er hatte Beth, dieselbe Frau, die Kassies Adresse für ihn herausgefunden hatte und jetzt für seinen Freund Tex arbeitete, darum gebeten, alles Erdenkliche über Dean herauszufinden. Er hatte mit seinem vorgesetzten Offizier über die Situation mit Jacks gesprochen und auch die Tatsache erwähnt, dass er mit

Dean kommunizierte und Kassie bedrohte, obwohl er im Gefängnis saß. Er wollte wissen, ob es irgendetwas gab, was er tun konnte, und außerdem versuchte Hollywood, dafür zu sorgen, dass Kassie nie das Gefühl hatte, das Ganze alleine bewältigen zu müssen. Es gefiel ihm gar nicht, dass sie sich einsam gefühlt und den Eindruck gehabt hatte, keine andere Wahl zu haben.

Er hatte außerdem mit Emily über Kassie gesprochen und sie machte ihr keine Vorwürfe. Sie hatte ihm erklärt, wie sie sich gefühlt hatte, als Jacks sie erpresste ... Dass sie das Gefühl gehabt hatte, keine andere Wahl zu haben, außer ihm das Geld zu zahlen, dass er verlangte.

Jacks mochte ja vielleicht ein Arschloch sein, dumm war er allerdings nicht. Ihm war klar, dass die Frauen tun würden, was er wollte, wenn er die schwächste Person in Emilys Leben und jetzt auch noch Kassie bedrohte.

Hollywood hatte Kassie jeden Tag gesehen oder zumindest mit ihr gesprochen, seit er ihr vor zwei Wochen das Abendessen zubereitet hatte. An ein paar Tagen hatte er genau das getan, was er ihr versprochen hatte, war nach der Arbeit losgefahren, nur um ein paar Stunden mit ihr zu verbringen, bevor er wieder nach Hause fuhr. An manch anderen Tagen, wenn er oder Kassie länger arbeiten mussten, hatte er sich damit zufriedengegeben, nur mit ihr zu telefonieren. Und er hatte ihr auch jeden Tag SMS oder eine E-Mail geschrieben, manchmal sogar öfter. Hatte einfach nur Hallo gesagt, ihr von seinem Tag erzählt und sich nur so gemeldet.

Das zarte Band zwischen ihnen war gewachsen. Kassie war die Erste, mit der er am Morgen reden wollte, und die Letzte, an die er dachte, bevor er schlafen ging. Es gefiel Hollywood ganz und gar nicht, dass sie in Austin lebte, aber er hoffte, es würde ihm gelingen, sie davon zu überzeugen, zu ihm nach Temple zu ziehen, wenn es ihm nur erst gelungen war, ihr Jacks und Dean vom Hals zu schaffen. Es mochte ihr ziemlich ungewöhnlich erscheinen, aber er hatte noch nie einen solchen Beschützerinstinkt irgendeiner Frau gegenüber empfunden, auch war ihm noch nie eine Frau so nahe gegangen. Kassie entwickelte sich rasend schnell zu dem wichtigsten Menschen in seinem Leben. Es war verrückt, aber seine Seele kam zur Ruhe, wenn er mit ihr zusammen war.

Für ihn war sie die Richtige. Das spürte er tief in seinen Knochen. Er wollte sie fragen, ob sie mit ihm zusammenziehen wollte, aber nur weil er wusste, dass sie die Richtige für ihn war, bedeutete das noch längst nicht, dass sie das Gleiche empfand. Es war mehr als offensichtlich, dass es nicht so leicht werden würde, aber Hollywood scheute die Herausforderung nicht. Er würde ihr auch jahrelang jeden Tag den Hof machen, wenn das bedeutete, dass sie ihn heiratete.

An diesem Wochenende kam Kassie das erste Mal zu ihm. Sie hatte sich darüber beschwert, wie gestresst sie war. Also hatte Hollywood mit Fletch abgemacht, dass sie in der Wohnung über seiner Garage übernachten konnte. Sie musste am Wochenende nicht arbeiten und er wollte, dass sie dazu in der Lage war, sich wirklich zu entspannen, und er musste sich mal zwei Tage lang keine Gedanken machen.

Eigentlich hätte er es am liebsten gehabt, wenn sie bei ihm gewohnt hätte, doch obwohl sie sich langsam näherkamen, wollte er sie nicht zu etwas zwingen, zu dem sie noch nicht bereit war. Hollywood wusste genau, dass er sie brauchte, um glücklich zu sein. Sie brauchte allerdings wahrscheinlich noch etwas mehr Zeit, um an diesen Punkt zu gelangen. Besonders nach allem, was mit ihrem Ex-Freund vorgefallen war. Die Tatsache, dass er sie nicht erst überzeugen musste, bevor sie zustimmte, ihn zu besuchen, zeigte, wie gestresst sie war.

Hollywood hatte für sie beide nicht allzu viel am Wochenende geplant, es reichte schon, dass er mehr als ein paar Stunden mit ihr am Stück verbringen konnte, allerdings mussten sie sich unbedingt mit den anderen treffen und die Situation mit Jacks besprechen. Dean war gerade nicht in der Stadt, aber auch Hollywood hatte das ungute Gefühl, dass die Dinge ziemlich schnell eskalieren würden, wenn er erst wieder zurück war ... Besonders wenn er herausfand, wie nahe er und Kassie sich jetzt standen. Der Plan, dass sie ihn und den Rest des Teams ausspionieren sollte, war nicht ganz so gelaufen, wie Dean und Jacks es sich vorgestellt hatten.

»Hey, Kass«, sagte er und hielt das Handy zwischen Ohr und Schulter geklemmt fest. »Wo bist du?«

»Ich bin gerade erst losgefahren. Ich sollte in etwas über einer Stunde da sein. Ist das okay?«

»Natürlich«, versicherte Hollywood ihr. »Du kommst doch erst mal direkt zu mir, oder?«

»Ja, ich habe deine Adresse in mein Navi eingegeben und es sieht ziemlich einfach aus.«

»Wie geht's deiner Schwester?«

»Es geht ihr gut. Keine von uns hat in letzter Zeit Dean gesehen, aber ich bin mir sicher, dass er sich noch irgendwo herumtreibt. Und je länger er darauf wartet, sich mit mir in Verbindung zu setzen, desto nervöser werde ich. Aber um ehrlich zu sein, bin ich mir nicht ganz sicher, dass Karina wirklich die Augen nach ihm offenhält. Sie steckt, was diese ganze Angelegenheit angeht, den Kopf in den Sand. Sie ist völlig ausgeflippt, als ich es ihr erzählt habe, aber jetzt glaube ich, dass sie einfach nur noch versucht zu vergessen, dass es Dean überhaupt gibt, um mit dem Gedanken zurechtzukommen, dass er sie verfolgt.«

»Sie muss vorsichtig sein«, warnte Hollywood sie.

Kassie seufzte. »Das weiß ich und ich glaube, dass sie es auch weiß, aber ich kann nicht rund um die Uhr bei ihr sein. Schließlich muss sie zur Schule und ich muss arbeiten. Ich spreche noch einmal mit ihr. Ich gebe mein Bestes, Hollywood.«

»Das weiß ich doch, meine Süße. Etwas anderes würde ich auch nie behaupten«, beruhigte er sie, als er hörte, wie niedergeschlagen sie klang. Hoffentlich würden er und sein Team nach diesem Wochenende bereits einen Plan haben, was sie mit Dean und Jacks tun würden, sodass sie sich besser fühlen würde. Hollywood fing Trucks Blick auf und streckte das Kinn vor, bevor er mit dem Kopf ruckte, um ihn wissen zu lassen, dass er im Begriff war zu gehen. »Hast du in letzter Zeit eigentlich mal wieder mit dem Polizisten geredet, dem du Jacks' Nachrichten und E-Mails gezeigt hast?«

»Ja. Er hat behauptet, sie würden nach Dean suchen, bislang aber ohne Erfolg. Es ist so komisch, dass sich jemand so verstecken kann. Verdammt, jedes Mal, wenn ich mich umgedreht habe, war er da. Ich kann kaum glauben, dass er jetzt nicht aufzufinden ist.«

»Es ist ziemlich einfach unterzutauchen, wenn man nicht gefunden werden möchte«, erklärte er ihr. Dann fragte er sie: »Hast du die Unterlassungsklage schon erwirkt?«

Sie sagte einen Moment lang nichts und Hollywood wusste bereits, was sie antworten würde, bevor sie es tat.

»Nein, aber ich hatte es vor.«

»Wir können am Wochenende darüber reden. Du kannst es nicht immer wieder aufschieben«, rügte sie Hollywood streng. Bevor sie die Möglichkeit hatte, mit ihm zu diskutieren – er wusste schon, was ihre Argumente gegen die Klage waren, und er würde ihr diese austreiben –, sagte er schnell: »Ich lege jetzt besser auf, damit du dich konzentrieren kannst. Fahr vorsichtig. Sag mir Bescheid, wenn du fast da bist. Ich warte auf dich.«

»Okay. Bis dann.«

»Tschüss.«

»Tschüss.«

Hollywood legte auf und stieg in seinen Wagen. Er hatte Kassie vor drei Tagen gesehen, als er nach der Arbeit am Dienstag zu ihr gefahren war, freute sich aber sehr darauf, sie wiederzusehen. Diesmal bei sich zu Hause. Eine Freundin zu haben hatte sich noch nie so angefühlt. Natürlich hatte er sich stets darauf gefreut, Zeit mit seiner Partnerin zu verbringen, doch diese Vorfreude, es kaum erwarten zu können, mit ihr zusammen zu sein, hatte er nur bei Kassie.

Mit ihr hatte er das Gefühl, mehr er selbst zu sein als jemals zuvor, mal abgesehen natürlich von seiner Familie und den Teamkollegen. Sie mochte, wie er aussah, er wusste aber auch, dass sie nicht wegen seines Aussehens mit ihm zusammen war. Bevor er sie kennengelernt hatte, war ihm nie bewusst gewesen, wie wichtig ihm das war.

Hollywood sah auf die Uhr und nickte. Er hatte noch genügend Zeit, um sich zu duschen und umzuziehen, bevor Kassie auftauchte. Er hatte nicht vergessen, wie sie ihre Nase an seinen Hals gehalten und seinen Duft eingeatmet hatte. Wenn ihr sein Aftershave gefiel, würde er alles dafür tun, dass er immer so für sie roch.

Eine Stunde später wartete Hollywood vor dem Haus darauf, dass Kassie eintraf. Sie hatte vor fünf Minuten angerufen, um ihm mitzuteilen, dass sie gerade von der Autobahn abgefahren war und bald da sein sollte. Er sah dabei zu, wie sie mit ihrem Honda Accord auf den Parkplatz fuhr.

Sobald sie geparkt hatte, war er schon bei der Tür und hielt sie ihr auf, als sie ausstieg.

Ohne nachzudenken, packte Hollywood sie um die Hüfte und zog sie an sich. Er neigte den Kopf und küsste sie auf die Lippen. Sie hatten sich auch schon zuvor geküsst, doch niemals so. Hart, lange und leidenschaftlich. Hollywood stieg der Geruch ihres Shampoos gemischt mit ihrem ganz eigenen Duft in die Nase, als er sie küsste. Er hatte nicht einmal danach gesehen, was sie trug, sein einziger Gedanke war gewesen, sie zu küssen.

Er fühlte, wie sie mit den Händen die Seiten seines T-Shirts ergriff, und er verlagerte sie in seinen Armen, bis er jede ihrer Kurven spüren konnte. Er zog sich lange genug zurück, um zu murmeln: »Hey, Liebling«, dann legte er seine Hand auf ihren Rücken und drückte sie fester an sich. Er gab ihr nicht die Möglichkeit zu antworten. Hollywood hätte schwören können, dass er Vögel singen und Glocken läuten hörte. Es war lächerlich, aber nichts in seinem ganzen Leben hatte sich jemals so gut angefühlt wie Kassies Lippen und Zunge, die sich unter seinen Lippen und an seiner Zunge bewegten.

Nach einigen weiteren seligen Momenten zog er sich schließlich zurück. Er hielt ihren Unterkörper weiter fest an sich gedrückt und fragte: »Alles in Ordnung?«

»Ja«, hauchte sie. »Jetzt, da ich hier bin, geht es mir besser.«

»Gut.«

Sie lächelten einander einen Moment lang an.

»Brauchst du noch etwas, bevor wir hochgehen?«, wollte Hollywood wissen, der sich am liebsten keinen Zentimeter weit bewegt hätte.

Kassie schüttelte den Kopf. »Da ich ja heute in Fletchs

Wohnung übernachte, lasse ich meine Tasche gleich im Auto.«

Hollywood drehte sie um, legte seinen Arm um ihre Taille und schloss ihre Autotür. Er führte sie die Treppe hinauf zu seiner Wohnung; aus irgendeinem Grund war er nervös, sie in seinen privaten Bereich zu bringen. Er war nicht in der Lage, sie jeden einzelnen Tag zu beschützen, und jetzt, da sie hier war, hätte er sie am liebsten vor der Welt versteckt. Der einzige Ort, von dem er mit Sicherheit wusste, dass Jacks und Dean ihn nie erreichen konnten, war hinter seiner Tür. Dort wollte er sie also haben.

Hollywood seufzte erleichtert, als die Tür hinter ihm klickend ins Schloss fiel, und versuchte, nicht an die Tatsache zu denken, dass sie später die Wohnung über Fletchs Garage beziehen würde, und lächelte Kassie an.

»Und die Fahrt war okay?«

»Ja. Überraschenderweise war der Verkehr gar nicht so schlimm. Ich hatte schon Angst, dass es voll werden würde, wenn ich in Austin von der Autobahn fahre. Aber anscheinend haben mich alle kommen sehen und sind mir aus dem Weg gegangen«, scherzte sie.

»Und das sollten sie auch besser. Soll ich dir die Wohnung zeigen?«

»Gern.«

Hollywood führte Kassie durch seine Wohnung. Sie war nicht sonderlich beeindruckend. Die Tür führte in den Hauptwohnbereich. Der Raum war offen gestaltet, sodass die Küche vom Eingang aus sichtbar war. Es gab Edelstahlgeräte und Granit-Arbeitsplatten. Hollywood hatte keinen Küchentisch, aber es gab Hocker, die unter eine Theke geschoben waren. »Wie du sehen kannst, sind das hier die Küche und der Wohnbereich«, sagte er unnötigerweise.

Er versuchte, seine Wohnung aus ihrer Perspektive zu

betrachten. Er hatte ein paar Bilder von seiner Familie auf dem Bücherregal an der Wand, einschließlich seiner Schwester und ihrer Familie. Es gab auch eine gerahmte Aufnahme von ihm und all seinen Freunden, die auf Emilys und Fletchs Hochzeit gemacht worden war. Emily hatte darauf bestanden, das Foto zu machen, bevor in jener Nacht die Hölle ausgebrochen war, und dann hatte sie es rahmen lassen und jedem der Männer einen Abzug geschenkt. Ghost, Fletch, Coach, er selbst, Beatle, Blade, Truck und Fish trugen ihre blauen Uniformen, standen nebeneinander und grinsten wie die Deppen.

Kassie ging lächelnd direkt darauf zu. Sie hob den schweren Rahmen hoch und betrachtete das Foto. »Ich erkenne auf diesem Foto jeden, außer dem hier«, sagte sie, drehte das Foto zu ihm und zeigte auf Fish.

Hollywood lächelte und entgegnete: »Das ist Fish.«

»Fish?«

»Ja. Weil er wie einer schwimmen kann.«

»Hmmm, ich habe ihn beim Ball gar nicht gesehen«, sagte Kassie.

»Das liegt daran, dass er nicht da war. Er mag keine Menschenmengen. Die Kurzfassung lautet folgendermaßen: Im mittleren Osten geriet er in eine brenzlige Lage, während der alle Soldaten in seiner Einheit getötet wurden. Truck hat ihm das Leben gerettet und wir haben ihn in Sicherheit gebracht. Und jetzt ist er einer von uns.«

Kassie runzelte die Stirn. »Aber geht es ihm gut?«

Hollywood zuckte mit den Achseln. »Mit der Zeit wird es schon werden. Er hat einen Teil seines Arms verloren und wird aus medizinischen Gründen ehrenhaft vom Militär entlassen, aber er hat die Therapie fast abgeschlossen. Er hat schon sehr viel erreicht und wir sind alle froh darüber, ihn als unseren Bruder bezeichnen zu können.«

»Darüber freue ich mich für ihn«, sagte Kassie leise. »Ich wünschte, jeder verwundete Soldat hätte Freunde wie euch, zu denen er nach Hause zurückkehren kann.«

»Das wünschte ich mir auch«, pflichtete Hollywood ihr bei und fragte sich erneut, wie in aller Welt er darauf gekommen war, dass Kassie ihn absichtlich und böswillig hintergehen würde, um Jacks Informationen zu liefern. Sie war rücksichtsvoll und liebenswert zu jedem, den sie traf, sogar Fish gegenüber, den sie überhaupt noch nicht kennengelernt hatte.

»Willst du den Rest auch sehen?«, fragte er leise.

Kassie nickte, löste ihren Blick aber noch nicht sofort von dem Foto. Schließlich stellte sie den Rahmen wieder an seinen Platz, drehte sich zu ihm um und lächelte ihn an. »Du siehst zwar in Uniform toll aus, aber ich glaube, so gefällst du mir besser«, sie zeigte auf ihn, »nur mit Jeans, einem alten T-Shirt und abgelaufenen Turnschuhen. Das bist irgendwie mehr ... du.«

Gott. Sie brachte ihn um den Verstand. Hollywood konnte nicht in Worte fassen, welche Gefühle sie in ihm auslöste, also nahm er ihre Hand, küsste ihren Handrücken und führte sie durch sein Wohnzimmer. Er führte sie um die schwarze Ledercouch, den Couchtisch und den Sessel herum. Er ging den Flur hinab und zeigte zu einem Schrank, einem praktisch eingerichteten Badezimmer, einem Zimmer, das er als Trainingsraum benutzte, einem Wäscheschrank und schließlich zu seinem Schlafzimmer. Er schluckte schwer und fühlte sich, als würde er die Tür zu einem ganz neuen Leben öffnen, und drehte den Knauf.

Kassie trat einen Schritt hinein und lachte dann leise.

Hollywood lächelte. »Was ist?«

»Du hast kein Bett«, erklärte sie ihm, als wüsste er das nicht.

»Natürlich habe ich ein Bett«, konterte er mit Blick auf die Matratze, die auf dem Boden lag. Es war vielleicht nicht das am besten ausgestattete Schlafzimmer aller Zeiten, aber er hatte einen Schlafplatz und eine Kommode, um seine Kleidung darin zu verstauen. Darauf stand ein Fernseher und daneben ein kleines Nachtkästchen mit einem Wecker. Dort bewahrte er auch seine Pistole auf, während er schlief. Für ihn reichte es.

»Nein, du hast eine Matratze«, korrigierte sie ihn.

Hollywood lächelte und freute sich darüber, wie entspannt und glücklich Kassie aussah. »Stimmt. Damit habe ich ja immerhin den wichtigsten Teil eines Bettes. Und nur damit du es weißt, diese Matratze ist genauso gemütlich wie ein richtiges Bett, und ich habe nie die Notwendigkeit gesehen, das Möbelstück zu kaufen, auf das ich sie legen kann.« Er sagte ihr nicht, dass er während des Einsatzes normalerweise auf der Erde, im Schmutz und im Sand schlief. Im Vergleich dazu war *das* hier der reinste Luxus.

Kassie sah ihn kopfschüttelnd an. »Du brauchst doch ein Bett, Hollywood.«

»Warum?«

Anstatt direkt zu antworten, fragte sie ihn: »Bringst du wirklich Frauen mit in deine Wohnung, um sie zu verführen, und bringst sie dann hierher, nur um das zu sehen?«

Hollywood war klar, dass sie sich nur über ihn lustig machte, aber es war ihm wichtig, dass sie genau wusste, wie die Dinge standen. »Ich habe noch nie eine Frau mit hergenommen, Kassie.«

Sie sah ihm fragend in die Augen und das Lächeln auf ihrem Gesicht erstarb. Sie sagte aber nichts.

»Ich nehme keine Frauen mit nach Hause, Schatz. Ich bin jetzt zweiunddreißig und habe diese Phase meines Lebens hinter mir. In den letzten vier Jahren war ich nur mit zwei Frauen zusammen. Das lag teilweise daran, dass ich ziemlich beschäftigt war, aber ehrlich gesagt war es mir auch zuwider, dass sie mich nur wegen meines Aussehens wollten. Das klingt zwar eingebildet, ich weiß, aber so habe ich es eben empfunden. Und keine dieser beiden Frauen ist jemals in meiner Wohnung gewesen. Weder in meiner Küche noch in meinem Wohnzimmer und schon gar nicht in meinem Schlafzimmer. Auf dieser Matratze habe bisher nur ich geschlafen und ich allein.«

Hollywood war sich nicht sicher, wie Kassie auf seine leidenschaftliche Aussage reagieren würde. Vielleicht freute sie sich darüber, dass er nicht mit anderen geschlafen hatte. Vielleicht überraschte es sie, dass er den Mut hatte, es zur Sprache zu bringen. Er hatte jedoch *nicht* erwartet, dass sie breit lächelte, dann drei Schritte zu seiner Matratze ging und sich darauf warf.

Sie kicherte, als sie sich hinlegte und mit ihrem Hintern hin und her wackelte. Ihre Arme bewegten sich auf und ab und ihre Beine hin und her, als würde sie einen Schneeengel auf seiner Bettdecke machen. »Was tust du da?«, fragte er verwundert.

»Jetzt kannst du nicht mehr behaupten, dass du als Einziger auf dieser Matratze gelegen hast«, presste sie kichernd hervor. »Jetzt ist sie mit Mädchenbakterien verseucht.«

Hollywood wusste, dass er Kassie erst seit ein paar Wochen kannte, aber es war genau in diesem Moment, als er zusah, wie sie kicherte und sich auf seiner Matratze wälzte und ihn neckte, dass er sich unwiderruflich in sie verliebte. Er war Hals über Kopf, total und vollkommen in sie verliebt. Er wusste, dass einige Leute ihm nicht glauben würden, ihm sagen würden, dass er sich auf keinen Fall in eine Frau verlieben konnte, nachdem er sie online kennengelernt und sie nur ein paarmal persönlich getroffen hatte. Aber sie irrten sich.

Er liebte Kassie Anderson und sie würde ihm gehören, egal was auch geschah.

Ohne Vorwarnung warf Hollywood sich auf sie.

Er hockte über ihr und legte sich auf sie, sodass sie nicht mehr entkommen konnte. Sie kicherte immer noch, stieß aber gegen seine Brust und versuchte, ihn wegzuschubsen.

»Oh nein, Hollywood, es ist zu spät, sie ist schon verseucht. Es gibt nichts, was du jetzt noch tun könntest.«

Erst als er sich ganz auf sie legte, hörte Kassie auf zu kichern, obwohl sie auch weiterhin lächelte. Er legte seinen Unterkörper gegen ihren und wusste, dass sie seine Erektion spüren konnte. Dann ergriff Hollywood ihre Arme und hielt sie mit einer seiner Hände über ihrem Kopf fest. Sein Oberkörper rieb gegen ihre jetzt aufgerichteten Brustwarzen und er stützte sich mit einem Ellbogen über ihr auf.

Sie atmete tief ein und wand sich unter ihm, bevor sie zur Ruhe kam.

Er lächelte, als sie die Augen schloss und den Rücken durchdrückte, um sich fester an ihn zu pressen. »Deine Mädchenbakterien machen mir gar nichts aus«, erklärte Hollywood ihr. »Ganz im Gegenteil. Ich hoffe, dass sich eines Tages deine ... Bakterien ... überall auf dieser Matratze befinden.«

Sein Lächeln wurde breiter, als sie errötete. Doch sie öffnete brav die Augen und sah zu ihm auf. »Und das Gleiche gilt für dich.«

Hollywood war einen Moment lang sprachlos, dann ließ er den Kopf sinken und küsste ihren Hals. Sie drehte den Kopf, damit er besseren Zugang hatte, und er spürte, wie sie langsam ihre Beine öffnete, bis ihre Knie gebeugt waren und gegen seine Oberschenkel drückten. »Verdammt, Kassie.«

Sie lachte und Hollywood sah ein wenig auf. »Welcher gute Stern hat dafür gesorgt, dass du in meinem Bett landest? Was für ein Glück«, fragte er mehr sich selbst als sie. Aber natürlich antwortete sie ihm trotzdem.

Kassie zuckte mit den Achseln. »Keine Ahnung, wie du darauf kommst, *ich* bin nämlich hier diejenige, die Glück hat. Aber ist auch egal.«

»Und da liegst du absolut zu hundert Prozent falsch«, erklärte Hollywood ihr leise. »Ich bin durchaus dazu in der Lage, etwas Tolles zu erkennen, wenn es mir widerfährt. Wenn Jacks und all die anderen Männer, denen du in deinem Leben begegnet bist, das nicht gesehen haben, sind sie die Angeschmierten. Aber jetzt gehörst du mir. Sie hatten ihre Chance. Und ich werde jeden Tag damit verbringen, dir zu verstehen zu geben, wie großartig du bist. Es gefällt mir ganz und gar nicht, dass er dir das Gefühl gegeben hat, nicht die erstaunliche und wunderbare Frau zu sein, die du bist. Aber wenn du darauf bestehst, daran zu glauben, dass *du* diejenige bist, die hier das Glück hat, dann bitte schön.«

»Du bist verrückt, Hollywood.«

Ohne zu lächeln, antwortete er: »Nein, Liebling. Du wurdest bisher nur nie so behandelt, wie es sich gehört. Aber das ist jetzt vorbei. Ich mache es mir zur Lebensaufgabe, dir zu zeigen, was du bis jetzt verpasst hast. Ich zeige dir, wie man eine Frau behandelt, die das Wichtigste im Leben eines Mannes ist.«

Verwirrt runzelte sie die Stirn, aber anscheinend war es ihr lieber, das Thema zu wechseln. Sie hob den Kopf und ließ ihre Nase an seinem Kinn entlanggleiten, wobei sie die Luft einzog. »Du riechst immer so gut. Das liebe ich.«

»Danke schön.«

»Gern geschehen.«

»Aber ich sollte dich warnen, Kassie. Ich rieche nicht immer so gut.« Er lächelte zu ihr hinab und strich sanft mit dem Zeigefinger über ihre Nase. »Noch vor fünfundvierzig Minuten wärst du erschrocken zurückgewichen und hättest dich geweigert, auch nur die Wohnung mit mir zu betreten. Vom Schlafzimmer ganz zu schweigen.«

Sie kicherte. »Also, ich weiß die Mühe zu schätzen.«

Hollywood wollte wissen: »Hast du auf dem Weg hierher etwas gegessen?«

Sie schüttelte den Kopf. »Nein, ich war zu aufgeregt.«

Ihre Antwort gefiel ihm. Sie hatte zwar nicht gesagt, dass sie so aufgeregt gewesen war, weil sie sich mit *ihm* traf, aber er wusste, dass das der Fall war. Er würde das so stehen lassen. »Hast du Hunger?«

Kassie nickte. »Ich würde gern etwas essen.«

Ihm war klar, dass er sie nicht mehr gehen lassen würde, wenn er sich jetzt nicht in Bewegung setzte, also richtete Hollywood sich auf und stand auf allen vieren über ihr. »Ich mache uns Steak, grüne Bohnen und Salat. Wie hört sich das an?«

»Perfekt.«

Er stieg von der Matratze herunter und hielt ihr die Hand hin. »Komm, ich helfe dir.«

»Aus irgendeinem Grund kommt es mir so vor, als würde ich auf dem Boden sitzen«, neckte sie ihn.

»Das liegt daran, dass das tatsächlich fast der Fall ist.«

Sie legte ihre Hände in seine und er verzog das Gesicht, weil ihre Finger so kalt waren. Als sie stand, nahm er ihre Hände zwischen seine und begann, sie zu reiben. »Ich kann nicht fassen, wie kalt deine Hände immer sind.«

Sie zuckte mit den Achseln. »Das macht mir nichts aus.«

»Aber mir schon«, erklärte er ehrlich.

Nachdem er ihre Hände eine Weile gerieben hatte,

nahm er eine, ließ seine Hand in ihre gleiten und führte sie aus dem Schlafzimmer. Er setzte sie an die Küchentheke und goss ihr ein Glas Rotwein ein. Er nahm die Steaks, die er zuvor eingelegt hatte, und machte sich an die Arbeit.

Fünfundvierzig Minuten später hatten sie sich beide satt gegessen und saßen zusammen auf der Ledercouch. Der Fernseher lief nicht und sie unterhielten sich.

»Es gefällt mir, dass man sich so gut mit dir unterhalten kann«, erklärte Hollywood ihr. »Das ist mir schon bei der ersten E-Mail aufgefallen, die du mir geschrieben hast. Ich hatte nie ein Problem damit, alles zu sagen, was mir in den Sinn kam.«

»Erinnere mich nicht daran«, stöhnte Kassie. »Unglaublich, dass ich über Fotos von Schwänzen geschrieben habe.«

Hollywood lachte leise. »Ich warte immer noch auf das Foto von deinen Brüsten.«

»Da kannst du lange warten, Junge«, schalt sie ihn. »Ich würde nie auf die Idee kommen, irgendwem Nacktfotos von mir zu schicken. Bei meinem Glück findet Richard einen Weg, sich in mein Telefon oder meinen Computer zu hacken, und fünf Minuten später sind sie dann auf Porn Hub oder sonst wo zu finden.«

Er lachte und zog sie fester an sich. »Ich brauche keine Fotos, Kass. Ich warte darauf, sie live zu sehen.«

Kassie biss sich auf die Lippe und sagte zögernd: »Aber ich sehe echt nicht aus wie ein Pornostar, Hollywood.«

»Na und?«

»Na, ich dachte eben, ich warne dich, bevor wir an dem Punkt ankommen, an dem wir unsere Mädchen- und Jungsbakterien austauschen«, versuchte sie zu scherzen.

»Ich bin nicht auf der Suche nach Perfektion, Schatz«, versicherte Hollywood ihr. »Ich will eine leidenschaftliche Frau. Eine, die mich genauso sehr will wie ich sie. Ich möchte jemanden, mit dem ich lachen kann. Jemanden, der nicht so viel auf das Aussehen gibt, sondern eher darauf, was in einem Menschen steckt. Und von unserem Kuss vorhin weiß ich, dass ich mir lediglich Gedanken darum machen werde, wie du angefasst werden möchtest und wo, und wie lange es dauert, bis ich dich zum Höhepunkt bringen kann, wenn wir jemals im Bett landen.«

Sie erbebte und murmelte, ohne ihn anzusehen: »Ich glaube nicht, dass es besonders lange dauern wird.«

Hollywood legte den Finger unter ihr Kinn und hob ihren Kopf. »Mir gefällt, was ich sehe, wenn ich dich anschaue, Kass. Es gibt nichts, worüber du dir Gedanken machen müsstest.«

»Daran werde ich dich erinnern, wenn du enttäuscht bist, nachdem ich mich ausgezogen habe.«

Es gefiel ihm, dass sie keinen Konjunktiv benutzt hatte, also grinste Hollywood einfach nur und zog sie noch fester an sich.

Wie sie es an den meisten Abenden getan hatte, an denen er sie besucht hatte, kuschelte sie sich auf sein Drängen hin an ihn. Sie waren für einen Moment still, bevor er das Thema wechselte. So sehr er sie auch nackt in seinem Bett haben wollte, heute Abend schien nicht der richtige Zeitpunkt dafür zu sein. Wenn er ehrlich zu sich selbst war, wollte er die Bedrohung durch Jacks und Dean eliminiert wissen, bevor er sie in sein Bett holte. Er wollte alle ihre Drachen für sie töten. »Warum hast du eigentlich immer noch keine Unterlassungsklage gegen ihn erwirkt, Kass? Für mich wäre das der nächste logische Schritt.«

Sie seufzte und drückte ihr Gesicht fester an seinen Oberkörper. Sie saß neben ihm, die Knie angezogen und beide Arme um ihn gelegt. »Dafür gibt es zwei Gründe«, sagte sie, ohne auch nur zu versuchen, ihn vom Thema abzubringen. »Erstens habe ich Angst davor, dass es Dean oder Richard so wütend machen würde, dass sie beschließen, nicht mehr nur zu drohen, und stattdessen etwas Drastisches tun. Und zweitens ist es ziemlich teuer, einen Anwalt einzuschalten. Ich habe zwar etwas Geld gespart, aber ich habe keine Ahnung, was diese beiden Arschlöcher vorhaben. Wenn es ihnen zum Beispiel gelingt, mich aus meiner Wohnung zu vertreiben oder mich zu verletzen oder – Gott behüte – meiner Familie etwas anzutun, brauche ich das Geld, um etwas dagegen zu unternehmen.«

Hollywood wandte sich zu ihr um und küsste Kassie auf den Scheitel, bevor er beruhigend ihren Arm streichelte, der auf ihrem Bauch lag. »Ich will damit nicht sagen, dass eine Unterlassungsklage dafür sorgt, dass du nichts mehr zu befürchten hast. Wir wissen beide, dass das nicht der Fall ist, aber um ganz ehrlich zu sein, glaube ich, dass es Jacks und Dean völlig egal ist, wenn du es tust. Sie sind beide eingebildet genug, um es als unwichtig abzutun.«

»Warum soll ich es dann überhaupt machen?«, fragte Kassie berechtigterweise.

»Weil es einfach ein weiterer Nagel zu ihrem Sarg ist, wenn sie etwas Dummes tun. Die Polizei weiß dann, dass es nicht das erste Mal ist, falls Dean dir etwas tun sollte, und sie wird weniger geneigt sein, es einfach als belanglos abzutun.«

Kassie seufzte. »Ja, du hast recht.«

»Und um auf den zweiten Punkt zu sprechen zu kommen –«

»Ich werde nicht zulassen, dass du dafür bezahlst«, unterbrach Kassie ihn.

»Ich wollte es dir auch nicht anbieten. Aber wenn ich auch nur eine Sekunde lang glauben würde, dass du es zulassen würdest, würde ich noch heute für dich einen

Anwalt anheuern und ihm nur allzu gern meine Kreditkarte überreichen. Ich wollte jedoch *eigentlich* sagen, ich glaube, es ist erstens gar nicht so teuer, eine Unterlassungsklage anzustrengen, obwohl ich es natürlich noch nie selbst getan habe, und zweitens ist Harleys Schwester Anwältin. Und zwar eine ziemlich gute. Ich weiß, dass sie dir helfen wird.«

Kassie richtete sich auf und sah ihn an.

Hollywood strich ihr mit dem Finger über die gerunzelte Stirn. »Worüber denkst du so angestrengt nach, Kass?«

»Ich verstehe einfach nicht, was wir tun.«

»Was meinst du?«

»Das Ganze hier.« Sie gestikulierte zwischen ihnen hin und her. »Du und ich. Ich meine, die ganze Sache, wie wir uns kennengelernt haben, ist einfach falsch. Aber du hast mir vergeben und ich habe dir vergeben, dich wie ein Idiot benommen zu haben. Und jetzt sind wir ... ein Paar, würde ich sagen ... Aber wir haben nicht wirklich über Richard geredet, über die Dinge, die er getan hat, und was er vorhat. Du fährst mehrmals die Woche mehrere Stunden, um mich zu sehen. Wir haben uns nur ein einziges Mal geküsst, ich meine, *richtig* geküsst, und es ist alles so ... Ich weiß einfach nicht, was wir tun«, beendete sie ihre Tirade frustriert.

»Magst du mich?«, wollte Hollywood wissen.

»Ja ... schon. Sonst wäre ich ja wohl kaum hier«, versicherte Kassie ihm, ohne zu zögern.

»Und ich mag dich. Und ich habe mich nur wie ein Idiot verhalten, weil ich dich so sehr mag. Und das ist das Einzige, was wichtig zwischen uns ist. Natürlich habe ich Jacks nicht vergessen. Nicht eine Sekunde lang. Aber der ist morgen auch noch da, also stellt Dean momentan die größere Bedrohung für dich und deine Familie dar. Ich wollte dich besser kennenlernen, ohne dass diese Arschlöcher einen negativen Einfluss ausüben, auch wenn sie der

Grund dafür waren, dass wir uns überhaupt erst kennengelernt haben. Es hat mir nichts ausgemacht, nach Austin zu fahren, um dich zu sehen. Ehrlich gesagt hat es mir gefallen, und ich habe die Zeit dazu genutzt, während der Fahrt herunterzukommen. Ich weiß, was ich von dieser Beziehung erwarte, und dazu gehört auch, dass ich nicht mehr drei- oder viermal pro Woche nach Austin fahre, weil du hier in Temple lebst, wo ich dich jeden Tag sehen kann.«

»Wenn es dir lieber ist, könnte ich auch zu dir fahren«, erwiderte Kassie zaghaft und ohne auf seinen letzten Satz einzugehen.

»Kommt überhaupt nicht infrage«, entgegnete Hollywood sofort. »Ich will nicht, dass du so spät nachts noch unterwegs bist. Das ist nicht sicher.«

»Aber warum machst du es dann?«, erwiderte sie berechtigterweise.

»Ehrlich gesagt ist für mich auch nicht sicher. Aber mir ist es tausendmal lieber, mir passiert etwas als dir.«

»Was du da sagst, macht überhaupt keinen Sinn«, erwiderte sie aufgebracht. »Das weißt du doch, oder?«

Hollywood zuckte mit den Achseln. »Du hast doch gehört, wie ich gesagt habe, dass ich dich mag, oder?«

»Ich bin ja nicht taub.«

Er ignorierte ihren ironischen Ton und sprach weiter: »Und weil ich dich mag, werde ich dich *niemals* in eine Lage bringen, in der du verletzt werden könntest. Und das bedeutet, dass du abends spät nicht mehr fährst. Es bedeutet, dass ich dich nicht anrufe, wenn ich weiß, dass du von der Arbeit nach Hause fährst. Es bedeutet, dass ich dir dabei helfen werde, einen Anwalt zu finden, um die Unterlassungsklage gegen Dean einzureichen. Es bedeutet, dass ich nicht zulasse, dass du dich selbst zum Köder für dieses Arschloch machst, und dass ich außerdem einen Weg finden werde, dafür zu sorgen, dass Karina in Sicherheit ist, und gleichzeitig alles tue, um Jacks ein für alle Mal auszuschalten. Verstanden?«

Kassie starrte ihn einen Moment lang an und sagte dann leise: »Wir kennen uns erst seit zwei Wochen.«

»Nein«, konterte Hollywood. »Wir kennen einander schon sehr viel länger als das.«

»Du weißt doch genau, was ich meine«, protestierte Kassie. »Du solltest dich nicht so verantwortlich für mich fühlen, wie du es offensichtlich tust. Ich bin eine erwachsene Frau, die für ihre Taten selbst verantwortlich ist.«

»Du kannst meinem Herzen nicht vorschreiben, wie es sich fühlen soll«, antwortete er ehrlich. »Du hast einfach etwas an dir, dem ich nicht widerstehen kann, Kass. Ich muss sogar zugeben, dass ich verstehen kann, warum Jacks so versessen nach dir ist, wie es augenscheinlich der Fall ist. Natürlich ist seine Besessenheit krankhaft und meine ist normal. Ich will dich einfach besser kennenlernen, dich beschützen, mit dir essen und mit dir schlafen, bis du dich kaum noch bewegen kannst.«

Kassie schüttelte verzweifelt den Kopf, grinste dabei aber. »Ah, ja, du unterscheidest dich wirklich sehr von ihm, was?«

Hollywood liebte ihren Sinn für Humor, blieb aber ernst. »Es ist ein Unterschied wie Tag und Nacht, Schatz. Ich respektiere dich. Ich will, dass du für den Rest deines Lebens das tust, was dir gefällt. Wenn das bedeutet, dass du als Manager in deinem Laden arbeitest, ist das in Ordnung. Wenn es bedeutet, dass du deinen Job kündigst, um auf Rollerskates die Welt zu umrunden, auch gut. Aber egal, um was es sich auch handelt, ich will bei dir sein, dir helfen und dich unterstützen. Das kann ich allerdings nicht tun, solange dein Ex-Freund dir zur Last fällt, Dean dich verfolgt und du dir Sorgen um deine kleine Schwester machst. Ich kann dir allerdings dabei helfen, mit all den Dingen klarzukommen, damit du dein Leben weiterleben kannst. Hoffentlich mit mir zusammen.«

Sie starrte ihn einen Augenblick lang an und fiel ihm dann in die Arme, als wäre sie eine Lumpenpuppe. »Das gefällt mir.«

»Also lässt du mich dir helfen?«, hakte er nach.

»Ja.«

»Auf jede erdenkliche Art?«

Kassie richtete sich halb auf und sah ihn misstrauisch an. »Warum hört sich das nach Ärger an?«

»Beantworte die Frage, Kass. Du wirst zulassen, dass ich dir dabei helfe, dich vom Joch deines Ex-Freundes zu befreien und dir Dean ein für alle Mal vom Hals zu schaffen, damit du endlich dein Leben leben kannst ... hoffentlich gemeinsam mit mir?«

»Ich träume schon lange davon, aus Austin wegzuziehen«, sagte sie merkwürdigerweise und umging damit seine Frage.

»Kass ...«, sagte Hollywood in warnendem Tonfall.

Sie beachtete ihn nicht und erwiderte: »Aber ich wusste nie genau, wohin ich ziehen sollte. Ich habe über Florida nachgedacht, aber dort ist das Klima ziemlich feucht. Das würde meinen Haaren nicht guttun. Ich liebe die Berge und habe sogar darüber nachgedacht, nach Colorado zu ziehen, aber da wäre mir wahrscheinlich die ganze Zeit kalt. Schnee sieht zwar schön aus, da ich aber mein ganzes bisheriges Leben in Texas verbracht habe, würde ich sofort zu Eis erstarren, sobald die Temperaturen unter null fallen. Wenn du meine Hände jetzt schon für kalt hältst, würden sie wahrscheinlich einfach abfallen, sollte ich irgendwo leben, wo die Temperaturen regelmäßig unter dem Gefrierpunkt liegen.«

Dann hob sie den Blick und Hollywood hatte das Gefühl, sie würde ihm direkt in die Seele schauen. »Aber vielleicht fange ich klein an und ziehe erst mal in eine Kleinstadt in Texas. Schließlich ist mein Freund beim Militär, also wird er an verschiedenen Orten in der Welt stationiert sein, vielleicht auch mal an exotischen Orten.«

»Verdammt noch mal«, hauchte Hollywood. »Du willst reisen, Kass?«

»Ich glaube schon. Aber nicht die ganze Zeit. Ich möchte schon ein Zuhause haben. Irgendwo, wo ich mich auskenne und Freunde habe, mit denen ich reden und denen ich erzählen kann, was ich gesehen und getan habe, während ich weg war.«

»Das würde ich dir gern ermöglichen.« Er machte eine Pause und fragte sie dann erneut: »Du wirst zulassen, dass ich dir helfe ... auf meine Art?« Ihm war klar, dass er dabei war, sein Glück überzustrapazieren, aber er musste es von ihr hören.

Schließlich gab sie nach und sagte ihm, was er hören wollte. »Ja, Hollywood. Bitte hilf mir. Ich habe mich so lange allein gefühlt. Ich bin nicht besonders gut darin, um Hilfe zu bitten, aber ich weiß alles zu schätzen, was du tun kannst, um Richard und Dean von mir und meiner Familie fernzuhalten. Ich bin dazu bereit, mit meinem Leben weiterzumachen. Und ich möchte nicht weiterhin ständig auf der Hut sein müssen.«

Es war nicht der richtige Zeitpunkt, ihr zu erzählen, dass er schon dafür gesorgt hatte, dass Beth Deans Computer und Telefon elektronisch überwachte und dass es ihr tatsächlich gelungen war, eine geheime App auf seinem Telefon einzuschleusen, die jeden seiner Schritte verfolgte. Einer der Gründe dafür, warum Hollywood nicht dafür gesorgt hatte, dass sie und ihre Schwester irgendwo hingehen, wo es sicher für sie war, war der, dass Dean sich in den letzten zwei Wochen in Kansas aufgehalten hatte. Wahrscheinlich besuchte er Jacks und schmiedete gemeinsam mit ihm Pläne gegen ihn, sein Team, Kassie und Karina. Die Arschlöcher.

Aber er hatte gestern von Beth erfahren, dass sich Dean auf dem Rückweg nach Texas befand. Deswegen verbrachte Kassie auch die Woche mit ihm hier in Temple. Sie mussten sich einen Plan überlegen. Dean und Jacks hatten nämlich zweifelsohne einen, und er betraf mit Sicherheit Kassie.

»Morgen treffen wir uns mit meinen Freunden und meinem vorgesetzten Offizier auf dem Stützpunkt. Er weiß aufgrund der Vorgeschichte über Jacks Bescheid. Wir müssen ihn ein für alle Mal ausschalten und dafür sorgen, dass auch Dean stillhält. Du wirst nicht ein ganzes Leben in Angst verbringen müssen. Dafür sorge ich.«

»Du hast das Treffen bereits arrangiert?«, fragte Kassie überrascht.

»Ja.«

»So sicher warst du dir, dass ich zustimmen würde, mir von euch helfen zu lassen?«

»Kassie«, sagte Hollywood ernst, »wir würden dir so oder so helfen.«

»Warum?« Sie hauchte es eher, als dass sie es laut aussprach.

Er streichelte ihr sanft über die Wange, beugte sich dann vor und strich mit seinen Lippen über ihre.

»Weil ich es vom ersten Augenblick an wusste, als ich dich damals in der Eingangshalle auf der Couch gesehen habe, wo du auf mich gewartet hast.«

»Was wusstest du?«

»Dass du mir gehörst. Du hast mit deinem Handy herumgespielt. Du hast krampfhaft versucht, entspannt auszusehen, obwohl man dir aus weiter Entfernung ansehen konnte, dass das keinesfalls der Fall war.«

»Das macht doch überhaupt keinen Sinn«, protestierte sie. »Du hast beschlossen, dass ich dir gehöre, weil ich nervös aussah?«

Ein Lächeln umspielte Hollywoods Mundwinkel. »Ja.«

Sie sah ihm lange in die Augen und es gefiel Hollywood, dass sie bei seinen offenen Worten nicht aufsprang und schreiend aus dem Zimmer lief. »Darf ich dich etwas fragen?«, wollte sie wissen.

»Natürlich. Du kannst mich alles fragen. Du solltest allerdings wissen, dass ich vielleicht nicht immer antworten kann. Ich werde dich niemals belügen, aber falls es zum Beispiel etwas gibt, über das ich nicht sprechen darf, kann ich die Frage nicht beantworten. Das bedeutet nicht, dass ich Geheimnisse vor dir habe oder ein Arschloch bin. Ich darf es dann einfach nicht.«

»Das hat damit zu tun, dass du für die Sicherheit der Missionen verantwortlich bist, oder?«, fragte Kassie lächelnd und erinnerte sich offensichtlich an eine ihrer ersten E-Mails.

»Ganz genau.«

»Okay. Das kann ich akzeptieren. Aber meine Frage lautet: Warum? Warum hasst Richard dich und deine Freunde so sehr?«

Hollywood seufzte. Dann drehte er sich, bis er lag. Er zog Kassie mit sich, bis sie zwischen seinem Körper und der Lehne der Couch ausgestreckt war.

»Wir haben ihn bei einer Übung im Training geschlagen«, erklärte Hollywood ihr.

»Na und?«, fragte sie offensichtlich verwirrt.

»Und sonst nichts. Das war es schon. Es handelte sich um eine ganz offizielle abgesegnete Trainingsübung auf dem Übungsgelände. Ich und meine Freunde waren die ›bösen Jungs‹ und Jacks und seine Einheit waren die ›Guten‹. Seine Einheit hätte eigentlich unsere Stadt, die aus Containern errichtet worden war, infiltrieren sollen. Wir haben sie getötet – also, nicht richtig *getötet*, aber mit den Lasern erschossen, die wir in diesen Fällen benutzen –, und zwar kurz nachdem sie den ersten Fuß in die Zielzone gesetzt hatten.« Hollywood zuckte mit den Achseln. »Jacks hatte seine Schwierigkeiten, das zu akzeptieren.«

»Machst du dich über mich lustig?«, fragte Kassie mit einem merkwürdigen Unterton in der Stimme.

»Nein.«

»Du machst dich lustig.« Diesmal handelte es sich um eine Feststellung. Kassie richtete sich auf und versuchte, über Hollywoods Körper zu kriechen.

Er hielt sie an den Hüften fest. »Was ist denn los?«

»Was los ist?«, fragte sie und wehrte sich gegen seinen Griff. »Mein Ex-Freund ist verrückt, das ist los! Ich meine, ich wusste natürlich, dass er ein bisschen verrückt ist, aber das ist wirklich *völlig* verrückt. Ganz im Ernst. Schließlich hast du ja nur deinen Job gemacht! Das ist wirklich kein Grund, so auszuflippen und eine Frau zu erpressen und sie und ihr Kind zu entführen! Er hat ihr eine *Pistole* an den *Kopf* gehalten, Hollywood. Das ist alles andere als cool! Und all das nur, weil er einen Wutanfall hatte, weil er bei einem *Spiel* verloren hatte?«

»Kassie, im Ernst, es ist –«

»Nein! Hollywood, das ist verrückt! Und er hat damit immer noch nicht abgeschlossen! In den Kopf geschossen worden zu sein und im Gefängnis zu landen hat nicht ausgereicht, um ihn wieder zu Verstand zu bringen. Er versucht immer noch zu gewinnen!« Sie schüttelte den Kopf. »Ich schwöre, dass er nicht so war, als ich mit ihm zusammenkam. Er war normal. Ich würde niemals mit jemandem zusammen sein, der Leute unter Drogen setzt und damit droht, sie zu töten.«

»Ich weiß, dass du das nicht würdest. Komm her«, befahl Hollywood ihr und zog sie wieder zu sich.

Sie legte sich hin, blieb aber starr und war ganz offensichtlich noch immer aufgebracht.

»Sag mir, dass du nur Spaß machst«, sagte Kassie leise. »Sag mir, dass noch mehr dahintersteckt.«

»Es tut mir leid, Schatz. Das kann ich nicht.«

»Ich heiße nichts gut von dem, was er getan hat«, flüsterte Kassie. »Aber ich wünschte, man hätte ihm beim Militär geholfen, nachdem er verletzt worden war. Hätten sie nämlich gleich herausgefunden, dass er nach der Explosion nicht mehr der Gleiche war wie zuvor, wären wir jetzt nicht in dieser Lage.«

»Das Militär ist nicht perfekt«, erklärte Hollywood ihr. »Sie können keine Gedanken lesen. Ich wünschte, ich könnte dir sagen, dass sie sich um verletzte Soldaten mit der Sorgfalt kümmern, die sie verdient haben, aber wir wissen beide, dass das eine Lüge wäre. Es handelt sich um eine staatliche Einrichtung. Ich glaube, dass es beim Militär sehr viele Menschen gibt, denen es nicht egal ist, aber sie haben einfach zu viel zu tun. Aber ich sag dir was ...« Er machte eine Pause, weil er wollte, dass Kassie zuhörte und verstand, was er als Nächstes zu sagen hatte.

»Was?«, flüsterte sie.

»Ich hasse, was er getan hat. Ich hasse, was er dir antut. Aber wenn all das nicht geschehen wäre, wenn Jacks keine Gehirnverletzung hätte, die Trainingsübung nicht verloren hätte, Emily und Annie nicht entführt hätte ... dann wären wir jetzt nicht hier.«

Sie hob den Kopf und stützte das Kinn auf eine Hand, die flach auf seiner Brust lag. Sie sah ihm einen Moment lang forschend in die Augen, bevor sie leise sagte: »Das glaubst du wirklich.«

»Das ist eine Tatsache, also klar, ich glaube daran.«

»Ich hätte ihn wahrscheinlich geheiratet«, sagte sie.

»Und dann hättest du jetzt wahrscheinlich schon dreizehn Kinder«, neckte Hollywood sie.

»Und ich würde zweihundert Kilo wiegen.«

»Und du würdest bei einer Realityshow mitmachen, in der es darum geht, wie du versuchst, Gewicht zu verlieren, damit du weitere Kinder bekommen kannst.«

Kassie ließ sich voll und ganz auf das Spiel ein, denn sie sagte: »Und ich würde irgendwo weit weg leben, zum Beispiel in Alaska.«

Einen Moment lang sagten sie gar nichts und dann meldete Kassie sich zu Wort: »Im letzten Jahr habe ich mich immer wieder gefragt, warum ich? Ich bin in Selbstmitleid versunken und habe Depressionen gekriegt, weil ich all das durchmachen musste. Ich habe nicht verstanden, was ich Schlimmes getan hatte, dass er mich so leiden ließ. Es ging mir schlecht, ich hatte Angst und ich war verwirrt. Aber genau jetzt, in diesem Moment, fühle ich mich tatsächlich, als wäre all das es wert gewesen.«

Hollywoods Pupillen weiteten sich und er spürte, wie sein Puls bei ihren Worten schneller zu schlagen begann. Aber sie war noch nicht fertig.

»Ich weiß nicht, wohin unsere Reise führt, ob das, was ganz offensichtlich zwischen uns ist, sich mit der Zeit wieder legt und wir uns eines Tages fröhlich daran zurückerinnern, dass wir eine Affäre mit dieser Person hatten, die wir online kennengelernt haben. Aber ich schwöre dir eins, Hollywood, das fühlt sich überhaupt nicht so an. Ich hatte noch nie zuvor in meinem Leben solch intensive Gefühle für jemanden. Und obwohl ich mich schrecklich fühle, so etwas zu denken, und noch schrecklicher, es laut auszusprechen, so bin ich doch froh über das, was er getan hat ... weil es mich zu dir geführt hat.«

Hollywood bewegte die Hand ganz instinktiv, ohne dass sein Gehirn den Befehl aussprechen musste. Er legte Kassie die Hand in den Nacken und zog sie an sich. Seine Lippen trafen auf ihre, und zwar hart. Ihre Zähne stießen aneinander, doch das störte sie beide nicht. Hollywood vergrub die Hand in ihrem Haar und zog sanft daran, bis sie den Kopf so neigte, dass er tiefer in ihren Mund eindringen konnte.

Sie knutschten so wild auf der Couch herum, als wäre es das letzte Mal, dass sie einander sehen würden. Hollywood nahm die Beine auseinander und manövrierte Kassie so, dass sie auf ihm lag und sein Schwanz genau dorthin stieß, wo er am liebsten sein wollte. Er wurde größer und drückte gegen ihren Schritt. Und er hätte schwören können, dass er ihre Hitze durch beide Jeans hindurch spüren konnte und dass sie ihn fast verbrannte.

Sie streichelte mit ihren Händen über seinen Oberkörper und liebkoste ihn, während sie sich weiter küssten. Hollywood legte all die Liebe, von der er wusste, dass er sie niemals in Worten ausdrücken konnte, in seinen Kuss. Damit zeigte er ihr, wie viel sie ihm bedeutete und wie er dafür sorgen würde, dass sie in Sicherheit war, komme, was wolle.

Nach geraumer Zeit zog Kassie sich ein klein wenig zurück und flüsterte: »Also hältst du mich nicht für eine blöde Kuh, weil ich das denke.«

»Nein, ich halte dich nicht für eine blöde Kuh. Wenn du

eine blöde Kuh bist, bin ich ein Idiot, weil ich es zuerst gesagt habe«, entgegnete Hollywood, ohne den Blick von ihrem geröteten Gesicht und ihren geschwollenen Lippen abzuwenden, die von seinem Speichel glänzten. Es war so verdammt sexy und er hätte nichts lieber getan, als seinen Schwanz so tief in sie hineinzustoßen, dass sie nicht mehr wusste, wo sie endete und er anfing. Er hatte seine Schwierigkeiten, sein Verlangen, das außer Rand und Band war, unter Kontrolle zu bringen, als sie sich an ihm wand.

»Was ist mit der Couch?«, wollte sie wissen.

»Was soll damit sein?«, fragte Hollywood.

»Sind da schon Mädchenbakterien drauf? Oder können wir die auch frisch infizieren?«

Das Leuchten in ihren Augen, als sie das sagte, und die Art, wie sie sich auf die Lippe biss und zu ihm hinab lächelte, brachten ihn dazu, den Kopf in den Nacken zu legen und zu lachen. So etwas hatte er noch in keiner Beziehung gehabt. Dass er in einer Minute vor Verlangen fast explodiert wäre und in der nächsten Minute vor Lachen.

»Du kannst in meinem Leben alles infizieren, was du möchtest, Liebling. Kassie-Bakterien sind mir immer willkommen.«

Sie lächelten einander an. Hollywood hatte noch immer einen Ständer und wäre gern in die Frau eingedrungen, die auf ihm lag, doch das schmerzende Verlangen war zu einem leisen Pochen abgeklungen, mit dem er umgehen konnte. Er wusste, dass das Warten und die Vorfreude, mit ihr zusammen zu sein, nur dafür sorgen würden, dass es umso intensiver und explosiver war, wenn es wirklich geschah.

»Möchtest du einen Film sehen?«

Anscheinend fühlte sich Kassie genauso entspannt wie er, denn sie legte den Kopf an seine Schulter, strich mit ihrer Nase an seinem Kinn entlang und dann wand sie sich, bis sie eine gemütliche Position gefunden hatte, einen Arm unter ihrem Körper, den anderen auf seiner Brust, ihre Hand in seinem Nacken.

Sie so bei sich zu haben, an ihn gekuschelt und komplett entspannt, wurde zu Hollywoods neuem Lebensziel. Er wollte Kassie jeden Abend genau das geben. Er würde tun, was auch immer er als Delta Force-Soldat tun musste, wenn er anschließend abends nach Hause kommen und das mit ihr machen konnte.

»Das kommt auf den Film an«, erklärte Kassie schließlich.

Sie hatten sich schon online über das Thema unterhalten, also wusste Hollywood ganz genau, welche Filme Kassie mochte. »*Full Metal Jacket*?«

Er spürte, wie sie die Nase rümpfte, als er das sagte. »Nein«, entgegnete sie. »Was hast du sonst noch?«

Hollywood nannte ein paar weitere Filme, von denen er wusste, dass sie sie zurückweisen würde, und lachte innerlich, als sie jeden einzelnen davon kategorisch ablehnte. Er nahm die Fernbedienung, schaltete den Fernseher ein und rief sein Netflix-Konto auf. »Sag Halt, wenn was Gutes dabei ist«, erklärte er Kassie.

Schon nach Kurzem sagte sie: »Den Film.«

»*Sahara*?«

»Ja. Bei dem Film ist alles dabei. Abenteuer, Humor, Action ... Der Film gefällt mir.«

»Und du bist dir sicher, dass es nicht daran liegt, dass Matthew McConaughey mitspielt?«, neckte Hollywood sie, dem es nichts ausmachte, den Film zu sehen. Er hatte ihn auch schon mal gesehen und er hatte ihm gefallen.

»Also bitte«, sagte sie verächtlich. »Er sieht zwar gut aus, aber es ist Steve Zahn, der mir in diesem Film richtig gut gefällt. Er ist zum Totlachen. Er hat vielleicht nur eine

Nebenrolle, aber ohne ihn wäre der Film nicht das Gleiche. Jedes Mal wenn ich den Film sehe, würde ich ihm gern einen Hut schicken, weil er seinen ständig verliert.«

»Stimmt, er ist gut«, stimmte Hollywood ihr zu, legte die Fernbedienung auf den Wohnzimmertisch und kuschelte sich gemütlich mit Kassie im Arm auf die Couch. Er konnte sich an keinen Abend erinnern, den er mehr genossen hätte.

KAPITEL ZEHN

Kassie rollte sich in dem erstaunlich gemütlichen Bett herum und runzelte die Stirn, weil sie sich fragte, was sie aufgeweckt hatte. Sie war müde, aber auf gute Art und Weise. Sie und Hollywood hatten sich *Sahara* angesehen – oder zumindest hatte *sie* das. Hollywood war nach weniger als einer halben Stunde unter ihr eingeschlafen. Sie war davon ausgegangen, dass er wahrscheinlich eine harte Woche gehabt hatte, weil sie annahm, dass es nicht seiner üblichen Vorgehensweise entsprach, einfach so einzuschlafen. Die nächsten eineinhalb Stunden hatte sie damit zugebracht, das Gefühl seines harten Körpers unter ihr zu genießen und abwechselnd den Film zu sehen und ihm beim Schlafen zuzuschauen.

Sie hatte immer noch nicht ganz verstanden, warum er beschlossen hatte, dass sie die Frau war, mit der er zusammen sein wollte, doch sie hatte genügend Scheiße in ihrem Leben gehabt und würde jetzt ganz sicher nicht versuchen, ihn davon zu überzeugen, dass er sie nicht mehr mögen sollte. Er hatte gesagt, dass er der Glückspilz war, doch sie wusste ohne den geringsten Zweifel, dass das nicht stimmte. Ganz und gar nicht.

Er hatte sich schlecht gefühlt, als sie ihn nach dem Ende des Films geweckt hatte, und er hatte sich dafür entschuldigt, einfach eingeschlafen zu sein. Dann hatte er sich geweigert zuzulassen, dass sie alleine zu Fletch fuhr, und hatte darauf bestanden, sie selbst dorthin zu bringen.

Kassie hatte nachgegeben, weil es sich gut anfühlte, wenn sich jemand um einen kümmerte. Als sie bei der kleinen Wohnung angekommen waren, hatte er sie wie verrückt geküsst, war dann aber gefahren, nachdem er sichergestellt hatte, dass alles in Ordnung war. Er hatte ihr versprochen, dass sie hier in Sicherheit war und dass er am frühen Vormittag zurück sein würde.

Ein Blick auf die Uhr auf dem kleinen Nachttisch neben dem Doppelbett verriet Kassie, dass es erst Viertel nach sieben war. Das konnte man nicht als frühen Vormittag bezeichnen.

Dann hörte sie ein Geräusch. Jemand klopfte an die Vordertür. Das war es auch gewesen, was sie geweckt hatte. Kassie hatte nicht die geringste Ahnung, wer sie so früh störte, doch wer immer es auch sein mochte, konnte keine guten Nachrichten haben. So früh an einem Samstagmorgen geschah nie etwas Gutes.

Plötzlich war Kassie hellwach, streifte die Decke ab und lief zur Eingangstür. Sie dachte daran, dass es vielleicht Hollywood war, der ihr mitteilen wollte, dass irgendetwas mit ihrer Schwester geschehen war. Die Wohnung war nicht groß. Es gab nur ein Schlafzimmer, ein Bad und eine kleine Küche, die an einen sogar noch kleineren Wohnbereich grenzte, also war sie innerhalb von Sekunden bei der Eingangstür und spähte durch den Spion – dann blinzelte sie. Was zum Teufel?

Kassie öffnete das Schloss und die Kette, machte dann die Tür auf und starrte das kleine Mädchen an, das davorstand.

»Hi! Ich bin Annie! Und du bist Kassie mit K, richtig? Das ist so cool. Ich konnte es kaum erwarten, dich kennenzulernen! Daddy Fletch und Mommy haben den ganzen Abend über dich geredet. Sie haben gesagt, du bist Hollywoods Freundin und bleibst das ganze Wochenende über hier. Sie haben gelacht, ich weiß nicht genau warum, aber anscheinend halten sie es für ganz besonders lustig. Aber wenn du Hollywoods Freundin bist, bist du auch *meine* Freundin. Daddy lässt hier nämlich niemanden übernachten, den er nicht mag. Und dem er nicht vertraut. Und ich habe hier früher gewohnt, bevor Mommy und Daddy zusammengekommen sind. Schläfst du in meinem Zimmer? Aber natürlich tust du das, schließlich gibt es ja nur eins. Ist die Wohnung nicht toll? Kann ich reinkommen? *Teenage Mutant Ninja Turtles* läuft gerade. Willst du es mit mir schauen?«

Kassie blickte an Annie vorbei, konnte aber keinen Erwachsenen sehen. »Bist du ganz alleine hier?«

»Ja, aber das ist in Ordnung. Daddy hat überall Kameras installiert, sodass ich nicht wieder gestohlen werden kann. Also ... Willst du die Sendung mit mir schauen?«

»Äh ... Ja, warum nicht?«, entgegnete Kassie und machte einen Schritt zurück, um das kleine Mädchen einzulassen. Hollywood hatte ihr über die Kameras und die Sicherheitsvorkehrungen auf dem Gelände berichtet, trotzdem war sie sich nicht sicher, ob es eine gute Idee war, Annie ganz alleine umherwandern zu lassen.

Und kaum hatte sie das gedacht, erstarrte sie. Das hier war also Annie? Das kleine Mädchen, das Richard unter Drogen gesetzt und entführt hatte und das zu verletzen er gedroht hatte, wenn Emily nicht tat, was er von ihr verlangte? Mein Gott. Kassie machte die Tür zu und spürte, wie ihr die Hände zitterten. Sie wusste nicht, ob sie Annie in die Augen sehen konnte nach all dem, was ihr Ex-Freund ihr angetan hatte. Allein die Tatsache, in ihrer Gegenwart zu sein, sorgte dafür, dass sie sich schmutzig fühlte.

Annie hatte nicht die geringste Ahnung von dem Gefühlschaos, das in Kassie herrschte, und sie streckte die Hand aus, griff nach einer von Kassies Händen und zog sie neben sich auf die Couch. »Komm schon, es geht gleich los. Oh Mann, du hast aber kalte Hände. Dort im Schrank sollten Decken sein. Bleib hier sitzen, ich hole dir eine.«

Annie drückte sie nach unten, bis sie saß, und ging dann schnell ins Schlafzimmer. Sekunden später kam sie mit einer großen Decke zurück in den Wohnbereich. Die Decke schleifte hinter ihr auf dem Boden, aber Annie schien es nicht zu bemerken. Sie ließ sie auf Kassies Schoß fallen und machte dann ein großes Drama darum, sie auf ihrem Schoß auszubreiten, dann kniete sie sich hin und steckte sie ihr auch noch um die Beine fest.

»So. Jetzt hast du es ganz kuschelig.« Dann lief Annie, ohne eine Antwort abzuwarten, zum Fernseher und schaltete ihn ein. Sie nahm sich die Fernbedienung, kletterte aufs Sofa neben Kassie und kuschelte sich an sie, als hätte sie die Frau schon ihr ganzes Leben lang gekannt. Sie zog sich einen Teil der Decke über ihre eigenen Beine und klickte sich dann durch die Kanäle auf der Suche nach dem Zeichentrickfilm, den sie sehen wollte.

Kassie saß wie erstarrt da. Es war der Gedanke daran, es nicht wert zu sein, der sie lähmte. Wie es dem Kind gelang, eine so positive und fröhliche Einstellung zum Leben zu haben, war ihr schleierhaft. Sie war durch die Hölle gegangen und jetzt saß sie hier und freundete sich mit ihr an, nur weil sie wusste, dass ihre Eltern ihr vertrauten. Kassie war sich nicht sicher, ob sie dieses Vertrauen verdiente, doch sie hätte sich lieber den Arm abgeschnitten, als dem wunderbaren kleinen Mädchen etwas zu tun, das neben ihr saß.

Vorsichtig legte Kassie ihren Arm um Annies Schultern und seufzte erleichtert, als sie sich einfach nur noch fester an sie kuschelte. Die nächsten vierzig Minuten blieben sie so sitzen. Annie erzählte ohne Punkt und Komma über ihren Lieblings-Ninja Turtle und dass sie lernen würde, wie sie zu kämpfen, sodass sie eines Tages Soldatin werden konnte, damit sie den »Bösen« in den Hintern treten konnte, wie es ihr Daddy Fletch tat.

Als es an der Tür klopfte, war Kassie nicht überrascht. Sie hätte es schon viel früher erwartet, um ganz ehrlich zu sein. Als sie aufstand, tätschelte sie Annie den Kopf. »Ich mach schon auf.«

»Denk daran, durch den Spion zu schauen, bevor du die Tür aufmachst«, erläuterte Annie ihr, ohne den Blick vom Fernseher zu nehmen.

»Ich werde daran denken«, versicherte Kassie ihr. Sie blickte an sich hinab und verzog das Gesicht. Sie war nicht gerade auf Gäste eingestellt, aber dagegen konnte sie jetzt auch nichts mehr tun. Zumindest trug sie ihre kurze Pyjamahose und nicht nur das zu große T-Shirt wie sonst.

Kassie blickte durch den Spion und stellte fest, dass Emily vor der Tür stand. Sie war erleichtert, dass es nicht Fletch war – Hollywood war vielleicht der am besten aussehende Mann, den sie jemals gesehen hatte, doch seine Freunde waren auch nicht zu verachten; und dass Fletch sie in ihrem Pyjama sah, war ihr jetzt im Moment noch zu viel –, und machte die Tür auf.

»Hi, Kassie. Bitte entschuldige, dass ich störe. Ich bin

gekommen, um Annie abzuholen. Ich hoffe, sie ist dir nicht auf die Nerven gegangen«, sagte Emily mit einem breiten, entschuldigenden Lächeln auf dem Gesicht.

Es war Kassie nicht entgangen, dass Emily nicht gefragt hatte, ob ihre Tochter da war. Sie hatte sich einfach dafür entschuldigt, *dass* sie da war. Hollywood und Annie hatten ganz offensichtlich recht gehabt, was die Kameras betraf.

»Ist schon okay. Wir haben Fernsehen geschaut.«

Emily lehnte sich verschwörerisch zu ihr und sagte so leise, dass ihre Tochter es nicht hören konnte: »Eigentlich wollte ich schon vor einer halben Stunde hier sein, aber Fletch wollte es ausnutzen, dass wir das Haus einmal für uns hatten.« Sie wurde rot, sprach aber weiter. »Außerdem hat er beschlossen, dass Annie ein Brüderchen oder ein Schwesterchen braucht, und nimmt nun jede Chance wahr, dafür zu sorgen, dass sie eins bekommt.«

Kassie lächelte die andere Frau an. Eigentlich hätte es merkwürdig sein sollen, dass sie ihr sagte, dass sie und ihr Mann es miteinander trieben, aber irgendwie war es das nicht. Es sorgte dafür, dass Kassie sich wie eine echte Freundin fühlte und nicht nur wie irgendeine Frau, die in der Wohnung auf ihrem Grundstück übernachtete.

»Wie schon gesagt, kein Problem. Ich bin froh, dass ich ... äh ... als Ablenkung für deine Tochter dienen konnte.« Sie lächelten einander einen Augenblick lang an, bevor Kassie hinzufügte: »Oh, komm doch bitte rein. Es tut mir leid, das hätte ich dir gleich anbieten sollen.«

Emily winkte unbekümmert ab. »Kein Problem.« Sie ging direkt zu Annie, die auf der Couch unter der Decke war, die sie geholt hatte, und den Blick noch immer fest auf den Bildschirm und die Ninja Turtles geheftet hatte. Emily beugte sich zu ihr hinab und küsste sie auf die Stirn. Dann sagte sie: »Hey, Annie.«

»Hi, Mommy.«

»Habe ich dir nicht gesagt, dass es nicht höflich ist, unseren Gast schon so früh am Morgen in Beschlag zu nehmen?«

»Ja, schon, aber Daddy hat gesagt, dass Hollywood so schnell wie möglich herkommen und sie mitnehmen würde, und ich wollte sie gern kennenlernen, also musste ich schneller sein als er.«

Emily schüttelte in gespielter Verzweiflung den Kopf. »Möchtest du etwas essen, Schatz?«

»Ja.«

»Und was?«

»Überrasch mich einfach«, lautete Annies Antwort.

Kassie blieb der Mund offen stehen. Meine Güte. Das kleine Mädchen klang eher wie ein Teenager als wie eine ... Sie wusste nicht, wie alt sie war, aber höchstens acht. Emily bemerkte ihren Blick und lachte, als sie sich auf den Weg in die Küche machte. »Ich weiß, ich weiß. Sie verbringt sehr viel Zeit mit Fletch und seinen Freunden, also schnappt sie ein paar der Dinge auf, die sie sagen.« Emily zuckte mit den Achseln. »Solange es nichts Schlimmes ist, korrigiere ich sie nicht.«

Kassie hatte das Gefühl, etwas sagen zu müssen – schließlich war Emily ausgesprochen nett zu ihr und sie hatte nicht das Gefühl, das verdient zu haben –, also platzte sie heraus: »Ich wusste nicht, was Richard vorhatte.«

Emily machte den Kühlschrank auf und drehte sich dann überrascht zu Kassie um. »Natürlich wusstest du das nicht.«

»Ich meine, ich war mit ihm zusammen, obwohl es eigentlich in den letzten Monaten nicht mehr *richtig* war, er wollte mich aber nicht gehen lassen. Hätte ich gewusst, was er vorhatte oder was er dir und Annie antun wollte, wäre ich sofort zur Polizei gegangen. Das schwöre ich.«

Emily machte die Kühlschranktür zu und ging zu Kassie hinüber. Sie legte ihr die Hände auf die Schultern und sagte leise: »Kassie, das weiß ich. Nichts von dem, was er getan hat, ist deine Schuld. Ich weiß besser als jeder andere, wie sehr er einen einschüchtern kann. Also bitte entspann dich, okay? Weder ich noch Fletch halten dir das vor.«

»Wäre Annie meine Tochter, wäre ich wahrscheinlich nicht so nett wie du«, erklärte Kassie ganz ehrlich.

Emily lachte leise und zeigte auf Annie, die auf der Couch lag. »Denkst du, sie würde zulassen, dass ich irgendwas anderes als nett zu dir bin?«

Kassies Lippen zuckten. »Wahrscheinlich nicht.«

»Ganz genau. Sie wollte rüberkommen, um dich kennenzulernen, also hat sie es getan. Manchmal machen wir uns Sorgen darum, wie furchtlos und offen sie ist, aber dumm ist sie nicht. Fletch und ich haben absichtlich vor ihr über dich gesprochen. Wir wollten, dass sie weiß, dass du eine Freundin bist und dass es in Ordnung ist, dass du hier auf unserem Anwesen wohnst. Ja, sie ist hart im Nehmen, aber trotzdem ist sie erst sieben.«

»Vielen Dank, dass du mir vertraust«, sagte Kassie leise.

»Gern geschehen. Wenn ich du wäre, würde ich langsam mal duschen und mich fertig machen. Ich habe das Gefühl, dass Hollywood eher früher als später hier auftauchen wird. Heute Abend wollen wir übrigens grillen und alle sind eingeladen.«

»Alle?«, wollte Kassie wissen.

»Ja. Die Mädchen hast du ja schon kennengelernt, aber Mary wird hoffentlich auch da sein, damit du sie treffen kannst. Außerdem lernst du heute bei dem Treffen auch Fish kennen.«

»Treffen?« Kassie mochte es nicht, alles zu wiederholen, was die Frau sagte, doch sie erzählte ihr Dinge, von denen sie nichts wusste.

»Oh Mann. Hat Hollywood es dir nicht gesagt?«

»Oh, ja, doch, hat er. Ich muss es wohl vergessen oder verdrängt haben oder sowas.«

Emily lachte leise. »Ich bezweifle, dass es so schlimm wird, wie du es dir wahrscheinlich vorstellst. Soweit ich weiß, hat Hollywood ein Treffen mit seinem Kommandanten und dem Team anberaumt. Fish wird ebenfalls da sein und natürlich du. Es geht um Jacks und wie wir als Nächstes gegen ihn vorgehen sollen.«

Kassie versuchte, nicht in Panik zu geraten, aber sie wollte wirklich nicht an ein Treffen denken, bei dem alle von Hollywoods Freunden anwesend sein würden, noch dazu wahrscheinlich in Uniform. Und seinen Kommandanten wollte sie schon gar nicht kennenlernen. Es hörte sich alles so geheimnisvoll an und weckte Erinnerungen in ihr, wie sie mit Richard und seinen Freunden herumsitzen musste, während sie sich unterhielten. Während ihrer Treffen trugen sie gern ihre Uniform und schickten sie herum.

Als könnte sie ihre Gedanken lesen, fügte Emily schnell hinzu: »Mach dir keine Sorgen. Die meisten höheren Offiziere des Stützpunktes sehen ziemlich eindrucksvoll aus, sind aber nette Kerle. Sie wollen der Sache einfach nur auf den Grund gehen und dafür sorgen, dass du und deine Schwester so schnell wie möglich in Sicherheit seid.«

Okay. Anscheinend wusste Emily ziemlich genau, was vor sich ging. »Und du glaubst, Hollywood wird bald hier auftauchen?«

»Tja, als ich rübergekommen bin, war Fletch gerade mit ihm am Telefon und erzählte ihm, dass Annie dich wahrscheinlich schon in aller Herrgottsfrühe aufgeweckt hat. Und wenn Hollywood auch nur annähernd so ist wie mein Ehemann, und ich weiß, dass er das ist, und er weiß, dass du wach bist, dann wird er hier bei dir sein wollen.«

Kassie sah auf die Uhr und stellte fest, dass Emily ungefähr seit zehn Minuten da war. »Wie lange kanntest du Fletch, bevor er wusste, dass du die Richtige für ihn bist?«

»Nachdem er herausgefunden hatte, dass wir ein Riesenproblem mit der Kommunikation hatten, und festgestellt hatte, dass Jacks nicht mein Freund ist, sondern mich erpresst?«

»Äh ... ja?«

»So ungefähr dreieinhalb Minuten, würde ich sagen.« Emily strahlte. »Ich nehme an, Hollywood hat nicht lange gezögert und dich wissen lassen, dass dein Leben sich verändert hat, nun, da er ein Teil davon ist.«

»Sowas in der Art«, murmelte Kassie. Eigentlich müsste sie verärgert und nervös sein, stattdessen war sie glücklich und zufrieden.

»Willkommen in der Familie«, erklärte Emily ihr völlig ernst. Sie umarmte Kassie kurz und sagte dann trocken: »Es dauert übrigens nicht lange, um von Hollywoods Wohnung hierherzufahren. Um diese Zeit normalerweise fünfzehn oder zwanzig Minuten.«

»Das hört sich ungefähr richtig an«, erklärte Kassie ihr.

»Okay. Dann springst du jetzt am besten unter die Dusche, was?«, sagte Emily.

»Vielen Dank«, entgegnete Kassie und hoffte, dass Emily wusste, wofür sie sich bei ihr bedankte.

»Gern geschehen. Und jetzt beeil dich. Die Zeit läuft.«

Kassie machte einen kurzen Umweg, um sich von Annie zu verabschieden und ihr zu versichern, dass sie sich später wiedersehen würden, bevor sie in ihr Zimmer eilte und alles zusammensuchte, was sie benötigte, um sich fertig zu machen. Denn auch wenn sie wusste, dass sie mit all seinen Freunden über Richard und Dean reden musste, konnte Kassie es kaum erwarten, Hollywood zu sehen.

KAPITEL ELF

»Bist du dir sicher, dass es dir nichts ausgemacht hat, dass Annie heute Morgen zu dir gekommen ist?«, fragte Hollywood Kassie auf dem Weg zum Stützpunkt.

»Ja, im Ernst, es geht mir gut.«

»Und es gab keinen einzigen Moment, in dem es dir schlecht ging?«, bohrte er weiter.

Kassie wandte den Kopf, um Hollywood anzusehen, der fuhr. Sie hätte nicht überrascht sein dürfen, dass er so einfühlsam war, war es aber trotzdem.

»Vielleicht ein oder zwei, aber mehr nicht.«

»Möchtest du darüber reden?«, wollte er wissen.

Er verlangte es nicht allzu nachdrücklich von ihr, was Kassie wirklich zu schätzen wusste. Sie wusste auch, dass er sich Gedanken darüber machte, wie sie auf das Treffen heute reagieren würde, bei dem all seine Freunde und auch sein vorgesetzter Offizier anwesend sein würden. Und wenn sie ganz ehrlich war, machte sie sich *tatsächlich* Gedanken darum, wie es wohl werden würde. Aber in der kurzen Zeit, seit sie Hollywood kannte, wusste sie, dass er sie niemals in eine Lage bringen würde, in der sie angegriffen werden würde.

»Annie hat mich schockiert. Ich hatte Emily ja schon beim Ball kennengelernt, aber mit eigenen Augen zu sehen, wie wunderbar, lustig und süß Annie ist, hat mir erst richtig vor Augen geführt, wie schlimm die ganze Sache war. Ich habe mich sogar dafür schuldig gefühlt, Richard überhaupt zu *kennen*.«

Hollywood griff hinüber, nahm ihre Hand und verschlang seine Finger mit ihren. Sie war das jetzt schon so gewohnt, dass sie es beruhigend fand. »Niemand macht dir Vorwürfe wegen dem, was passiert ist. Und ganz besonders Annie und Emily nicht.«

»Vom Verstand her ist mir das klar, doch emotional habe ich noch meine Schwierigkeiten damit.«

»Solange du nicht zulässt, dass es zwischen uns steht, kannst du das ruhig so handhaben«, versicherte er ihr mit ernstem Gesichtsausdruck. »Aber ich hoffe, dass der heutige Tag dir dabei helfen wird, es zu glauben. Du hast mir ein paar der Dinge erzählt, die dieses Arschloch dir angetan hat, und es gefällt mir überhaupt nicht, dass er dich jemals auch nur angefasst hat. Und auch wenn ich nicht alles weiß, so weiß ich doch genug, um mir vorstellen zu können, was du durchgemacht hast und was du seinetwegen noch immer durchmachst. Und das ist die Hölle. Vielleicht eine andere Hölle als für die anderen beiden, aber trotzdem die Hölle.«

Kassie dachte einen Moment über seine Worte nach. Er hatte recht. Sie musste aufhören, an Richard zu denken, wie er vor dem Unfall war. Diesen Mann gab es schon lange nicht mehr. Und sie wusste mit Sicherheit, dass Hollywood und seine Freunde dafür sorgen würden, dass sie von ihrem Ex-Freund ein für alle Mal loskam. Und hoffentlich würden sie gleichzeitig auch dafür sorgen, dass Dean unschädlich gemacht wurde. »Du hast recht.«

Hollywood lachte leise. »Auf jeden Fall hast du da ziemlich lange über etwas nachgedacht, bis du zu diesem Schluss gekommen bist.«

»Tja, also weißt du«, sagte sie, ohne zu lachen, »erst habe ich an all die gut aussehenden Männer in Uniform gedacht, die ich in Fort Hood zu Gesicht bekommen werde. Dann musste ich entscheiden, ob es mir gelingen würde, heimlich Fotos zu schießen, damit ich sie zu Hause mit Karina ansehen kann. Und das hat dazu geführt, dass ich an den Ball und dich in deiner Uniform gedacht habe, und dass ich sie damals gar nicht richtig würdigen konnte. Und das wiederum hat dafür gesorgt, dass ich daran gedacht habe, was du unter deiner Galauniform trägst ... Also, ja, du hast recht, ich war ein wenig abgelenkt.«

Als sie seinen schockierten Gesichtsausdruck sah, konnte Kassie ein Grinsen nicht länger unterdrücken. Sie kicherte, als hätte sie überhaupt keine Sorgen. »Jetzt solltest du mal dein Gesicht sehen«, keuchte sie zwischen zwei Lachanfällen. »Unbezahlbar!«

»Ob du's glaubst oder nicht, ich habe mich auch mehrmals gefragt, was du wohl unter deinem Kleid anhattest«, entgegnete er.

Kassie antwortete wie aus der Pistole geschossen: »Nichts natürlich.«

»Wie bitte?«

»Nichts. Schließlich wollte ich nicht, dass sich mein Höschen gegen den Stoff abzeichnet, und obwohl ich einen BH extra für dieses Kleid gekauft habe, war er nicht sonderlich bequem. Also hat Karina mich davon überzeugt, dass es besser wäre, unter dem Kleid komplett nackt zu sein. Allerdings glaube ich, dass sie gehofft hat, dass ich flachgelegt werde, es könnte also sein, dass sie Hintergedanken hatte.«

Hollywood verschluckte sich und Kassie klopfte ihm, so gut es im begrenzten Raum des Autos möglich war, beherzt auf den Rücken. »Alles in Ordnung?«, wollte sie wissen, als sein Gesicht rot wurde und er nicht aufhören konnte zu husten.

Als er sich endlich wieder unter Kontrolle hatte, schüttelte er reuevoll den Kopf. »Ich muss endlich aufhören zu versuchen, dich zu übertrumpfen. Jedes Mal gewinnst du.«

»Was habe ich denn gesagt?«, erwiderte Kassie unschuldig.

»Das weißt du doch ganz genau«, sagte Hollywood und nahm erneut ihre Hand.

Kassie ließ es nur allzu gern zu, lehnte sich zurück und ließ den Kopf gegen die Lehne fallen. »Wer wird heute alles dabei sein?«, fragte sie ernst.

Hollywood drückte ihre Hand. »Erstens, hör auf, dir Gedanken zu machen. Es wird nichts passieren, was dir Stress bereitet. Alle kennen die Situation bereits. Wir müssen uns nur etwas einfallen lassen, wie wir Jacks und Dean ein für alle Mal ausschalten können. Also werden alle da sein ... Ghost, Fletch, Coach, Beatle, Blade und Truck. Fish auch, er hat sich freiwillig gemeldet, herzukommen und zu helfen. Außerdem wird mein vorgesetzter Offizier dabei sein.«

»Ich weiß wirklich nicht, was ich Dean sagen soll, damit er es Richard erzählt und das dafür sorgt, dass all diese schlimmen Dinge aufhören«, erklärte Kassie ehrlich.

»Deswegen treffen wir uns ja mit der Gruppe. So arbeiten wir am besten ... als Team. Jeder kann seine Ideen einbringen und wenn wir fertig sind, haben wir einen Plan. Du bist nicht mehr allein, Kassie. Du hast jetzt mich und meine Freunde an deiner Seite. Ich werde alles in meiner Macht Stehende tun, um dafür zu sorgen, dass du und deine Schwester in Sicherheit seid.«

»Und was ist mit dir?«

»Was soll mit mir sein?«

»Was wirst du tun, um dafür zu sorgen, dass du selbst in Sicherheit bist?«, wollte sie wissen. »Eigentlich bin ich Richard egal. Ich bin zu dem Schluss gekommen, dass ich sowas wie ein Lieblingsspielzeug für ihn bin. Er will zwar nicht mehr mit mir spielen, will aber auch nicht, dass jemand anderes mit mir spielt.« Sie verzog das Gesicht. »Das war nicht der beste Vergleich, aber du weißt schon, was ich meine.«

»Ja, das weiß ich.«

»Tja, jedenfalls bin ich hier, weil er dich und deine Freunde hasst. Vielleicht gelingt es uns, einen Weg zu finden, wie ich ihn loswerde, aber was ist mit euch? Als ich dir nach dem Ball die E-Mail geschrieben habe, meinte ich es ernst, als ich gesagt habe, dass er euch alle tot sehen will. Und ich muss zugeben, dass ich es nicht so toll finden würde, wenn der Typ, den ich mittlerweile ziemlich gernhabe, die ganze Sache nicht überlebt. Außerdem würde es mir die Chancen bei zukünftigen potenziellen Partnern verderben.«

»Erstens wird es keine zukünftigen potenziellen Partner geben, da ich nirgendwo hingehen werde«, erklärte Hollywood mit einer Stimme, die für Kassie eingeschnappt klang. Sie hätte gelächelt, doch er sprach weiter: »Und zweitens kann ich garantieren, dass ich nicht sterben werde.«

»Das kannst du nicht wissen«, entgegnete Kassie.

Hollywood atmete erst tief ein und dann langsam aus, bevor er sagte: »Ich erzähle dir jetzt etwas, was streng geheim ist. Ich könnte dafür große Schwierigkeiten mit meinem vorgesetzten Offizier und dem Militär im Allgemeinen bekommen. Aber ich sage es dir, weil du als meine Frau das Recht hast, es zu wissen. Und es ist nicht etwas, das ich vor dir geheim halten möchte.«

»Oh mein Gott«, sagte Kassie bestürzt und versuchte, ihre Hand loszumachen. »Du bist verheiratet, nicht wahr?«

»Nein«, sagte er ohne Ungeduld in der Stimme. »Jetzt beruhige dich und hör mir zu.«

Kassie versuchte, es an seinem Gesicht abzulesen, konnte es aber nicht. Sie hatte nicht die geringste Ahnung, was so geheim sein könnte, dass er in Schwierigkeiten geraten könnte, wenn er es ihr verriet. Sie bildete sich ein, ziemlich viel über das Militär zu wissen, aber wie sich auf dem Ball gezeigt hatte, stimmten die Dinge, die sie von Richard gelernt hatte, wahrscheinlich sowieso nicht.

»Ich gehöre zur Delta Force.«

Er sagte es knapp und sachlich. Und Kassie hatte keine Ahnung, was diese Worte bedeuteten.

»Okay. Na und?«, wollte sie wissen.

Hollywoods Lippen zuckten, aber er antwortete einfach nur: »Was und?«

»Das ist das große Geheimnis?«

»Ja, Kass. Das ist es.«

Einen Moment lang dachte sie angestrengt nach, doch ihr fiel nichts ein. Schließlich sagte sie zu ihm: »Wie mir dein Verhalten zeigt, sollte mir das etwas bedeuten. Und es tut mir wirklich leid, aber ich habe keine Ahnung, was das heißt. Ich könnte es googeln, aber es wäre wahrscheinlich schneller, wenn du mir einfach die Dinge mitteilen würdest, die ich wissen soll. Ist das etwas Schlimmes?«

»Du weißt wirklich nicht, was die Delta Force ist?«, fragte Hollywood, die Augenbrauen erstaunt hochgezogen.

Er schien nicht verärgert zu sein, doch Kassie wusste

nicht, was sein Ton bedeuten sollte. Also beschloss sie, es möglichst kurz zu halten. »Nein.«

»Aber von den Navy SEALs hast du schon gehört, oder?«

»Natürlich. Von denen hat ja wohl jeder gehört. Das sind die superharten Jungs, die sich um lauter geheime Missionen im Ausland kümmern. Waren sie es nicht auch, die schließlich Osama Bin Laden ausgeschaltet haben? Ich glaube, das habe ich irgendwo gesehen, aber ...« Sie redete nicht weiter, als der Groschen fiel. »Oh.«

Jetzt lächelte Hollywood tatsächlich. »Ja. Oh.«

»Also bist du sowas wie ein SEAL, aber für die Landstreitkräfte?«

»Mann, mit dir hat man es echt nicht leicht, Schatz. Nein, Deltas sind keine SEALs; wir sind um einiges härter als sie.«

Kassie verengte die Augen zu Schlitzen und versuchte, ihn sich vorzustellen. Nein, sie konnte es einfach nicht. Sie sah ihn immer wieder in dem weißen Hemd mit der Fliege und der hübschen blauen Uniform mit all den Medaillen. »Also gehörst du zur Delta Force. Und alle deine Freunde auch?«

»Ja. Und im Gegensatz zu den SEALs finden all unsere Missionen komplett geheim und ohne Medien statt. Wir reden nicht über sie, und was wir tun kommt weder ins Fernsehen noch in die Zeitung. Wir werden nie ins Weiße Haus eingeladen, damit der Präsident uns gratulieren kann. Wir machen einfach unser Ding, kommen dann nach Hause und leben die meiste Zeit so, dass man nichts über uns erfährt. Wir haben es meist mit Antiterror-Operationen zu tun.«

»Und was heißt das?«, fragte Kassie leise, da sie sich nun Sorgen machte.

»Wir werden normalerweise in Situationen geschickt, in

denen wir hochstehende Zielpersonen töten oder gefangen nehmen oder Terroristenzellen zerschlagen. Wir sind flexibel und können mit nur sieben von uns oder in größeren Einheiten arbeiten. Wir haben mit der CIA zusammengearbeitet und den Präsidenten beschützt, wenn er Besuche in vom Krieg zerrütteten Ländern gemacht hat.«

»Also ist es gefährlich«, schloss Kassie daraus.

Hollywood sah sie an, als wäre sie verrückt. »Ja, Kass, im Irak herumzuschleichen, ohne dass dessen Regierung weiß, dass wir da sind, um zu versuchen, Menschen zu töten, kann manchmal ein wenig gefährlich werden.«

Sie sah ihn böse an. »Mach dich nicht über mich lustig.«

»Ich mache mich absolut nicht über dich lustig«, erklärte Hollywood ihr. »Ich versuche nur, dir zu versichern, dass es Jacks und seinem Arschloch-Kumpan auf keinen Fall gelingen wird, mich oder einen meiner Freunde zu töten. Wir sind in diesen Dingen ausgebildet. Warum glaubst du, konnten wir sie in der Trainingsübung so schnell außer Gefecht setzen? Zum Teufel, als wir Emily und Annie gerettet haben, haben wir weniger als zwanzig Minuten gebraucht. Ich mache mir keine Sorgen um mich oder meine Freunde, ich mache mir Sorgen um dich. Und Karina. Und um jeden anderen, den er fertigmachen will in der vergeblichen Hoffnung, dass er einen von uns unvorbereitet erwischt. Es wird nicht passieren. Und damit Schluss!«

»Dann ist ja gut«, neckte Kassie und war sich nicht ganz sicher, ob sie erleichtert sein sollte oder nicht. »Du bist also ein knallharter Junge und Geheimagent-Soldat, der Navy SEALs zum Frühstück verspeist und der dumme Ex-Freund-Soldaten, die sich für Gottes Geschenk an das Militär halten, ohne Probleme fertigmacht. Hört sich das nach dir an?«

»Ja, so ziemlich.«

Kassie atmete erleichtert auf, als er sie angrinste. Sie näherten sich dem Haupttor des Stützpunktes und Kassie versuchte, nicht nervös zu werden. Sie war schon ein paarmal mit Richard hier gewesen, aber jetzt fühlte es sich anders an.

Hollywood streckte die Hand aus. »Die Wache muss deinen Ausweis sehen, Kass.«

»Natürlich«, sagte sie und begann, in der Tasche zu ihren Füßen zu wühlen. Sie zog ihren Führerschein heraus und gab ihn Hollywood, der ihrer beider Dokumente dem Soldaten am Wachhaus überreichte. Er überprüfte sie und gab sie dann zurück.

»Ich wünsche Ihnen einen guten Tag, Sergeant Caverly. Miss Anderson.« Er nickte ihnen zu und Hollywood nickte zurück. Kassie lächelte den jungen Mann einfach nur an. Dann fuhren sie durch die Schranke.

»Puh!«, rief sie und ließ sich in ihren Sitz fallen. »Ich bin froh, dass wir uns diesmal nicht ausziehen mussten, damit sie uns durchsuchen können.«

»Hat dir das Arschloch das etwa auch angetan?«, knurrte Hollywood.

Kassie sah überrascht auf. »Nein, nein, nein. Es tut mir leid. Ich habe nur versucht, einen Witz zu machen. Und *das* ist so richtig in die Hose gegangen.«

»Du hast mir einmal gesagt, dass du Witze machst, wenn du nervös bist, und es gefällt mir überhaupt nicht, dass du so nervös bist, nur weil wir hier auf dem Stützpunkt sind mit lauter Männern in ihren Uniformen. Ich weiß, dass du mit mir kein Problem hattest, aber ich spüre, dass es schwer für dich ist, hier zu sein«, erklärte Hollywood ihr, während er zu dem Bürogebäude fuhr. »Ich weiß, dass dieser Idiot daran schuld ist, aber trotzdem finde ich es frustrierend.« Er sah zu Kassie hinüber. Sie hielt sich so verkrampft die Hände, dass ihre Knöchel ganz weiß waren.

»Ich bin nicht –«

»Bist du doch«, stellte er fest. »Und Jacks ist dafür verantwortlich, dass du so bist. Ich habe keines der schrecklichen Dinge vergessen, die er dir über den Militärball und unsere Traditionen beibringen wollte. Ich habe es dir schon einmal gesagt und ich sage es noch mal, wenn du irgendwelche Fragen hast oder dich unwohl fühlst, versprich mir, dass du es mir erzählst. Es muss dir nicht peinlich sein. Wie sollst du es jemals erfahren, wenn du nicht fragst?«

»Okay.«

»Und nur damit du es weißt, heute werden mit ziemlicher Sicherheit alle ihre Uniform tragen, außer wahrscheinlich Fish. Da er aus Krankheitsgründen vom Dienst ausgeschlossen wird, braucht er keine Uniform mehr zu tragen. Aber du bist hier in Sicherheit, Kassie. Ich weiß nicht, welche unaussprechlichen Dinge dir dieses Arschloch und seine Freunde sonst noch angetan haben, während sie Verkleiden gespielt und so getan haben, als wären sie tolle, harte Soldaten, aber das wird hier nicht passieren. Wir werden uns eher alle gegenseitig freundlich begrüßen. Wir holen uns einen Kaffee, sitzen um einen großen Tisch und unterhalten uns, vielleicht fluchen wir auch. Okay, das ist eine Lüge, wir fluchen *auf jeden Fall*. Vielleicht werden wir wütend oder ärgern uns, aber nicht über dich. Dir droht von mir und meinen Freunden keinerlei Gefahr. Verstanden?«

»Danke, Hollywood.«

»Bedanke dich nicht«, erklärte er sofort. »Du solltest dich nie bei einem Mann bedanken müssen, nur weil er dafür sorgt, dass du in Sicherheit bist. Es ist mir ein Privileg, eine Ehre und meine Pflicht, das zu tun.« Hollywood sah zu

Kassie hinüber und war überrascht, sie lächeln zu sehen. »Was? Das war kein Witz.«

Ihr Lächeln erstarrte. »Ich weiß, dass das kein Witz war. Es ist nur ... Was du gesagt hast, hört sich so an, als würde es aus einem Film stammen.«

Hollywood fuhr auf einen Parkplatz und stellte den Motor ab. Er drehte sich zu Kassie um, nahm ihre Hände und begann, sie langsam zu reiben, um ihre kalten Finger aufzuwärmen. »Die Zeiten, in denen du alles alleine machen musstest, sind vorbei, Kass. Du hast nicht nur mich, der auf dich aufpasst, sondern sieben weitere Männer, die oben warten und alles dafür tun werden, damit du in Sicherheit, glücklich und gesund bleibst.«

»Das hört sich ja fast nach einer Sekte an«, erklärte Kassie ihm.

»Das ist keine Sekte, Liebling«, erwiderte Hollywood sofort. »Es sind Freunde. Die besten, die man sich wünschen kann. Die Art von Freunden, die ihr Leben für mich geben würden, ohne zweimal darüber nachzudenken. Und ich würde das Gleiche für sie tun.«

»Ich bin nervös«, platzte Kassie heraus.

»Das weiß ich. Wenn du denkst, dass mir das entgangen ist, bist du verrückt. Aber das ist in Ordnung. Weil ich alles in meiner Macht Stehende tun werde, um es dir leichter zu machen. Du musst dich nur an mich halten. In ein paar Stunden verschwinden wir von hier, gehen zu mir nach Hause, damit ich mich umziehen kann, und ich bringe dich zurück zu Fletchs Wohnung. Wir werden mit den Männern, die du heute hier kennenlernst, und ihren Frauen zusammen sein und uns entspannen. Nach diesem Treffen wird sich dein Leben ändern ... zum Besseren. Du musst nur an meiner Seite bleiben und mir vertrauen. Kannst du das?«

Er konnte ihr die Emotionen an den Augen ablesen.

Noch nie hatte er so ausdrucksstarke Augen gesehen wie die von Kassie. Und so kannte er ihre Antwort schon, bevor ihr die Worte überhaupt über die Lippen kamen.

»Ja. Das kann ich machen.«

»Gut. Und jetzt komm. Gehen wir hoch. Ich hole dir eine Tasse schrecklichen Kaffee. Ich würde dir raten, ihn besser nicht zu trinken, aber du kannst die Tasse in den Händen halten, damit dir die Finger nicht abfrieren. Okay?«

Daraufhin lachte sie. »Das hört sich gut an.«

Hollywood lehnte sich zu ihr, küsste sie auf die Stirn und verweilte dort länger mit den Lippen, während er murmelte: »Ich werde es auf keinen Fall zulassen, dass ich dich wieder verliere, jetzt, wo ich dich gefunden habe. Jacks wird diesen Krieg nicht gewinnen.«

Dann lehnte er sich zurück, stieg aus dem Wagen und wartete ihre Antwort nicht ab.

Und er irrte sich nicht. Es handelte sich *tatsächlich* um einen Krieg. Jacks hatte ihn mit Emily angefangen und er würde hier und jetzt enden.

KAPITEL ZWÖLF

»Können wir Dean nicht einfach verprügeln?«

»Und wie wäre es, wenn wir dafür sorgen, dass Jacks im Gefängnis fertiggemacht wird? Kennt jemand zufällig irgendwen?«

»Ich bin der Meinung, wir sollten ihm ein falsches Datum und einen falschen Ort zukommen lassen und behaupten, wir hätten eine weitere Trainingsübung, und wenn Dean dann versucht, sich einzumischen, können wir ihn festnageln.«

»Und was ist mit der Schwester? Glaubt ihr, Dean könnte versuchen, ihr etwas Ähnliches anzutun wie Emily?«

»Können wir rechtlich irgendetwas gegen ihn unternehmen?«

Kassie schmerzte der Kopf. Sie saßen schon seit über einer Stunde um den runden Tisch und hatten noch immer keine Entscheidung gefällt. Und dabei hatten die Männer nur Fragen gestellt ... ohne tatsächlich zu einem Schluss zu kommen. Sie wusste es zu schätzen, dass sie alle am Wochenende hergekommen waren, um ihr und ihrer Schwester zu helfen, aber sie hatte noch nie an einem

Treffen wie diesem teilgenommen. Wenn es bei ihrer Arbeit ein Problem gab, traf der Manager eine Entscheidung und damit war die Sache erledigt. Doch nun gab es mehr Fragen als Antworten, und so langsam hielt sie es nicht mehr aus.

Hollywood hatte unter dem Tisch ihre Hand ergriffen und sie seit Beginn des Treffens nicht mehr losgelassen. Aber sie war durch.

Sie ließ seine Hand los, schob den Stuhl zurück und stand auf. Dann begann sie, in dem kleinen Gang hinter den Stühlen hin und her zu gehen. Sie rieb sich mit einer Hand die Stirn und hatte die andere auf die Hüfte gestützt, während sie im Zimmer umherlief.

»Sprich mit uns«, befahl Ghost Kassie, während alle verstummten und dabei zusahen, wie sie auf und ab ging.

Kassie wandte nicht einmal den Kopf um. Von dem Moment an, da sie ins Zimmer gekommen war, war sie nervös gewesen, doch im Augenblick war sie eher müde und frustriert als sonst etwas. Sie wollte ihnen helfen, doch jedes Mal, wenn das Gespräch darauf kam, was Richard Emily und ihr angetan hatte, fühlte sie sich mit der Situation unwohl.

Während sie hin und her ging, zeigte sie mit den Fingern ihre Punkte an. »Erstens, Richard befindet sich im Gefängnis und teilt Dean seine verrückten Ideen mit, der sie dann ausführt. Zweitens, Dean ist dumm. Er hat die Grundausbildung nicht bestanden und gerade mit Ach und Krach den Highschool-Abschluss gemacht. Drittens, nur weil Dean dumm ist, heißt das noch lange nicht, dass er keine Bedrohung darstellt. Er ist groß. Und stark. Es wäre ihm ein Leichtes, mich und Karina in seine Gewalt zu bringen. Viertens, er ist ziemlich gruselig und beobachtet Karina schon seit Längerem. Fünftens, sie wollen, dass ich ihnen Informationen über euch beschaffe, damit sie irgendwas machen können. Aber was? Sechstens, was, wenn ich sie ihnen nicht gebe? Was haben sie dann mit Karina vor? Und wenn sie ihr etwas antun, was haben sie dann davon? Siebtens, falls ich ihnen Informationen besorge, werden sie dann aufhören, mich und Karina zu bedrohen? Oder werden sie einfach damit weitermachen, weil ich ja schließlich getan habe, was sie von mir verlangt haben?«

Sie hörte auf, hin und her zu marschieren, wandte sich an die Männer am Tisch und sagte resolut: »Ich kann Dean nicht ignorieren. Ich kann und will nicht zulassen, dass Karina in Gefahr ist. Ich muss ihm irgendetwas sagen. Aber was? Das ist die Frage. Was kann ich Dean mitteilen, damit er es an Richard weitergibt, was dafür sorgt, dass all das hier ein Ende hat?«

»So ungern ich es dir auch sage«, entgegnete Fletch, »ich glaube nicht, dass irgendetwas, was du ihm sagst, dafür sorgt, dass er mit seinen Drohungen aufhört. Es ist ja genau das, was ihn anmacht.«

Kassie seufzte genervt, streckte die Arme mit nach oben gewandten Handflächen aus und fragte: »Was dann? Soll ich zulassen, dass er mich und meine Schwester für immer bedroht?«

»Natürlich nicht«, erwiderte Fletch leichthin und schien keineswegs von ihrer offensichtlichen Frustration irritiert zu sein. »Du wirst Dean Informationen geben, die er an Jacks weiterleitet, der entscheidet, was dann passiert, und dann greifen wir ein und beenden diese Farce ein für alle Mal.«

Es war einen Moment lang still im Raum, bevor Fish sprach. »Karina ist kein Problem. Ich bin bereits in Austin. Am Montag werde ich offiziell entlassen und dann habe ich Zeit, sie im Auge zu behalten.«

Kassie starrte ihn mit offenem Mund an, doch bevor sie etwas sagen konnte, entgegnete Truck: »Am Montag wirst du entlassen? Das ist ja großartig, Mann. Das freut mich wirklich für dich.«

Fish nickte dem anderen Mann zu, blickte aber weiter Kassie an. »Ich verspreche, dass ich dich und deine Schwester im Auge behalten werde, wenn Hollywood nicht da ist. Ich werde alles in meiner Macht Stehende tun, um dafür zu sorgen, dass Dean keine Bedrohung mehr darstellt. Und nicht nur das, ich garantiere dir, Kassie, dass du dir um Richard Jacks keine Sorgen mehr zu machen brauchst, wenn die ganze Sache hier vorbei ist.« Und in seiner Stimme schwang ein knallharter Unterton mit, sodass sie ihm ohne den geringsten Zweifel glaubte.

»Fish, tu aber nichts Unüberlegtes«, rügte der Kommandant ihn leise. »Ich weiß ja, dass du nicht meinem Kommando unterstehst und eigentlich auch nicht mehr für das Militär arbeitest, also kann ich dir nicht mehr helfen. Aber ich will auf keinen Fall, dass du selbst im Gefängnis von Leavenworth landest.«

Daraufhin drehte Fish sich um und sah den älteren Mann an. »Ich weiß gar nicht, was Sie meinen, Sir. Ich will damit nur sagen, dass ich mir sicher bin, dass meine Freunde und Sie, Sir, einen Weg finden werden, um sicherzustellen, dass Jacks aufhört, Miss Anderson in Zukunft zu belästigen. Habe ich da nicht recht?«

Ziemlich lange sagte niemand etwas, bevor der Kommandant sich räusperte und zustimmte. »Doch, natürlich hast du recht.«

»Dann ist ja gut«, stellte Fish zufrieden fest. »Welche Informationen wollen wir Kassie also geben, um sie Dean zu füttern, damit er sie an Jacks weiterreicht?«

Kassie blickte von dem ehemaligen knallharten Geheimsoldaten zum Rest der knallharten Geheimsoldaten, die um den Tisch saßen. Wenn Hollywood ihr nicht gesagt hätte, dass er und seine Freunde ein Teil der Delta Force sind, hätte sie es nie geahnt, aber … sie hätte trotzdem gespürt, dass sie anders waren. Tödlicher. Gefährlicher als ein durchschnittlicher Soldat.

Obwohl sie es nicht gewohnt war, wie sie Entscheidungen trafen, gab es da etwas an ihren Eigenheiten, an der Art und Weise, wie sie sprachen und planten, die von großer Kompetenz zeugte.

»Was hatte dir Dean für den Abend des Balls aufgetragen?«, wollte Beatle wissen.

Kassie atmete tief durch und ging zu ihrem Stuhl zurück. Hollywood zog ihn für sie heraus und nachdem sie sich hingesetzt hatte, schob er ihn wieder an den Tisch und nahm erneut ihre Hand.

»Er hat gesagt, ich hätte meine Sache gut gemacht, weil ich Hollywood dazu gebracht hätte, mit mir auszugehen. Er wollte wissen, ob ich ihm Nacktbilder oder sowas geschickt habe.«

»Was für ein Idiot«, fluchte Hollywood leise. »Das Arschloch würde eine gute Frau nicht mal erkennen, wenn sie ihm in den Arsch tritt. Wahrscheinlich muss er für Sex bezahlen.«

Kassie konnte ihr Grinsen nicht unterdrücken. Als sie sich am Tisch umsah, stellte sie fest, dass es den meisten anderen Männern ganz ähnlich ging. Fast alle lächelten. Also ignorierte sie Hollywoods Ausbruch und drückte einfach seine Hand, um sich bei ihm dafür zu bedanken, dass er sich für sie starkmachte, und sprach weiter: »Jedenfalls hat er mir gesagt, ich solle versuchen, von Hollywood oder seinen Freunden Informationen bezüglich ihrer Freundinnen oder ihrer Abwesenheiten aus der Stadt oder sonst irgendwelche hilfreichen Dinge zu erfahren.«

»Inwiefern hilfreich?«, fragte Blade schnell, bevor

jemand wütend darüber werden konnte, dass Jacks mehr über Rayne, Emily und Harley in Erfahrung bringen wollte.

»Das weiß ich nicht«, entgegnete Kassie. »Wenn ich es wüsste, hätte ich ihm schon etwas gesagt. Nachdem ich euch alle kennengelernt hatte, wollte ich natürlich *überhaupt nichts* sagen, was euch schaden könnte.«

»Hat er sich seit dem Ball mit dir in Verbindung gesetzt?«, wollte Truck wissen.

Kassie nickte. »Er hat mir ein paar SMS geschrieben. Ich habe ihm erzählt, dass ich mich weiterhin mit Hollywood treffe und versuche, etwas Nützliches herauszufinden.«

»Wie hat er die Verzögerung aufgenommen?« Diesmal war es der Kommandant, der fragte.

»Er rief mich an, nannte mich eine Fotze und sagte, dass ich ihm besser bald etwas Nützliches beschaffen solle, sonst würde Karina an einen Sexhändler verkauft und flach auf dem Rücken liegend in Mexiko landen.« Bei dem Gedanken erschauderte Kassie. Das war kein guter Tag gewesen und Hollywood hatte ihr ausreden müssen, ihre eigene Schwester zu entführen und nach Timbuktu auszuwandern.

»Verdammt«, schimpfte Beatle.

Kassie hörte, wie die anderen leise murmelten, verstand aber nicht, was sie sagten, als Hollywood sich zu ihr umwandte, ihr eine Hand auf die Wange legte und sagte: »Du machst das großartig, Liebling. Halte durch.«

»Danke«, flüsterte sie und hatte nicht das Gefühl, die Sache zu meistern.

»Auf keinen Fall wollen wir, dass er erneut eure Frauen bedroht«, bemerkte der Kommandant bedrückt, nachdem das Gemurmel der Deltas nachgelassen hatte. »Das Problem ist nur, dass es ausgesprochen schwer wird zu beweisen, dass *Jacks* hinter der ganzen Sache steckt. Wir wollen, dass Kassie Dean Informationen gibt, die dieser an Jacks weiterleitet, aber ich bin mir nicht sicher, wie wir beweisen sollen, dass er die ganze verdammte Sache vom Gefängnis aus organisiert.«

»Aber wenn wir zuerst mal Dean ausschalten, ist immerhin die unmittelbare Bedrohung für Kassie und ihre Schwester vorbei«, gab Hollywood zu bedenken. »Jacks wird vielleicht jemand anderen finden, um ihm zu helfen, aber bis dahin ist uns hoffentlich eingefallen, wie wir ihn erledigen können ... Und noch mal, Kassie wäre in der Zwischenzeit in Sicherheit.«

»Es spricht einiges dafür«, pflichtete der Kommandant ihm bei.

»Wie wäre es mit einer weiteren Trainingsübung?«, wollte Truck wissen.

»Ja«, sagte Blade, dem sofort klar war, was Truck vorhatte. »Wir könnten Kassie Dean erzählen lassen, dass Hollywood mehrere Tage lang nicht in der Stadt ist, sodass er nicht mit ihr reden oder sie sehen kann, und dann warten wir einfach ab, wer auftaucht und sich einzumischen versucht.«

»Und wenn wir es irgendwo außerhalb organisieren würden, müssten sie dorthin fahren, was bedeuten würde, dass Karina und Kassie außerhalb ihrer Reichweite wären, während es stattfindet«, fügte Hollywood hinzu.

»Galveston«, schlug Ghost vor. »Das ist weit genug weg und wir können behaupten, es handle sich um ein ISIS-Manöver, wo sie versuchen, mit Schiffen Sachen ins Land zu schmuggeln.«

»Das ist aber ziemlich spezifisch für eine einfache Trainingsübung«, bemerkte Fletch. »Und außerdem ist Galveston alles andere als abgelegen.«

Kassie bewegte den Kopf hin und her wie bei einem Tennismatch, während die Männer ihre Ideen und

Gedanken ordneten. Voller Ehrfurcht sah sie dabei zu, wie sie gemeinsam zu einem Schluss kamen.

»Dann eben nicht Galveston«, sagte der Kommandant aufgeregt, »sondern das Nationale Tierschutzgebiet in Brazoria. Das ist auch dort unten, besteht aber hauptsächlich aus Grasland, das natürlich unbewohnt ist. Wir könnten eine falsche Kommandozentrale in der Nähe von Christmas Bay einrichten. Wir könnten ein weiteres Team von Del- ... äh ... Männern unter meinem Kommando dort unten platzieren.«

»Und wie hoch sind die Chancen, dass Jacks die Tatsache, dass wir alle weg sind, zur perfekten Gelegenheit erklärt, um sich die Frauen zu schnappen?«, wollte Coach wissen. »Ich werde auf keinen Fall zulassen, dass Harley ungeschützt und wie leichte Beute hier herumsitzt, während wir uns dort unten langweilen und nur darauf warten, jemandem eine Falle zu stellen, der vielleicht nie auftaucht.«

»Die Möglichkeit besteht natürlich«, erklärte Ghost. »Er hat ja schon bewiesen, dass er nicht davor zurückschreckt, den Frauen etwas anzutun, um uns eins auszuwischen. Aber ich hoffe, dass seine Arroganz und die Gelegenheit, uns alle auf einmal fertigzumachen, einen Köder darstellt, dem er einfach nicht widerstehen kann. Warum sollte er den Frauen etwas tun, wenn er uns alle bei der gleichen Trainingsübung töten kann?«

»Und ich habe doch schon gesagt, dass ich auf Karina und Kassie aufpasse«, wiederholte Fish in der Stille, die nach Blades Rede entstand. »Falls Rock nicht arbeiten muss, kommt er bestimmt hierher, um auf die Frauen aufzupassen.«

»Ich wette, ich könnte Rayne dazu bringen, einen ihrer berühmten Frauenabende zu Hause zu organisieren, während wir weg sind, sodass sich alle an einem Ort aufhalten«, überlegte Ghost.

»Sie könnten auch hierher auf den Stützpunkt kommen«, erklärte der Kommandant. »Wir haben ein Gästehaus, über das sie frei verfügen könnten. Hier wären sie sicherer als sonst wo.«

»Unterschätzen Sie dieses Arschloch nicht«, knurrte Hollywood zwischen zusammengebissenen Zähnen.

»Annie besucht den Stützpunkt gern«, entgegnete Fletch. »Es gibt doch diese neue Einheit von Army Rangers, die nur aus Frauen besteht, oder?«

Der Kommandant und Fletch sahen sich einen Augenblick lang an, bevor der Kommandant entgegnete: »Ja. Woran hattest du gedacht?«

»Wir könnten behaupten, Annie und die Frauen wären eingeladen, um auf dem Stützpunkt dieser Einheit dabei zuzusehen, wie sie den Hindernisparcours bewältigen. Annie liebt diesen Kram. Dann sind sie zu einem besonderen Abendessen eingeladen, wo sie sich mit den weiblichen Soldaten unterhalten und mehr darüber erfahren können, was es bedeutet, eine Frau in einer Männerdomäne wie den Rangers zu sein. Danach können sie alle hier auf dem Stützpunkt übernachten. Und die Rangers müssen auch nicht über alles Bescheid wissen, was vor sich geht, aber man kann ihnen sagen, dass Rayne, Emily, Harley, Mary und Annie bedroht werden.« Fletch hatte die ganze Sache offensichtlich gut durchdacht.

Kassie blinzelte überrascht. Sie hatte schon von den Army Rangers gehört, aber nicht gewusst, dass auch Frauen beitreten können. Das würde Richard wirklich *gar nicht* gefallen. Er hatte sich für die Elitetruppe beworben, war aber schon ziemlich früh ausgeschieden. Und Frauen, die

die harten Prüfungen bestanden, waren auf jeden Fall ziemlich hart.

»Das könnte funktionieren«, sagte der Kommandant nachdenklich. »Dann wären sie auch geschützt, falls Jacks den Köder nicht schluckt. Lasst mich mal sehen, was ich tun kann.«

»Und wann soll das stattfinden?«, platzte Kassie heraus. Als sich alle nach ihr umdrehten, fügte sie schnell hinzu: »Karina hat in zwei Wochen ihren Abschlussball. Ich weiß ja nicht, was ›uns im Auge behalten‹ bedeutet, aber den will sie auf keinen Fall verpassen. Sie freut sich schon seit Wochen darauf. Sie kauft an diesem Wochenende sogar ihr Kleid. Sie hat einen neuen Freund und hat sich noch nie zuvor so sehr auf einen Tanz gefreut.«

»Ich denke, dass das zeitlich alles perfekt hinhaut«, entgegnete der Kommandant. »Wenn sie auf dem Ball ist, sich in der Öffentlichkeit befindet und ihren neuen Freund dabeihat, der sie hoffentlich nicht aus den Augen lassen wird, ist sie umso sicherer.«

Kassie war sich dessen zwar nicht zu sicher, sagte aber nichts.

»Während ihr unten im Tierschutzgebiet seid, passe ich auf Kassie auf«, entgegnete Fish.

»Nein. Ich bitte um die Erlaubnis, nicht am Hinterhalt teilzunehmen und stattdessen in Austin bleiben zu dürfen, um auf Kassie aufzupassen«, bat Hollywood mit Nachdruck und starrte seinen Kommandanten an. »Fish kann auf Karina aufpassen. Aber er kann nicht gleichzeitig an zwei verschiedenen Orten sein.«

»Glaubst du nicht, du solltest besser an der falschen Trainingsübung teilnehmen, um ihr mehr Glaubwürdigkeit zu verleihen? Wenn Kassie Jacks davon erzählt, wird er davon ausgehen, dass du auch da sein wirst.«

»Wenn wir alle unsere Kampfuniformen und die Gesichtsbemalung tragen, ist es fast unmöglich zu sagen, wer wer ist. Und ganz besonders für die Gruppe aus zusammengewürfelten Soldaten, die er bei sich haben wird. Sie werden nicht wissen, ob ich dabei bin oder nicht. Holt einfach jemanden aus dem anderen Team von ... aus dem anderen Team, der so tun soll, als sei er ich.«

»Du musst nicht bei mir bleiben«, protestierte Kassie.

»Ich bin nicht das Problem. Schließlich will Richard euch.«

»Erlaubnis erteilt«, erklärte der Kommandant, ohne Hollywood die Möglichkeit zu geben, zu antworten.

»Vielen Dank, Sir«, sagte er zu ihm und wandte sich dann an Fish. »Ich freue mich allerdings darüber, dich als Verstärkung zu haben. Und ich bin verdammt froh, dass du endlich mit der Reha fertig bist. Allerdings ist es ziemlich schade, dass die Armee einen guten Soldaten wie dich verliert.«

»Das ist doch selbstverständlich«, erwiderte Fish lächelnd. »Aber gewöhn dich nicht daran. Ich ziehe immer noch nach Idaho um, sobald alle Formalitäten für das Haus, das ich gekauft habe, erledigt sind.«

»Du hast ein Haus gekauft?«, fragte Truck. »Ich dachte, du würdest dich nur umsehen.«

»Und das habe ich. Und dann habe ich ein Haus gefunden, das mir gefällt.« Er zuckte mit den Achseln. »Ich muss noch den ganzen Papierkram erledigen und für den Kredit eine meiner Nieren verkaufen, oder sogar beide, aber die Vorbereitungen laufen. Nächste Woche findet die Hausbegehung statt.«

»Ich freue mich wirklich für dich«, entgegnete Truck und klopfte Fish auf den Rücken. »Ich kann es kaum erwarten, es zu sehen. Ich hoffe, du denkst nicht, nur weil du abhaust, bist du uns los.«

»Das käme mir nicht in den Sinn. Sobald ich eingezogen bin, veranstalte ich eine Grillparty.«

»Hört sich gut an«, erklärte Truck.

»Also steht unser Plan?«, wollte der Kommandant wissen.

Alle stimmten zu, aber Kassie sah sich verwirrt um. »Äh ... Ich habe keine Ahnung, was wir beschlossen haben«, sagte sie ehrlich.

Hollywood nahm eine ihre Hände und küsste die Handfläche, bevor er seine Finger darum schlang. »Du erzählst Dean, du hättest zufällig gehört, wie ich über eine streng geheime Trainingsübung im Nationalen Tierschutzgebiet in Brazoria in der Nähe von Galveston gesprochen habe. Du sagst, du hättest gehört, es handele sich um eine kleine Übung mit nur zwei Einheiten. Damit sollte sein Interesse geweckt sein, weil er dann gute Chancen hat, uns auszuschalten. Die Frauen begeben sich alle zur Vorstellung der neuesten Supersoldaten der Armee ... die zufällig Frauen sind. Deine Schwester ist auf ihrem Tanzabend in Sicherheit. Ich bleibe währenddessen bei dir zu Hause, während Fish auf Abruf bereitsteht. Und wenn Dean und seine finsteren Gesellen auftauchen, treten wir sie in den Arsch und sorgen dafür, dass sie dafür verhaftet werden, bei einer staatlichen Trainingsübung zu stören.«

»Und was ist mit Richard?«, fragte sie.

»Um den kümmere ich mich«, entgegnete Fish, bevor der Kommandant es tun konnte.

»Jetzt pass mal auf, Munroe. Das hast du schon zuvor gesagt, doch du kannst nicht –«

»Ich kann. Und ich werde. Mit allem gebührenden Respekt, Sir. Sie wissen doch genauso gut wie jeder andere hier im Raum, dass man einer Schlange den Kopf abschneiden muss, wenn man sie töten will.«

Daraufhin wurde es so still im Raum, dass man eine Nadel hätte fallen hören.

Schließlich sagte der Kommandant leise: »Wann ziehst du um, Munroe? Denn je eher ich dich los bin, desto besser.«

Merkwürdigerweise sorgten diese Worte dafür, dass sich alle entspannten.

»Sobald ich den Kredit bekommen und die Verträge für das Haus unterschrieben habe, bin ich hier weg.«

»Falls es irgendetwas gibt, das ich tun kann, um die Sache zu beschleunigen, sag mir einfach Bescheid«, erklärte der Kommandant, schob seinen Stuhl zurück und stand auf. »Was den Rest von euch angeht, so werde ich mit dem General reden und dafür sorgen, dass wir für die Sache grünes Licht erhalten. Allerdings gelten die gleichen Regeln wie beim letzten Einsatz. Das hier ist ein Einsatz ohne Gefahr fürs Leben. Soldaten können nicht einfach Leute töten, weil sie eine Bedrohung für ihre Freundinnen darstellen.«

»Es geht hier nicht darum, dass jemand meine Freundin bedroht«, knurrte Hollywood. Kassie hatte ihn noch nie so wütend erlebt. Sie versuchte, seine Hand loszulassen, um ihm ein wenig Raum zu lassen, doch er weigerte sich, seinen Griff zu lockern, als er weitersprach.

»Es geht hier eher um eine Bedrohung der nationalen Sicherheit. Schließlich organisiert Jacks all das vom Gefängnis aus. Und wie macht er das, hmmm? Irgendwer muss ihm helfen. Verräter, die im Gefängnis von Leavenworth arbeiten, sind ein Problem, das man nicht auf die leichte Schulter nehmen darf. Denken Sie doch nur an die Art von Gefangenen, die dort festgehalten werden. Es handelt sich dabei nicht gerade um aufrechte Bürger und Jacks ist nur ein kleiner Fisch im Gegensatz zu manchen

Männern, die dort hinter Gittern sitzen. Wollen Sie etwa, dass Gewaltverbrecher oder Bandenmitglieder dazu in der Lage sind, ihren Banden Informationen zukommen zu lassen? Wie sieht es mit Vergewaltigern aus? Mördern? Verrätern mit Verbindungen zu den Taliban oder ISIS? Kommt überhaupt nicht infrage. Ich werde mein Leben nicht aufs Spiel setzen, nur damit irgend ein dummer Wachmann im Gefängnis, der zehn Dollar fünfzig die Stunde verdient, jedes Mal wegsieht, wenn ein Gefangener seinen verdammten Kontaktmann in Afghanistan anruft oder seinen Leuten Informationen zukommen lässt, jedes Mal wenn sie ihn besuchen.«

»Hollywood –«, warnte ihn der Kommandant, doch Hollywood beachtete ihn gar nicht.

»Jacks ist ein Arschloch, aber ein Amateur. Keiner von uns macht sich Sorgen um ihn oder seine Gesellen, was uns allerdings Sorgen bereitet ist die Tatsache, wie leicht es für Dean ist, nach Kansas zu fahren und sich dort mit ihm zu treffen. Uns macht Sorgen, wie leicht es Jacks fällt, seine Ex-Freundin zu erpressen, obwohl er doch zum Wohle der Gesellschaft im Gefängnis sitzt. Wenn selbst *er* das in die Wege leiten kann, was ist dann dort oben sonst noch los? Welche Informationen werden sonst noch geteilt und welche anderen Kooperationen finden statt?«

»Das ist allerdings ein interessanter Punkt«, sagte der ältere Mann leise. »Aber es besteht kein Grund, es deshalb an Respekt mangeln zu lassen.«

Hollywood atmete tief durch. »Das stimmt«, presste er hervor.

Der Kommandant nickte besänftigt und sah dann Kassie an. »Sprich mit Dean. Wir müssen den Stein ins Rollen bringen. Wenn es nötig ist, setze dich mit ihm in Verbindung, aber erledige es.«

»Ja, Sir«, sagte Kassie kleinlaut und war erleichtert, als der Kommandant ihr nur kurz zunickte und dann den Raum verließ.

Nachdem er gegangen war, ließ sie sich in ihren Stuhl zurückfallen und sagte leise: »Gütiger Gott. Und ich dachte schon, *du* wärst herrisch, Hollywood.«

Es wurde ein wenig gelacht, aber Fish lächelte nicht, als er fragte: »Ist es für dich in Ordnung, wenn ich auf dich und deine Schwester aufpasse, während Hollywood nicht in Austin ist?«

»Äh, natürlich«, erwiderte Kassie verwirrt. »Warum fragst du?«

»Deswegen«, erklärte er und zeigte auf seine Prothese. Der Haken am Ende seines Arms öffnete und schloss sich, wo er ihn auf den Tisch gelegt hatte, als wollte er Fishs Einwand verdeutlichen.

Kassie sah hinüber zu Hollywood, der Fish böse anstarrte. Dann wandte sie sich wieder an den anderen Mann. »Entschuldige ... Aber ich verstehe immer noch nicht.«

»Ich habe nur eine Hand, Kassie. Machst du dir keine Sorgen, dass ich nicht dazu in der Lage bin, dich so zu beschützen wie einer der anderen Jungs, der noch beide Hände hat?«

Kassie starrte den Mann kurz an und brach dann in Lachen aus. Eigentlich befreite sie sich davon eher von der Anspannung, doch sie konnte es einfach nicht kontrollieren. Schließlich kicherte sie nur noch, anstatt laut zu lachen, dann atmete sie tief durch und versuchte, die Kontrolle wiederzuerlangen.

»Bist du langsam mal fertig?«, fragte Fish gepresst.

Kassie wurde ernst, als sie hörte, wie verletzt er war. Verdammt. Sie hatte nicht vorgehabt, ihn zu beleidigen. Sie sah hinüber zu dem Ex-Soldaten. Er hatte einen kurzen Bart, der am Kinn etwas länger war. Seine Gesichtsbehaarung zusammen mit dem scharfen, mörderischen Haken am Ende seines Arms sorgte nur dafür, dass er *noch härter* aussah als die Männer um ihn herum und nicht schwächer.

»Es tut mir leid, Fish, aber ganz im Ernst, das war ziemlich lustig. Ob ich der Meinung bin, du könntest mich nicht beschützen? Selbst mit einem halben Arm siehst du gefährlicher und wilder aus als sonst jemand, den ich hier in den Straßen von Austin getroffen habe. Ich hege keinerlei Zweifel daran, dass du dazu in der Lage bist, jemanden wie Dean auszuschalten, selbst wenn er mit einer Axt in der Hand in meiner Wohnung auftaucht, und dafür zu sorgen, dass er sich wünschte, niemals meinen Namen gehört zu haben. Also, ja, ich freue mich darüber, dass du auf mich aufpasst, wenn Hollywood nicht da ist.«

Ihre Worte hallten durch den kargen Konferenzraum.

Schließlich brach Truck das Schweigen, indem er sagte: »Das habe ich dir doch gleich gesagt, Fish. Jetzt hörst du vielleicht mal auf, dich darüber zu beschweren, dass du ein Krüppel bist.«

Alle lachten leise und Fish sah seinen Freund kopfschüttelnd an. »Fick dich, Truck.« Aber seine Worte waren nicht bösartig.

Hollywood stand auf und hielt Kassie den Stuhl, als sie sich ebenfalls erhob. »Wir sehen euch also alle später bei Fletch, stimmt's?«

Bestätigend hallten »Na klar« und »Natürlich« durch den Raum.

»Wollen wir dann gehen, Kass?«, fragte Hollywood sie.

Sie nickte, da sie davon ausging, dass das die richtige Antwort war, besonders weil er ihr bereits die Hand auf den Rücken gelegt hatte und sie aus dem Zimmer führte.

KAPITEL DREIZEHN

Nach dem Treffen führte Hollywood sie umgehend aus dem Gebäude und zu seinem Wagen und bedachte auf dem Weg dorthin die paar Leute, die sie trafen, nur mit einem kurzen Kopfnicken. Er setzte sie in seinen Wagen und verließ dann zügig den Stützpunkt.

»Hast du Hunger?«

»Gehen wir nicht später zu einer Grillparty?«, wollte sie wissen.

»Ja, aber bis dahin dauert es sicher noch drei Stunden. Und dann hängen wir erst mal mit allen rum und unterhalten uns, während die Rippchen und Burger grillen. Es dauert also noch vier oder fünf Stunden, bis wir endlich essen. Ich dachte, du könntest einen Happen gebrauchen, um bis dahin durchzuhalten. Schließlich hält der Bagel, den du«, er sah auf die Uhr und sprach dann weiter, »vor viereinhalb Stunden zum Frühstück gegessen hast, wahrscheinlich nicht mehr vor. Außerdem habe ich Hunger.«

»Also, wenn du es so sagst, dann habe ich auch Hunger.«

Er grinste. Hollywood war nicht entgangen, dass sie sich bei all dem, was gerade passiert war, etwas unwohl fühlte, aber er mochte ihre freche Seite lieber als ihre ängstliche. »Gut. Worauf hättest du Appetit?«

»Whataburger.«

»Wie bitte?«

»Whataburger«, wiederholte sie.

»Nein, jetzt im Ernst. Sag mir, was du essen möchtest«, neckte Hollywood sie.

Sie drehte sich in ihrem Sitz um und verschränkte die Arme vor der Brust. »Du hast mich gefragt«, warf sie ihm vor.

Hollywood grinste breit. »Das habe ich.«

»Also habe ich es dir gesagt. Wäre es dir lieber, wenn ich gesagt hätte: ›Oh, Hollywood, ich weiß nicht so genau. Gehen wir dorthin, wo *du* hingehen willst. Ich persönlich habe keine eigene Meinung, also sag einfach nur, was du möchtest, das machen wir dann.‹«

Er brach in Gelächter aus und schüttelte gleichzeitig den Kopf. »Nein. Absolut nicht. Ich bin es nur nicht gewohnt. Verdammt, selbst wenn ich mit den Jungs unterwegs bin, dauert es eine halbe Ewigkeit, bis wir entschieden haben, wo wir essen sollen. Ich freue mich darüber, dass du so schnell eine Entscheidung treffen kannst.«

Sie erwiderte sein Lächeln und war nicht eingeschnappt, weil er laut gelacht hatte. »Gut. Ich muss dir nämlich gestehen, dass ich eine ziemlich extreme Meinung habe, was Fast Food-Restaurants angeht. Einige liebe ich, andere hasse ich, bei einigen bin ich mir nicht ganz sicher. Aber wenn ich Hunger habe, habe ich Hunger, und dann weiß ich auch, was ich essen möchte. Du *magst* Whataburger doch, oder?«, fragte sie misstrauisch und zog eine Augenbraue hoch.

»Natürlich, welcher Texaner tut das nicht?«

»Genau.« Sie nickte glücklich. »Moment mal, ich weiß gar nicht, wo du herkommst. Bist du hier aufgewachsen?«

»Nein«, sagte er leichthin, während er zum nächsten Whataburger fuhr. »Ich bin in Fayetteville, North Carolina, aufgewachsen.«

»Dort befindet sich Fort Bragg.« Damit erklärte Kassie ihm wohl etwas, das er sicher bereits wusste. »Bist du deswegen zur Armee gegangen?«

Hollywood zuckte die Achseln. »Vielleicht. Natürlich habe ich ständig die Soldaten in ihren Uniformen gesehen. Aber ich glaube, es lag eher daran, dass mein Vater sich so brennend für Geschichte interessiert. Während meiner Jugend habe ich so ziemlich jeden Militärfilm gesehen, den man sich nur vorstellen kann. Stolz auf mein Land zu sein wurde mir schon von frühester Jugend an anerzogen. Nach meinem Highschool-Abschluss gab es nichts, was ich lieber tun wollte, als mich beim Militär zu verpflichten.«

»Wie kommt es, dass du dich fürs Heer entschieden hast und nicht für eine der anderen Sparten?«

Hollywood grinste. »Sie haben mir das beste Angebot gemacht«, antwortete er ihr ehrlich.

»Oh mein Gott, im Ernst?«, fragte sie mit großen Augen.

»Ja, ich war zwar Patriot, aber ich war auch achtzehn. Ich war ziemlich oberflächlich, was soll ich sagen?«

»Und bereust du es?«, wollte Kassie wissen und legte den Kopf schief.

»Nicht eine Sekunde lang«, entgegnete er gefühlvoll.

»Leben deine Eltern noch?«

»Ja. Und es gefällt ihnen. Ich glaube, ich habe dir schon erzählt, dass meine Schwester Jade verheiratet ist und in Chapel Hill lebt. Sie hat die Universität von North Carolina besucht und es hat ihr dort so gut gefallen, dass sie direkt geblieben ist.«

»Hat sie Kinder?«

Hollywood konnte Kassies Ton nicht deuten. »Ja, zwei. Einen Jungen und ein Mädchen.«

»Und du bist Onkel Graham«, neckte sie ihn. »Siehst du sie oft?«

»Nicht so oft, wie ich es sollte, aber wir unterhalten uns die ganze Zeit über Skype. Ich liebe die kleinen Mäuse.«

»Wie schön.«

Hollywood fuhr auf den Parkplatz des Fast Food-Restaurants. »Sollen wir drinnen essen oder es mitnehmen?« Ihm gefiel der traurige Unterton in ihrer Stimme gar nicht und er wollte alles tun, um sie wieder zum Lächeln zu bringen.

»Das kommt darauf an, wohin du mit mir fährst, nachdem wir gegessen haben.«

»Wenn wir hier essen, fahren wir danach zu mir und bleiben dort, bis es Zeit zum Grillen bei Fletch ist. Und wenn wir es zum Mitnehmen bestellen, fahren wir trotzdem zu mir.«

»Dann bestellen wir es zum Mitnehmen.«

Hollywood fuhr bis zu dem Punkt vor, wo der Drive-In begann, und sah sie ernst an. »Willst du mir vielleicht verraten, was für ein merkwürdiger Unterton das war, als ich dir von meiner Nichte und meinem Neffen erzählt habe?«

Kassie zuckte mit den Achseln. »Es ist nur ... Wir wissen einfach noch nicht viel voneinander.«

»Aber immerhin haben wir uns schon etwas kennengelernt«, entgegnete Hollywood.

»Hollywood, ich wusste nicht einmal, wo du aufgewachsen bist oder dass deine Schwester Kinder hat«, protestierte Kassie.

»Wir kennen vielleicht nicht alle oberflächlichen Dinge, aber das, worauf es ankommt, wissen wir schon voneinander.«

»Tatsächlich?«

»Ja, Kassie. Das tun wir. Zum Beispiel weiß ich, dass du es genauso sehr liebst, wenn ich dich hart küsse, wie wenn ich mit meinen Lippen über deine Stirn streiche. Ich weiß, dass du einen unheimlich ausgeprägten Beschützerinstinkt hast, und du besitzt die Art von Stärke, die mir den Atem raubt, wenn ich darüber nachdenke. Ich weiß, dass du ehrlich bist, freigiebig und einen unglaublichen Sinn für Humor hast. Ich weiß, dass du dir deiner Attraktivität nicht sicher bist, was totaler Blödsinn ist, und ich kann nicht glauben, dass kein Kerl dich jemals dazu gebracht hat, dich so schön zu fühlen, wie du bist. Ich weiß, dass du ein hitziges Wesen hast, aber deine Wut verraucht auch schnell wieder. Ich weiß von dem, was Emily mir über deine Interaktion mit Annie heute Morgen erzählt hat, dass du eine wunderbare Mutter abgeben würdest. Ich weiß, dass du so viel Verlangen in dir aufgebaut hast, das darauf wartet, freigelassen zu werden, dass ich, wenn ich dich mit ins Bett nehme, dort eine Woche bleiben will, bis ich wenigstens das schlimmste Verlangen gestillt habe. Und schließlich weiß ich, dass ich ein verdammter Glückspilz bin, und wenn du mich lässt, werde ich den Rest meines Lebens damit verbringen, dafür zu sorgen, dass du weißt, dass du die richtige Entscheidung getroffen hast, mir zu vertrauen und mich in deine Welt zu lassen.«

Erst ein Hupen hinter ihm sorgte dafür, dass Hollywood den Blick von Kassies weit aufgerissenen Augen abwandte und er langsam in der Drive-In-Spur weiterfuhr. Dann kam er hinter dem Wagen vor ihm zum Halten und sah erneut zu Kassie.

»Willst du vielleicht sonst noch irgendwelche Argumente vorbringen, dass wir einander nicht kennen?«

»Wenn ich es tue, sagst du dann solche Sachen noch

mal?«

»Ich werde es dir für den Rest deines Lebens jeden Tag sagen, wenn du das möchtest, Kass.«

Daraufhin schloss sie die Augen. »Das war das Schönste, das jemals jemand zu mir gesagt hat. Okay, vielleicht nicht, dass ich ein hitziges Temperament habe. Ich weiß, dass es stimmt, aber das musst du ja nicht so betonen.«

»Ich habe gesagt, dass du ein hitziges Temperament hast, Liebling, deine Wut aber schnell wieder verraucht. Und das bedeutet, dass du nicht nachtragend bist, und das wird dir im Leben in der Zukunft noch zugutekommen, wenn ich dich nerve.«

Sie machte die Augen wieder auf. »Willst du mir häufig auf die Nerven gehen?«

»Nein. Aber du bist so verdammt leidenschaftlich, dass es wahrscheinlich der Fall sein wird.«

»Hollywood!«, beschwerte sich Kassie.

»Kassie!«, machte er sie nach. Allerdings mit einem Lächeln. »Wir sind fast dran. Weißt du schon, was du essen möchtest?«

»Einen Veggie-Burger mit allem und den Whataburger Hulk.«

Hollywood betrachtete die Speisekarte lange, bevor er sich erneut an Kassie wandte. »Schatz, die stehen nicht auf der Karte.«

Kassie sah ihn mit offenem Mund an. Dann sagte sie schließlich: »Wenn ich nicht vorher gewusst hätte, dass du kein echter Texaner bist, hättest du dich mit diesen sieben Worten verraten.« Sie schüttelte den Kopf in gespielter Enttäuschung. »Willst du auch einen Burger?«

Hollywood schüttelte darüber nur den Kopf. »Ja.«

Sie löste ihren Sicherheitsgurt und zeigte nach vorn. »Wir sind dran.«

»Was machst du da? Leg sofort den Gurt wieder an, Schatz.« Langsam fuhr er vor, um an der Bestellsäule ihre Bestellung aufzugeben.

Kassie schockierte ihn komplett, als sie sich auf ihren Sitz kniete und sich über ihn beugte. Sie hatte die Hände auf seinen linken Oberschenkel gelegt, wandte sich zu ihm und flüsterte: »Ich bestelle für uns beide, sonst verpasst du noch eine wunderbare Whataburger-Erfahrung.«

Er konnte seine Hände nicht bei sich behalten, auch wenn sein Leben davon abhinge. Kassie so über sich zu sehen sorgte dafür, dass er sich plötzlich vorstellte, wie sie aussehen würde, wenn sie auf ihm saß und seinen Schwanz ritt. Er spürte, wie sein Schwanz hart wurde, kümmerte sich aber nicht darum.

»Willkommen bei Whataburger. Was möchten Sie heute bestellen?«, fragte die blecherne Stimme aus dem Lautsprecher.

»Hi«, sagte Kassie fröhlich. »Wir hätten gern einen Veggie-Burger mit allem und –«

»Es tut mir leid, Ma'am, wir haben keine Kartoffelpuffer mehr«, sagte der unterbezahlte Angestellte mit Bedauern, »aber wir haben Hash Browns, die wir dazu benutzen können, Ihren Burger zusammenzustellen.«

»Das hört sich super an«, erklärte Kassie der Person am anderen Ende der Leitung. »Und mein hungriger Freund hätte gern einen Double-double, aber *mit* der Soße, bitte.«

»Natürlich. Möchten Sie dazu Pommes?«

»Ja, bitte. Eine große Portion.«

»Etwas zu trinken?«

Kassie wandte sich an ihn und flüsterte: »Vertraust du mir?«

»Mit meinem Leben«, erklärte Hollywood ihr, ohne zu zögern. Und das entsprach der Wahrheit. Die Frau, die da über ihm kniete und lächelnd von einem geheimen Menü bestellte und es zu genießen schien, war die Frau, für die er sein Leben geben würde. Und er hoffte, dass sie mit der Zeit das Gleiche für ihn empfinden würde.

Sie strahlte und wandte sich dann wieder an die Bestellsäule. »Zwei Whataburger Hulks, bitte.«

»Das macht dann siebzehn dreiundvierzig. Bitte fahren Sie zum ersten Fenster«, sagte der Junge am anderen Ende, ohne mit der Wimper zu zucken.

Hollywood nahm den Fuß von der Bremse und fuhr weit genug vor, damit der Wagen hinter ihm zur Bestellsäule vorfahren konnte, allerdings schlang er den Arm unter Kassies Hüfte, sodass sie sich nicht wieder in ihren Sitz setzen konnte.

»Hollywood, lass mich los. Du musst bezahlen«, kicherte sie.

Er hielt sie fester, legte seine andere Hand auf ihre Wange und drehte ihr Gesicht zu ihm. Ohne zu fragen, küsste er sie. Ein richtiger Zungenkuss, bei dem er ihren Mund erkundete und der ihr sagte, wie sehr er mit ihr schlafen wollte. Und sie erwiderte ihn ebenso begeistert.

Hollywood zog sich zurück, bevor er bereit dazu war, und leckte seine Lippen, auf denen noch ein Hauch von dem Lipgloss, den sie aufgetragen hatte, und ihr ganz eigener Geschmack lagen. »Will ich wissen, was in diesem Hulk Getränk drin ist?«, fragte er lächelnd.

Sie erwiderte das Lächeln und leckte sich ebenfalls über die Lippen. »Ich werde es dir nicht sagen, bist du es versucht und mir gesagt hast, ob es dir schmeckt.«

Er bewegte seine Hand um sie herum, sodass sie auf der Rückseite einer ihrer Oberschenkel lag. Dann drückte Hollywood ihn und es gefiel ihm, wie Kassie sich unter seiner Hand wand, wenn er sie anfasste.

»Setz dich hin, mein Schatz. Ich muss bezahlen«, befahl er ihr.

Er ließ sie nicht los und führte sie, bis sie ihren Hintern wieder in den Sitz neben ihn gepflanzt hatte. Und dann strich er ihr über den Hinterkopf, bevor sie sich anschnallen konnte. »Vielen Dank.«

»Wofür?«, fragte sie und neigte den Kopf.

»Dafür, dass du du bist. Dafür, dass du dafür sorgst, dass ich lache, wenn ich eigentlich nur Dean finden und ihn windelweich prügeln wollte. Dafür, dass du aus etwas Banalem wie einer Bestellung im Fast Food-Restaurant ein Ereignis machst, an das man sich noch lange erinnert.«

»Oh. In dem Fall, gern geschehen.«

»Leg deinen Sicherheitsgurt an«, befahl er ihr, bevor er zum ersten Fenster fuhr.

»Das hatte ich auch vor«, trällerte sie. »Und nicht nur, weil du es mir befohlen hast.«

Hollywood wusste, dass der Junge am Fenster sich wahrscheinlich fragte, warum zum Teufel er so blöd grinste, aber es war ihm egal. Er liebte Kassies Frechheit und, wenn er ehrlich war, versuchte er absichtlich, sie hervorzurufen. Er versuchte, nicht an seinen knallharten Schwanz zu denken, als er das Wechselgeld von dem Jungen nahm und zum nächsten Fenster vorfuhr.

Es war ihm egal, dass er Kavaliersschmerzen haben würde, bis er Kassie schließlich zu der Seinen machte. Jede Sekunde, die er warten musste, um sie in seinem Bett zu haben, würde es nur umso besser machen, wenn er endlich seinen Schwanz tief in ihr vergrub. Sie zu nehmen würde sein Leben verändern. Er konnte es kaum erwarten.

Eine Stunde später lächelte Kassie Hollywood an. Sie saß neben ihm an der Theke in seiner Küche. Sie waren seit ungefähr einer Viertelstunde mit dem Essen fertig und tranken noch ihre Getränke aus, während sie sich miteinander unterhielten.

»Und? Mochtest du es?«, wollte Kassie wissen und zeigte auf die leeren Becher.

»Überraschenderweise ja. Obwohl es aussah, als hätte man in meinem Becher einen Außerirdischen ermordet ... Ich weiß zwar nicht, wie Außerirdische tatsächlich aussehen, aber dieses Knallgrün passt einfach genau dazu, wie ich es mir vorstelle, wenn kleine grüne Männchen geschmolzen wären ... Verrätst du mir jetzt, was da drin ist?«

Doch anstatt zu antworten, steckte Kassie ihm nur die Zunge heraus und musste erneut loslachen, als sie den schockierten Ausdruck auf seinem Gesicht sah.

»Deine Zunge ist ganz grün, Kass.«

»Ich weiß. Deine auch«, sagte sie selbstgerecht. »Der Hulk besteht zu einem Viertel aus Powerade und der Rest ist Vault Soda. Ist er nicht großartig?«

»Rast deswegen mein Herz so?«, wollte Hollywood wissen. »Weil du mich mit Energydrinks und Koffein vollgepumpt hast?«

Sie kicherte. »Ja.«

»Hat Coca-Cola nicht aufgehört, Vault zu produzieren, weil viel zu viel Koffein darin war?«, hakte Hollywood nach.

Kassie sah sich um, als könnte jemand sie belauschen, bevor sie leise flüsterte: »Das habe ich auch gehört, aber Whataburger muss ein spezielles Abkommen mit der Firma haben, dass sie noch darankommen. Verschrei es nicht.«

Er streckte ihr die Zunge heraus und sie musste sogar noch lauter kichern. »Und dein«, er hob die Hände, um

Gänsefüßchen in die Luft zu malen, »›Veggie-Burger‹, war der lecker?«

»Natürlich.«

»Ich glaube nicht, dass es gesünder ist, das Fleisch durch vier Hash Browns zu ersetzen.«

»Weiß ich, aber es ist besonders leckerig.«

»Leckerig? Ich kann mich nicht mal daran erinnern, wann ich das das letzte Mal gehört habe«, erklärte Hollywood und es gefiel ihm ausgesprochen gut, wie unbeschwert sie mit ihm umging.

»Das ist mir egal. Er *war* nämlich leckerig, und ich sag leckerig, wann immer ich will. Leckerig, leckerig, leckerig. Ist dir schon aufgefallen, dass das Wort ziemlich merkwürdig klingt, wenn man es schnell und oft genug sagt? Es klingt wie lecken. Leckenleckenleckenlecken.« Sie sagte das Wort so schnell hintereinander, dass es wie eins klang. »Siehst du? Total merkwürdig.«

Damit war es um ihn geschehen. Es war ihm egal, dass er eine grüne Zunge hatte, oder sie, Hollywood stand auf und beugte sich zu ihr. Er küsste Kassie auf den Mund, drückte sie an sich und verschlang sie geradezu. Er legte seine Hände auf ihre Hüfte und hielt sie fest.

Sofort legte sie ihm die Arme um den Hals. Hollywood lehnte sich weit genug von ihr zurück, um ihr zu befehlen: »Heb deine Beine«, bevor er sie erneut küsste.

Sie zog ein Bein hoch und er fing sofort ihr Knie mit seiner Hand. Sie brachte dann das andere hoch und Hollywood nahm auch das in die Hand. Dann drehte er sich um und ging auf seine Couch zu. Er wollte sie am liebsten in sein Schlafzimmer bringen, hatte aber schon vor ihrer Ankunft am Vortag entschieden, dass er an diesem Wochenende keinen Sex mit ihr haben würde. Es war noch zu früh.

Sein Schwanz war zwar anderer Meinung, aber Hollywood ignorierte die Forderungen seines Körpers und hielt stattdessen Kassie an sich gedrückt, während er ging. Er bewegte die Hand zu ihrem Hintern, drückte sie an seinen Schritt und ihm gefiel das Stöhnen, das ihrem Mund entwich, während sie sich an ihm rieb.

Sein erster Gedanke war, sie auf den Rücken zu werfen und sich auf sie zu legen, aber in letzter Minute kam er zur Besinnung und drehte sich um, ließ sich auf seinen Hintern fallen und benutzte beide Hände, um sie festzuhalten.

Ihr Gewicht, das auf ihm landete, als er sich hinsetzte, sorgte dafür, dass die Luft aus seiner Lunge entwich, und sie nutzte die Gelegenheit, um sich ein kleines Stück zurückzuziehen und ihn anzusehen. Sie kniete zu beiden Seiten seiner Oberschenkel, und sie waren im Schritt so fest aneinander gepresst, dass er hätte schwören können, ihre Hitze auf seiner Haut zu spüren.

»Was machen wir hier?«, fragte Kassie mit geweiteten Pupillen und einem Ausdruck des Verlangens so klar auf ihrem Gesicht, dass Hollywood ihr am liebsten auf der Stelle die Kleider vom Leib gerissen hätte.

Stattdessen grinste er langsam und erwiderte: »Wir knutschen ein bisschen rum. Schließlich haben wir noch ein bisschen Zeit, bevor wir zur Grillparty müssen.«

Sie wand sich und rieb sich an seinem steifen Schwanz. »Das nennst du ein wenig herumknutschen?«, fragte sie atemlos.

»Ja. Das sind die Regeln. Die Kleider bleiben an. Wir können uns überall berühren, aber nicht unter den Kleidern. Wir berühren nicht die Haut oder lassen unsere Finger heimlich unter irgendwelche Gummibänder gleiten.«

Sie grinste ihn an. »Ist das ein Spiel, das du an der Highschool immer gespielt hast?«

Sofort schüttelte er den Kopf. »Nein. Ich habe nie Sexspielchen gespielt. Ich habe mir genommen, was ich wollte oder was mir angeboten wurde, und es nie bereut.«

Der verspielte Ausdruck in ihren Augen erlosch. »Oh.«

»Mit dir ist alles neu und anders, Liebling. Glaub mir, du bist für mich tausendmal sexyer als irgendeine Frau vor dir.«

Sie sammelte sich und lächelte ihn glücklich an. »Also gut. Kein Hautkontakt. Aber küssen können wir uns doch, oder?«

»Aber nur im Gesicht. Nicht unterhalb des Halses«, entgegnete Hollywood sofort.

»Das ist fast so, als wären wir auf einer Verabredung an der Highschool. Meine Eltern sind oben und haben die blöde Angewohnheit, ab und zu runterzukommen, wo wir einen Film schauen, und nach uns zu sehen. Wir wollen einander. Aber wir wissen, dass wir nicht miteinander schlafen können, während meine Eltern nach uns sehen.«

»Verdammt«, stöhnte Hollywood und es gefiel ihm, dass sie dieses Spiel genauso mochte wie er. »Ja. Und du hast mich in letzter Zeit ziemlich viel geneckt. Deine Bücher im Gang fallen lassen, damit du dich vornüberbeugen und mir einen Blick in deinen Ausschnitt gewähren kannst. Ich bin verdammt erregt und würde dich am liebsten sofort nehmen.«

Kassie bewegte sich von ihm weg, sodass mehrere Zentimeter zwischen ihrer Muschi und seinem Schwanz lagen. »Wir sollten das nicht tun. Meine Mutter wird in ein paar Minuten nach uns schauen.« Sie sagte es mit hoher Stimme und etwas gedehnt.

Hollywood spielte mit und versuchte, sie zu überreden: »Nur ein kleines bisschen noch, Baby. Ich sorge dafür, dass du dich gut fühlst.«

»Okay, aber du darfst mich nur über meiner Kleidung anfassen. Ich will mich für meinen Ehemann aufheben.«

Er wusste, dass die Worte Teil des Spiels waren, aber trotzdem fuhren sie ihm direkt in den Schwanz. Er zuckte und spürte, dass seine Boxershorts ein wenig feucht wurden, als ein Lusttropfen vorzeitig aus seinem Schwanz lief. *Verdammt noch mal.* Hollywood ließ seine Hände von ihrer Hüfte nach oben über ihr T-Shirt und an ihren Seiten entlanglaufen. »Nur über deiner Kleidung, Schatz. Das verspreche ich dir. Es gefällt mir, dass du so rein und unschuldig bist.«

Er konnte erkennen, dass seine Worte sie verwirrten, aber ihr war zugutezuhalten, dass sie in ihrer Rolle blieb. Sie ließ ihre eigenen Hände über seinen Oberkörper wandern, dann wieder hoch und liebkoste ihn. Es fühlte sich gut an, aber er wusste, er würde nie wieder so etwas Wunderbares fühlen, wenn er endlich ihre Haut berühren durfte.

Hollywood entschied, dass er genauso gut jetzt damit anfangen konnte, dafür zu sorgen, dass sie sich selbst als die wunderbare Frau sah, die sie war, also begann er, sie zu loben. »Du fühlst dich so gut an. Weich unter meinen Händen. Das ist so unglaublich sexy. Ich weiß nicht, warum Frauen nur noch Haut und Knochen und lauter harte Kanten sein wollen. Ich liebe deine Kurven.« Er bewegte seine Hände zu ihrer Brust. Er legte sie darauf und ließ sie über ihren Oberkörper gleiten. Kassie wölbte sich in seine Berührung und drückte sich in seine Hände, als sie über ihre vollen Brüste wanderten.

Ohne aufzuhören, sie zu streicheln, bewegte Hollywood sich weiter nach unten, bis er ihre Beine erreichte. Er rieb ihre Oberschenkel auf und ab und ließ seine Fingerspitzen bei jedem Durchgang gegen ihre Muschi streichen. Dann fuhr er langsam mit den Handflächen ihre Seiten wieder hinauf und begann von vorne. Er tat dies langsam, immer und immer wieder, während er zusah, wie ein Rausch der Erregung auf ihrer Haut erblühte.

»Du reagierst immer sofort. Eines Tages, wenn deine Eltern uns genug vertrauen, um uns abends alleine zu lassen, werde ich dich genau hier auf dieser Couch ficken.« Es fiel Hollywood schwer, in seiner Rolle zu bleiben. Und noch schwerer wurde es, als Kassie sich zurücklehnte, ihre Hände auf seinen Knien abstützte und den Rücken durchdrückte, sodass sie mit dem Schritt näher an ihn rutschte und erneut gegen seinen Schwanz drückte.

»Dir gefällt das«, stellte er fest.

»Mmmm.«

»Ich kann sehen, dass sich deine Brustwarzen durch den BH abzeichnen«, erklärte er, unfähig, den Blick von dem Beweis dafür abzuwenden, wie erregt sie war. »Ich kann es kaum erwarten, sie zu berühren. In meinen Händen zu spüren. Du hast mich lange genug geneckt. Du weißt, dass ich dich anfassen will.«

»Graham«, stöhnte Kassie.

Hollywood schloss die Augen, als er seinen echten Namen aus ihrem Mund hörte. Er wusste nicht, ob sie sich dessen bewusst war, was sie getan hatte, aber es spielte auch keine Rolle. Für den Rest seines Lebens würde er seinen Namen als halbes Stöhnen und halbes Flehen aus ihrem Mund kommen hören.

»Fass mich an«, flehte sie.

»Ich fasse dich doch an«, erklärte er ihr. »Aber deine Eltern können jeden Moment reinkommen, um nachzusehen, was wir tun, also darf ich mir nicht mehr erlauben.«

»Verdammt«, fluchte sie. Und es war süß. Mehr noch, weil Hollywood genau wusste, wie frustriert sie war. Aber er hatte dieses Spiel begonnen und war entschlossen, sich an die Regeln zu halten. Er nahm ihre Brüste in seine Hände, hob sie an und formte sie in seinen Handflächen. Er presste sie abwechselnd fest zusammen und drückte sie dann wieder flach an ihren Brustkorb, während er mit den Handflächen vorne über ihren Körper rieb.

Daraufhin setzte Kassie sich aufrecht hin, packte seine Handgelenke und versuchte, ihn aufzuhalten.

»Ich kann deine Mutter kommen hören, Kass. Beweg dich nicht. Sie kann dich nicht sehen, nur meinen Kopf. Aber wenn du ein Geräusch machst, weiß sie, was wir tun. Beweg dich nicht und mach kein Geräusch.«

Kassie atmete jetzt schwer und ihre Lippen waren leicht geöffnet, während sie vor Erregung keuchte, als sie sich aufsetzte. Hollywood ließ eine Hand auf ihrer Brust liegen und ließ die andere ihren Bauch entlang zwischen ihre Beine wandern. Sie drückte die Knie auseinander, um ihm mehr Platz zu machen, und, was noch wichtiger war, gab ihm damit auch die Erlaubnis weiterzumachen.

»Beweg dich nicht«, flüsterte Hollywood, als würde sie wirklich jemand von hinten beobachten. »Bleib ganz bewegungslos, Schatz.« Er benutzte seinen Handballen, um fest gegen ihre Klitoris zu drücken. Als er das Spiel begonnen hatte, hatte er das nicht wirklich geplant. Er hatte eigentlich nur vorgehabt, ein bisschen herumzuknutschen und dafür zu sorgen, dass sie sich entspannte. Aber nun, da er angefangen hatte, konnte er nicht aufhören. Er wollte, dass Kassie kam. Hier und jetzt.

Er wusste, dass seine Liebkosungen ein wenig härter ausfallen mussten, da sie sowohl ihre Jeans als auch ihre Unterhose trug. Und so drückte Hollywood gleichzeitig eine Brust, während er die feuchte Naht zwischen ihren Beinen bearbeitete.

»Du bist so unglaublich schön, Kassie. So ist es richtig. Lass dich gehen. Schenk mir das hier. Schenke es dir selbst.«

Sie wand sich jetzt in seinem Schoß und Hollywood musste seine Hand von ihrer Brust nehmen und sie ihr in den Rücken legen, um sicherzustellen, dass sie nicht herunterfiel und sich wehtat. Er hielt sich nicht länger an das Spiel und befahl: »Ich will dich hören, Kass. Gefällt dir das?«

»Oh mein Gott, Graham ... jaaaaa«, zischte sie.

»Du bist so unglaublich heiß. Ich kann selbst durch die Jeans hindurch spüren, wie feucht du bist, Schatz. Willst du mehr?«

»Hör nicht auf. Ich bin fast so weit.«

»Gut.« Hollywood benutzte seine ganze Hand. Seine Fingerspitzen berührten ihren Bauchnabel, als er sie weiter mit dem Handballen zwischen den Beinen bearbeitete. Er hatte keine Angst davor, zu rau mit ihr umzuspringen, da Kassie jetzt immer und immer wieder »Ja, ja, ja« rief.

»Lass dich gehen und komm für mich, Kass. Zeig mir, wie schön du bist, wenn du an meiner Hand zum Orgasmus kommst.«

Bei seinen Worten wölbte sie den Rücken und rieb sich an ihm. Und kam. Sie erbebte auf seinem Schoß, als der Orgasmus sie überrollte. Hollywood hielt den Druck auf ihre Klitoris aufrecht, bis sie sich beruhigte und ihre Hüften sich einen Zentimeter von ihm entfernten, sodass er wusste, dass seine Berührung nun eher schmerzhaft als angenehm war, sogar durch ihre Kleidung hindurch.

Hollywood legte seine Hand flach auf ihre nasse Jeans und griff mit der anderen nach ihrem Hintern, um sie näher an sich zu ziehen. Sie ließ die Hände zu seiner Taille gleiten, wo sie nach seinem T-Shirt griff, als ob ihr Leben davon abhinge. Sie lehnte sich mit dem Oberkörper an seinen und er spürte, wie schnell und heftig sie atmete. Sie ließ ihren Kopf in den Nacken fallen und Gänsehaut überzog ihren Arm, während warmer Atem aus ihrer Nase auf seine Haut traf.

Nach einigen Augenblicken murmelte sie: »Es ist wirklich ein Glück, dass meine Eltern nicht wirklich nach uns gesehen haben. Wir hätten ganz schön viel Ärger gekriegt.«

Er lachte leise. »Aber meine Hände waren nie unter deiner Kleidung. Wie könnten sie da wütend auf uns sein?«

»Egal wo deine Hände sind, du bist tödlich, Hollywood«, erklärte sie mit einem kleinen Lächeln.

Er fand es irgendwie schade, dass sie nicht seinen echten Namen benutzt hatte, aber dafür gefiel ihm die Tatsache umso mehr, dass sie ihn nur benutzte, wenn sie einen Orgasmus hatte. Also grinste Hollywood und nahm das Kompliment an.

»Möchtest du, dass ich mich revanchiere?«, fragte sie und lehnte sich zurück, um ihnen ein bisschen Platz zu geben. Das erlaubte ihm, mehr Freiraum mit seinen Fingern zu haben, und er streichelte sanft ihre Muschi.

»Das hast du doch schon«, informierte er sie.

Sie schüttelte den Kopf. »Nein, es ist doch nicht fair, dass du mir all diese schönen Gefühle beschafft hast und ich mich nicht revanchiert habe.«

Hollywood starrte sie an. Sie hatte wirklich keine Ahnung. Er nahm eine ihrer Hände, mit denen sie sich noch immer an seinem T-Shirt festhielt, und legte sie auf seine Jeans. Er strich mit ihren Fingern über die Naht in seinem Schritt, um sicherzustellen, dass sie richtig verstanden hatte, und sagte dann: »Du hast dich revanchiert, mein Schatz.«

Sie starrte auf ihre Hand hinab, die feucht war, und sah ihm dann in die Augen. »Du bist gekommen?«

»Ja.«

»Aber ich habe dich nicht einmal berührt.«

»Das ist mir auch klar. Ich habe das Gefühl, dass das nichts Gutes für die Zukunft heißt«, witzelte Hollywood, aber so ganz geheuer war ihm die Sache nicht.

»Du bist gekommen«, wiederholte sie, nur dass es diesmal keine Frage war.

»Ja, meine Süße. Ich konnte nicht anders. Du warst so unglaublich sexy. Wie du dich an meiner Hand gerieben und mich geradezu angefleht hast, es dir schneller zu besorgen. Du bist der Stoff, aus dem die feuchten Träume sind. Auf jeden Fall *meine* feuchten Träume.«

Daraufhin wurde sie rot. Und die Röte kroch von ihrem Hals ihre Wangen hinauf. Sie warf sich erneut auf seinen Schoß und vergrub ihr Gesicht an seinem Hals.

»Deswegen musst du dich nicht schämen«, versicherte Hollywood ihr, nahm sie in die Arme und zog sie an sich.

»Tue ich aber.«

»Warum?«

»Ich weiß es nicht.«

»Das brauchst du nicht. Sei stolz darauf. Du bist eine sexy Frau, die mich so anmacht, dass ich mich nicht mehr konzentrieren kann. Wenn wir es endlich miteinander tun, wird es unglaublich werden, Kass. Ich kann es verdammt noch mal kaum erwarten.«

»Ist es dir gar nicht peinlich?«

»Nein.«

»Warum nicht?«, wollte sie wissen und versteckte sich noch immer.

»Weil ich mich ganz wunderbar fühle. Entspannt. Zufrieden. Meine Frau liegt befriedigt und schwer in meinem Arm und ich darf heute mit den Menschen zusammen sein, die mir am meisten auf der Welt bedeuten. Und die Tatsache, dass du mich dazu bringen kannst zu kommen, ohne mich auch nur anzufassen, ist nur das Tüpfelchen auf dem i.«

Sie saßen mehrere Minuten lang da, bevor Hollywood fragte: »Bist du eingeschlafen?«

»Mmmm«, murmelte sie.

»Komm schon«, sagte Hollywood und stand problemlos mit ihr in seinen Armen auf.

»Ich will heute nirgendwo hingehen«, beschwerte Kassie sich.

»Du musst auch nicht weit gehen«, erklärte er ihr. Hollywood trug Kassie in sein Schlafzimmer, wo er sie aufs Bett legte. Sie rollte sich sofort auf die Seite. Er zog die Decke hoch und über sie.

Mit halb geschlossenen Augen sah sie ihm dabei zu, als er sich zu ihr herunterbeugte und sie auf die Schläfe küsste. »Mach ein Nickerchen, mein Schatz.«

»Legst du dich nicht mit mir hin?«

»Wenn ich mich auch in dieses Bett lege, sind wir innerhalb kürzester Zeit nackt und keiner von uns schafft es zum Grillabend.«

»Na und?«

Hollywood biss die Zähne zusammen und es gelang ihm, sie anzulächeln.

»Eines Tages wirst du nackt in meinem Bett liegen, Kass, aber jetzt ... ruh dich aus. Ich wecke dich in einer Stunde oder so. Ja?«

»Okay.«

»Okay.«

»Hollywood?«

»Ja, Kass?« Er stand in der Tür zu seinem Schlafzimmer

und blickte auf die Frau hinab, der es irgendwie gelungen war, in nur zwei kurzen Wochen sein ganzes Leben auf den Kopf zu stellen.

»Danke, dass ich mich deinetwegen vor Dean sicher fühle.«

Hollywood ballte die Hände zu Fäusten, als sie ihn daran erinnerte, welcher Bedrohung sie immer noch ausgesetzt war. Doch er sagte einfach mit ruhiger Stimme: »Gern geschehen. Es ist mir eine Ehre, mein Schatz.«

Sie schloss die Augen und er beobachtete noch einige Augenblicke, wie ihre Atmung sich beruhigte und sie in seinem Bett einschlief.

Hollywood trat zurück in den Raum und schnappte sich eine saubere Jeans und Boxershorts, bevor er ging und die Tür fast vollständig hinter sich zumachte. Er wollte hören, ob Kassie aufwachte und ihn aus irgendeinem Grund brauchte.

Nachdem er sich gewaschen hatte und umgezogen war, verbrachte Hollywood die nächste Dreiviertelstunde damit, eine Strategie und einen Plan zu entwickeln. Der Plan, den sich das Team heute ausgedacht hatte, war gut, aber wie sie aus Erfahrung gelernt hatten, lief Plan A nicht immer wie erwartet. Ein Plan B, C und wahrscheinlich D waren also immer notwendig.

Es hatte jetzt ein für alle Mal ein Ende, dass Jacks versuchte, die Deltas fertigzumachen. Und es hatte jetzt auch ein für alle Mal ein Ende, dass er und seine verdammten Freunde Kassie und ihre Schwester fertigmachten. In zwei Wochen hätte die ganze Geschichte ein Ende. So oder so.

Und sobald das der Fall war, würde Kassie ihm gehören. Dann würde sie ihm vom Scheitel bis zur Sohle gehören, mit Körper und Seele.

KAPITEL VIERZEHN

»Darf ich dich etwas fragen?«, wollte Kassie wissen, als sie später an diesem Nachmittag zu Fletch fuhren.

»Ich habe dir doch schon mal gesagt, dass du mich alles fragen kannst«, entgegnete Hollywood, der noch immer extrem entspannt war.

»Ich verstehe nicht, warum du nicht dabei sein willst, wenn Dean und wen immer er sonst noch von seinem dämlichen Plan überzeugt hat, kaltgestellt werden. Du solltest dort sein.«

Das war zwar eigentlich keine Frage, aber Hollywood wusste, was sie meinte. »Deine Sicherheit hat bei mir höchste Priorität, Kass. Und ich habe keinerlei Zweifel daran, dass die anderen problemlos alleine mit Dean fertigwerden.«

»Aber wenn du nicht glaubst, dass ich in Gefahr bin, warum willst du dann bei mir bleiben?«

Hollywood riskierte einen Blick auf Kassie, bevor´er sich wieder auf die Straße konzentrierte, und antwortete ihr. »Nur um das klarzustellen, ich bin *ziemlich* überzeugt davon, dass du nicht in Gefahr bist, aber da ich nicht zu hundert

Prozent davon überzeugt bin, dass Dean nicht irgendwelche anderen Leute vorschickt, um für Jacks die Drecksarbeit zu erledigen, und selbst zurückbleibt, um etwas Dummes zu tun, weigere ich mich, dich dieser Gefahr auszusetzen.«

Er spürte, dass Kassie ihn ansah, wollte aber nicht unterbrechen, was auch immer in ihrem Kopf vorgehen musste. Doch als er hörte, dass sie schniefte, wandte er sofort den Blick zu ihr.

Sie hatte sich so weit in ihrem Sitz gedreht, dass sie ihn ansehen konnte, zumindest soweit ihr Sicherheitsgurt das erlaubte. Tränen standen ihr in den Augen und sie biss sich auf die Unterlippe in dem Versuch, ihre Emotionen zu kontrollieren.

»Verdammt, Kass. Ich wollte dich nicht zum Weinen bringen«, erklärte Hollywood mit besorgt gerunzelter Stirn.

»Ich weiß. Aber Hollywood, wie kann es sein, dass du schon nach so kurzer Zeit so für mich empfindest? Vielleicht bin ich wirklich ein schlimmer Mensch. Vielleicht trete ich in meiner Freizeit Welpen. Vielleicht lache ich alte Omas aus, die in meinen Laden kommen und schreckliche Klamotten kaufen, nur weil sie im Angebot sind. Die typischen Portokassen-Kunden.«

»Kass«, erklärte Hollywood ihr lächelnd und fand, dass sie sich ein bisschen lächerlich machte, »ich bin zweiunddreißig Jahre alt und habe in meinem Leben schon einiges gesehen. Dinge, die kein Mensch je sehen sollte. Ich war außerdem Zeuge davon, wie drei der besten Männer, die ich jemals kennengelernt habe, sich verliebt haben, und ich weiß, dass sie noch nie glücklicher gewesen sind. Es ist angenehmer, sie um sich zu haben, sie arbeiten härter *und* ökonomischer, als sie es zuvor getan haben. Ich habe noch nie für eine andere Frau empfunden, was ich für dich empfinde. Und so gering das Risiko auch sein mag, ich kann es nicht riskieren, dass Dean beschließt, dass es eine tolle Gelegenheit ist, dir irgendetwas anzutun, während wir alle bei dieser sogenannten Trainingsübung sind.«

»Ich mag dich, aber ich weiß nicht, ob wir das Gleiche von dieser Beziehung erwarten«, entgegnete Kassie leise. »Du sprichst von einer gemeinsamen Zukunft, zumindest hört es sich für mich so an, dabei weißt du nicht, was nächste Woche, nächsten Monat oder nächstes Jahr passieren wird. Ich verstehe einfach nicht, wie du dir so sicher sein kannst, dass du dein Leben mit mir verbringen möchtest.«

»Mir ist klar, dass es noch nicht so weit ist. Und deswegen dränge ich dich auch nicht, mit mir ins Bett zu steigen. Es würde mich umbringen, mit dir zu schlafen, einen Blick ins Paradies werfen zu können, und dann beschließt du, dass wir nicht das Gleiche wollen. Aber ich bin geduldig. Ich weiß, dass es einfach nicht möglich ist, dass ich das Gefühl habe, du wurdest speziell für mich geboren, damit ich dich lieben kann, und du spürst nicht das Gleiche ... zumindest irgendwann.«

»Ich bin es wirklich nicht gewohnt«, erklärte Kassie ihm, »dass jemand mich beschützt, dass ich die Seelenverwandte von jemandem bin.«

»Das weiß ich. Aber du musst dich daran gewöhnen. Und wie ich es dir schon so oft gesagt habe, ich bin herrisch und trotzig, also werde ich tun, was nötig ist, damit du in Sicherheit bist, sogar dann, wenn es bedeutet, dass ich selbst auf dich aufpassen muss. Und wenn ich es nicht persönlich tun kann, kannst du mir glauben, dass ich auf jeden Fall dafür sorge, dass jemand es tut, dem ich vertraue. Aber in zwei Wochen, wenn die ganze Sache mit Dean über die Bühne geht, kann ich bei dir sein. Also werde ich es auch.«

Sie antwortete nicht, also fragte Hollywood sanft: »Ist das für dich in Ordnung?«

»Das ist auf jeden Fall für mich in Ordnung«, erwiderte Kassie und wischte sich die Tränen aus dem Gesicht. »Aber ich habe irgendwie das Gefühl, dass du mein Babysitter bist. Und *das* finde ich nicht in Ordnung.«

Hollywood bog in Fletchs Einfahrt ab und dachte darüber nach, was er Kassie antworten sollte. Er wollte ihr keine unangemessene Antwort geben. Er wollte, dass sie wirklich verstand, dass sie die Richtige für ihn war. Er war zwar kein Prophet, hatte keine Ahnung, was in Zukunft passieren würde, aber er wusste, dass er alles dafür tun würde, damit die Beziehung mit ihr für immer hielt.

Er parkte sein Auto in der Nähe der Treppe zur Gästewohnung und stellte den Motor ab. Er öffnete seinen Sicherheitsgurt, schob seinen Sitz so weit zurück, wie es ging, griff dann nach vorne und öffnete ihren Sicherheitsgurt. »Jetzt komm mal her, Kass«, sagte er sanft und ermutigte sie, über die Handbremse zu klettern, um sich auf seinen Schoß zu setzen.

Ohne ein Wort zu sagen, kam sie zu ihm und setzte sich in der Enge des Wagens auf ihn, genauso wie sie es schon zuvor an diesem Tag getan hatte. Ihre Hände lagen an seinen Seiten und sie hatte den Kopf geneigt und wartete darauf, dass er sprach.

»Also, erstens bin ich absolut *nicht* dein Babysitter. Glaub mir, ich kenne den Unterschied. Mein Team und ich mussten bereits auf Würdenträger und Politiker aufpassen, die nicht zweimal über ihre eigene Sicherheit nachdachten und schon gar nicht über die Sicherheit der Männer, die sie beschützten. Ihnen waren alle anderen um sie herum egal und sie achteten nur auf ihre eigenen egoistischen Bedürfnisse.

Du hingegen, mein Schatz, stellst dich immer hinten an. Ich glaube, dass du dich schon lange nicht mehr an erste Stelle gesetzt hast. Ich weiß, dass du Angst hast, doch anstatt dich darauf zu konzentrieren, hast du mir erzählt, dass du dir Sorgen um Karina und deine Eltern machst. Ich weiß, dass das, was du mit Jacks durchgemacht hast, schlimm war. So viel konnte ich aus deinen Reaktionen während des Balls und dem Blödsinn, den er dir über die Armee vorgemacht hat, herauslesen. Mir gefällt dein Einfühlungsvermögen und ich hoffe, dass es immer so bleibt. Und während du dir um alle anderen Gedanken machst, kümmere ich mich um dich. Ich sorge dafür, dass dich niemand von hinten angreift und dir in den Rücken fällt. Ich bleibe an deiner Seite und wehre all diejenigen ab, die versuchen, dir blöd zu kommen.

Und ich sage das nicht nur so, Kassie. Ich versuche nicht, Jacks und Dean auszuschalten, um dich ins Bett zu kriegen. Ich tue es, weil du bist, wie du bist. Weil du nicht anders konntest, als mir die Wahrheit über unser erstes Treffen zu gestehen, obwohl wir uns erst ein paar Stunden lang kannten. Du bist durch und durch gut und ich werde dich mit allem beschützen, was ich habe.«

Hollywood legte ihr beide Hände an die Wangen, sah ihr tief in die Augen und hielt sie fest, als er leise sagte: »Außerdem verbringe ich lieber Zeit mit dir in einem gemütlichen Apartment mit Klimaanlage als in einem höllisch heißen Tierschutzgebiet, wo ich mir ständig die Mückenstiche kratzen muss. Du tust mir einen Gefallen, wenn du mich an dem Wochenende bei dir bleiben lässt.«

Daraufhin grinste sie ihn an und griff mit ihren kalten Händen nach seinen Handgelenken. »Noch nie wollte jemand mich so sehr beschützen wie du.«

»Das ist ihr Verlust. Mein Gewinn. Ganz ehrlich, das ist

nicht gerade ein Opfer«, erklärte Hollywood ihr sofort. »Würdest du mich küssen?«

Ohne ein weiteres Wort beugte Kassie sich vor. Keiner der beiden ließ den anderen los und ihre Lippen trafen sich zu einem langen, trägen Kuss.

Nach ein paar Momenten bemerkte Hollywood aus dem Augenwinkel eine Bewegung und ließ widerwillig von Kassies Lippen ab, um den Kopf zu drehen – und brach in lautes Gelächter aus.

Annies Gesicht und Hände waren an das Fenster des Wagens gedrückt, nur Zentimeter von der Stelle entfernt, wo sie rumknutschten. Ihre Nase und Lippen waren so fest gegen das Glas gepresst, dass sie aussah wie etwas aus einem Horrorfilm. Sie grinste wie eine Verrückte und sah ihnen mit weit aufgerissenen Augen zu. Als sie sah, dass Hollywood sie entdeckt hatte, machte sie einen Schritt zurück und begann, wie wild zu winken.

»Hi!«, rief sie mit so lauter Stimme, dass man sie auch leicht im Inneren des Wagens hören konnte. »Seid ihr jetzt fertig mit Küssen? Daddy hat mich hergeschickt, um euch zu sagen, dass ihr euch beeilen sollt. Ich habe Hunger und wir können nicht mit den Hot Dogs anfangen, bis alle da sind. Und ihr seid die Letzten.«

»Voll erwischt«, erklärte Hollywood Kassie grinsend.

Sie erwiderte sein Lächeln. »Emily hat mir gesagt, dass sie und Fletch versuchen, ein weiteres Baby zu bekommen und dass er Annie, wann immer möglich, wegschickt, damit er mit Em allein sein kann. Was meinst du, wie stehen die Chancen, dass sie gerade drinnen miteinander rummachen?«

Hollywood lachte und zog sie an sich.

»Jetzt kommt schon, Leute, ich habe echt Hunger!«, beschwerte Annie sich vor dem Wagen. Mit ihren kleinen

Fäusten hämmerte sie gegen das Fenster, um ihr Argument zu unterstreichen.

»Ich gebe dir fünf Dollar, wenn du uns noch fünf Minuten allein lässt«, rief Hollywood dem kleinen Mädchen zu.

»Sagen wir zehn, dann kommen wir ins Geschäft!«, rief sie zurück.

»Mein Gott, das ist ja Wucher«, beschwerte sich Hollywood. Doch dann ließ Kassie ihre Hände, die zuvor am Bund seiner Hose gelegen hatten, nach unten gleiten und drang mit dem Finger so tief es ging zu seinem Hintern vor, und er rief sofort: »Zwölf Minuten. Zehn Dollar.«

»Okay«, rief Annie fröhlich. »Ich spiele einfach hier drüben bei der Garage mit meiner Rennbahn. In genau zwölf Minuten bin ich zurück.«

»Weiß sie, wie man die Uhr liest?«, wollte Kassie wissen.

»Ja, leider«, entgegnete Hollywood.

»Dann verschwenden wir besser keine Zeit.« Und damit beugte Kassie sich zu ihm und küsste ihn.

Genau zwölf Minuten später öffnete Hollywood die Wagentür und half Kassie dabei, von ihm herunterzuklettern und aufzustehen. Dann stand er ebenfalls auf, zog sie noch einmal in seine Arme und blickte zu ihr hinab. »Ich sorge dafür, dass du in Sicherheit bist, Kass«, sagte er ernst.

»Das weiß ich doch.«

»Gut. Bist du bereit, dich für ein paar Stunden zu entspannen?«

»Ja. Ich freue mich darauf, alle besser kennenzulernen.«

»Sie werden dich alle lieben.«

Annie kam zu ihnen gelaufen und streckte die Hand aus. »Zehn Dollar, Hollywood. Du hast es versprochen.«

»Das habe ich, Mäuschen«, erklärte er ihr lächelnd und griff nach seiner Brieftasche. Er zog einen Zehndollarschein heraus und hielt ihn ihr hin. Als sie ihn nahm, hielt Hollywood ihn einen Moment lang fest und sagte: »Aber das Ganze bleibt unter uns, ja?«

»Ich schweige wie ein Grab«, entgegnete Annie und tat so, als würde sie ihre Lippen mit einem Reißverschluss versiegeln. Dann zog sie an dem Geld und lächelte, als Hollywood es losließ. Sie stopfte sich den Schein in die Tasche und griff dann nach Kassies Hand. »Gehen wir.«

Während das Trio zum Haus hinüberging, fragte Kassie Annie: »Hast du irgendwas Besonderes mit dem Geld vor?«

Sie nickte, und ohne langsamer zu werden, sagte sie: »Ich spare für einen Panzer.«

»Einen Panzer?«, fragte Kassie ein wenig bestürzt.

»Ja, ich habe einen in einer Zeitschrift gesehen und den möchte ich haben.«

Hollywood lehnte sich zu Kassie und flüsterte: »Es ist ein Miniaturmodell mit Motor. Kostet über fünftausend Dollar. Fletch glaubt nicht, dass sie es schafft, das Geld zusammenzusparen, aber ich und die Jungs geben ihr immer Geld, wenn sich die Möglichkeit dazu bietet. Ich kann es kaum erwarten, die kleine Rennmaus in ihrem Panzer zu sehen, wie sie alles niedermäht, was sich ihr in den Weg stellt.«

Kassie erstickte ein Lachen und nickte.

Sie umrundeten das Haus und gingen in den Garten. Kassie versuchte, nicht neidisch auf den wunderschön angelegten Rasen zu sein. Es gab eine überdachte Terrasse mit drei Tischen, an denen alle Platz hatten, einen riesigen eingebauten Grill und etwas, das aussah wie mehrere Hektar grünes texanisches Süßgras. Seitlich davon befand sich eine Feuerstelle mit Bänken, die strategisch um ein Loch im Boden platziert waren. Es war ein gemütlicher Ort, an dem die Bewohner und ihre Freunde ihre Sorgen hinter sich lassen konnten. Es gefiel ihr außerordentlich gut.

»Hier ist es wirklich wunderschön«, hauchte sie.

Hollywood drückte ihre Hand, die er genommen hatte, als sie angehalten hatten. »Du hättest es sehen sollen, als Fletch eingezogen ist. Da gab es hier nichts als Unkraut. Aber er wollte Annie in all dem Gras nicht verlieren, also hat er einen Landschaftsgärtner engagiert.«

Sie lächelte zu ihm hoch.

Annie lief zu Fletch. »Daddy! Ich habe sie gesucht und sie auf frischer Tat ertappt. Sie haben sich in Hollywoods Auto geküsst. Aber hier sind sie. Können wir jetzt die Hot Dogs machen? Bitte?«

Die Erwachsenen lachten alle und Hollywood grinste, als er sah, wie Kassie rot wurde.

»Okay, kleine Maus. Jetzt, da alle hier sind, werde ich den Grill anmachen. Warum läufst du nicht ins Haus und holst mir die Grillzange.«

»Hurra! Zeit für Hot Dogs!«, rief Annie, machte auf dem Absatz ihrer kleinen Füße kehrt und raste durch die Terrassentür ins Haus.

»Da werde ich nur vom Zusehen müde«, bemerkte eine Frau, die Kassie nicht kannte. Sie hatte extrem kurzes Haar, das ihr super stand.

»Oh mein Gott, ich auch«, stimmte Rayne ihr von ganzem Herzen zu.

Hollywood führte Kassie hinüber, wo die anderen beiden Frauen saßen. »Rayne kennst du ja schon. Aber Mary hast du, glaube ich, noch nicht kennengelernt. Mary, das ist Kassie. Kassie, Mary.«

»Hi«, sagte Kassie ein wenig zaghaft.

»Hey. Schön, dich kennenzulernen. Rayne hat mir schon so viel von dir erzählt.«

»Oh. Ich freue mich auch, dich kennenzulernen. Gehörst du zu einem dieser Typen?«, wollte Kassie wissen und war offensichtlich verwirrt.

»Oh mein Gott, nein«, entgegnete Mary sofort. »Und man merkt dir an, dass du schon länger mit ihnen abhängst. Ich werde nie irgendeinem Typen ›gehören‹.«

»So meinte ich das auch nicht –«, begann Kassie, doch Hollywood unterbrach sie.

»Lass sie in Ruhe, Mary. Nur weil du nicht siehst, was du vor der Nase hast, bedeutet das nicht, dass andere Frauen das auch nicht können. Ich glaube, du vergisst, dass der Mann, dem du gehörst, dir auch gehört. Und sag niemals nie, schließlich weißt du nicht, was in Zukunft passiert«, neckte Hollywood sie.

»Ach, halt den Mund«, erwiderte Mary, aber sie grinste dabei.

Er hielt abwehrend die Hände hoch und lachte leise. »Geht es dir gut?«

»Es geht mir gut«, sagte Mary schnell, fast zu schnell.

Hollywood fand nicht, dass sie gut aussah, wollte sie aber nicht in Verlegenheit bringen, und er war sich nicht sicher, was sie ihrer besten Freundin erzählt hatte. Auf keinen Fall wollte er vor Rayne etwas Falsches sagen. Nach dem Ball und dem Gespräch mit Truck über ihre weitere Chemotherapie war er sich nicht einmal sicher, ob sie überhaupt draußen sein sollte. Sie war wirklich eine der zähesten Frauen, die er je getroffen hatte. Sie war nicht leicht unterzukriegen, ja, und wenn ihr das die Kraft gab, nicht nur einen, sondern zwei Kämpfe gegen den Krebs zu überstehen, konnte sie so aufbrausend sein, wie sie wollte. Nie im Leben würde er ihr das vorhalten. Die Tatsache, dass sie mit ihren täglichen Aktivitäten so weitermachte, als ob sie nicht regelmäßig Gift in ihren Körper gespritzt bekäme, bewies einfach, was er dachte, nämlich wie stark sie war.

»Falls du irgendetwas brauchst, frag mich einfach, ja?«, erklärte er ihr und sah ihr fest in die Augen, während er es sagte.

»Danke, Hollywood. Es geht mir gut«, erwiderte Mary leise.

»Außerdem bin ich ja auch noch da, falls sie irgendetwas braucht«, sagte Rayne fröhlich. »Warum sollte sie sich an dich wenden, wenn sie ihre beste Freundin hat?« Und damit legte Rayne Mary einen Arm um die Schulter und strahlte zu ihnen hinauf.

Mary verzog vor Schmerzen das Gesicht. Sofort hatte sie sich wieder im Griff, aber er hatte es trotzdem bemerkt.

»Ich zeige Kassie alles«, erklärte Hollywood den Frauen.

»Aber bring sie zurück, damit sie mit uns essen kann«, verlangte Rayne. »Ich will ihr ungefähr eine Million Fragen über dich stellen.«

»Es tut mir leid. Ich habe eine Geheimhaltungsvereinbarung unterzeichnet«, sagte Kassie ernst zu Rayne. »Ich darf euch nur meinen Namen, mein Alter und die Tatsache, dass ich eine Schwester namens Karina habe, preisgeben. Oh, und dass Hollywood der tollste Mann ist, den ich jemals kennengelernt habe.«

Der Ausdruck auf den Gesichtern von Rayne und Mary war unbezahlbar, und Hollywood versuchte, ernst zu bleiben, doch es gelang ihm nicht.

Kassie erlöste sie natürlich sofort und lächelte die beiden Frauen breit an. »Ich mache nur Spaß. Ich würde gern mit euch quatschen und euch alle von Hollywoods Geheimnissen verraten. Wusstet ihr zum Beispiel, dass er nicht mal ein Bett hat? Er schläft auf einer Matratze auf dem Boden. Eigentlich ist es ziemlich erbärmlich.« Sie grinste

Hollywood an, um ihn wissen zu lassen, dass sie ihn nur ärgerte.

»Oh mein Gott, im Ernst? Du musst auf jeden Fall bei uns sitzen. Ich will unbedingt mehr erfahren«, freute sich Rayne.

»Komm schon, Kass.« Hollywood legte ihr eine Hand ins Kreuz und drängte sie zum Gehen. »Begrüßen wir die anderen, bevor du noch *alle* meine Geheimnisse ausplauderst.«

Hollywood begleitete Kassie zu allen Gruppen. Sie kannte die Männer bereits, schien sich aber zu freuen, sie wieder begrüßen zu dürfen. Sie war ein wenig zurückhaltend mit Emily; Hollywood dachte, dass sie noch einige Schuldgefühle hatte wegen dem, was Jacks ihr angetan hatte. Er würde weiter daran arbeiten, dafür zu sorgen, dass sie das hinter sich ließ. Er wusste ohne Zweifel, dass niemand sie für irgendetwas von dem verantwortlich machte, was dieses Arschloch verbrochen hatte.

Sie aßen zu Abend; Kassie saß mit Rayne und Mary zusammen und die drei kicherten und lachten während der gesamten Mahlzeit. Emily und Harley saßen an einem anderen Tisch mit Annie und ihren Männern. Die übrigen Jungs saßen am dritten Tisch und verschlangen die Speisen, als hätten sie seit Tagen nichts gegessen. Hollywood gefiel es, zu dem anderen Tisch hinüberzublicken und Kassies glückliches Gesicht zu sehen, während sie sich mit seinen Freunden entspannte. Ihr Leben war kein Zuckerschlecken gewesen und sein Ziel war es, es ihr von nun an viel leichter zu machen.

Nachdem alle gegessen hatten, gingen sie zum Entspannen an die Feuerstelle. Hollywood und einige der anderen Männer schleppten ein paar der Plastikstühle vom Deck zu dem geräumten Bereich um die Feuerstelle. Er setzte sich in einen von ihnen und zog Kassie auf seinen

Schoß. Sie kreischte, als er sie an sich presste, blieb aber sitzen, ohne zu protestieren.

Ghost tat dasselbe mit Rayne, und Fletch und Emily saßen nebeneinander auf einer der Bänke neben dem Feuer. Truck führte Mary zu einem anderen der Stühle und half ihr dabei, sich zu setzen. Er nahm neben ihr am Ende der Bank Platz. Die anderen Männer setzten sich entweder auf eine Bank oder auf einen der Stühle, die um das Feuer herumstanden. Die Stimmung war locker und entspannt.

»Also, Kassie. Wie ich höre, benötigst du einen Anwalt«, sagte Harley, als alle saßen.

»Oh, ja, also –«

»Jacks hat einen Freund, der ihr das Leben zur Hölle macht«, klärte Hollywood Harley und die gesamte Gruppe auf.

»Oh Mann, halt dich ja nicht zurück«, grummelte Kassie und ließ vor Scham das Kinn zur Brust sinken.

»Schäme dich niemals für das, was jemand anderes dir antut«, erklärte Harley ihr. »Er hat nicht das Recht, dich nervös zu machen, und ganz sicher hat er nicht das Recht, dir zu folgen oder dich zu bedrohen.«

»Ich weiß, es ist nur so ... wenn ich eine einstweilige Verfügung gegen ihn erwirke, wird er vielleicht nur noch wütender.«

»Das kann schon sein«, entgegnete Harley achselzuckend. »Aber das heißt nicht, dass du es deswegen nicht tun solltest.«

»Habe ich dir gesagt«, flüsterte Hollywood. Dann sagte er lauter: »Könntest du deine Schwester vorwarnen, dass Kassie sie in naher Zukunft anruft? Wir wissen es wirklich zu schätzen.«

»Natürlich. Und damit das klar ist, du gehörst zur Familie und bekommst den Familienrabatt«, erklärte Harley sowohl Kassie als auch Hollywood. »Und das bedeutet, sie wird dir nichts in Rechnung stellen. Also frag gar nicht erst.«

»Ich dachte –«

»Ich habe doch gesagt, frag gar nicht erst«, wiederholte Harley, die gar nicht erst darauf wartete, dass Kassie protestierte.

»Vielen Dank«, sagte Hollywood. »Das ist wirklich lieb.«

»Das ist doch selbstverständlich. Und das gilt für euch alle, nur für den Fall, dass ihr es nicht wusstet. Montesa hat mir gesagt, ich soll euch allen ausrichten, dass sie euch jederzeit zur Verfügung steht, falls ihr eine Anwältin braucht. Nennen wir es einfach ein Dankeschön dafür, dass ihr alles in eurer Macht Stehende getan habt, um mich zu finden, als ich diesen Unfall hatte.«

»Oh Mann, erzähl das doch nicht jedem«, witzelte Mary. »Sonst ist sie rund um die Uhr nur mit uns beschäftigt.«

Daraufhin gab es um das Feuer herum leises Gelächter, bis sich alle wieder ihrer eigenen Unterhaltung widmeten.

Fletch half Annie dabei, S'Mores zu machen, und es war ihm egal, dass sie mehr Schokolade an den Fingern und ihrer Kleidung hatte, als tatsächlich in ihren Mund gelangte. Nachdem sie eine Stunde lang herumgerannt war, Marshmallows über dem Feuer geröstet hatte für jeden, der welche haben wollte, und generell dafür gesorgt hatte, dass die Erwachsenen über ihr Verhalten lachten, machte Annie es sich schließlich auf dem Schoß ihrer Mutter gemütlich.

»Hattest du einen schönen Abend, Annie?«, fragte Emily.

»Ja. Ich freue mich, wenn wir alle zusammen sind.«

»Ich mich auch.«

»Mommy?«

»Ja, mein Schatz?«

»Ich will ein Brüderchen.« Annies Worte hallten laut durch die stille texanische Nacht.

Hollywood versuchte, ein Lachen zu unterdrücken, als Emily versuchte, auf den Wunsch ihrer Tochter zu reagieren.

»Ein Kind zu haben bedeutet eine große Verantwortung für die Eltern«, erklärte sie ihrer Tochter.

»Ja, ich weiß. Aber Daddy hat gesagt, er will, dass dein Bauch von seinem Baby dick wird, und dass du bei seinen Superschwimmern wahrscheinlich innerhalb kürzester Zeit schwanger wirst. Allerdings verstehe ich nicht, was Schwimmen mit Schwangersein zu tun hat.«

Fletch hustete und hätte fast den Schluck Bier wieder ausgespuckt, den er gerade genommen hatte, und sah mit großen Augen zu seiner Tochter hinüber.

Die Männer, die ums Feuer saßen, brachen in Gelächter aus, und Hollywood war plötzlich froh, nicht in Emilys Haut zu stecken.

»Fletch, möchtest du das vielleicht deiner Tochter erklären?« Emily schob ihrem Ehemann den Schwarzen Peter zu.

Fletch stellte sein Bier im Gras ab und nahm Annie von Emilys Schoß. Sie legte ihm die Arme um den Hals und kuschelte sich an ihn.

»Ich will unbedingt ein Baby, mein Schatz. Und ich hoffe, dass wir dir in ein paar Monaten sagen können, dass du ein Brüderchen oder Schwesterchen bekommst.«

An den Hals ihres Vaters gekuschelt murmelte Annie: »Ich möchte ein Brüderchen. Aber Daddy?«

»Ja?«

»Du liebst mich dann doch immer noch, oder? Auch wenn du dein eigenes, echtes Kind hast ... ja?«

»Sieh mich an, mein Schatz«, verlangte Fletch von dem kleinen Mädchen.

Annie hob den Kopf.

Fletch nahm den kleinen Kopf in seine großen Hände und sagte mit todernstem Ton: »Du *bist* mein echtes Kind, Annie. In deinen Adern fließt vielleicht nicht mein Blut, aber dir gehört ein Teil meines Herzens, genau so, als würde ich dich schon von Geburt an kennen. Und die Tatsache, dass ich und deine Mutter ein Kind zusammen haben werden, wird daran nichts ändern. Du bist meine älteste Tochter. Punkt. Okay?«

»Okay.« Sie hielt einen Moment inne und sagte dann: »Daddy?«

»Ja, mein Schatz?«

»Ich liebe dich.«

»Ich liebe dich auch.«

Und damit kuschelte sich Annie wieder an den einzigen Vater, den sie je gekannt hatte, und machte die Augen zu.

Hollywood sah zu Kassie hinüber und bemerkte, dass sie nachdenklich ins Feuer starrte. Er lehnte sich zu ihr. »Alles in Ordnung?«

Sie nickte schnell.

Hollywood legte ihr einen Finger unters Kinn und wandte ihr Gesicht zu ihm. »Was ist los?«

»Ach, es ist albern.«

»Ist es nicht, wenn es dich bedrückt.«

»Ich habe nie geglaubt, dass ich jemals Kinder haben werde«, entgegnete Kassie flüsternd.

Hollywood hörte, wie seine Freunde um ihn herum lachten und redeten, doch er hatte nur Augen für Kassie. »Was meinst du damit? Warum nicht?«

»Ich dachte, Richard wäre meine einzige Chance.«

»Kass, du bist erst dreißig«, erklärte Hollywood ihr verwirrt.

»Ich weiß, aber du weißt ja nicht, was ich in den letzten

Jahren durchgemacht habe. An einigen Tagen war Richard großartig, an anderen total verrückt. Eine Zeit lang habe ich geglaubt, dass es uns gelingen würde, die Dinge zu regeln, doch als er paranoid wurde und dafür gesorgt hat, dass Dean mir überallhin folgte, wurde es schlimm. Er war eifersüchtig auf jeden Mann, mit dem ich auch nur ein Wort wechselte. Ich hatte mich damit abgefunden, dass ich niemals mehr ein normales Leben führen konnte. Ich würde mich niemals mehr mit einem anderen Mann treffen können, geschweige denn jemandem so nahekommen, um gemeinsam eine Familie zu gründen. Und außerdem wäre ich nie auf die Idee gekommen, eine Familie zu gründen, während Richard mir noch im Genick saß. Niemals würde ich ein wehrloses Baby in Gefahr bringen. Auf keinen Fall.«

»Du wirst Kinder bekommen, Kass«, erklärte er ihr voller Überzeugung. »Kleine Jungs und Mädchen, die dein braunes Haar und deine haselnussbraunen Augen haben.«

»Bis gerade eben hätte ich es nicht für möglich gehalten, dass es doch noch geschehen könnte«, erklärte Kassie, ihr Blick und ihre Stimme voller Emotionen.

Hollywood machte einen Moment lang die Augen zu, legte dann die Arme um sie, direkt unter ihren Brüsten, und zog sie an sich, bis sie sich wieder völlig an ihn schmiegte. »Wir müssen aufhören, über Babys zu reden«, flüsterte er ihr ins Ohr.

»Warum?«

»Weil das dazu führt, dass ich daran denke, wie Babys gemacht werden, und das wiederum sorgt dafür, dass ich dir am liebsten die Kleider vom Leib reißen, meinen Schwanz tief in dich reinstecken und damit anfangen würde, dir die Familie zu besorgen, die du dir so sehr wünschst.«

»Graham«, stöhnte Kassie und wand sich auf seinem Schoß.

Hollywood lächelte, weil sie seinen echten Namen benutzte, und vergrub seine Nase in ihrem Haar, während er eine Hand um ihre Hüfte legte, um sie festzuhalten. »Entspann dich, Kassie. Genieße den Abend.«

»Du bist wirklich teuflisch«, beschwerte sie sich gutmütig.

»Man könnte also sagen, dass diese ganze Geschichte, dass man ›seine Freunde nahe, aber seine Feinde näher‹ halten soll, ziemlich gut für dich funktioniert hat, was?«, witzelte plötzlich Blade von der anderen Seite des Feuers.

Kassie erstarrte auf Hollywoods Schoß und er sah seinen Freund und Kollegen böse an. Verdammt, Blade hatte sich wirklich den schlechtesten Zeitpunkt ausgesucht. Doch bevor er etwas sagen konnte, schlug Fish Blade mit seiner guten Hand auf den Hinterkopf und sagte böse: »Warum sagst du so was? Du bist wirklich ein Arschloch.«

»Hey ... Was habe ich denn gemacht?«, fragte Blade und rieb sich die Stelle, wo Fish ihn getroffen hatte.

»Du tust so, als wäre Hollywood nur mit Kassie zusammen, um sie im Auge zu behalten, und nicht, weil er sie liebt«, erklärte Fish ihm ohne einen Funken Mitleid.

»Ich –« Blade wandte sich den beiden zu und hielt inne, offensichtlich war ihm aufgefallen, wie sehr seine Worte Kassie verletzt hatten. »Das war nur ein Witz, Mann. Ihr beiden habt über Babys und so Sachen geredet, und da habe ich einen Witz gemacht. Ich habe es nicht böse gemeint. Ich meine, direkt nach dem Ball haben wir darüber geredet, dass Hollywood mit dir sprechen sollte, um herauszufinden, was Jacks vorhat, aber es ist offensichtlich, dass ihr füreinander bestimmt seid.«

»Halt einfach den Mund«, erklärte ihm Fish. »Du machst die Sache nur noch schlimmer.«

»Ich bin ein bisschen müde. Ich denke, ich lasse euch Jungs jetzt alleine und gehe zu Bett«, sagte Kassie leise.

»Kass, er hat es nicht so gemeint, wie es geklungen hat«, warf Beatle ein und versuchte, Blades Taktlosigkeit zu rechtfertigen.

»Kein Problem. Ich verstehe. Bitte lass mich aufstehen, Hollywood«, befahl Kassie und versuchte, von seinem Schoß zu kommen.

Ohne ein Wort zu sagen, stand Hollywood zusammen mit Kassie auf dem Arm auf und ging von seinen Freunden weg. Er machte sich auf in Richtung der Wohnung über der Garage.

»Ich sorge dafür, dass Annie morgen zu Hause bleibt«, rief Emily ihnen nach. »Um neun Uhr gibt es Frühstück. Aber falls ihr *nicht* auftaucht, lasse ich Annie auf euch los!« Hollywood machte sich nicht die Mühe zu antworten. Er war sich nicht sicher, ob Em nur mit Kassie oder ihnen beiden redete, aber es spielte keine Rolle. Er spürte, wie aufgebracht Kassie war, und zwar daran, wie starr sie in seinen Armen lag.

Gerade eben hatten sie noch über gemeinsame Babys gesprochen, und nun musste er versuchen, sie wieder zu besänftigen. Er war der Erste, der zugeben musste, wie sehr es ihm gefiel, dass Kassie so leidenschaftlich war, aber es war ziemlich anstrengend, wenn sie diese Energie dazu verwendete, ihn von sich wegzustoßen.

»Hollywood, lass mich los, ich –«

»Halt den Mund, Kass«, sagte er.

»Was? Nein, aber im Ernst –«

»Ja, im Ernst, Kass. Warte, bis wir oben sind.«

»Ich bin müde. Du musst jetzt gehen. Wir sehen uns morgen.«

»Auf keinen Fall. Du bist auf Blade sauer, und zwar zu

Recht, und vielleicht auch ein wenig auf mich, einfach nur deshalb, weil ich mit ihm befreundet bin. Wahrscheinlich bist du auch verletzt, und das bringt mich um. Ich muss es dir erklären. Du musst mir vergeben und dann können wir wieder darüber reden, dass du meine Babys bekommst.«

»Hollywood, nein. Du hast recht. Ich *bin* wütend ... und verletzt. Ich brauche ein wenig Zeit.«

»Nein, die brauchst du nicht«, erwiderte er, als er die Treppe seitlich an der Garage zur Wohnung hinaufstieg. »Wir müssen darüber reden. Es macht mir nichts aus, dass du wütend bist, aber wenn ich dich heute Abend allein lasse, wirst du dir lauter Gründe dafür ausdenken, warum diese Geschichte nicht funktionieren kann. Du wirst zu dem Entschluss kommen, dass wir alles viel zu schnell angehen, dass du dich darauf konzentrieren musst, dass Karina in Sicherheit ist, und dann steigst du in deinen Wagen und fährst nach Hause.« Kaum hatte er das gesagt, ließ Hollywood ihre Beine los und hielt sie fest an sich gedrückt, bis sie ihr Gleichgewicht wiedergefunden hatte.

»Gib mir den Schlüssel, mein Schatz.«

Ohne ein Wort zu verlieren, zog sie energisch den Wohnungsschlüssel aus ihrer Tasche und schlug ihn in seine offene Hand. Hollywood öffnete die Tür und den Riegel und hielt die Tür für sie auf. Sie stampfte vor ihm hinein und ging direkt zum Kühlschrank.

Hollywood schloss die Tür hinter sich und legte den Schlüssel auf den kleinen Tisch innerhalb der Wohnung. Er war verärgert über Blades rücksichtslose Worte, aber ein Teil von ihm war seltsam zufrieden mit Kassies Reaktion.

Er war nicht glücklich darüber, dass sie verärgert war, aber die Tatsache, dass sie sauer auf ihn war, bedeutete, dass es ihr nicht egal war. Er konnte ihr verständlich machen, dass das Gespräch, das er mit seinen Freunden geführt hatte, stattgefunden hatte, als er noch dabei war zu verarbeiten, was sie ihm auf dem Ball erzählt hatte. Nicht ein einziges Mal, seit er beschlossen hatte, dass er Kassie für immer in seinem Leben haben wollte, hatte er daran gedacht, nur mit ihr zusammen zu sein, um Jacks im Auge zu behalten.

Er behielt den ernsten Ausdruck auf seinem Gesicht, während er Kassie folgte, aber im Inneren lächelte er. Sie würden das gemeinsam durchstehen und sie würde ein für alle Mal erkennen, wie ernst er es mit ihr meinte.

Sie konnte genauso gut jetzt erfahren, dass er nicht wollte, dass sie jemals wütend aufeinander ins Bett gingen. Und er hatte durchaus die Absicht, heute Abend mit ihr ins Bett zu gehen. Sein Gelübde, an diesem Wochenende nicht mit ihr zu schlafen, würde er nicht brechen, aber sie *würde* in seinen Armen schlafen.

KAPITEL FÜNFZEHN

Kassie schnappte sich eine Flasche Wasser aus dem Kühlschrank und machte sie wütend auf. Sie war verärgert, schämte sich und ihr Herz war ein wenig gebrochen. Sie wusste, dass in ihrer Beziehung zu Hollywood alles viel zu schnell ging. Sie wollte sich so verzweifelt geliebt und in Sicherheit fühlen, dass sie all die Gründe ausgeblendet hatte, aus denen sie vorsichtig sein und ihr Herz beschützen sollte. Wie dumm war sie gewesen.

Sie trank in großen Schlucken das Wasser, doch hielt inne, als Hollywood die Plastikflasche ergriff und sie ihr vom Mund wegnahm. »Das reicht, mein Liebling.«

»Ach, jetzt erzählst du mir auch noch, was ich trinken kann? Als Nächstes wirst du mir sagen, dass ich zu fett bin und was ich essen darf und was nicht«, warf sie ihm verbittert vor. Sie wusste, dass es entgegen aller Logik war ... Schließlich hatte er ihr immer wieder gesagt, wie sehr er sie mochte und dass er mit ihr zusammen sein wollte, aber Blades Worte hatten sie trotzdem tief getroffen, also fiel es ihr schwer, fair zu bleiben.

»Du bist auf *keinen Fall* fett«, erklärte Hollywood ihr und stellte die Wasserflasche auf die Küchentheke neben dem Kühlschrank. »Und wenn du das jetzt sagst, nur weil dieses Arschloch von einem Ex-Freund dir das angetan hat, dann musst du wissen, dass alles, was jemals aus seinem Mund gekommen ist, absoluter Blödsinn ist. Du bist wunderschön.« Er legte ihr die Hände auf die Hüften und drehte sie zu sich um. »Jede einzelne deiner Kurven. Jeder Zentimeter an dir. Du bist einfach so unglaublich schön.«

Bei seinen Worten machte Kassies Herz einen Sprung. Er schien sich so sicher und unumstößlich in seiner Meinung zu sein. Noch nie zuvor hatte ihr ein Mann gesagt, dass sie hübsch sei. Geschweige denn wunderschön. »Hollywood«, begann sie, »das Ganze wird nicht funktionieren.«

»Aber es *funktioniert* doch schon«, konterte Hollywood sofort. »Komm schon. Setzen wir uns. Reden wir darüber.«

Kassie ließ es zu, dass er sie hinter sich herführte, bis sie nur wenige Zentimeter voneinander entfernt auf der Couch saßen. Er sah ihr in die Augen und sagte: »Ich weiß, dass du aufgebracht bist. Jetzt rede mit mir.«

Kassie atmete tief durch und ließ sich dann in die Kissen sinken. Glücklicherweise hatte Hollywood bemerkt, dass sie ein wenig Raum brauchte. Er hatte sich nicht direkt neben sie gesetzt und sie in den Arm genommen. Stattdessen hatte er zugelassen, dass sie sich an ein Ende der Couch setzte, während er am anderen saß.

Sie konnte ihn nicht ansehen und dieses Gespräch haben. »Ich bin nicht aufgebracht«, erklärte sie ihm.

»Kass, ich weiß doch –«

Sie unterbrach ihn: »Okay, vielleicht bin ich ein kleines bisschen aufgebracht. Aber hauptsächlich über die Gesamtsituation, jedoch nicht deinetwegen.«

»Und warum bist du dann dort ganz am anderen Ende und nicht hier bei mir?«, fragte er dann.

»Weil ich verletzt bin«, erklärte Kassie ihm und presste den Mund zusammen. »Ich verstehe es. Das tue ich wirklich. Was ich getan habe, war schrecklich. Fürchterlich. Unverzeihlich. Doch nachdem wir uns beieinander entschuldigt hatten, dachte ich, alles wäre in Ordnung.«

»Es *ist* alles in Ordnung, Kass«, bekräftigte Hollywood mit Nachdruck.

»Nein, ist es nicht«, sagte sie verzweifelt. »Deine Freunde, deine Teamkollegen, sie haben sich noch nicht damit abgefunden. Und das ist in Ordnung, ich kann damit umgehen, dass sie mich nicht mögen, weil ich getan habe, was ich getan habe, aber du musst immer noch mit ihnen arbeiten. Du musst dich darauf verlassen können, dass sie zu dir stehen, wie du zu ihnen stehst. Ich bin doch nicht dumm und sehe, was sich direkt vor meinen eigenen Augen befindet, Hollywood. Sie lieben Emily, Rayne, Harley und sogar Mary. Das ist offensichtlich.«

»Kassie –«, versuchte Hollywood sich erneut einzumischen, doch sie war gerade in Fahrt.

»Die Tatsache, dass Blade es zur Sprache gebracht hat, ist nur seine Art, mir zu zeigen, dass sie es noch nicht vergessen haben. Und er hat recht. Ich mache dir keinen Vorwurf daraus, dass du gekommen bist, um mit mir zu reden, nachdem du herausgefunden hattest, warum ich dich ursprünglich angeschrieben habe. Ich würde auch wissen wollen, was Richard vorhat, nach allem, was er euch angetan hat. Aber ich habe meine Schutzmauern gesenkt. Die letzten zwei Wochen waren einfach großartig. Und da habe ich ganz verdrängt, wie wir angefangen haben.« Sie schloss die Augen und versuchte, die Tränen, die sie schon so lange zurückhielt, weiter unter Kontrolle zu bringen. Sie spürte, wie sich das Kissen auf der Couch neben ihr senkte, aber Hollywood fasste sie nicht an.

Kassie öffnete die Augen, wandte den Kopf und stellte fest, dass er neben ihr saß. Und zwar genau neben ihr. Er war so nahe bei ihr, wie es ging, ohne sie tatsächlich zu berühren. Sie konnte sogar die Wärme spüren, die von seinem Körper ausging. »Bist du jetzt fertig?«, fragte er leise.

Das war sie und sie nickte. Dann kam ihr noch etwas anderes in den Sinn und sie schüttelte den Kopf.

»Dann nur zu. Damit alles raus ist.«

Sie verdrehte die Augen. »Vielen Dank für deine Erlaubnis«, sagte sie mit einer Spur ihres alten Selbstbewusstseins. »Ich mag deine Freunde. Alle. Fish mit seinen Augen, die schon viel zu viel gesehen zu haben scheinen. Die Art, wie Ghost Rayne anschaut, als könne er kaum glauben, dass sie tatsächlich neben ihm sitzt. Wie Fletch und Emily mit Annie umgehen. Dass Coach seine Finger nicht von Harley lassen kann, auch wenn sie jedes Mal rot wird, wenn er sie berührt. Die Tatsache, dass Beatle und Blade sich so nahestehen, als wären sie Brüder. Und ganz besonders, wie Truck sich um Mary kümmert, ohne dass sie es überhaupt bemerkt. Ich habe beobachtet, wie er ständig dafür gesorgt hat, dass ihr Wasserglas voll ist, und dass er sie gedrängt hat, wenigstens das Gemüse aufzuessen, als er bemerkte, dass sie nicht viel zu sich nahm. Und nur einen einzigen Abend lang habe ich vergessen, dass ich eine Außenseiterin bin.«

»Jetzt bist du aber fertig«, erklärte Hollywood ihr mit Bestimmtheit.

Und anscheinend war er das auch.

Er legte ihr die Hände an die Wangen und zwang sie, ihm in die Augen zu sehen, als er sagte: »Du bist ja nicht der Feind.«

»Aber Blade hat gesagt –«

»Nein, jetzt bin ich dran«, schalt Hollywood und sprach dann weiter. »Am Morgen nach dem Ball habe ich mein

Team zu einem Treffen zusammengerufen, um über das zu sprechen, was geschehen war. Du weißt, wie aufgebracht ich war. Aber, und das kann ich gar nicht oft genug sagen, meine Süße, ich war so aufgebracht, weil ich dich bereits so sehr mochte. Und irgendjemand, ich weiß nicht mal mehr, wer es war, hat sowas in der Art gesagt, wie Blade es heute wiederholt hat. Damals machte es Sinn, aber für mich stellte es einfach die perfekte Ausrede dar, mich sofort wieder bei dir zu melden, um dich wiederzusehen. Glaubst du nicht, dass es uns auch ohne dich gelungen wäre, Jacks im Auge zu behalten?«, fragte er lächelnd. »Meine Süße, es würde dir wahrscheinlich Angst machen zu erfahren, welche Art von Verbindungen wir haben. Wir brauchten dich eigentlich nicht dazu, um uns zu sagen, was Jacks vorhatte. Es stimmt zwar, dass die Tatsache, dass du Dean dazu bringen kannst, Richard falsche Informationen zu füttern, uns dabei helfen kann, Jacks schneller auszuschalten, das ist aber keinesfalls der Grund, warum du heute hier bist.«

Kassie leckte sich nervös die Lippen. »Und warum bin ich dann hier?«

Ohne zu zögern, erklärte Hollywood es ihr. »Du bist hier, weil du mich gefragt hast, warum Männer Frauen, die sie gar nicht kennen, Fotos von ihren Schwänzen schicken. Du bist hier, weil dein Lächeln mir nicht nur sofort in den Schwanz, sondern auch direkt ins Herz ging. Du bist hier, weil du zugestimmt hast, dich bei einer Militärveranstaltung mit mir zu treffen, obwohl diese ganze Sache dich zu Tode erschreckt. Du bist hier, weil ich mich total in dich verliebt habe, Kass. Und egal wie oft ich es sagen muss. Egal, wie oft du es vergisst und ich dich daran erinnern muss, ich werde es tun.« Er machte eine Pause und als sie nichts antwortete, fragte er: »Keine schlaue Antwort?«

Kassie schüttelte den Kopf und war sich nicht sicher, jetzt etwas sagen zu können, selbst wenn ihr Leben davon abhinge.

Hollywood sprach weiter: »Es tut mir leid, dass Blades Worte dich verletzt haben. Aber ich kann dir mit hundertprozentiger Sicherheit sagen, dass alle, die heute anwesend waren, dich schon als Teil der Gruppe sehen. Fish hat sich als Erster freiwillig gemeldet, um auf dich und Karina aufzupassen, wenn ich nicht in Austin sein kann. Jede einzelne der Frauen hat mich heute beiseite genommen und mir versichert, wie gut du ihnen gefällst. Harley hat mir sogar erzählt, dass sie in ihrem neuen Spiel eine Figur nach dir kreiert. Und du weißt bereits, was Annie von dir hält. Sie erhebt Besitzansprüche auf dich. Und die Jungs?« Hollywood schüttelte den Kopf. »Blade und Beatle würden dich mir sofort wegschnappen, wenn sie glaubten, eine Chance zu haben. Und du hast ja schon bemerkt, dass Truck vergeben ist, auch wenn Mary es noch nicht zugegeben hat. Es gibt also keinen Grund, verletzt zu sein. Keinen einzigen.«

Kassie machte die Augen zu, um sich vor Hollywoods intensivem Blick zu schützen.

»Ich weiß, dass das neu für dich ist. Für mich ist es das auch. Und ich bin mir sicher, dass es auch in Zukunft Dinge geben wird, die wir überwinden müssen, genau wie jetzt. Aber ich werde nicht zulassen, dass du dich vor mir versteckst. Wenn du sauer bist, sag mir wieso. Wenn du verletzt bist, will ich auch wissen warum, damit ich es für dich regeln kann. Traurig, glücklich, wütend, eingeschnappt ... Wenn du es fühlst, dann will ich es wissen.«

Kassie machte die Augen auf. »Gilt das für uns beide?«

»Was meinst du, mein Schatz?«

»Dass wir unsere Gefühle äußern?«

»Natürlich.«

»Okay, aber eins musst du wissen … Ich kann nicht gut mit Wut umgehen. Ich weiß, es ist nicht fair, dass ich vorher wütend auf dich war, aber Richard hat sich wegen jeder Kleinigkeit aufgeregt. Und dann hat er mich angerufen und ist vorbeigekommen, um rumzuschreien. Darüber, dass seine Einkäufe falsch eingepackt wurden. Dass jemand ihn im Auto auf dem Weg nach Austin geschnitten hatte. Dass ich ihn vor seinen Freunden blamiert habe … Er hat nie einen Hehl daraus gemacht, wie verärgert er war.«

»Das merke ich mir«, sagte Hollywood. »Und versuche, es zu vermeiden.«

»Damit will ich nicht sagen –«

»Ich werde versuchen, es zu vermeiden«, wiederholte er mit Nachdruck.

»Okay«, flüsterte Kassie.

»Also ist zwischen uns wieder alles in Ordnung?«

»Ich glaube schon.«

Daraufhin schloss Hollywood sie zum ersten Mal in die Arme, seit sie sich gesetzt hatten. »Weswegen bist du noch unsicher?«

Kassie kuschelte sich an Hollywoods Oberkörper. Sie saß seitwärts auf ihm, ihre Beine auf ein Kissen neben ihm gelegt, ihr Po auf seinem Schoß. Er hatte die Arme um sie gelegt und seine Hände ruhten auf ihrer Hüfte. Und sie hatte eine Hand hinter seinen Rücken gepresst, wo sie sie aufwärmte, die andere lag auf seinem Bauch. Sie legte den Kopf an seine Schulter und atmete tief ein. *Mein Gott, wie sehr sie seinen Duft liebte.*

»Kass?«

»Hmmmm?«

»Was ist sonst noch los?«

»Oh ... Es ist nur so, dass ... Ich mache mir Gedanken darüber, dass meine Familie dich nicht mögen könnte.«

Er verspannte sich nicht einmal unter ihr. »Warum nicht?«

»Na ja, nachdem ich ihnen erzählt hatte, wie Richard war und wie er sich mir gegenüber verhalten hat ... und was er mir gerade durch Dean antut ... waren sie nicht gerade glücklich. Mein Vater hat sogar damit gedroht, seine Schrotflinte zu holen und Dean zu töten, falls er ihn jemals vor dem Haus erwischte, wie er Karina beobachtete. Meine Mutter hat geweint. Und wenn du denkst, ich sei leidenschaftlich, warte nur, bis du Karina kennenlernst. Sie hatte zwar Angst, war aber auch stinkwütend.«

Hollywood lachte. »Ich mag sie schon jetzt.«

»Ganz im Ernst, Hollywood. Sie haben keine Witze gemacht. Sie wissen, dass ich mit dir beim Militärball war, sind aber wahrscheinlich davon ausgegangen, dass es sich um eine einmalige Geschichte handelte. Ich weiß nicht, wie sie reagieren werden, wenn sie feststellen, dass wir zusammen sind.«

»Ruf sie an.«

»Was?«

»Gleich jetzt. Ruf sie an.«

Kassie sah auf die Uhr über dem Fernseher. »Es ist schon spät. Wahrscheinlich ist es keine so gute Idee, sie jetzt anzurufen.«

»Dann ruf Karina an. Fangen wir mit ihr an. Sie ist ein Teenager. Ich bin mir sicher, dass sie noch nicht schläft.«

»Wahrscheinlich ist sie mit ihrem neuen Freund zusammen.«

»Ruf sie an, Kass. So bist du wenigstens eine Sorge los«, befahl Hollywood.

»Diese herrische Art wird aber ziemlich schnell langweilig«, knurrte Kassie, griff aber trotzdem nach ihrem Handy, das sie in ihrer Gesäßtasche trug. Sie entsperrte es und drückte auf Karinas Nummer, wobei sie hoffte, sie bei nichts Wichtigem zu stören.

»Hallo?«

»Hallo, Schwesterherz«, entgegnete Kassie und versuchte, fröhlich zu klingen.

»Kass! Was ist los?«, wollte Karina wissen.

»Hast du kurz Zeit?«

»Für dich doch immer«, erwiderte ihre kleine Schwester sofort.

»Bist du noch bei deiner Verabredung?«

»Ja, der Film ist gerade vorbei. Blake holt gerade den Wagen. Worum geht es?«

»Läuft immer noch alles super mit Blake?«

»Ja.« Karina senkte die Stimme zu einem Flüstern. »Ich mag ihn wirklich. Er verhält sich wie ein Gentleman. Er hat mich nicht mal das Popcorn bezahlen lassen. Und jetzt hat er mir gesagt, ich solle warten, während er den Wagen holt. Oh, und als er mitten während des Films einen Anruf bekommen hat, ist er sogar aufgestanden und rausgegangen, um niemanden zu stören.«

»Warum nimmt er denn mitten im Film einen Anruf entgegen?«, wollte Kassie wissen. »Das hört sich für mich nicht gerade nach gutem Benehmen an.«

»Jetzt vermiese mir nicht die Stimmung«, befahl Karina ihr. »Sag mir lieber, was los ist.«

»Okay, also, ich bin an diesem Wochenende in Temple«, sagte Kassie schnell, um es zügig hinter sich zu bringen.

»Ja ... weiß ich. Auch wenn du mir nicht gesagt hast warum.«

»Also. Dieser Typ, mit dem ich beim Ball war ... Ich bin jetzt mit ihm zusammen. So richtig.«

»Das ist doch gut ... oder? Ich meine, solange er kein solcher Vollidiot ist wie Richard.«

»Er ist kein Vollidiot.«

»Ganz im Ernst, Schwesterchen, du hast wirklich etwas Besseres verdient. Ich würde es hassen, wenn du wieder so wärst wie damals am Ende deiner Beziehung mit Richard. Du warst einfach nicht mehr du selbst ... Das sollte dieser Typ dir besser nicht antun.«

»Schalte FaceTime ein«, bat Hollywood sie leise.

»Was?«

»Leg das Gespräch auf FaceTime.«

»Ich bin mir nicht sicher –«

»Vertrau mir einfach, Kass. Tu es«, wiederholte Hollywood.

Kassie seufzte und sagte zu Karina: »Lass uns auf FaceTime umsteigen.«

»Okay, cool.«

Sie klickten beide auf das Symbol auf ihrem Display, um die Kameras einzuschalten.

Kassie hielt das Telefon vor sich und sah in die dunklen Augen ihrer Schwester. Sie sah hübsch aus. Sie hatte sich extra für ihre Verabredung besonders sorgfältig geschminkt und Kassie bemerkte von dem Ausschnitt, den sie auf dem Bildschirm sehen konnte, dass sie anscheinend auch ihr Lieblingskleid trug.

»Du siehst gut aus.«

»Versuch nicht, mir Honig ums Maul zu schmieren, Kassie«, entgegnete ihre Schwester und wurde rot. Allerdings runzelte sie auch die Stirn und sah trotzig drein. »Also habt ihr euch während des Balls gut verstanden, was? Ist er gut im Bett –«

Sie brach mitten im Satz ab, als Hollywood Kassie das Telefon aus der Hand nahm, es ein wenig weiter weghielt und dann seinen Kopf neben ihren lehnte, damit Karina sie beide gut sehen konnte.

»Oh, scheiße«, flüsterte Karina. »Ich wusste nicht, dass er auch da ist.«

Hollywood grinste. »Hey, Karina. Ich bin Graham Caverly. Und ja, deine Schwester und ich haben uns auf dem Ball wirklich gut verstanden.«

»Ähhh ... Schön, dich kennenzulernen«, sagte das junge Mädchen und biss sich auf die Unterlippe. »Am besten entschuldige ich mich gleich mal für meine freche Bemerkung. Die Sache mit dem gut im Bett sein war wirklich unangebracht.«

Hollywood lachte jetzt leise. »Ich habe noch nicht mit deiner Schwester geschlafen«, erklärte er ihr geradeheraus, ohne dass es ihm peinlich zu sein schien. »Dafür respektiere ich sie viel zu sehr.«

»Soll das vielleicht heißen, dass du sie nicht attraktiv findest und nur mit ihr befreundet sein willst, sie aber nicht vor den Kopf stoßen willst?«

»Karina«, protestierte Kassie. »Gib mir das Handy, Hollywood«, sagte sie mit Nachdruck und versuchte, es ihm aus der Hand zu nehmen, aber da seine Arme viel länger waren als ihre, kam sie nicht dran.

»Jetzt sei mal still«, befahl Hollywood ihr sanft. »Nein«, sagte er zu Karina. »Ich finde sie ausgesprochen attraktiv. *Unglaublich* attraktiv. Aber ich möchte mir erst die Zeit nehmen, sie besser kennenzulernen. Es ist viel zu leicht, einfach mit jemandem zu schlafen, aber wenn zwischen zwei Menschen mehr ist als nur pures Verlangen, ist es hundertmal schöner.«

»Verdammt, Kass«, hauchte Karina und blickte von Hollywood zu Kassie. »Da hast du aber wirklich einen guten Fang gemacht.«

Kassie grinste. »Ja. Karina, das hier ist Hollywood, das ist sein Spitzname. Hollywood, das hier ist meine Schwester Karina.«

»Schön, dich kennenzulernen, Karina. Kassie hat mir schon so viele wunderbare Dinge von dir erzählt.«

»Äh, ja, das wenige, was ich vor dem Ball über dich gehört habe, war auch so ... also, dass sie mir wunderbare Dinge erzählt hat.«

»Ich möchte, dass du weißt, es gefällt mir, dass du deine Schwester beschützt«, erklärte Hollywood Karina. »Ich weiß über Richard Jacks Bescheid und ich möchte dir versichern, dass wir uns um die Situation kümmern, während wir hier sprechen.«

»Und was ist mit Dean? Wirst du auch ihn davon abhalten, Kass zu belästigen?«

»Selbstverständlich. Und ich werde ihn nicht nur davon abhalten, sie zu belästigen, sondern auch dich. Weißt du schon, wo du aufs College gehen möchtest?«

Der abrupte Themenwechsel brachte Karina ins Stottern, doch sie hatte sich schnell wieder gefasst. »Vielleicht auf die Universität von Texas. Ich habe mich auch an den A&M und Baylor Colleges und der Southern Methodist Universität beworben.«

»Das sind alles gute Schulen«, meinte Hollywood.

»Ja, das stimmt.«

»Mit wem sprichst du da, Baby?«, fragte eine männliche Stimme. Dann erschien sein Gesicht neben dem von Karina auf dem Bildschirm.

»Mit meiner Schwester. Kassie, das ist Blake. Blake, das hier ist meine Schwester ... und ihr ... äh ... Freund, Graham.«

»Yo!«, begrüßte der Junge sie.

Kassies Augen wurden schmal, als sie den neuen Freund

ihrer Schwester auf ihrem kleinen Telefonbildschirm sah. Er sah gut aus, wie Karina gesagt hatte. Er hatte die Art guten Aussehens, die an den Jungen von nebenan erinnerte, sodass sie nicht überrascht war, dass ihre Schwester sich in ihn verliebt hatte. Er war groß genug, um Karina leicht einen Arm um die Schultern legen zu können und sie an sich zu ziehen. Sein hellbraunes Haar fiel ihm raffiniert um die Schultern und das Blau seiner Augen war ungewöhnlich genug, um fast schön zu sein.

Eines störte sie allerdings. Karina hatte zwar gesagt, dass er älter aussah ... aber er sah wirklich *wesentlich* älter aus.

Hollywood musste das auch so sehen, denn anstatt ihn zu begrüßen, fragte er: »Wie alt bist du?«

»Ich freue mich auch, Sie kennenzulernen«, sagte Blake in der typisch frechen Art eines Teenagers. »Ich bin zwanzig. Ich habe die Highschool damals nicht abgeschlossen, aber dann bemerkt, was für eine dumme Idee das war, also bin ich zurückgekommen, um die letzten Fächer zu belegen, die ich noch brauche, um meinen Abschluss zu machen.«

»Das hättest du doch auch in der Abendschule nachholen können«, erwiderte Hollywood.

»Ich weiß, aber bei den Personalleitern herrschen noch immer Vorurteile gegen die Abendschule im Gegensatz zu einem richtigen Abschluss. Aber es passt schon, Mann.«

»Du weißt aber, dass Karina noch nicht volljährig ist, richtig?«, fragte Kassie und drückte Hollywoods Bein, um ihn dazu zu bringen, den Mund zu halten. Es handelte sich hier schließlich um *ihre* Schwester und sie würde sich darum kümmern.

»Ja, Ma'am«, sagte Blake sofort. »Ich mag Karina wirklich und wir tun nichts Unrechtes.«

»Das ist auch besser so«, erklärte Kassie mit Nachdruck und ihre Augen verengten sich erneut zu Schlitzen.

Karina trat von Blake weg und sagte zu ihm: »Gib mir mal eine Minute, Blake, okay?«

»Na klar, Baby«, antwortete er.

Karinas Blick richtete sich nun wieder auf Kassie. »Okay, jetzt, da du mich in Verlegenheit gebracht hast, gibt es sonst noch etwas?« Ihr Ton war ein bisschen frech, aber sie hörte auch heraus, dass sie verletzt war, weil Kassie einen ähnlichen Ton angewandt hatte, als *sie* zuvor mit Hollywood gesprochen hatte.

»Nein. Ich wollte dir nur Hollywood vorstellen und dich wissen lassen, dass er und seine Freunde tun, was sie können, um Dean zu finden und dafür zu sorgen, dass er uns nicht mehr belästigt.«

»Gut.« Und in diesem einen Wort schwang mit, wie verärgert sie war.

»Er sieht so viel älter aus als du, Kar«, flüsterte Kassie, da sie nicht wusste, wie weit Blake sich entfernt hatte.

»Ist er aber nicht«, entgegnete Karina.

»Ich mache mir Sorgen um dich.«

Daraufhin wurde ihr Gesichtsausdruck weicher. »Das weiß ich doch. Und ich mache mir Sorgen um dich.« Dann wanderte ihr Blick zu Hollywood. »Wenn du ihr auch nur ein Härchen krümmst, wirst du es bereuen. Ich sehe zwar vielleicht zierlich aus, aber ich werde einen Weg finden, dir den Hintern zu versohlen. Das Letzte, was Kassie braucht, ist noch jemand, der sie verrückt macht.«

»Das wird nicht nötig sein. Ich werde dir persönlich zeigen, wie man jemandem den Hintern versohlt«, bot Hollywood ihr an. »Dann kannst du alles, was ich dir beigebracht habe, gegen mich anwenden, falls ich deiner Schwester jemals wehtun sollte.«

»Abgemacht«, erklärte Karina. »Ich muss jetzt Schluss machen.«

»Oh, und noch etwas«, warf Hollywood schnell ein, bevor Karina auflegte.

»Was ist?«

»Du solltest dich für Baylor entscheiden. Das ist näher an Fort Hood und dann kannst du deine Schwester öfter besuchen.«

»Warum?«, fragte Karina misstrauisch.

»Denn wenn diese Beziehung so läuft, wie ich es mir wünsche, wird Kassie hierher nach Temple umsiedeln und schon bald werde ich sie bitten, bei mir einzuziehen. Ein paar Monate später werde ich dann um ihre Hand anhalten, natürlich nur mit deiner und der Erlaubnis deiner Eltern. Sobald sie Ja sagt, werde ich alles tun, was ich kann, um ihr die Kinder zu geben, die sie ihr ganzes Leben lang wollte. Also ja, Baylor ist näher dran, und ich weiß, dass du in der Nähe deiner Nichten und Neffen sein willst, um sie wie verrückt zu verwöhnen, richtig?«

»Hollywood!«, rief Kassie aus und schlug ihn auf die Schulter. »Sowas kannst du doch nicht sagen!«

»Und warum nicht?«, fragte er ruhig. »Es ist schließlich die Wahrheit.«

»Verdammt noch mal. Er meint es wirklich ernst«, entgegnete Karina.

»Verdammt ernst«, erklärte Hollywood ihr. »Ach, und Karina, bitte lass dich nicht unter Druck setzen und tu nichts, das du nicht tun möchtest.«

Kassie lächelte und verdrehte genau wie ihre Schwester die Augen. Dann lehnte sie sich zum Telefon, sodass ihre Schwester nur ihr Gesicht auf dem Bildschirm sehen konnte. »Er kann ziemlich herrisch sein«, informierte Karina ihre Schwester über eine Tatsache, die sie ganz offensichtlich selbst erkannt hatte.

»Magst du ihn?«, wollte Karina wissen.

Kassie nickte.

»Dann sage ich dir, was ich von ihm halte, wenn ich ihn persönlich kennengelernt habe.«

»Das weiß ich zu schätzen.«

»Wirst du es Mom und Dad sagen?«

»Wenn ich nach Hause komme. Würdest du es ihnen bitte nicht sagen und abwarten, bis ich mit ihnen spreche?«

Karina nickte. »Ja, aber wenn du es nicht bald tust, werde ich es ihnen erzählen«, drohte sie spielerisch.

Kassie wusste, dass ihre Schwester es nicht ernst meinte, sagte aber trotzdem: »Ich werde es ihnen sagen.«

»Pass auf dich auf«, sagte Kassie zu ihrer Schwester und lehnte sich wieder an Hollywood. Er gab ihr das Telefon zurück und schlang seine Arme um ihre Hüften.

»Siehst du, alles in Ordnung, Kass. Hör auf, dir Sorgen zu machen.«

»Ich werde nie aufhören, mir Sorgen um dich zu machen«, erklärte sie ihrer Schwester.

»Wie du willst. Kommst du mich bald besuchen, um dir mein Kleid für den Abschlussball anzuschauen?«

»Ich weiß noch nicht genau, wann ich morgen aufbrechen werde, aber ich werde zu Hause vorbeischauen, um mit Mom und Dad zu sprechen und mir dein Kleid anzusehen. Wäre das in Ordnung?«

»Ja. Fahr vorsichtig. Wir sehen uns morgen Abend. Und mach dich darauf gefasst, dass ich weitere Fragen habe«, warnte Karina sie.

»Selbstverständlich. Ich hätte auch nichts anderes erwartet. Ich hab dich lieb.«

»Ich dich auch. Tschüss.«

»Tschüss.«

Kassie legte auf und ließ sich gegen Hollywood fallen wie ein Sack. »Ich bin total erschöpft.«

Hollywood lachte. »Ich finde, das ist ganz gut gelaufen«, erklärte er ihr.

»Ob du's glaubst oder nicht ... das ist es tatsächlich. Sie war überrascht, aber sie hätte weitaus mehr protestiert, wenn du ihr wirklich nicht gefallen hättest.«

»Sie hat ihr Herz auf dem rechten Fleck«, kommentierte Hollywood.

»Das hat sie. Obwohl ich zugeben muss, dass ich von Blake alles andere als begeistert bin.«

»Hmmmm. Ja, um ehrlich zu sein, ich ebenfalls. Ich werde meinen Freund Tex darum bitten, etwas mehr über ihn herauszufinden. Es sollte ziemlich leicht sein, ihn zu überprüfen. Lässt du mir seinen Nachnamen zukommen?«

Kassie nickte. »Natürlich. Ich kann immer noch nicht glauben, dass du ihr gesagt hast, du würdest mich bitten, dich zu heiraten, und mir dann ein Baby machen möchtest.«

Hollywood grinste. »Ich habe ihr nichts gesagt, was nicht stimmt, mein Schatz.«

»Du bist wirklich völlig verrückt, Hollywood. Du weißt doch nicht, was zwischen uns geschehen wird.«

»Ich weiß aber, was ich mir für uns *wünsche*, und ich tue einfach so, als wäre es das, was zwischen uns passieren wird. Du weißt schon, die Kraft der Suggestion und all das.«

Kassie antwortete nicht, sondern schloss einfach die Augen und atmete seinen wunderbaren Duft noch einmal ein. Es sorgte dafür, dass sie sich entspannte.

»Alles in Ordnung?«, fragte Hollywood sie zum zweiten Mal an diesem Abend.

»Ich glaube schon. So in Ordnung, wie es eben sein kann.«

»Das reicht mir«, erwiderte er. »Möchtest du ein bisschen fernsehen?«

»Läuft irgendwas Gutes?«

»Keine Ahnung. Aber wenn du möchtest, finden wir irgendwas.«

»Bist du gar nicht müde? Musst du nicht zurück nach Hause?«, wollte Kassie wissen.

»Nein und nein. Ich schlafe heute Nacht hier. Du brauchst überhaupt nicht nervös zu werden. Es wird nichts passieren. Ich will dich nur nicht allein lassen. Wir haben nur noch heute Nacht und morgen fährst du zurück nach Austin. Dann sehe ich dich erst nächste Woche wieder und kann nicht über Nacht bleiben. Das ist also für geraume Zeit das letzte Mal, dass ich die Möglichkeit habe, dich in den Armen zu halten. Ich will einfach nur in deiner Nähe sein, Kass.«

»Das geht«, sagte Kassie leise. »Das gefällt mir sehr. Es ist schon komisch, dass du mir fehlst, obwohl ich noch nicht mal weg bin.«

Hollywood küsste sie auf die Stirn und lehnte sich so weit zurück, bis sie lagen. Er zog sie an sich, ihr Rücken gegen die Kissen und ihr Kopf auf seiner Schulter.

»Leg deine Hand unter meinen Arm«, erklärte er ihr leise.

»Warum?«

»Weil du schon wieder ganz kalte Hände hast. Das gefällt mir nicht. Lass mich dich mit meinem Körper aufwärmen.«

Kassie versuchte, sich zusammenzureißen und nicht dahinzuschmelzen, weil er so fürsorglich war, doch es gelang ihr nicht. Sie steckte eine Hand unter seinen Körper und er drückte seinen Bizeps darauf. Ihre andere Hand legte sie unter ihre Wange, die an seinem Oberkörper ruhte.

»Das war wirklich ein komischer Tag«, sagte sie schläfrig.

Hollywood lachte leise. »Stimmt, das war er irgendwie.

Aber ich würde nichts daran ändern, da dieser Tag damit endet, dass ich dich hier in den Armen halte.«

»Du Schmeichler«, protestierte Kassie schwach.

Er lachte leise, erwiderte aber nichts mehr.

Am Ende erinnerte sich Kassie nur noch daran, dass sie dachte, wie sicher sie sich in seinen Armen fühlte. Mit Dean und Richard war zwar noch nichts geklärt und sie musste Dean immer noch mit den gefälschten Informationen über die Trainingsübung füttern, aber irgendwie war ihr das gerade alles egal. Hollywood würde sie beschützen. Davon war sie tief in ihrem Herzen überzeugt.

KAPITEL SECHZEHN

»Ich bin mir nicht sicher, ob es mir recht ist, dass meine Tochter mit Ihnen zusammen ist«, erklärte Jim Anderson Hollywood und lehnte sich in seinem Stuhl zurück. Sie waren gerade mit dem Abendessen fertig und saßen noch um den Tisch und unterhielten sich.

»Daaaad«, stöhnte Kassie. Ihr Vater hatte Hollywood den ganzen Abend über schräg angesehen. Sie war eigentlich nicht erstaunt darüber, dass er gesagt hatte, was er gerade gesagt hatte, sondern eher, dass es so lange gedauert hatte. Mal im Ernst, wer sagte schon sowas, nachdem man zusammen zu Abend gegessen hatte? Anscheinend ihr verängstigter, übervorsichtiger Vater.

Hollywood legte ihr eine Hand aufs Knie, um sie zu beruhigen, sah dann ihrem Vater fest in die Augen und erwiderte: »Damit habe ich momentan noch kein Problem. Sie haben mich erst heute Abend kennengelernt, und Ihre Tochter hat Ihnen erst vor Kurzem erzählt, dass ihr Ex-Freund sie schlecht behandelt hat. Ich hoffe jedoch, dass Sie mir eine Chance geben werden. Ich möchte beweisen, dass nicht alle Männer in der Armee solche Idioten sind.« Sie wusste es zu schätzen, dass Hollywood versuchte, vor ihrer Familie keine Schimpfwörter zu benutzen. Sie legte eine Hand über seine auf ihr Bein unter dem Tisch und drückte sie, um ihn wissen zu lassen, wie sehr sie es zu schätzen wusste.

»Ich bin mir nicht sicher, ob sie überhaupt einen neuen Freund haben sollte, wenn all diese Dinge noch nicht geklärt sind«, erwiderte ihr Vater, offensichtlich noch immer nicht überzeugt.

»Aber er hilft mir dabei, alles zu bewältigen«, protestierte Kassie.

»Ich bin mir nicht sicher, was er überhaupt tun kann, wenn Richard oben in Kansas im Knast sitzt und sein Freund mein kleines Mädchen verfolgt.«

»Einer meiner Freunde wurde im Mittleren Osten verletzt und ist gerade mit der Reha fertig. Sein Spitzname ist Fish. Er wird aus gesundheitlichen Gründen aus der Armee entlassen und ist Karina in den letzten zwei Tagen auf dem Weg zur Schule gefolgt«, informierte Hollywood ihre Familie.

Kassie drehte sich zu Hollywood um und starrte ihn an. »Tatsächlich?«

»Ich habe nicht bemerkt, dass mir jemand gefolgt ist«, meldete sich Karina nun zu Wort.

»Und das wirst du auch nicht«, erklärte ihr Hollywood lächelnd. »Er ist ausgesprochen gut in dem, was er tut.« Er zwinkerte Karina zu und wandte sich dann wieder an Kassies Vater.

»Ich schwöre Ihnen, dass ich alles in meiner Macht Stehende tun werde, damit Ihre beiden Töchter sich in Sicherheit befinden.«

»Das ist immerhin ein Anfang«, erwiderte Jim, der noch

immer nicht ganz besänftigt war, aber ein bisschen aufzutauen begann.

»Und ich möchte außerdem, dass Sie wissen, dass ich alles in meiner Macht Stehende tue, um Kassie zu zeigen, wie sie von einem Mann behandelt werden *sollte*. Ich verstehe ja, dass Jacks sich nach der Explosion verändert hat, doch das soll keine Ausrede sein. Wenn ich die Chance bekomme, werde ich Kassie wie einen Schatz behandeln. Ich möchte ihr zeigen, dass sie nicht immer auf sich selbst aufpassen muss, auch wenn sie zweifelsohne dazu in der Lage ist.«

Kassie schluckte schwer. Oh Mann, er machte es einem wirklich nicht leicht, emotional distanziert zu bleiben. Sie mochte ihn. Sehr sogar. Aber sie hatte sich dazu entschlossen, es in der Beziehung langsamer angehen zu lassen, bis diese ganze Sache mit Richard und Dean beendet war. Aber auch das hatte er ihr erschwert, als er direkt am Montagabend den ganzen Weg wieder auf sich genommen hatte, nur um mit ihr und ihrer Familie zu Abend zu essen.

»Ich erkläre ihr schon seit Jahren, dass sie sich nicht mit dem, was sie hat, begnügen sollte«, meldete sich ihre Mutter zu Wort. »Ich möchte, dass sie das hat, was Jim und ich haben.« Donna Anderson sah mit Liebe und Respekt zu ihrem Ehemann hinüber.

»Darf ich bitte aufstehen?«, fragte Karina höflich, ließ darauf aber ein freches: »Sonst wird mir von dem ganzen Liebesgesäusel in der Luft noch schlecht«, folgen.

Die Erwachsenen lachten und Donna scheuchte ihre jüngste Tochter weg. »Dann geh schon.«

Karina grinste und stand vom Tisch auf.

»Aber es werden keine SMS geschrieben, bis du deine Hausaufgaben gemacht hast«, warnte Jim sie.

»Daaaaaad.«

»Kommt gar nicht infrage. Du kennst die Regeln. Blake ist immer noch da, wenn du fertig bist.«

»Na gut«, sagte Karina eingeschnappt. »Ich habe sowieso nicht viel auf.«

»Bis später«, rief Kassie ihrer Schwester nach.

»Bis später«, erwiderte Karina, während sie die Treppe hinauf in ihr Zimmer ging.

Nachdem der Teenager in seinem Zimmer verschwunden war und sie hörten, wie Musik aus ihrem Zimmer kam, beugte Hollywood sich vor und stellte beide Ellbogen auf den Tisch. »Haben Sie Blake bereits kennengelernt?«, fragte er Jim.

Dieser schüttelte den Kopf. »Bis jetzt noch nicht. Aber er wird sie nächsten Samstag für den Abschlussball abholen. Warum?«

»Hollywood, ich finde nicht –«

»Er ist älter als sie«, erklärte ihm Hollywood, ohne auf Kassies Warnung zu hören.

»Das hat sie uns erzählt. Sollten wir uns Sorgen machen?«, fragte ihr Vater, ohne lange um den heißen Brei herumzureden.

»Das weiß ich nicht«, erwiderte Hollywood ehrlich.

»Kassie? Was meinst du?«, fragte ihre Mutter besorgt.

Sie zuckte mit den Achseln. »Wie Hollywood schon gesagt hat, ich weiß es auch nicht. Sie hat mir erzählt, dass sie sich mit diesem neuen Typen aus der Schule verabredet hatte und dass er älter wäre, aber ich habe mir keine großen Gedanken darüber gemacht. Aber Karina und ich haben uns am Wochenende über FaceTime unterhalten, da war sie gerade mit ihm im Kino, und ich muss zugeben, dass er viel zu alt aussieht, um noch zur Highschool zu gehen.«

»Sie hat uns gesagt, er sei zwanzig. Dass er die Highschool abgebrochen, sich dann aber entschieden hätte, es noch einmal zu versuchen, um seinen Abschluss zu machen«, entgegnete Jim.

»Das hat sie uns auch erzählt, aber ... Ist das überhaupt legal?«, wollte Kassie wissen. »Ich meine, kann jemand, der zwanzig ist, überhaupt noch mal zur Highschool gehen?«

»Ich habe nachgesehen«, erklärte Hollywood ihnen dann. »In Texas kann man bis zum Alter von sechsundzwanzig Jahren zurück an die Highschool gehen, aber ist derjenige schon länger als drei Jahre nicht mehr zur Schule gegangen, darf er nicht mehr in das gleiche Klassenzimmer mit Minderjährigen gesetzt werden.«

»Ich glaube, Karina hat mir erzählt, dass er vor zwei Jahren ausgestiegen wäre«, entgegnete Kassie nachdenklich.

»Dann ist es anscheinend legal«, bemerkte Hollywood. »Ich könnte Harleys Schwester bitten, sich die Sache einmal anzusehen. Sie ist Anwältin. Allerdings dauert das sicher länger als eine Woche.«

»Sollten wir ihr verbieten, zum Abschlussball zu gehen?«, fragte Donna nervös.

»Mom, das kannst du nicht machen«, erklärte Kassie ihr. »Sie freut sich schon seit mindestens einem Monat darauf. Und sie ist so aufgeregt.«

»Aber solange wir nicht über diesen Blake Bescheid wissen, ist es mir nicht recht, wenn sie daran teilnimmt«, protestierte sie.

»Und warum ladet ihr ihn nicht einfach zum Abendessen ein, wie ihr es mit Hollywood getan habt? Dann könnt ihr ihn einschüchtern und ihn wissen lassen, dass Karina keine leichte Beute ist.«

»Aber wir schüchtern doch keine Leute ein«, erklärte Donna aufgebracht.

»Ich würde mich weitaus besser fühlen, wenn meine Einschüchterungsversuche wenigstens eine kleine Wirkung auf deinen Freund zeigen würden«, stellte Jim nüchtern fest.

Kassie starrte ihren Vater einen Moment lang an, dann blickte sie zu Hollywood, um seine Reaktion darauf zu sehen, dass ihr Vater seinen Versuch, ihn einzuschüchtern, zugegeben hatte. Er lächelte. *Er lächelte tatsächlich!*

»Es ist überhaupt nicht lustig«, informierte Kassie Hollywood.

»Ein bisschen lustig ist es schon«, entgegnete er.

Kassie verdrehte die Augen und sah dann wieder zu ihrem Vater. »Auf jeden Fall solltet ihr ihn einladen. Macht euch selbst ein Bild.«

»Wirst du auch dabei sein?«

Kassie schüttelte den Kopf. »Das geht nicht, ich habe mit einer Kollegin meine Schichten getauscht, um letzten Samstag und Sonntag freizubekommen. Dafür habe ich ihre Spätschichten übernommen. Ich muss jetzt die ganze Woche immer von zwölf bis neun arbeiten.«

»Gütiger Gott«, rief Hollywood aus. »Du musst eine ganze Woche lang diese schreckliche Schicht arbeiten, nur weil du zwei Tage freigenommen hast?«

Kassie zuckte mit den Achseln. »Normalerweise nicht, nein. Aber du hast mich darum gebeten und es war wichtig, über Richard und Dean zu reden. Also habe ich das Opfer gebracht und die Schichten getauscht.«

Hollywood legte ihr eine Hand an die Wange und drehte sie zu sich um, sodass sie ihn ansah.

»Das hast du für mich gemacht«, sagte er. Es war keine Frage.

Kassie nickte trotzdem. »Ja.« Sie wusste, dass er sie jetzt am liebsten geküsst hätte, weil auch sie ihn total gern geküsst hätte. Aber selbst im Alter von dreißig Jahren, also durchaus alt genug, um ihren Freund vor ihren Eltern zu küssen, war es ihr immer noch peinlich.

Als könnte er ihre Gedanken lesen, zog er sie an sich und küsste sie sanft auf die Stirn. Dann flüsterte er: »Vielen Dank.«

»Gern geschehen.«

Kaum hatte sie diese Worte ausgesprochen, klingelte ihr Handy. Es lag auf der Theke in der Küche und Kassie beachtete es nicht. Ihre Mutter hatte etwas dagegen, elektronische Geräte am Tisch zu benutzen. Das Klingeln hörte auf, begann aber dann sofort erneut.

Kassie sah Hollywood nervös an.

»Was ist denn?«, fragte er, weil er bemerkte, wie unwohl sie sich fühlte.

»Wenn Dean versucht, sich mit mir in Verbindung zu setzen, ruft er mich normalerweise an und legt dann auf, wenn ich nicht drangehe. Dann ruft er erneut an. Das macht er so lange, bis ich abhebe.«

»Entschuldigen Sie uns bitte«, erklärte Hollywood ihren Eltern, schob seinen Stuhl zurück und stand auf.

»Wenn es etwas mit meinen Töchtern zu tun hat, möchte ich es auch erfahren«, verlangte Jim und stand ebenfalls auf.

Hollywood hielt abwehrend eine Hand hoch. »Das kann ich auch sehr gut verstehen, aber falls es tatsächlich Dean sein sollte, müssen Sie Kassie die Gelegenheit geben, mit ihm zu reden, ohne sich darüber Sorgen machen zu müssen, was ihr verärgerter Vater sagen oder tun könnte.«

Die beiden Männer sahen einander einen langen Moment lang an, während das Handy weiter klingelte.

»Ich schwöre, dass ich die Situation unter Kontrolle habe«, versicherte Hollywood dem älteren Mann. »Wir haben einen Plan. Aber Kassie muss sich darauf konzentrieren, welche Informationen sie Dean gibt, und das kann sie nicht tun, wenn sie sich darüber Gedanken macht, was ihre Eltern wohl denken könnten, während sie den Plan ausführt.«

Jim ließ die Schultern sinken und setzte sich neben seine Frau. Donna griff sofort nach seiner Hand und hielt sie.

»Dann warten wir eben«, gab ihr Vater schließlich nach. »Aber ich will genauestens über alles informiert werden, bevor ihr geht.«

»Abgemacht«, sagte Hollywood sofort und zog Kassie hinter sich her zur Küchentheke und ihrem Telefon. Ein Blick auf den Bildschirm bestätigte, dass es tatsächlich Dean war, und Hollywood fragte: »Gibt es ein Zimmer, in dem wir ungestört mit ihm reden können?«

Kassie nickte. »Das Büro meines Vaters.«

»Dann zeig mir mal den Weg dorthin.«

Ohne ein weiteres Wort drehte sich Kassie um und machte sich auf den Weg zur anderen Seite des Hauses. Sie gingen durch das Wohnzimmer und einen Flur entlang. Sie öffnete die Tür am Ende und führte sie in ein dunkles, maskulines Büro. Es gab Bücherregale an zwei Wänden, ein großes Fenster an der dritten und einen Schreibtisch an der vierten.

Das Telefon hatte aufgehört zu klingeln, aber sobald Hollywood die Tür hinter ihnen schloss, fing es wieder an.

»Du erinnerst dich aber noch, was du sagen musst, richtig?«, fragte Hollywood und gab ihr das Handy.

Kassie nickte.

»Okay. Warte kurz.« Er küsste sie auf die Stirn, zog dann sein eigenes Handy heraus und klickte auf eine Nummer. »Hey, Ghost. Ich bin es, Hollywood. Dean ruft jetzt gerade an. Bist du bereit? Okay. Moment.

Okay, mein Schatz. Jetzt bist du dran. Schalte die Lautsprecher ein, Ghost nimmt das Gespräch auf, sodass alle die gleichen Informationen haben. Du schaffst das.«

Kassie nickte und war noch nervöser als sonst, wenn sie mit Dean zu tun hatte.

»Hallo?«

»Wird aber auch langsam Zeit, dass du abnimmst, du Schlampe«, begrüßte Dean sie. »Wo zum Teufel steckst du?«

Kassie suchte mit dem Blick nach Hollywood und er nickte ihr zu. »Im Haus meiner Eltern. Wir haben gemeinsam zu Abend gegessen.«

»Dir scheint deine Schwester ziemlich egal zu sein, denn ich versuche schon seit Tagen, dich zu erreichen«, zischte Dean sie an.

Kassie schüttelte den Kopf, damit Hollywood wusste, dass Dean log. Hollywoods Antwort darauf bestand darin, ihr die Hand in den Nacken und seine Stirn seitlich an ihren Kopf zu legen. Sie konnte seinen wundervollen Duft wahrnehmen. Dadurch wurde sie etwas ruhiger, zumindest so weit, dass sie sich daran erinnern konnte, was sie zu Dean sagen sollte. Die Tatsache, dass Hollywood in der Nähe war, gab ihr Kraft und sie konnte weitersprechen.

»Es tut mir wirklich leid. Jetzt hast du mich erreicht. Was willst du?«, fragte sie Dean.

»Ich will wissen, was für Informationen du hast. Du erinnerst dich schon noch daran, warum du auf dem verdammten Ball gewesen bist, richtig? Hast du seinen Schwanz gelutscht, wie ich gesagt habe? Mit deinen Lippen um seinen Schwanz würde er dir alles erzählen.«

Kassie erstarrte und schloss die Augen. Es gefiel ihr ganz und gar nicht, dass Hollywood das hören musste. Doch er wurde nicht wütend, sondern legte seine Lippen an ihre Schläfe. Er gab ihr einen federleichten Kuss und dann drückte er ihr beruhigend den Nacken.

»Ich weiß immer noch nicht, welche Informationen genau ich aus ihm herausquetschen sollte, Dean.«

»Wollen er und seine Freunde bald die Stadt verlassen? Und wenn ja, wohin geht die Reise und wie lange bleiben sie weg? Hat er sich über irgendwelche Trainingsübungen in der nächsten Zeit beschwert? Diese verdammten Arschlöcher haben immer irgendein Training ... die verkackten Idioten. Und was ist mit den Familien? Wir wollen alle Informationen, die du über diese Arschlöcher in Erfahrung bringen kannst. Und wir haben verdammt noch mal die Nase voll vom Warten.«

Es war ihr nicht entgangen, dass er »wir« sagte anstatt »ich«.

»Was haben sie dir und Richard jemals getan?«, fragte Kassie leise und ihr wurde ein bisschen schlecht bei dem Gedanken daran, dass sie wissen wollten, ob es irgendeiner der wundervollen Frauen oder Annie schlecht ging. Und was würden sie mit dieser Information anfangen? Sie damit unter Druck setzen, dass sie die Medikamente nicht erhalten würden, die sie benötigten? In ihrem Kopf drehte sich alles. Das war nicht mal möglich ... oder doch? Sie wollte nicht einmal daran denken, was Dean und seine Freunde einer kranken Frau oder einem Kind antun würden.

»Es geht dich gar nichts an, was sie getan haben, Schlampe. *Du* solltest dir nur um deine Schwester Gedanken machen. Du willst ja schließlich nicht, dass sie spurlos verschwindet, oder?«

»Wenn du sie anfasst, schwöre ich bei Gott, dass ich sofort zur Polizei gehe. Damit kommst du nicht davon.«

»Mach das und ich kann dir garantieren, dass ich ein felsenfestes Alibi haben werde«, erwiderte er sofort. »Und damit sorgst du nur dafür, dass deine Schwester als

Sexsklavin für irgendeinen reichen Perversling aus dem Ausland herhalten muss. Und jetzt spuck endlich aus, was du in Erfahrung bringen konntest. Und es sollte besser etwas Gutes sein, sonst wirst du Karina nie wiedersehen.«

»Okay, okay, okay, lass mich mal nachdenken«, bat Kassie panisch. Zuvor hatte Dean immer nur vage Drohungen in Bezug auf Karina ausgestoßen, aber diesmal ... Die Tatsache, dass er ihr gesagt hatte, er könne dafür sorgen, dass sie auf Nimmerwiedersehen verschwand, war etwas völlig anderes. Sie konnte den Gedanken nicht ertragen, dass Karina in einem geheimen Ring von Sexsklavenhändlern verschwinden könnte.

»Atme tief durch, meine Süße«, wisperte ihr Hollywood tonlos ins Ohr. »Du schaffst das. Erzähle ihm von dem Tierschutzgebiet.«

»Sie haben in der nächsten Zeit irgendein Training«, platzte Kassie heraus.

»Wo? Wann?«, wollte Dean wissen.

»Äh ... nächstes Wochenende. Hollywood hat mit ein paar Freunden beim Ball darüber gesprochen. Sie haben sich darüber unterhalten, wie wenig sie sich darauf freuen.«

»Und mit wem wird diese Übung durchgeführt?«

»Äh ... da bin ich nicht sicher. Ich glaube, sie haben darüber gelacht, wie einfach es werden würde, alles nur eine kleine Sache. Ihre Einheit gegen eine andere.«

»Also ist es keine große Sache, bei der mehrere Einheiten mitmachen?«

Kassie sah Hollywood fragend an. Hollywood schüttelte schnell den Kopf, damit sie wusste, was sie antworten sollte.

»Nein. Nur sie gegen eine andere kleine Gruppe von Männern.«

»Hier vor Ort?«

»Nein. Einer der Männer hat sich darüber beschwert,

dass sie keine Mädchen in Bikinis sehen würden, obwohl sie in der Nähe eines Strandes sein würden.« Kassie erfand jetzt alles frei heraus, doch es schien zu funktionieren. Immerhin war Dean mehr daran interessiert, Details zu erfahren, als daran, ihre Schwester zu bedrohen.

»Wo? Verflucht noch mal, beantworte einfach die verdammte Frage.«

»Das versuche ich doch, Dean! Lass mich mal kurz nachdenken.«

»Du hast zwei verdammte Wochen Zeit gehabt. Wo zum Teufel findet es statt?«

Sie erschauderte, weil seine Worte vor Hass trieften, und platzte heraus: »Sie haben von einem Tierschutzgebiet in der Nähe von Galveston geredet.«

Sie hörte, wie Dean am anderen Ende der Leitung auf einer Tastatur herumhämmerte, wahrscheinlich weil er sich die Landkarte online aufrief. Sie hasste das flaue Gefühl, das sich in ihr breitmachte. Denn obwohl sie wusste, dass sie Dean genau das erzählte, was Hollywood und seine Freunde wollten, fühlte es sich immer noch irgendwie so an, als würde sie sie betrügen.

»Handelt es sich vielleicht um das Nationale Tierschutzgebiet von Brazoria?«, wollte Dean wissen. »Warum zum Teufel sollten sie zu einer Übung dorthin fahren?«

Sie musste wieder auf ihre Kreativität zurückgreifen – Hollywoods Freunde hatten ihr nicht gesagt, was sie auf diese Frage antworten sollte –, also erwiderte Kassie: »Ich weiß es nicht genau, aber sie haben irgendetwas davon geredet, dass ihr Vorgesetzter wollte, dass sie auch mal in Feuchtgebieten trainieren und nicht immer nur in der Wüste.«

»Ja, ja, das macht Sinn«, sagte Dean mehr zu sich selbst als zu ihr.

»Gut gemacht«, flüsterte Hollywood, bevor er beide Arme um sie schloss und sie seitlich an sich gedrückt hielt.

»Sind das gute Informationen?«, wollte Kassie wissen und ihre Stimme zitterte wirklich. Sie musste die Angst nicht spielen.

»Vorläufig. Aber falls sich die Informationen als falsch herausstellen, wird Karina dafür bezahlen«, drohte Dean.

»Auf keinen Fall!«, beschwerte Kassie sich sofort. »Ich habe wirklich gehört, wie sie sich darüber unterhalten haben. Das schwöre ich. Halte dich von meiner Schwester fern, ich habe dir die Informationen beschafft, die du haben wolltest.«

»Du bist eine brave kleine Spionin«, grinste Dean verächtlich. »Wenn du willst, dass deine Schwester in Sicherheit ist, solltest du dafür sorgen, dass deine Beziehung mit diesem verdammten Verlierer läuft. Wir werden mehr Informationen benötigen.«

»Nein! Du hast doch gesagt, der Ball wäre alles. Du hast gesagt, ich bräuchte das nicht mehr zu tun«, schrie Kassie geradezu.

»Ich habe gelogen. Gib deiner Schwester einen Gutenachtkuss von mir. Bis dann.«

»Nein! Dean! Dean? Bist du noch dran?«

Hollywood nahm ihr das Handy aus der Hand und legte auf. Er hob sein eigenes, das er während des gesamten Gesprächs in der Hand gehalten hatte, an den Mund. »Hast du alles mitbekommen, Ghost?«

»Ja. Bin ich auf Lautsprecher?«

»Ja.«

»Gut gemacht, Kassie«, erklärte ihr Ghost. »Du hast genau das getan, was du tun solltest.«

Ohne auf Ghost zu achten, sah Kassie zu Hollywood

hoch. »Ich könnte es nicht ertragen, wenn Karina etwas zustößt.«

»Deiner Schwester wird nichts passieren«, versicherte Ghost ihr, als hätte sie mit ihm gesprochen. »Wir haben die Sache im Griff. Es war mehr als offensichtlich, dass er den Köder geschluckt hat. Und nächstes Wochenende sind wir für ihn bereit. Du brauchst daran nicht zu zweifeln. Hollywood? Sehen wir uns morgen?«

»Ich werde da sein«, erklärte er seinem Teamkollegen.

»Bis später.«

»Bis später«, erwiderte Hollywood und legte auf.

Sofort wandte er sich an Kassie, sodass sie einander gegenüberstanden, und nahm sie fest in den Arm, ohne etwas zu sagen.

Sie hatte das Gefühl, als wäre bereits eine Stunde vergangen, wusste aber, dass es nur ein paar Minuten gewesen waren. Kassie murmelte: »Wir sollten meinem Vater erzählen, was los ist.«

»Es besteht kein Grund zur Eile«, erklärte Hollywood ihr und bewegte sich keinen Zentimeter.

»Äh, du warst doch auch vorhin da draußen, als er fast durchgedreht ist, als er erfahren hat, dass Dean mich angerufen hat, oder etwa nicht?«

Er lachte leise. »Ja, Kass. Ich war auch da. Aber wir bewegen uns keinen Zentimeter von hier weg, bis ich mir ganz sicher bin, dass es dir gut geht und du weißt, was für eine fantastische Arbeit du geliefert hast.«

»Ich hatte Angst.«

»Ich weiß. Und das macht das, was du getan hast, umso eindrucksvoller.«

»Er hat vor, Karina etwas anzutun«, sagte Kassie traurig.

Hollywood lehnte sich ein wenig von ihr weg und Kassie

wusste, dass er zu ihr hinabblickte und darauf wartete, dass sie zu ihm hochsah.

Also tat sie es.

»Ich wünschte, ich könnte dir garantieren, dass es ihm nicht gelingt, aber das kann ich nicht. Und ich habe dir versprochen, dich niemals anzulügen. Aber ich schwöre bei Gott, falls es ihm gelingen sollte, an Fish vorbeizukommen und sie zu entführen, wird mich nichts aufhalten, bis ich sie gefunden und zurück nach Hause gebracht habe.«

Die Tränen, die sie so lange und tapfer zurückgehalten hatte, liefen ihr nun über die Wangen. »V-v-versprichst du es?«, fragte sie mit erstickter Stimme.

»Ich schwöre bei Gott, verdammt noch mal.«

Daraufhin musste sie lächeln. »Ich glaube nicht, dass man den Namen Gottes und ein Schimpfwort im gleichen Satz benutzen sollte, besonders wenn man etwas so Wichtiges verspricht, Hollywood. Oder eigentlich überhaupt.«

»Es tut mir leid. Ich verspreche dir, dass ich dafür sorgen werde, dass deine Familie in Sicherheit ist, Kass. Und weißt du auch warum?«

Sie schüttelte den Kopf.

»Weil es sich um deine Familie handelt. Und weil ich eine Zukunft mit dir will. Und zwar eine lange. Voller Lachen, Diskussionen, Leidenschaft und Kinder. Und um das zu bekommen, muss ich dafür sorgen, dass es denen gut geht, die dir am Herzen liegen.«

»All das will ich auch«, gab Kassie zum ersten Mal offen zu.

»Dann werden wir genau das haben.«

Kassie schloss die Augen, atmete tief durch und sah ihn dann erneut an. »Es ist schon spät. Du solltest wahrscheinlich fahren.«

»Ja«, stimmte er zu, bewegte sich jedoch nicht.

Sie legte ihren Kopf an seine Brust und seufzte. »Ich will nicht, dass du gehst.«

»Das weiß ich.«

»Und es macht auch keinen Sinn für dich, nächste Woche herzukommen, weil ich bis tief in die Nacht arbeiten muss«, sagte sie zu ihm.

»Und leider weiß ich das auch.«

»Wir können uns am Telefon unterhalten. Und uns Nachrichten schreiben.«

»Das ist nicht das Gleiche.«

Diese fünf Worte trafen Kassie hart. Es *war* nicht das Gleiche. Ganz und gar nicht. Aber sie musste arbeiten, genau wie Hollywood.

»Fish ist hier und er wird sich bei dir melden, um dafür zu sorgen, dass Dean auf Abstand bleibt. Aber falls du irgendwas brauchst, wenn du zum Beispiel bei der Arbeit bist und siehst, wie das Arschloch dir auflauert, rufst du zuerst Fish und dann mich an. Ich brauche mindestens eine Stunde, um herzukommen, aber Fish ist in der Gegend und kann schneller bei dir sein.«

»Okay, Hollywood.«

»Und das Gleiche gilt für Karina. Wirst du mit ihr sprechen? Unsere Kontaktdaten in ihr Telefon eintragen?«

»Ja.«

»In ein paar Wochen wird das Ganze so oder so vorbei sein«, versicherte Hollywood ihr.

»Wird es das tatsächlich? Was geschieht mit Dean und den Männern, die er angeheuert hat, wenn ihr sie während des Trainings schnappt? Wie sorgt das Ganze dafür, dass Richard und Dean mir nichts mehr anhaben können? Du wirst sie schließlich nicht *erschießen*, oder?«

Hollywood lachte leise. »Nein, mein Schatz. Wir werden sie nicht erschießen. Das wird nicht gern gesehen.«

Sie sah ihn an. »Und was machen wir dann?«

»Mein Team wird Dean davon überzeugen, dass es keine gute Idee ist, den Pfad der Zerstörung, auf dem er sich momentan befindet, weiter zu verfolgen. Wenn er sich darauf nicht einlässt, hat mein Vorgesetzter die Erlaubnis eingeholt, ihn nach Fort Hood mitzunehmen und dort in Haft zu nehmen.«

»Aber er ist nicht in der Armee«, stellte Kassie fest.

»Du hast recht, aber sich in eine offizielle Trainingsübung einzumischen ist auch nicht gerade legal. Er und die Anwälte der Armee werden sicher mehr als ein Dutzend verschiedene Gesetze finden, die er gebrochen hat, sodass sie ihn für lange Zeit wegsperren können.«

Kassie schüttelte den Kopf. »Er und Richard quälen mich jetzt schon seit ziemlich langer Zeit, Hollywood. Ich verstehe einfach nicht, wie das dazu führen soll, dass sie aufhören.« Sie sah mit großen, tränengefüllten Augen zu ihm auf und flüsterte: »Sie werden nicht aufhören, bis sie tot sind. Bist du dir sicher, dass du sie nicht erschießen kannst?«

Ihm gefiel die Verzweiflung in ihrem Blick ganz und gar nicht, aber trotzdem amüsierte ihre Frage Hollywood und seine Lippen zuckten, als sie sie aussprach. »Wir können sie nicht erschießen.«

»Schade«, erwiderte sie.

»Diese ganze Sache ist nächstes Wochenende vorbei«, versicherte Hollywood ihr nachdrücklich.

»Das hoffe ich sehr.«

»Das wird auf jeden Fall so sein«, beharrte er. Und dann sagte er komischerweise: »Wusstest du eigentlich, dass es im Einkaufszentrum von Temple einen JCPenney gibt?«

»Was?«, fragte Kassie, ohne den Blick von seinen braunen Augen abzuwenden.

»Es gibt einen JCPenney in Temple«, wiederholte er. »Fletch hat mir versichert, dass du die Wohnung über seiner Garage solange mieten kannst, wie du möchtest, wenn alles nach Plan läuft. Du solltest sehen, ob du dich nicht versetzen lassen kannst.«

So dumm es auch klang, Kassie hatte nicht ein Mal darüber nachgedacht, was mit ihrer Beziehung passieren würde, nachdem die Sache mit Dean und Richard erledigt war. Ja, sie wollte mit Hollywood zusammen sein, aber über die Logistik, wo sie wohnen und arbeiten würde, hatte sie noch nicht nachgedacht. Die Tatsache, dass er sich dieser beiden Dinge mehr als bewusst war und mit Fletch über die Wohnung gesprochen hatte, zeigte, wie ernst es ihm mit einer langfristigen Beziehung mit ihr war.

Als er ihren Blick sah, der wohl ziemlich schockiert gewirkt haben musste, grinste Hollywood und erwiderte: »Was hast du denn nicht verstanden, als ich deiner Schwester sagte, sie solle sich für die Baylor Universität entscheiden, damit sie in Zukunft näher bei ihren Nichten und Neffen sein kann, mein Schatz?«

»Es ist nur ... Es ist ... Ich habe mir über all diese Sachen noch keine Gedanken gemacht.«

»Also, jetzt kannst du es. Falls du woanders leben oder etwas anderes tun möchtest, wäre mir das auch recht. Solange du es an einem Ort tust, an dem wir jede Nacht im gleichen Bett schlafen können.«

»Musst du heute Abend wirklich gehen?«, wollte Kassie wissen. Ihr war durchaus klar, dass das der Fall war, aber sie fragte trotzdem, nur um ihm noch einmal zu versichern, dass sie wollte, dass er blieb.

»Ja. Jetzt, da Dean sich gemeldet hat, muss ich mit den Jungs reden und wir müssen die Details für die ganze verdammte falsche Trainingsübung besprechen, an der wir teilnehmen.«

Kassie kicherte. Er hörte sich ziemlich niedergeschlagen an.

»Ich würde dich viel lieber die ganze Nacht in meinen Armen halten und am Morgen mit dir gemeinsam aufwachen, wie am Sonntag.«

»Ich auch.«

Sie sahen einander einen Moment lang tief in die Augen, dann befahl Hollywood: »Küss mich.«

Also stellte sich Kassie auf die Zehenspitzen, legte ihm die Arme um den Hals und küsste ihn.

Zehn Minuten später verließen sie widerwillig Hand in Hand das Büro, um mit ihren Eltern zu sprechen.

Hollywood sprach und ließ Kassie hier und da die Details einwerfen, die er ausgelassen hatte. Als sie fertig waren, war Jims Gesicht rot vor Wut und Donna sah schockiert aus.

»Wer hätte gedacht, dass der nette junge Mann, den wir einst kennengelernt haben, so enden würde«, sagte Kassies Mutter schniefend.

»Falls Sie irgendetwas brauchen, melden Sie sich«, erklärte Jim Hollywood und jedes Anzeichen dafür, dass er ihn ablehnte, war aus seiner Stimme verschwunden.

»Lassen Sie sich von Kassie meine Nummer geben und gleichzeitig auch die all meiner Teamkollegen. Ich werde Ihnen das Gleiche erzählen, was ich auch schon Kassie gesagt habe, falls Sie das Gefühl haben, dass irgendetwas nicht stimmt, dann rufen Sie Fish ... ähhh ... Dane Munroe an. Er hält sich hier in Austin auf und kann sofort zu Ihnen kommen.«

Jim streckte seine Hand aus und Hollywood ergriff sie.

»Es tut mir wirklich sehr leid, wenn ich vorhin wie ein Arschloch gewirkt habe«, entgegnete er.

Hollywood schüttelte sofort den Kopf. »Nein, entschuldigen Sie sich bitte nicht. Sie sind ein Vater, der sich um seine Töchter sorgt. Und falls ich jemals das Glück haben sollte, eine Tochter zu bekommen, können Sie sich sicher sein, dass ich sie genauso sehr beschützen werde wie Sie, wenn nicht sogar noch mehr.«

Er blickte hinab zu Kassie, die daraufhin rot wurde. Dann sprach er weiter: »Ich muss jetzt leider gehen. Ich muss zurück nach Temple. Es ist viel zu schnell vier Uhr morgens.«

Jim stimmte ihm nickend zu. »Das ist wohl wahr.«

Kassie nahm ihre Handtasche und sie gingen alle zur Haustür.

»Ich weiß es wirklich zu schätzen, was Sie für meine Mädchen tun. Vielen Dank, dass Sie zum Abendessen gekommen sind und sich die Mühe gemacht haben, uns kennenzulernen. Und dafür zu sorgen, dass Kassie in Sicherheit ist.«

»Es war mir eine Ehre«, versicherte Hollywood dem älteren Mann. »Ich durfte nicht nur Kassie wiedersehen, sondern auch den besten Hackbraten essen, den ich jemals probiert habe. Aber sagen Sie das bitte nicht meiner Mutter. Sie hält ihren eigenen für den besten der Welt.«

Donna wurde daraufhin rot, verdrehte aber die Augen und schüttelte den Kopf. »Vielen Dank für das Kompliment, aber mein Hackbraten ist nur ganz passabel, und das weiß ich auch. Wenn Sie mir allerdings erzählen, meine *Lasagne* sei die beste, die Sie jemals gegessen haben, *werde* ich das glauben.«

Kassie nahm ihre Mutter in den Arm, sagte ihr aber: »Du spinnst doch.« Ihre Mutter konnte wahnsinnig gut kochen, und das wussten sie alle. Sie wandte sich ihrem Vater zu und schlang die Arme um ihn. »Ich hab dich lieb, Dad.«

»Ich hab dich auch lieb, Kass. Pass gut auf dich auf, hörst du.«

»Ja, Sir.«

Hollywood legte ihr einen Arm um die Taille und führte sie zu ihren Autos, die in der Einfahrt standen. Er hatte sich direkt am Haus ihrer Eltern mit ihr getroffen, als er am frühen Abend aus Temple gekommen war. Jetzt standen sie neben seinem Wagen und Kassie seufzte schwer.

»Wofür war der denn?«, fragte er und zog sie erneut an sich.

»Ich würde gern mit dir rumknutschen, halte das in der Einfahrt meiner Eltern aber nicht für schicklich. Wahrscheinlich beobachten die Nachbarn uns alle. Und mal ganz abgesehen von Karina und bei meinem Glück auch noch Dean, da ich ihm erzählt habe, dass ich hier bin.«

»Normalerweise wäre mir das ganz egal«, erwiderte Hollywood grinsend. »Aber da ich immer noch versuche, deinen Vater zu beeindrucken, werde ich mich heute Abend aus Sicherheitsgründen nicht darauf einlassen. Schließlich will ich nicht, dass er mit seiner Schrotflinte aus dem Haus kommt.« Dann erstarb sein Lächeln. »Wirst du mich jeden Abend anrufen, wenn du von der Arbeit nach Hause kommst?«

»Ich werde dich anrufen«, versicherte sie.

»Und jetzt sag mir, dass du nächsten Samstag frei hast«, verlangte er.

»Ich habe nächsten Samstag frei«, versicherte Kassie ihm. »Eigentlich sollte ich dann herkommen und Karina dabei helfen, sich auf den Abschlussball vorzubereiten. Wäre das für dich in Ordnung?«

»Ja. Völlig in Ordnung.«

»Und du kommst immer noch zu mir?«, wollte Kassie zaghaft wissen. Er hatte ihr versichert, dass er lieber hier mit ihr als mit seinem Team im Tierschutzgebiet sein würde, aber sie war sich nicht so sicher.

»Absolut«, sagte er voller Überzeugung. »Es gibt keinen Ort, an dem ich lieber wäre.«

»Okay. Dann sehen wir uns nächstes Wochenende.«

Er nickte, beugte sich dann vor und küsste sie. Es war nicht nur ein kleines Bussi, aber es war auch nichts, was ihren Vater dazu bringen würde, unter Morddrohungen aus dem Haus gerast zu kommen. Als er von ihr abließ, sagte er noch: »Es ist eine meiner besten sexuellen Erinnerungen, wie ich dich dazu gebracht habe zu kommen, ohne dass ich überhaupt deine Haut berührt habe. Und ich träume von dem Orgasmus, den ich an jenem Nachmittag hatte. Ich würde so gern mit dir schlafen, dass es wehtut.«

Als er eine Pause machte, fragte Kassie vorsichtig: »Aber?«, da es ihr angebracht erschien.

»Ich möchte erst, dass du von Jacks frei bist. Und Dean. Wenn du weißt, dass wir zusammen sind, weil wir es wollen, nicht weil ich dich beschütze. Nicht weil du erpresst wurdest, um mich kennenzulernen. Wenn wir zwei normale Menschen sind, die sich verabreden und damit fortfahren, ihr Leben miteinander zu verknüpfen, dann mache ich dich zu der Meinen und du mich zu dem Deinen.«

»Du bist sehr selbstsicher«, neckte Kassie ihn.

»Um ehrlich zu sein, eigentlich nicht. Ich bin total nervös, mein Schatz«, erklärte Hollywood ihr leise.

»Und weshalb?«, fragte sie völlig überrascht.

»Ich bin nervös, dass du zur Besinnung kommst und dich fragst, was zum Teufel du mit einem Soldaten der Spezialeinheit machst, der manchmal ohne Vorwarnung zu

Missionen gerufen wird. Dass du entscheidest, dass meine Zwangsstörung, wenn es darum geht, meine Wohnung sauber zu halten, etwas ist, womit du nicht umgehen kannst. Dass du es irgendwann nicht mehr süß findest, dass ich kein richtiges Bett habe. Dass du am Ende erkennen wirst, dass du niemanden brauchst, der dich beschützt, weil du einen höllisch guten Job gemacht hast und ganz allein auf dich aufpassen kannst.«

»Hollywood, das wird niemals der Fall sein. Davor brauchst du keine Angst zu haben.«

»Ich hatte noch nie eine feste Beziehung. Habe noch nie jemanden kennengelernt, mit dem ich mein ganzes Leben verbringen möchte. Ich habe Angst davor, es zu vermasseln.«

»In meiner letzten festen Beziehung hat der Mann, den ich geliebt habe, mich dazu gezwungen, ekelhaftes Gesöff zu trinken, Zungenküsse an seine Freunde zu verteilen und droht jetzt damit, meiner Schwester schreckliche Dinge anzutun. Und ich glaube nicht, dass du dazu in der Lage bist, diese Beziehung so zu vermasseln. Da sind wir wohl auf der sicheren Seite.«

Kassie war erleichtert, als Hollywood zu ihr hinab lächelte. Der Gedanke, dass er nervös war, gefiel ihr nicht. Er erschien ihr immer so unbesiegbar. Er war für sie stark, wenn sie es nicht sein konnte, und stand wie ein Schutzwall zwischen ihr und allem, was sie verletzen könnte.

»Fahr nach Hause, Graham«, flüsterte sie. »Träume von mir, so wie ich jede Nacht von dir träume. Ich befriedige mich selbst mit dem Gedanken daran, dass es deine Hände sind, die mich streicheln, und ich hoffe noch immer, dass die Zeit dafür bald gekommen ist. Mir gefällt der Gedanke daran zu warten, bis all das vorbei ist. Denn ich möchte an nichts anderes denken als an dich, wenn wir uns lieben.«

Mit den Händen drückte er sie an sich, bis sie von den Knien bis zum Oberkörper aneinandergepresst dastanden. »Wenn du dich selbst befriedigst, denkst du dabei an mich?«, fragte er und verengte die Augen zu Schlitzen.

»Äh ... habe ich das etwa laut ausgesprochen?«, fragte sie rhetorisch.

»Ja, hast du. Verdammt«, fluchte er, dann legte er den Kopf in den Nacken und sah hinauf zu den Sternen.

»Jetzt, wo ich *diesen* Gedanken im Kopf habe, werde ich heute Nacht wohl nicht schlafen.«

Kassie kicherte, stellte sich auf die Zehenspitzen und küsste sein markantes Kinn. Er senkte den Kopf und legte seine Lippen noch einmal auf ihren Mund. Dann trat er zurück, lange bevor sie dazu bereit war, und sagte: »Wenn ich jetzt nicht gehe, bin ich überhaupt nicht mehr dazu in der Lage.«

Kassie ließ ihn ziehen, weil sie wusste, dass er tatsächlich gehen musste, und sagte: »Fahr vorsichtig und sag mir Bescheid, wenn du zu Hause angekommen bist.«

»Alles klar. Mache ich. Du aber auch.«

»Okay.«

»Es war schön, deine Eltern kennenzulernen«, erklärte Hollywood, als er die Tür zu seinem Wagen öffnete. »Sie scheinen wirklich anständige Leute zu sein.«

»Das sind sie.«

Er beugte sich noch einmal vor, griff nach ihrem Kinn und gab ihr einen schnellen Kuss, bevor er sie losließ und sich in den Wagen setzte.

Kassie machte einen Schritt zurück, damit er die Tür schließen konnte. Er öffnete das Fenster und sagte: »Wir sprechen bald wieder miteinander. Gib auf dich acht, mein Liebling.«

»Das werde ich. Tschüss.«

DIE RETTUNG VON KASSIE

»Tschüss.«

Ihr lagen die Worte »Ich liebe dich« auf der Zunge, doch Kassie konnte sich noch zurückhalten, sie auszusprechen … gerade so. Es war verrückt, dass sie Hollywood nach nur ein paar kurzen Wochen liebte, aber so war es.

Kassie blickte hinauf zu den Sternen, die Hollywood wenige Momente zuvor betrachtet hatte. Eine Sternschnuppe zog über den Himmel, als sie nach oben schaute.

Kassie hatte sich bei einer Sternschnuppe schon lange nichts mehr gewünscht, doch heute kam ihr Wunsch, ohne nachzudenken. »Ich wünsche mir, dass am Ende alles gut wird«, flüsterte sie.

KAPITEL SIEBZEHN

Kassie saß auf ihrer Couch, trank ein Glas Rotwein und sah Hollywood beim Kochen in ihrer Küche zu. Sie hatte versucht zu helfen, aber er hatte sie weggescheucht und ihr gesagt, sie solle sich setzen und sich entspannen. Es war Freitagabend und es waren lange, stressige zehn Tage gewesen. Dean hatte ein halbes Dutzend Mal angerufen und nach zusätzlichen Details über die Übung gefragt. Sie war nicht in der Lage gewesen, ihm mehr Informationen zu geben, als sie es bereits getan hatte, nur weil sie keine Ahnung hatte, was Hollywood und seine Freunde planten.

Die Arbeit war beschissen gewesen. Sie hasste es, in der Nachtschicht zu arbeiten, und sie hatte sieben Tage am Stück davon durchstehen müssen. Obwohl sie jeden Tag mit Hollywood gesprochen hatte, war es nicht dasselbe gewesen. Sie waren beide müde, wenn sie ihn anrief, sobald sie nach Hause kam, und während sie immer noch unheimlich gern mit ihm sprach, war es offensichtlich, dass sie beide alles andere als glücklich mit der Situation waren.

Als sie heute Abend von der Arbeit nach Hause gekommen war und er auf sie gewartet hatte, war Kassie mehr als begeistert gewesen. Sie hatte sich in seine Arme geworfen und endlich gespürt, wie sich ihre Stimmung hob. Sie war die letzten anderthalb Wochen wie in einem Nebel herumgelaufen, aber Hollywood bei sich zu haben gab ihr das Gefühl von Sicherheit.

Sie konnte sich nicht daran erinnern, wann sie sich das letzte Mal so gefühlt hatte.

»Du gehst also um elf rüber, um deiner Schwester zu helfen, stimmt's?«, fragte er aus dem anderen Zimmer.

»Ja. Ich begleite sie zum Friseur und dann fahren wir zum Haus unserer Eltern und kümmern uns um ihr Makeup. Blake kommt so um vier, damit Mom und Dad Fotos machen können. Sie werden gemeinsam essen und dann gehen die beiden zum Hotel, wo der Abschlussball stattfindet.«

»Wie geht dein Vater mit der Tatsache um, dass es ihm nicht gelungen ist, Blake vor dem Tanz zum Abendessen einzuladen, um ihn einzuschüchtern?«

»Nicht so gut«, gab Kassie zu. »Es hat ihm nicht gerade gut gefallen, dass Blake eine Entschuldigung nach der anderen hatte, um abzusagen.«

»Immerhin kommt er jetzt zu euch nach Hause, um Karina abzuholen«, stellte Hollywood fest.

»Ja. Hat dein Freund ihn überprüft?« Hollywood hatte ihr ein paar Tage zuvor erzählt, dass er jemanden in Pennsylvania kannte, der versuchen würde, ein paar Dinge über Blake herauszufinden, damit sie sich keine Sorgen mehr machen musste.

»In letzter Zeit war er wirklich mit anderen Dingen beschäftigt, aber er hat gesagt, er hat schon mal eine flüchtige Überprüfung vorgenommen und dabei ist nichts Beunruhigendes aufgetaucht. Blake Watson ist mit achtzehn Jahren von der Highschool geflogen, nachdem er sowieso schon ein Jahr später angefangen hatte, weil er im Herbst Geburtstag hat. Er hat hier und da ein paar Gelegenheitsjobs verrichtet, bevor er sich an der Highschool deiner Schwester angemeldet hat.«

»Na ja, das ist immerhin etwas«, entgegnete Kassie. »Was machst du morgen, wenn ich bei Karina bin?«

»Fish und ich werden ein bisschen Zeit miteinander verbringen.«

»Er scheint ein netter Kerl zu sein«, stellte Kassie fest.

»Das ist er auch.«

»Und er will nach Idaho ziehen, wenn ich das richtig verstanden habe?«, fragte Kassie.

»Ja. Er hat den entsprechenden Papierkram letzte Woche unterschrieben.«

»Warum gerade Idaho?«

»Weil es abgeschieden ist und man dort eine Menge Platz hat. Er mag keine Menschenmengen. Und ich glaube, dass das nur schlimmer wird, je älter er wird. Er hat deswegen schon einen Psychologen aufgesucht, glaubt aber, dass ihm das nicht besonders viel hilft. Er ist dickköpfig und dazu entschlossen, seine Probleme alleine zu lösen.«

»Das ist echt scheiße«, bemerkte Kassie und blickte hinab in ihr Weinglas. »Es tut mir wirklich leid für ihn.«

»Mir auch«, stimmte Hollywood ihr zu. »Bist du bereit fürs Abendessen?«

»Auf jeden Fall«, versicherte Kassie ihm, stand auf und schlenderte hinüber in die kleine Küche. »Es riecht wirklich ganz toll.«

Hollywood hatte anscheinend im Supermarkt haltgemacht, bevor er zu ihr gekommen war, denn er hatte alle Zutaten dabeigehabt, die man für gefüllte Paprika braucht. Kassie setzte sich an ihren kleinen Küchentisch und sah hinab auf das Abendessen, das Hollywood für sie zubereitet hatte.

»Ich bin beeindruckt«, erklärte sie ehrlich.

Er zuckte mit den Achseln. »Es ist eigentlich ganz leicht zu machen. Man muss nur das Fleisch anbraten, es würzen und dann mit Tomatensoße und halb gekochtem Reis vermischen. Dann nimmt man die Paprika aus, füllt sie mit der Fleischmischung, packt noch etwas mehr Tomatensoße und Käse darauf und backt sie dann im Ofen.«

»Irgendwie glaube ich nicht, dass es so einfach war«, erklärte Kassie ihm lächelnd.

»Es hat mir Spaß gemacht, Liebling. Außerdem glaube ich nicht, dass du eine leckere, selbst gekochte Mahlzeit hattest, seit wir letzte Woche zusammen mit deinen Eltern gegessen haben.«

»Nein, aber du wahrscheinlich auch nicht.«

»Es macht eben keinen Spaß, nur für sich selbst zu kochen«, erwiderte er.

Kassie schluckte. »Nein, macht es nicht«, stimmte sie ihm zu.

Hollywood setzte sich neben sie und legte seine Hände mit den Handflächen nach oben auf den Tisch, als wartete er darauf, dass sie ihre Hand in seine legte.

Ohne darüber nachzudenken, tat sie es, weil sie einfach nur seine Haut an ihrer spüren wollte.

Hollywood schloss seine Hand um ihre und schüttelte den Kopf. »Ich kann einfach nicht glauben, wie kalt deine Hände immer sind.«

»Es macht mir nicht einmal mehr was aus.«

Hollywood legte die andere Hand auf ihre und sagte: »Mir aber schon.« Er rieb einen Moment lang ihre Finger, bevor er zu ihr sagte: »Ich freue mich, hier bei dir zu sein,

Kass. Zu kochen, mich mit dir zu unterhalten. Es fühlt sich so normal und richtig an.«

»Ja, das tut es wirklich.«

Hollywood hob ihre Hand hoch und küsste ihren Handrücken, bevor er entgegnete: »Greif zu. Ich möchte unbedingt wissen, wie es dir schmeckt.«

»Ganz großartig«, sagte sie, nachdem sie ihre Gabel aufgenommen hatte.

Hollywood lachte. »Du hast es noch nicht einmal probiert.«

»Das muss ich auch gar nicht. Wenn es nur halb so lecker schmeckt, wie es riecht, wird es mich aus den Socken hauen.«

Und sie hatte recht. Es schmeckte großartig.

Um halb elf am nächsten Morgen gab Hollywood Kassie einen Kuss, als sie am Eingang ihrer Wohnung standen. Er hielt sie locker im Arm und musste sich zwingen, sie loszulassen.

»Du rufst mich an, wenn du ankommst?«

Sie nickte. »Und wann soll diese Trainingsübung beginnen?«

Sie hatten sich am Abend zuvor ein wenig darüber unterhalten, bevor sie sich einen Film angesehen hatten, doch Kassie war die ganze Zeit über nervös und unruhig gewesen, also hatte Hollywood dafür gesorgt, dass sie sich entspannte und nicht daran dachte, was im Tierschutzgebiet geschehen würde.

»Die Sache ist schon in vollem Gange. Ghost und die anderen sind jetzt schon dort. Sie sind gestern Nachmittag dort angekommen und haben alles vorbereitet. Das andere

Delta-Team ist ebenfalls bereits eingetroffen und sie werden die ›bösen Jungs‹ spielen.«

»Und du hast schon zuvor mit ihnen gearbeitet? Sie wissen, was zu tun ist?«

»Ja, Kass. Wir trainieren die ganze Zeit mit ihnen und sie wissen, was zu tun ist.«

Sie schloss die Augen und atmete tief durch, offensichtlich in dem Versuch, ihre Emotionen unter Kontrolle zu bekommen. »Haben sie lustige Spitznamen wie du und deine Freunde?«

Hollywood lächelte sie an. »Unsere Spitznamen sind nicht lustig.«

»Oh doch, das sind sie«, informierte Kassie ihn. »Truck? Beatle? Hollywood? Total lustig.«

»Trigger, Lefty, Oz, Grover, Lucky, Brain und Doc«, zählte Hollywood auf.

»Was?«

»Das sind ihre Spitznamen. Trigger, Lefty, Oz, Grover, Lucky, Brain und Doc«, wiederholte er geduldig.

Kassie kicherte und schüttelte den Kopf. »Okay, ich werde nie wieder behaupten, dass eure Spitznamen lustig sind, deren sind nämlich zum Totlachen.«

Hollywood freute sich darüber, dass er sie zum Lachen gebracht hatte, und legte seine Stirn an ihre. »Ich fand es großartig, mit dir in meinen Armen aufzuwachen, Kass.« Er spürte, wie sie sich an ihn kuschelte.

»Ja. Ich auch.«

»Ich möchte das jeden Morgen haben.«

»Das wäre schön«, erwiderte Kassie. »Tut mir leid wegen deines ... äh ... Problems heute Morgen.«

Hollywood lehnte sich zurück und neckte sie: »Meinst du meinen stahlharten Schwanz?«

»Hollywood!«, protestierte Kassie mit großen Augen, während sie rot wurde.

Er grinste. »Es erstaunt mich doch, dass du rot wirst, weil ich Schwanz sage, nach allem, was wir gestern Abend getan haben.«

Sie wurde tatsächlich noch roter, als wäre das überhaupt möglich. »Jetzt ist es Morgen. Ich bin nicht halb verrückt vor Verlangen, während du mich anstarrst«, verteidigte sie sich.

»Mir gefallen unsere Spielchen«, informierte Hollywood sie über etwas, das ihr durchaus klar war. »Dich zum Kommen zu bringen, indem ich nur mit meinem Mund und meinen Händen deine Brüste bearbeite, ist etwas, das ich nicht für möglich gehalten hätte, aber glücklicherweise hast du mir das Gegenteil bewiesen.«

»Du siehst einfach zu gut aus«, grummelte Kassie und zog die Nase kraus. »Es ist fast unmöglich, *nicht* zu kommen, wenn du mich küsst und berührst.«

Sein Lächeln wurde breiter. »Wenn du mir weiter so schmeichelst, kriege ich noch einen ganz großen Kopf.«

»Du hast doch bereits einen ziemlich großen ... Kopf«, versicherte ihm Kassie grinsend.

Hollywood lachte und strich über ihren Hinterkopf, während er sie mit einem Arm um die Hüfte festhielt. »Du bist wirklich großartig, Kassie Anderson. Ich kann es kaum erwarten, bis das alles ein Ende hat und du dich mir ganz hingibst.«

»Ich kann es auch kaum erwarten, Hollywood. Aber ...« Sie wandte den Blick von ihm ab.

»Schau mich an, Liebling. Was ist los? Ich möchte, dass du mir immer alles sagen kannst.«

Sie sah zu ihm hoch und ließ ihre Hände seine Flanken hinauf und hinab wandern, während sie sagte: »Falls diese ganze Sache aus irgendeinem Grund nicht heute endet und

Dean nicht auftaucht und er trotzdem noch will, dass ich ihm Informationen beschaffe ... müssen wir dann immer noch warten? Ich will dich, Hollywood.«

»Ich habe immer versucht, dich nicht unter Druck zu setzen. Ich möchte nicht, dass du irgendetwas tust, zu dem du noch nicht bereit bist. Aber wenn du wirklich dazu bereit bist, gibt es keinen Grund mehr zu warten. Also warten wir auch nicht. Ich bin vielleicht ein bisschen herrisch, aber ich bin nicht derjenige, der in unserer Beziehung wie ein Diktator die Entscheidungen trifft, Kass.«

Daraufhin lächelte sie. »Sehr gut. Ich habe es dir zuliebe langsam angehen lassen, aber davon habe ich inzwischen die Nase voll.«

Hollywood lachte erneut leise. »Du hast es langsam angehen lassen, was?«

»Ja, total langsam.«

Hollywood zog sie an sich. Sie legte ihre Hände an seinen Rücken und hielt sich an seinem Hemd fest, während er sie küsste. Kassie küsste ihn mit der gleichen Leidenschaft zurück und neigte ihren Kopf so, dass er besser an sie herankam. Ihre Zungen berührten sich und als sie sich voneinander lösten, waren sie beide völlig außer Atem.

»Ich wünsche dir heute viel Spaß mit Karina, mein Schatz. Ruf mich an, wenn du auf dem Heimweg bist.«

»Das werde ich. Und du sagst mir Bescheid, wenn du irgendetwas von den Jungs hörst?«

»Natürlich. Es liegt mir genauso viel daran wie dir, diese Sache endlich hinter mich zu bringen«, versicherte Hollywood ihr. »Und jetzt verschwinde lieber, bevor ich dich zurück ins Bett schleppe und du den Nachmittag nicht mit deiner Schwester verbringen kannst.«

»Danke, dass du für mich da bist«, erklärte Kassie, dann nahm sie ihre Handtasche und machte die Tür auf.

»Es gibt keinen Ort auf der Welt, an dem ich lieber wäre«, entgegnete Hollywood.

»Bis später.«

»Bis später, Schatz.«

Hollywood sah ihr nach, bis Kassie um die Ecke verschwunden war. Dann machte er die Tür zu, lehnte die Stirn dagegen und schloss die Augen. »Komm schon, Ghost. Ruf endlich an«, murmelte er, richtete sich auf und ging zurück in Kassies Wohnung.

»Hollywood?«, rief Kassie, nachdem sie die Tür zur Wohnung geöffnet hatte. Es war halb sechs und sie war fix und fertig und wollte nichts lieber, als gemütlich auf der Couch zu entspannen und eine Zeit lang nichts mit Leuten zu tun zu haben.

»Hey«, sagte Hollywood, als er um die Ecke im Flur bog. Er kam direkt zu ihr und umarmte sie. Er gab ihr einen kleinen Kuss auf die Lippen und sagte: »Du siehst ziemlich fertig aus.«

Kassie ging auf seine durchaus richtige Beobachtung nicht ein und fragte stattdessen: »Hast du etwas gehört?«

»Nein.«

»Bedeutet das, dass etwas nicht stimmt?« Sie machte sich sofort Sorgen.

»Nein. Es bedeutet nur, dass noch nichts passiert ist. Ghost hat vor etwa zwei Stunden angerufen. Er hat gesagt, sie hätten schon verschiedene Szenarien mit den anderen Deltas durchgespielt, wie sie es bei einer normalen Trainingsübung tun würden. Sie haben Kundschafter ausgesandt und die Satellitenbilder der Übung zeigen eine Gruppe von Männern, die sich rund drei Kilometer von ihrem Basislager entfernt aufhält. Sie sind da und sie werden uns in die Falle gehen. Wir müssen ihnen nur die Zeit geben, es zu tun. Okay?«

»Ich will einfach, dass wir diese ganze Sache endlich hinter uns haben«, erklärte Kassie ihm und war sich durchaus bewusst, dass sie einen weinerlichen Ton in der Stimme hatte, der ihr ganz und gar nicht gefiel.

»Und das wird es auch bald sein«, versicherte ihr Hollywood mit Nachdruck.

»Was riecht hier so gut?«, fragte Kassie und wechselte das Thema.

»Ein Braten. Ich habe deinen Bräter gefunden und ihn heute Nachmittag aufgesetzt. Ich habe Fish gebeten, am Supermarkt vorbeizufahren und mir das Fleisch zu besorgen.«

»Du kochst immer für mich«, erklärte sie ihm.

»Beschwerst du dich etwa?«, entgegnete er.

»Nein. Absolut nicht. Du kannst immer für mich kochen, wenn du möchtest.«

»Und das werde ich.« Hollywood nahm ihr die Handtasche von der Schulter und legte sie auf den Tisch neben der Tür. Dann nahm er sie bei der Hand und führte sie in die Küche. »Setz dich hin. Möchtest du ein Glas Wein?«

»Ja, bitte.«

Während er ihr ein Glas einschenkte, fragte Kassie: »Wie geht es Fish? Freut er sich schon auf Idaho?«

»Er kann es kaum erwarten. Nun, da er das Haus gekauft hat, will er auch endlich hier weg.«

»Ich bin es, die ihn zurückhält, nicht wahr?«, fragte Kassie, besorgt darüber, dass sie den Mann davon abhielt, das zu tun, was er wirklich wollte.

»Nein. Denk nicht mal dran. Fish würde nie etwas tun, das er nicht tun möchte. Er freut sich zwar auf das neue Haus, würde aber nicht einmal daran denken abzuhauen, bevor diese Geschichte durchgestanden ist. Das würde er dir niemals antun, und auch mir und dem Team nicht.«

»Ich mag ihn wirklich.«

»Ich auch. Wie wäre es, wenn du jetzt langsam mal damit aufhörst, mir zu sagen, wie sehr du meinen Freund magst, und mir stattdessen davon erzählst, wie toll deine Schwester ausgesehen hat. Hast du Fotos gemacht?«

»Ob ich Fotos gemacht habe?«, entgegnete Kassie und ihre Augen leuchteten auf. »Und ob ich Fotos gemacht habe«, erklärte sie ihm. »Und ich hoffe, es macht dir nichts aus, sie ungefähr drei Stunden lang mit mir anzusehen.«

Er lächelte, doch das Lächeln erstarb, als er die nächsten Worte aussprach. »Und was ist mit Blake? Wie ist es mit ihm und deinen Eltern gelaufen?«

Kassie zuckte mit den Achseln. »Es war ganz okay. Nicht toll, aber auch nicht schrecklich. Sie waren ein wenig schockiert darüber, wie alt er aussah, aber er zeigte ihnen lachend seinen Führerschein. Er versicherte ihnen, dass er sich gut um Karina kümmern und sie so behandeln würde, wie sie es verdient. Nachdem sie mehr als eine Million Fotos gemacht hatten, sind sie ihm gegenüber wohl ein bisschen aufgetaut.«

»Gut«, entgegnete Hollywood und stellte einen Teller vor sich hin. Darauf befanden sich mehrere Scheiben zartes Rindfleisch mit Beilagen. »Fish ist vor ungefähr einer Stunde aufgebrochen und er folgt ihnen erst zum Abendessen und dann zum Ball. Sobald sie drin sind, bleibt er dort und hält auf dem Parkplatz nach Dean Ausschau, nur für den Fall.«

Kassie nickte. »Karina hat mir versprochen, mir eine SMS zu schreiben, wenn sie wieder zu Hause ist.«

»Gut.« Das Funkeln war in seine Augen zurückgekehrt, als er fragte: »Möchtest du heute Abend Flaschendrehen spielen? Oder Tat oder Wahrheit?«

Sie biss sich auf die Unterlippe und erwiderte: »Ich werde alles tun, was du möchtest, Hollywood.«

Er antwortete daraufhin nichts, sondern lächelte nur und begann zu essen.

Zum hundertsten Mal freute Kassie sich darüber, dass er hier mit ihr am Tisch saß, sie ein Abendessen aßen, das er für sie gekocht hatte, und dass sie in seine Arme gekuschelt einschlafen würde. Sie sah zwar nicht gerade schlecht aus, wusste aber, dass Hollywood etwas Besseres hätte haben können. Schließlich war sein Spitzname Hollywood, verdammt noch mal. Er sah genauso gut aus wie der Hauptdarsteller eines jeden Films, in den sie sich jemals verliebt hatte. Und er gehörte ihr. Und es war auch wirklich endlich an der Zeit, dass das Glück ihr zulächelte.

Kassie blinzelte.

Sie schlief nicht gut, obwohl Hollywood sein Bestes getan hatte, um ihr zu helfen, sich zu entspannen. Er wusste, dass sie zu angespannt und verunsichert war, um irgendwelche Spiele zu spielen, also lagen sie einfach zusammen auf ihrer Couch und sahen fern, während sie darauf warteten, dass Karina sich meldete.

Schließlich, gegen zwölf, beschloss er, sie in ihr Schlafzimmer zu bringen. Sie hatte sich zum Schlafengehen fertig gemacht, ein überdimensional großes T-Shirt und Schlafshorts angezogen, und Hollywood hatte sich bis auf seine Boxershorts und ein enges weißes T-Shirt ausgezogen.

Zuvor hatte er jedes Mal, wenn er in ihrem Bett geschlafen hatte, eine Jogginghose getragen. Es war das erste Mal, dass sie so viel von seinem Körper sah, und er war wunderschön. Sie konnte sein Sixpack unter seinem Hemd sehen und die Muskeln in seinen Oberschenkeln spannten sich, als er unter die Decke kroch. Er nahm sie in die Arme und sein vertrauter Duft hatte eine magische Wirkung auf sie. Obwohl sie nichts von Karina gehört hatte, schlief sie ein und fühlte sich sicher und geliebt.

Aber etwas hatte sie aufgeweckt. Es dauerte einen Moment, bis Kassie sich an den vorhergehenden Abend erinnerte, aber als ihr klar wurde, dass sie eingeschlafen war, ohne von ihrer Schwester gehört zu haben, drehte sie den Kopf, um auf den Nachttisch zu schauen.

Sie konnte das schwache Leuchten ihres Telefons sehen, das sie wissen ließ, dass sie eine Nachricht hatte. Kassies Blick wanderte zu ihrer Uhr. Es war vier Uhr dreißig am Morgen. Sie würde Karina in den Hintern treten, weil sie sich solche Sorgen gemacht hatte.

Irgendwann in den letzten Stunden hatte sich Kassie von Hollywood wegbewegt. Er lag auf dem Rücken, mit einem Arm über dem Kopf. Er atmete tief, offensichtlich erschöpft von dem, was er in der letzten Woche getan hatte, um dafür zur sorgen, dass sie und Karina in Sicherheit waren.

Kassie drehte sich langsam auf die Seite, um Hollywood nicht zu wecken, packte ihr Handy und drückte den Knopf mit dem Daumen, um es zu entsperren. Sie klickte auf die SMS und ihr Lächeln verblasste, als sie das Bild sah, das von Karinas Handy geschickt worden war.

Es war ihre Schwester. Sie saß auf dem Boden mit einer

Augenbinde um den Kopf. Es war dunkel, aber wegen des für das Bild verwendeten Blitzes konnte Kassie sehen, dass das wunderschöne Kleid ihrer Schwester zerrissen und schmutzig war. Sie hatte Schmutz auf ihrem Gesicht und ihre Hände waren hinter ihrem Rücken gefesselt. Links und rechts von ihr befanden sich ein paar Büsche, aber sonst konnte Kassie keine anderen Details erkennen, die ihr verraten hätten, wo Karina sich befand.

Ihr Herz begann sofort zu rasen, als Adrenalin durch ihren Körper schoss. Ihr erster Gedanke war, Hollywood aufzuwecken und ihn zu bitten, sich darum zu kümmern, aber als sie sich gerade umdrehte, erschien eine weitere Nachricht.

Karina: Wenn du sie jemals wiedersehen willst, komm zum Dizzy Rooster in der 6ten Straße. Allein.

Kassie ließ die Finger über das Display wirbeln, während sie antwortete.

Kassie: Ich will mit Karina sprechen.

Karina: Nein. Sie wird in etwa einer Stunde über die mexikanische Grenze geschafft. Wenn du nicht herkommst, wirst du sie nie wiedersehen. Ich wette, es wird ihr gefallen, den ganzen Tag lang von Banditos gefickt zu werden.

Kassie: Nein!

Karina: Dann schaff deinen Arsch zum Dizzy Rooster. Du hast zwanzig Minuten Zeit. Falls du mit deinem Freund auftauchst, machst du deine Schwester zur Hure.

Kassie: Ich werde da sein.

Kassie: Tu ihr nichts.

Kassie: Hallo?

»Verdammt«, flüsterte Kassie. Sie schwang langsam ihre Beine aus dem Bett. Ihr war klar, dass das, was sie tat, falsch war, aber sie konnte das Risiko nicht eingehen, dass derjenige, der ihr von Karinas Handy aus Nachrichten schrieb, seine Drohungen wahr machte. Es sah tatsächlich so aus, als wäre Karina nicht mehr in der Nähe von Austin. Der Sand und Schmutz, auf dem sie saß, und die Büsche um sie herum deuteten darauf hin, dass sie sich nicht in der näheren Umgebung aufhielt.

Sie waren schon vor Stunden zum Ball aufgebrochen. Das war genügend Zeit, um sie auf die andere Seite der Grenze zu schaffen.

Kassies Hände zitterten, als sie die Jeans vom Boden aufhob und sie zur Tür ihres Schlafzimmers trug. Sie sah sich noch einmal um und zögerte. Hollywood war noch immer genau dort, wo sie ihn das letzte Mal gesehen hatte.

Er schlief friedvoll und wusste nicht, was um ihn herum vor sich ging.

Eigentlich sollte sie ihn aufwecken.

Sie sollte ihn darum bitten, sich für sie um diese Geschichte zu kümmern.

Er konnte ihr helfen.

Aber wenn sie ihn weckte, unterzeichnete sie damit gleichzeitig auch das Todesurteil für ihre Schwester.

Sie schloss die Augen. Sie war wirklich zu dumm, um zu leben. Sie wusste, dass sie das war. Hollywood war ein gefährlicher Soldat der Spezialeinheit. Er konnte sich für sie um diese Situation kümmern. Doch sie konnte die Worte auf dem Bildschirm des Telefons einfach nicht vergessen.

Falls du mit deinem Freund auftauchst, machst du deine Schwester zur Hure.

Sie atmete tief durch, ignorierte die Träne, die über ihre Wange lief, und schluckte schwer. Sie würde Hollywood eine SMS schreiben, wenn sie in der 6ten Straße ankam. Sie war eine Idiotin, aber sie war nicht komplett verrückt ... okay, das war sie doch, aber die Uhr tickte. Sie musste los. Sofort.

Kassie ließ die Schultern hängen, als ob alle Last der Welt auf ihnen läge, wandte sich von Hollywood ab und schlich sich aus ihrem Schlafzimmer.

Hollywood wachte unsanft auf, als sein Handy auf dem Holz der Tischplatte neben ihm vibrierte. Er griff nach Kassie, aber seine Hand traf nur auf ein kaltes Laken. Er drehte den Kopf und sah im schwachen Morgenlicht, das durch das Fenster kam, dass sie nicht neben ihm lag.

Er setzte sich auf und rieb sich das Gesicht. Er hatte wie

ein Murmeltier geschlafen. Er war durch einen Anruf von Ghost gegen zwei Uhr geweckt worden. Kassie hatte sich nicht gerührt, während er ein kurzes Gespräch geführt hatte.

Die Operation war abgeschlossen. Dean war mit sechs anderen Männern aufgetaucht, die so getan hatten, als wären sie Soldaten. Sie waren von beiden Delta-Teams umzingelt worden und alle hatten sich sofort ergeben, abgesehen von Dean. Als seine Freunde ihre Waffen fallen gelassen hatten, hatte er sie angegriffen, ihnen vorgeworfen, dass sie Schwächlinge wären, und sie Verräter und Verlierer genannt. Er hatte seine Waffe gezogen und auf seine Freunde gerichtet, und dann hatte er angefangen, um sich zu schießen. Die Betäubungskugeln aus den Waffen der Deltas schienen keine Wirkung auf ihn gehabt zu haben. Einer von Deans Freunden hatte seine eigene Pistole auf ihn gerichtet und der außer Kontrolle geratenen Situation Einhalt geboten.

Dean war tot. Getötet von einem der Männer, die er rekrutiert hatte, um sein Kriegsspiel mit ihm zu »spielen«.

Wie vom Kommandanten gefordert hatte keiner der Deltas eine echte Patrone in seiner Waffe gehabt. Sie würden mit der Armee keinen Ärger wegen Deans Tod bekommen. Kassie war ein für alle Mal von Deans Drohungen befreit.

Hollywood hatte es nicht gewagt, Kassie zu wecken. Er entschied sich, sie schlafen zu lassen und ihr die guten Nachrichten am Morgen zu überbringen, verabschiedete sich von Ghost und ging wieder schlafen, zum ersten Mal seit über einem Monat zufrieden, dass Kassie und ihre Schwester wirklich in Sicherheit waren.

Hollywood lehnte sich hinüber und schnappte sich sein

Telefon, um zu sehen, wer ihn so früh kontaktierte. Da war eine SMS von Fish.

Fish: Raus aus dem Bett! Karina wurde entführt und Kassie ist ihr auf den Fersen.

Als er die Worte las, waren sofort all seine guten Gefühle und die Erleichterung darüber, dass Kassie in Sicherheit war, ausgelöscht. Hollywood drückte auf Fishs Kontaktdaten und hielt sich das Telefon ans Ohr.

»Das wird aber auch Zeit«, lautete Fishs Begrüßung.

»Sag mir, was los ist«, befahl Hollywood, während er sich gleichzeitig seine Jeans anzog.

»Vor einer halben Stunde habe ich eine SMS von Kassie bekommen. Sie hat geschrieben, jemand hätte ihre Schwester entführt und ein Foto von Karina geschickt, auf dem sie gefesselt im Schmutz sitzt. Ihr wurde befohlen, zum Dizzy Rooster in der 6ten Straße zu kommen.«

»Verdammt!«, brüllte Hollywood. »Dean ist tot, er kann es also nicht gewesen sein. Wer zum Teufel hat ihr die Nachricht geschrieben?«

»Ich habe nicht die geringste Ahnung«, erklärte Fish ihm. »Ich habe versucht, sie anzurufen, aber sie hat nicht abgenommen. Ich habe ihr eine Nachricht geschrieben, aber sie hat nicht geantwortet.«

»Wo bist du jetzt?«, wollte Hollywood wissen.

»Vor dem verdammten Dizzy Rooster. Es ist niemand da. Die einzigen Läden, die aufhaben, sind ein paar Geschäfte in der Nähe dieses Voodoo Donut-Ladens. Ich habe dort nachgefragt, aber niemand hat irgendetwas gesehen.«

»Also ist sie verschwunden?«, fragte Hollywood ungläubig.

»Es sieht so aus.«

»Verdammt, verdammt, verdammt«, fluchte Hollywood, während er in Kassies Schlafzimmer auf und ab ging. »Warum hat sie mich nicht geweckt? Was hat sie sich nur dabei gedacht?«

»Hollywood, du darfst ihr keinen Vorwurf machen –«, protestierte Fish, aber Hollywood unterbrach ihn.

»Das tue ich auch gar nicht. Ich weiß, dass sie völlig außer sich war. Wahrscheinlich hat das Arschloch ihr gesagt, dass er ihre Schwester töten würde, wenn sie es jemandem erzählte, oder irgend so ein Blödsinn. Und sie fühlt sich sehr für Karina verantwortlich, sodass sie nie etwas tun würde, was sie in Gefahr brächte.« Hollywood seufzte. »Sie weiß noch nicht über Dean Bescheid«, erklärte er Fish.

»Das habe ich mir schon gedacht. Aber es spielt sowieso keine Rolle. Wenn Dean tot und Richard im Gefängnis ist, wer hat dann Karina entführt und Kassie die SMS geschrieben?«

Auf einmal fiel es Hollywood wie Schuppen von den Augen. »Dieser verdammte Blake. Er muss es gewesen sein. Jemand anderes kommt nicht infrage.«

»Der neue Freund?«, wollte Fish wissen.

»Genau der«, erwiderte Hollywood auf dem Weg ins Wohnzimmer.

»Verdammt. Ich habe versagt«, stellte Fish bedrückt fest. »Nachdem sie auf den Ball gegangen waren, habe ich ein paar Stunden lang auf dem Parkplatz gewartet, und als Ghost mir die Nachricht von Deans Tod während der Trainingsübung geschickt hat und dass sie es persönlich überprüft hätten, bin ich davon ausgegangen, dass ihr keine Gefahr mehr droht. Ich habe sie allein gelassen.«

»Das war nicht deine Schuld«, entgegnete Hollywood sofort. »Ich habe ihn von Tex überprüfen lassen, aber er hat mir gesagt, dass er nur oberflächliche Nachforschungen angestellt hatte. Er hatte mit den Jobs für die SEALs alle Hände voll zu tun. Ich habe nicht nachgehakt. Das hätte ich tun sollen. Ich wusste, dass mit dem Typen irgendetwas nicht stimmte.«

»Jetzt brauchen wir uns darüber auch nicht mehr aufzuregen. Wir sollten uns lieber überlegen, wo er die beiden hingebracht hat und was er mit ihnen vorhat.«

»Glaubst du, er steht mit Jacks in Kontakt?«

»Vielleicht«, entgegnete Fish. »Ich wollte mich erst um diesen Idioten kümmern, wenn die Sache mit Dean erledigt war, aber ich werde schon mal ein paar Anrufe tätigen. Mal sehen, was ich herausfinden kann.«

»Bring dich aber nicht selbst in Schwierigkeiten«, warnte ihn Hollywood. So sehr er Kassie und ihre Schwester auch finden wollte, er wollte nicht, dass sein Freund dabei unterging.

»Ich bin vielleicht nicht Tex, aber ein paar Verbindungen habe ich auch. Und ein paar Leute schulden mir noch einen Gefallen. Und jetzt ist es an der Zeit, diese einzuholen.«

Verdammt. Ein Delta, der Gefallen einholte, war eine große Sache. Im Rahmen ihrer Arbeit lernten sie alle möglichen Leute kennen. Darunter auch Leute, von denen die Regierung sicher nicht gern gesehen hätte, dass ihre Supersoldaten sich mit ihnen abgeben. Und die Tatsache, dass Fish von diesen Leuten Gefallen einholte, um ihm und Kassie zu helfen, war enorm. Fish mochte zwar vor all den

Monaten drüben in der Wüste ein paar Teamkollegen verloren haben, aber bis jetzt war Hollywood sich nicht sicher gewesen, dass Fish tatsächlich darauf erpicht war, sich wieder mit dieser Art von Leuten in Verbindung zu setzen.

»Falls du irgendwas herausfinden könntest, wäre das großartig, Fish«, erklärte Hollywood ihm.

»Ruf die anderen an. Sie sind wahrscheinlich auf dem Rückweg zum Stützpunkt. Wahrscheinlich sind sie jetzt näher an Austin als noch vor ein paar Stunden.«

»Schon dabei«, erklärte Hollywood ihm. »Aber erst rufe ich mal Beth an.«

»Beth?«

»Es ist eine lange Geschichte, aber sie ist eine Hackerin unten in San Antonio und arbeitet mit Tex zusammen. Ich würde mich eigentlich lieber auf sein Wissen verlassen, aber er steckt bis über beide Ohren in einem Job und ich habe nicht vor, Soldaten auf einer Mission zu gefährden.«

»Halt mich auf dem Laufenden«, war das Einzige, was Fish daraufhin sagte, und stellte nicht einmal infrage, ob Beth der Aufgabe gewachsen war.

»Danke, dass du mich angerufen hast.«

»Alles für einen Delta«, erwiderte Fish und legte auf.

Hollywood zog sich schnell das Hemd an, das er sich aus dem Schlafzimmer mitgenommen hatte, und wählte Beths Nummer.

»Hallo?«, fragte sie verschlafen.

»Ich möchte, dass du für mich ein Telefon verfolgst«, bellte Hollywood ungeduldig.

»Wer spricht da?«, wollte Beth wissen.

»Hollywood.«

»Verdammt. Okay, okay, ich bin schon wach. Gib mir eine Sekunde.« Daraufhin konnte er ihre gedämpfte Stimme hören und Hollywood wusste, dass sie mit Cade

»Sledge« Turner, ihrem Freund, sprach. »Leg dich ruhig wieder hin, Schatz. Die Arbeit ruft.«

Er konnte Cades Antwort nicht verstehen, doch schon kurz darauf war Beth wieder in der Leitung. »Was ist denn los?«

»Meine Freundin und ihre Schwester sind verschwunden. Die Schwester ist wahrscheinlich gestern irgendwann nach neun Uhr abends verschwunden. Kassie hat eine SMS und ein Bild ihrer gefesselten Schwester erhalten. Ihr wurde befohlen, sich mit jemandem vor dem Dizzy Rooster hier in der Innenstadt von Austin zu treffen. Sie hat einem meiner Teammitglieder eine Nachricht geschrieben.«

»Haben sie beide ihre Telefone dabei?«, wollte Beth wissen.

Hollywood konnte hören, wie sie im Hintergrund tippte, und antwortete: »Ich habe keine Ahnung. Aber es ist eine gute Idee, damit anzufangen.«

»Gib mir ihre Nummern«, befahl Beth ihm.

Hollywood tat wie geheißen und hörte dabei zu, wie die Frau ihre Sache im Hintergrund machte. Visionen von Kassie, die irgendwo tot lag, und sei es nur, um Jacks zufriedenzustellen, und Karina, die als Sexsklavin an irgendeinen verkommenen Wichser verkauft wurde, liefen als Endlosschleife durch sein Gehirn, während er ungeduldig darauf wartete, dass Beth etwas herausfand, das ihm helfen würde, sie zu finden.

»Ja, okay«, sagte Beth mehr zu sich selbst als zu Hollywood. »Jetzt verstehe ich, warum Kassie verschwunden ist, ohne dir Bescheid zu sagen.«

»Was? Warum?«

»Ich schaue mir gerade das Bild und die Nachricht an, die ihr geschickt wurden. Ich möchte zwar nicht behaupten, dass sie die richtige Entscheidung getroffen hat, aber verstehen kann ich sie.«

»Verfickte Scheiße«, schimpfte Hollywood. Es war der einzige Ausdruck, der ihm einfiel, der genau traf, was er im Moment empfand. »Ich kann kaum glauben, dass du es bereits gefunden hast.«

»Hey«, erwiderte Beth und hörte sich verletzt an, »du hast mich schließlich aus einem bestimmten Grund angerufen. Ich bin gut in diesem Kram. Also mach mich nicht wütend, während ich versuche, dir zu helfen.«

Normalerweise hätte Hollywood sie lustig gefunden, aber im Moment war ihm nicht nach Lachen zumute. »Und was stand in der Nachricht?«

»Oh, die übliche Scheiße, die Arschlöcher wie er sagen, um ihre Opfer aus dem Haus zu locken, damit ihr unbesiegbarer Freund, der ihnen ordentlich den Hintern versohlen könnte, nichts davon erfährt. Es war wahrscheinlich das Foto, das ihr so richtig nahe gegangen ist.«

»Verdammt noch mal, Beth, was –«

»Schau mal auf dein Handy. Ich habe dir das Foto geschickt«, erklärte Beth ihm.

Hollywood schaltete den Lautsprecher ein und drückte auf das Display, um die E-Mail zu öffnen. Er musste einen Augenblick warten, bis sich das Bild komplett aufgebaut hatte, aber als er es sah, verschlug es ihm den Atem.

»Großer Gott«, sagte er.

»Das trifft es ziemlich genau. Ich versuche, die genauen GPS-Daten des Ortes herauszufinden, an dem das Foto aufgenommen wurde, aber es dauert ein bisschen. Anscheinend ist es irgendwo südlich von Austin. Ich bin mir allerdings nicht sicher, wie weit südlich. Aber ganz sicher nicht in Hill Country, soviel steht fest.«

Hollywood hörte nur die Hälfte von Beths weiterem

Gemurmel. Er hatte Kassies Schwester nur ein Mal getroffen, als er bei ihren Eltern zu Abend gegessen hatte, aber er hatte sie gemocht. Sie war auf jeden Fall eine jüngere Version von Kassie. Frech und lustig, aber auch respektvoll ihren Eltern gegenüber, und es war offensichtlich, wie sehr sich die einzelnen Familienmitglieder liebten. Ihre Familie erinnerte ihn in vielerlei Hinsicht an seine.

Und deshalb traf ihn der Blick des absoluten Entsetzens auf Karinas Gesicht auf dem Foto wie ein zehn Tonnen schwerer Lastwagen und raubte ihm den Atem. Ihre Augen waren von einem Stück Stoff bedeckt und ihre Hände waren hinter ihrem Rücken zusammengebunden, aber er konnte immer noch sehen, wie verängstigt sie war, wenn er ihr Gesicht und ihren Körper ansah.

Die Lippen fest zusammengepresst, die Schultern nach vorne gebeugt, als ob sie sie vor demjenigen schützen könnten, der das Foto machte. Ihr Make-up war verschmiert und sie hatte schwarze Spuren, die über ihre Wangen liefen, offensichtlich von ihrer Wimperntusche, die verlaufen war, als sie geweint hatte. Sie hatte die Beine vor sich hochgezogen und Hollywood konnte Kratzer und Prellungen an ihren Beinen durch das zerrissene Material ihres Kleides hindurch sehen.

Und erneut ärgerte er sich darüber, dass Kassie sich aus dem Raum geschlichen und sich nicht an ihn gewandt hatte, aber wie Beth schon gesagt hatte, er konnte es verstehen.

»Jetzt hab ich dich, du kleiner Scheißer«, rief Beth aufgeregt. »Okay, ich hatte recht. Das Foto von Karina wurde fast an der Grenze aufgenommen. Außerhalb von Laredo. Es dauert ungefähr dreieinhalb Stunden, von Austin nach Laredo zu fahren. Wer auch immer sie also entführt hat, hatte genügend Zeit, dort hinunterzufahren und dann zurückzukommen, Kassie eine Nachricht zu schreiben und sich dann in der Innenstadt mit ihr zu treffen.«

»Oder er hat einen Komplizen«, erwiderte Hollywood.

»Stimmt. Das glaube ich aber nicht.«

»Und warum nicht?«, fragte Hollywood mittlerweile ziemlich ungeduldig.

»Weil ich die GPS-Daten beider Handys auf dem Bildschirm habe.«

»Und?«

»Und sie sind gerade auf dem Weg in die Vorstadt von San Antonio. Wie es aussieht, fährt derjenige, der die beiden Telefone hat, auf der Bundesstraße 35 in Richtung Süden.«

»Verdammt«, stellte Hollywood fest. »Das kann ich nicht aufholen.«

»Du hast recht, das wirst du nicht«, stimmte Beth zu. »Aber ich kenne zufällig ein paar Leute hier in San Antonio, denen es nichts ausmachen würde, an diesem wunderschönen Morgen jemandem den Arsch zu versohlen.«

Hollywood dachte sofort an TJ Rockwell, auch als Rock bekannt, der früher mal zum Delta-Team gehört hatte. »Rufe zuerst TJ an«, befahl er. »Und dann alle anderen, die dir einfallen. Ich werde versuchen, den Helikopter aus Fort Hood zu bekommen. Ich muss erst mein Team zusammentrommeln, aber ich bin mir sicher, dass wir noch innerhalb einer Stunde abfliegen können.«

»Du willst also, dass sie erst abwarten und beobachten?«, wollte Beth wissen.

Das war die Millionen-Dollar-Frage. Er nahm an, wenn es Blake war, der Karina entführt hatte und zurückgekommen war, um Kassie zu holen, dass er dann auf dem Weg nach Süden war, dorthin, wo er Karina versteckt hatte. Aber wenn er sich irrte und Kassie verletzt wurde, könnte sein Abwarten sie das Leben kosten. Wenn sie starb, weil er die falsche Entscheidung getroffen hatte, würde Hollywood sich das nie vergeben können.

Andererseits, wenn sie warteten und Blake ohne Deckung mitten in der Wüste erwischten, konnten sie ihn leichter zur Strecke bringen.

»Ja«, erklärte Hollywood ihr, nachdem er die Entscheidung getroffen hatte. »Sorge dafür, dass TJ ihnen folgt, sich aber nicht einmischt. Wir werden ihn von der Luft aus finden.«

»Und wen soll ich überprüfen, um mehr darüber zu erfahren, mit wem ihr es zu tun habt?«, fragte Beth.

Hollywood war beeindruckt von ihrer nüchternen Art und den schlauen Fragen. »Blake Watson. Er hat behauptet, er sei erst zwanzig, aber der Typ sieht viel älter aus. Obwohl es mir klar war, habe ich es nicht weiterverfolgt.«

»Verstanden.«

»Ich werde ihre Eltern anrufen. Versuchen herauszufinden, was für ein Auto er fährt. Sie machen sich bestimmt große Sorgen, weil sie immer noch nicht zu Hause ist. Es könnte natürlich sein, dass Blake irgendeine dumme Geschichte erfunden hat, um sie hinzuhalten, doch wenn es sich um meine Tochter handeln würde, würde ich ausflippen.«

»Eine gute Idee. Ich melde mich, wenn ich weitere nützliche Hinweise gefunden habe, die du vielleicht benötigst, bevor du ihn stellst«, entgegnete Beth.

»Vielen Dank.« Es war offensichtlich, dass Beth in der Zeit, in der sie für Tex gearbeitet hatte, viel gelernt hatte. Sie hielt sich an die Fakten und wusste genau, was benötigt wurde, wenn die Dinge aus dem Ruder liefen. Mal ganz zu schweigen von der Tatsache, dass sie hervorragend unter Druck arbeiten konnte.

»Ich schulde dir was«, erklärte Hollywood ihr.

»Nein, tust du nicht«, erwiderte Beth sofort. »Die Straßen von Arschlöchern wie ihm zu säubern ist mir eine Ehre. Bis später.« Sie legte auf, ohne Hollywood die Möglichkeit zu geben, etwas zu erwidern.

Allerdings hatte er jetzt auch keine Zeit für Höflichkeiten. Hollywoods Gedanken galten ganz allein der Frage, wie er zu Kassie gelangen konnte, als er die Nummer der Andersons auf seinem Handy drückte. Die wichtigste Mission seines Lebens stand ihm bevor. Er durfte jetzt nicht versagen.

KAPITEL ACHTZEHN

Kassie versuchte, nicht in Panik zu geraten. Sie war, wie angewiesen, in die geschlossene Bar in der 6ten Straße gegangen, hatte aber in letzter Minute eine SMS an Fish geschickt, in der sie ihm erzählte, was passiert war. Warum sie nicht Hollywood schrieb, wusste sie nicht ... Eigentlich doch, sie wusste es. Sie hatte Angst.

Sie hatte Angst, dass er sie anschreien würde. Oder ihr sagen würde, dass sie eine Idiotin sei. Was ja auch der Fall war. Also hatte sie Fish geschrieben und war dann aus dem Auto gestiegen. Sie erinnerte sich an einen Mann in einem Kapuzenpullover, der auf sie zugekommen war, und wusste, dass er derjenige war, der Karina entführt hatte und mit dem sie sich treffen sollte, aber dann war sie in Panik geraten und hatte sich umgedreht und war trotzdem davongelaufen. Aber natürlich war sie nicht weit gekommen, bevor er sie so fest geschlagen hatte, dass sie ohnmächtig geworden war.

Sie war auf dem Rücksitz eines fahrenden Autos aufgewacht ... neben Blake Watson. Sie hätte es wissen müssen.

Er hatte versucht, sie zu behandeln, als wäre sie ein Gast

in seinem Auto und nicht ein Entführungsopfer. Er hatte sie eingeladen, über den Sitz zu klettern. Sie hatte sich geweigert, bis er sich halb in seinem Sitz gedreht und sie mit einem Messer bedroht hatte. Er hatte ihr einen Schluck Wasser und zwei Aspirin für ihren pochenden Kopf gegeben. Er hatte ihr sogar einen Waschlappen zur Verfügung gestellt, damit sie sich das Blut vom Gesicht abwischen konnte. Was für ein Gentleman. Von wegen.

Aber als sie fragte, wohin sie fuhren, hatte er keine Antwort gegeben. Als sie ihn fragte, wo Karina wäre, hatte er nicht geantwortet. Als sie darum gebeten hatte, mit ihrer Schwester sprechen zu dürfen, hatte er nur gelacht und ihr versichert, dass sie sie bald sehen würde.

Sie hatte schweigend dabei zugesehen, wie sie an San Antonio vorbeifuhren. Sie hatte versucht, die Blicke der Leute auf sich zu ziehen, als sie an ihnen vorbeikamen, aber Blake hatte sie erwischt und mit kalter Stimme gesagt: »Wenn du irgendetwas tust, das dafür sorgt, dass wir angehalten werden, wird deine Schwester sterben.«

»Was?«

»Ich bin der Einzige auf der Welt, der weiß, wo Karina steckt. Und wenn du verhinderst, dass wir dort ankommen, wird sie sterben. Allein. Einen langsamen, schmerzhaften Tod. Warst du jemals so durstig, dass du ganze Hände voll mit Sand geschluckt hast, weil es immerhin besser war als nichts?«

Kassie hatte den Kopf geschüttelt.

»Es ist wirklich keine schöne Art zu sterben. Also sitz einfach ruhig da. Behalte deine Gedanken für dich. Dann wirst du immerhin deine Schwester wiedersehen.«

Das war vor etwa einer halben Stunde gewesen. Kassie konnte einfach nicht länger schweigen. »Warum tust du das? Was haben meine Schwester und ich dir jemals angetan?«

»Mir? Nichts.« Weiter sagte er nichts.

»Wem dann?«, hakte sie nach.

»Meinem Bruder.«

»Und wer ist dein Bruder?«, hätte Kassie fast geschrien, weil sie das kranke Spiel, das er abzog, leid war.

»Das weißt du nicht?«

»Ganz offensichtlich nicht.«

»Dean Jennings.«

»Oh mein Gott, Dean ist dein Bruder?«, fragte Kassie ungläubig. »Du siehst ganz anders aus als er.«

»Weil die gleiche Schlampe unsere Mutter ist, wir aber verschiedene Väter haben. Wir sind nicht gemeinsam aufgewachsen und haben auch verschiedene Nachnamen, aber er hat mich vor Kurzem ausfindig gemacht. Wir haben uns auf Anhieb verstanden. Er hat mir alles über dich erzählt und darüber, wie respektlos du ihn und seinen Freund Richard behandelst.«

Kassie schüttelte den Kopf. »Nein, so war es nicht, wir –«

Jetzt gab er es auf, den netten Kerl zu spielen, nahm die Hand vom Steuer und schlug sie ins Gesicht. Glücklicherweise bewegte sie sich schnell genug weg, sodass er nur ihre Schulter traf. Trotzdem tat es unheimlich weh.

»Ich weiß genau, wie es war. Du hast ihn hingehalten. Ihm das Paradies versprochen. Aber als er verletzt wurde, warst du plötzlich nicht mehr für ihn da. Er musste um deine Möse betteln. Du hast dich geweigert, mit ihm dahin zu ziehen, wo er stationiert war. Hast mit all seinen Freunden geflirtet. Oh ja, Dean hat mir erzählt, dass du so heiß auf ihn warst, dass du fast an deinem Verlangen erstickt wärst. Aber du wusstest wohl nicht, dass er Richard alles über dich und deine Taten während seiner Abwesenheit erzählt hat.« Blake schüttelte in gespielter Traurigkeit den Kopf. »Warum ist es so schwer, eine Frau zu finden, die auf Kommando mit einem schläft und einem einen bläst? Hä?«

»Wie alt bist du?«, fragte Kassie, anstatt auf das zu antworten, was sie für eine rhetorische Frage hielt. Noch zudem für eine schreckliche mit grauenhaften Folgen.

»Neunundzwanzig«, sagte er sofort. »Und ich muss sagen, vor dieser ganzen Geschichte hat mich Sex mit Teenagern nicht interessiert, aber jetzt, da ich es probiert habe, habe ich meine Meinung geändert. Teenager sind so leicht zu manipulieren und zu beeinflussen. Es ist wirklich toll.«

Sie wollte ihn fragen, auch wenn sie es definitiv *nicht* wissen wollte. Aber sie musste es auch nicht.

»Und nur für den Fall, dass du dich wunderst, nein, ich habe deine Schwester nicht gefickt. Der Käufer wollte eine Jungfrau, also durfte ich sie nicht anfassen. Obwohl mir das echt wahnsinnig leidtut, denn als wir uns geküsst haben und sie mir den Schwanz gelutscht hat, war sie ganz heiß auf mich.«

Kassie spürte, wie ihr die Galle im Hals aufstieg, schluckte sie aber resolut wieder herunter. Sie hoffte wirklich, dass Blake die Wahrheit sagte und sie tatsächlich zu ihrer Schwester brachte. Sie würde alles tun, um dafür zu sorgen, dass wenigstens sie aus dieser Hölle entkam. Wenn es sein musste, würde sie sogar mit Karina den Platz tauschen. Kassie war zwar keine Jungfrau, aber einen Versuch war es wert ...

»Was hast du mit uns vor?«, fragte sie kleinlaut, da sie versuchte, so viele Informationen wie möglich von Blake zu bekommen, um sich eine Art Plan zurechtzulegen. Sie wusste, dass sie Fish eine SMS geschrieben hatte, wusste aber an diesem Punkt nicht mehr, was er jetzt noch hätte tun können. Sie war ja nicht mal mehr in Austin. Sie war jetzt ganz auf sich allein gestellt.

»Euch verkaufen«, entgegnete Blake augenblicklich. »Richard hat sich in seinem tollen Gefängnis mit ein paar Leuten angefreundet. Und die wiederum kennen Leute, die Leute kennen, die Mädchen kaufen und verkaufen. Und er hat beschlossen, dass er mit dir durch ist, und mit Dean abgesprochen, dass er dich ein für alle Mal loswerden will.«

»Und warum habt ihr in die ganze Geschichte Karina mit hineingezogen?«, wollte Kassie wissen, der sich der Magen umdrehte.

»Warum denn nicht?«, antwortete er. »Du liebst sie und Richard will, dass du leidest. Es war nicht gerade schwer für Dean, jemanden zu bezahlen, um meine Daten zu fälschen und mir einen neuen Ausweis zu besorgen, laut dem ich erst zwanzig bin. Ich hätte nicht gedacht, dass jemand es mir abkauft, aber anscheinend sind die Leute tatsächlich so dumm und glauben alles, was ihnen unter die Nase gerieben wird, auch wenn es ganz offensichtlich eine verdammte Lüge ist.«

»Ich bezahle dir, was du willst, wenn du uns gehen lässt«, unternahm Kassie einen verzweifelten Versuch.

»Ich will dein Geld nicht, Fotze«, sagte Blake mit Verachtung in der Stimme. »Ich mache das für meinen Bruder. Für Richard. Für jeden Mann, der jemals von einer Frau verarscht worden ist.«

»Es tut mir leid, dass deine Mutter deinen Vater betrogen hat«, sagte Kassie sanft und versuchte, sich bei ihm einzuschmeicheln.

»Halt verdammt noch mal den Mund!«, befahl er ihr. »Du weißt nichts über das, was ich durchgemacht habe, oder über meine Mutter. Sie ist eine Fotze. Genau wie du. Genau wie deine Schwester. Genau wie deine verfickte Mutter. Schwach. Alle Frauen sind schwach. Diese Welt wäre ein besserer Ort, wenn wir alle Frauen einsperren könnten. Ihr einziger Zweck ist die Zucht. Die Jungs würden weggebracht und zu starken Männern erzogen. Die Mädchen blieben nur am Leben, wenn sie hübsch sind und dazu genutzt werden könnten, mehr Jungs zu gebären.«

Schockiert drückte sich Kassie an die Tür. Wie zum Teufel war ihnen allen entgangen, dass Blake vollkommen durchgeknallt war?

»Die beschissenen Weiber. Sie sind nur für eins gut«, murmelte Blake leise.

Kassie fragte ihn danach nichts mehr. Sie saß auf ihrem Sitz, ihr Kopf lag am Fenster und sie starrte die texanische Landschaft an. Sie dachte an Hollywood und wie er wahrscheinlich aufgewacht war und sich fragte, wo sie war. Sie hatte ihm nicht einmal eine Nachricht hinterlassen. Er musste sich inzwischen Sorgen machen.

Eigentlich war er wahrscheinlich verrückt vor Sorge. Fish musste ihn wegen der Nachricht, die sie geschickt hatte, kontaktiert haben. Sie versuchten beide herauszufinden, wo sie war. Kassie hatte keine Ahnung, ob der Rest des Teams sich noch in dem Tierschutzgebiet aufhielt und versuchte, mit Dean fertigzuwerden und dem, was er für sie geplant hatte.

Kassie erlaubte sich einen Moment des Selbstmitleids und machte sich nicht einmal die Mühe, die Träne wegzuwischen, die ihr aus dem Auge lief. Aber sobald sie ihr die Wange herunterlief, presste sie die Augen so fest sie konnte zu und hielt den Rest der Tränen zurück. Sie durfte der Verzweiflung nicht nachgeben. Wenn der Tag vorbei war, war sie entweder das neue Sexspielzeug eines Mannes südlich der Grenze oder sie war tot. Aber was auch immer geschah, sie wollte sich nicht zurücklehnen und es einfach hinnehmen.

Vor einem Monat hätte sie das vielleicht getan. Aber

Hollywood hatte das alles geändert. Und sie wusste auch, was Rayne, Emily und Harley durchgemacht hatten. Sie hatten sich nicht zurückgelehnt und aufgegeben. Nein, sie hatten wie der Teufel gekämpft. Sie hatte Richard und Dean schon viel zu lange mit sich spielen lassen, aber das war jetzt vorbei.

Nachdem sie die Kontrolle über ihre Emotionen wiedererlangt hatte, begann Kassie zu planen, indem sie verschiedene Szenarien durchspielte und darüber nachdachte, was sie tun konnte, um ihre Schwester zu retten. Sie hatte noch niemanden mit Blake gesehen, und wenn er tatsächlich allein war, dann hatten sie und Karina vielleicht eine Chance. Zwei gegen einen war immer eine gute Sache, nicht wahr? Selbst wenn Blake verrückt war, konnten sie ihn vielleicht überwältigen.

Während sie weiter nach Süden fuhren, betete Kassie, dass Dean in Galveston beschäftigt war. Dass Blake keine anderen Halbbrüder auf der Welt hatte, die er mit in diesen wahnsinnigen Plan hineingezogen hatte. Und dass derjenige, der vorhatte, sie und ihre Schwester zu kaufen, erst später auftauchen würde. Wenn sie hoffentlich schon lange weg waren.

Sie schloss die Augen und tat so, als würde sie schlafen, als Blake weiterhin von nutzlosen Frauen murmelte, und sie dachte an Hollywood. Was würde er in einer solchen Situation tun? Er würde bis zum perfekten Moment warten, dann würde er seinen Zug machen. Das war also genau das, was sie auch tun würde.

KAPITEL NEUNZEHN

»Beth, ich bin es, Hollywood. Irgendwelche Neuigkeiten bezüglich ihres Aufenthaltsortes?«

»Nein. Sie sind immer noch dort, wo sie vor einer halben Stunde waren«, erklärte sie. »Seid ihr angekommen?«

»Gerade gelandet. Wir sind noch ein paar Kilometer entfernt, aber wir sollten in spätestens zehn Minuten dort ankommen«, erklärte er ihr.

»Seid vorsichtig«, warnte Beth ihn.

»Natürlich«, erwiderte Hollywood und legte dann auf.

Er wandte sich an sein Team. Wie sich herausstellte, waren Ghost und die Jungs in der Nähe von Austin. Sie waren *in* Austin, um genau zu sein. Sie waren von dem Tierschutzgebiet hergefahren und hatten sich ein Hotelzimmer genommen, bevor sie nach Hause weiterfahren wollten. Obwohl es nur eine weitere Stunde Fahrt war, hatte etwas sie alle dazu gebracht, dort für die Nacht anzuhalten und erst am Sonntag nach Hause zu fahren, geduscht und erfrischt, anstatt durchzufahren.

Gott sei Dank hatten sie das.

Sogar ihr Kommandant war in Austin, und er hatte

schnell die Leitung übernommen und die Erlaubnis erhalten, dass der Hubschrauber, der im Tierschutzgebiet auf Abruf bereitgestanden hatte, nach Austin flog, um das Team abzuholen und dann weiter nach Laredo zu fliegen.

Der Kommandant hatte es seinem Vorgesetzten so erklärt, dass es sich um eine Erweiterung der Übung handelte. Weil es sich um das Delta Force-Team handelte, wurden nicht viele Fragen gestellt und sie konnten sich innerhalb einer Stunde am Flughafen treffen und nach Süden aufbrechen.

Coach hatte ab und zu mit Beth kommuniziert und dem Team berichtet, was sie über Blake Watson herausgefunden hatte.

Es hatte sich herausgestellt, dass Dean sein Halbbruder war. Leider hatte ihre Mutter unter einer extremen Geisteskrankheit gelitten und vor einigen Jahren Selbstmord begangen. Es sah so aus, als hätten ihre beiden Söhne diese psychische Instabilität geerbt.

Blake war neunundzwanzig, fast so alt wie Dean, und in einer kleinen Stadt in der Nähe von Laredo aufgewachsen. Er hatte schon seit seiner Jugend Probleme mit dem Gesetz. Er hatte tatsächlich die Highschool abgebrochen, aber er hatte es mit fünfzehn Jahren getan. Dean hatte ihn aufgespürt und sie waren sich anscheinend nähergekommen, wobei Blake sich voll und ganz auf Deans und Richards Plan eingelassen hatte.

Beth schien Blake für einen Einzelgänger zu halten, der höchstwahrscheinlich alleine arbeitete, aber sie war sich nicht sicher.

So machte sich nun das Team bestehend aus Ghost, Fletch, Coach, Beatle, Blade, Truck und Hollywood auf den Weg durch die Wüste, wo sowohl Kassies als auch Karinas Telefon ihre Position anzeigten. Sie waren weder abgestellt noch zerstört worden. Blake wusste entweder nicht genug über Elektronik, um zu realisieren, dass er seinen Standort an jeden ausstrahlte, der wusste, wie man danach sucht, oder er versuchte, sie in eine Falle zu locken.

Unabhängig davon musste sich das Team das selbst ansehen. Wenn die Schwestern nicht da waren, würden sie hoffentlich Blake in die Finger bekommen und ihn dazu bringen, ihnen zu erzählen, was er mit ihnen gemacht hatte. Hollywood weigerte sich, in Betracht zu ziehen, dass Kassie tot sein könnte. Er konnte es einfach nicht, denn er musste noch handlungsfähig bleiben.

Nein, es ging ihr gut. Vielleicht war sie verletzt, wahrscheinlich verängstigt, aber damit konnte er arbeiten. Er konnte sie allerdings nicht wieder in Ordnung bringen, wenn sie tot war.

Das Team streifte schweigend durch die heiße Morgenwüste, kommunizierte mit einer Reihe von Klicks in den Kopfhörern und Handgesten, als sie nahe genug dran waren, um sich gegenseitig zu sehen.

Innerhalb von zehn Minuten versammelten sie sich, um ihre Annäherung an die kleine Hütte zu besprechen, die Beth anhand von Satellitenfotos beschrieben hatte.

Sie knieten im Sand und Dreck hinter kleinen Bäumen und Steppenpflanzen nieder und planten, was sie tun sollten. »Ghost, du und Blade, ihr geht hier rum«, befahl Hollywood und zeichnete den Plan in den Sand, während er sprach. »Fletch, du and Beatle kommt aus der anderen Richtung. Coach, du gehst nach hinten und deckst alle Ausgänge auf diese Weise ab. Truck und ich gehen von vorne rein. Wir werden lauschen, um sicherzustellen, dass niemand sonst da ist, außer den Frauen und Watson. Beatle und Fletch, einer von euch Jungs wirft eine Blitzbombe durch das Fenster an der Seite rein. Das wird zwar alle von ihnen blenden, aber es wird mir und Truck Zeit geben, durch die Haustür zu stürmen und Watson zur Strecke zu bringen. Irgendwelche Fragen?«

Die Männer schüttelten alle den Kopf. Sie hatten das oft genug getan, sodass Hollywood es wirklich nicht noch einmal für sie erklären musste. Sie wussten, was sie taten. Aber sie wussten auch, dass ihr Teamkollege die Kontrolle in dieser außer Kontrolle geratenen Situation haben musste. Niemand schlug vor, dass er auf der Rückseite der Hütte Wache halten sollte. Niemand versuchte, ihn davon zu überzeugen, dass es besser wäre, wenn jemand anderes das Sagen hätte. Es war seine Freundin, die in Gefahr war, und er war derjenige, der dieser Gefahr direkt ins Auge blickte.

Die Männer fächerten sich auf, immer auf der Hut vor etwas, das die Dynamik des Plans verändern und sie dazu bringen würde, zu Plan B, C oder D zu wechseln. Auf die eine oder andere Weise würde diese Sache innerhalb weniger Minuten vorbei sein. Sie konnten dann herausfinden, ob sie sich nach Mexiko schleichen mussten, um Kassie und Karina aus dem Sexsklavenhandel zu retten, oder ob sie nach Hause zurückkehren konnten und beide Frauen in Sicherheit waren.

Nachdem Blake das Auto am Straßenrand angehalten hatte, zwang er sie auszusteigen. Sie gingen eine ganze Weile durch die trockene und staubige Landschaft, bis sie eine Hütte erreichten. Ohne ein Wort zu sagen, öffnete er die Tür und schob sie hinein.

Kassie landete auf den Knien direkt neben ihrer Schwester. Ohne auf die Erlaubnis zu warten, riss sie die Augenbinde ab und begann, Karinas Hände zu befreien. Blake stand mit dem Rücken zur Tür und grinste sie an.

»Oh ... wie süß. Die Schwestern sind wieder vereint.«

Ohne ihn zu beachten, nahm Kassie Karina in den Arm, lehnte sich dann ein wenig zurück und fragte: »Alles in Ordnung?«

Die jüngere Frau nickte, sah aber trotzdem ziemlich mitgenommen aus.

Kassie wandte sich an Blake. »Hast du ein wenig Wasser für uns? Sie muss was trinken.«

»Warum zum Teufel sollte ich mein gutes Wasser an *euch* vergeuden?«, fragte er verächtlich.

»Weil du uns deinem Käufer, wer immer es auch sein mag, sicher nicht halb tot übergeben willst. Meinst du vielleicht, der will uns hier eigenhändig rausschleppen?«

»Er würde euch nicht raustragen, Schätzchen«, erklärte Blake ihnen, »sondern wohl eher an den Haaren rausschleifen.«

Kassie hörte, wie ihre Schwester leise wimmerte, und wandte sich an sie. Sie warf ihr einen aufmunternden Blick zu. »Beachte ihn gar nicht. Er bedeutet nichts. Verstanden? Wir halten durch.«

»Was meinst du mit nichts?«, fragte Blake, drückte sich von der Tür weg und stakste auf sie zu.

Kassie drängte Karina hinter sich und streckte die Arme aus, als könnte sie so den wütenden Mann, der auf sie zustürmte, davon abhalten, hinter sich zu gelangen.

»Ich meine damit ja nur, dass wir wirklich größere Probleme als Wasser haben.« Sie versuchte, Blake zu beruhigen. Aber er ließ sich nicht darauf ein.

Kassie sah es kommen, aber duckte sich nicht, weil sie wusste, dass ihre Schwester dann verwundbar wäre. Blakes Handrücken traf ihre Wange und Kassie wäre fast gestürzt.

Sie fing sich mit einer Hand auf dem Boden ab. Sie hielt den Kopf nach unten, nahm aber ihren Platz vor Karina wieder ein. Blake konnte sie schlagen, so viel er wollte, sie würde sich nicht rühren. Aus den blauen Flecken, die sich bereits auf Karinas Gesicht gebildet hatten, war ersichtlich, dass er sie auch schon geschlagen hatte, aber er würde es nicht noch einmal tun, wenn sie es verhindern konnte.

Als er seine Hand zur Faust ballte und sie zurückzog, wirbelte Kassie herum und packte Karina. Sie warf sie auf den Boden und sie kauerten sich zusammen.

Kassie wartete darauf, dass der Schlag kam, aber anscheinend überraschte ihn ihre plötzliche Bewegung so sehr, dass er nicht zuschlug. Stattdessen trat er sie. Heftig. Kassie grunzte, als er sie mit dem Fuß hart in den Rücken trat. Es tat weh. Sehr weh. Aber sie rührte sich nicht. Sie wälzte sich über ihre Schwester, die ihr half, indem sie sich in einen so kleinen Ball wie möglich zusammenrollte und sich in ihre Arme kauerte.

Blake befand sich wie in einem Rausch und hatte großen Spaß daran, Kassie überall hin zu treten, wo er sie erwischen konnte. Kassie flüsterte Karina ins Ohr: »Über uns befindet sich ein Fenster.« Sie grunzte vor Schmerz, als Blakes Fuß sie am Oberschenkel traf. »Ich werde ihn ablenken. Da ist ein –« Sie schrie auf, als ein Tritt in ihrem Hintern landete. »Ein Brett ist direkt hinter uns. Das kannst du benutzen, um das Fenster einzuschlagen, und spring dann raus. Es wird zwar wehtun, aber ...« Es gelang ihr gerade so, den Schmerzensschrei zu unterdrücken, der in ihrer Kehle aufstieg, als Blake hämisch zu lachen begann, als hätte er etwas wirklich Schreckliches vor, sprach aber weiter, ohne auf ihren Peiniger zu achten. »Es ist egal. Sieh zu, dass du entkommst, und dann lauf weg, Karina. Halte nicht an, egal, was du hörst. Verstanden?«

Kassie fühlte, wie sie unter ihr nickte, während Blake nach unten griff und sie von ihrer Schwester wegzog. Er legte seinen Arm um ihren Hals und riss sie nach oben.

Kassie wehrte sich mit allem, was sie hatte. Sie musste ihn beschäftigen, während Karina das Fenster zertrümmerte und entkam.

»Jetzt, Kar! Jetzt!«, rief Kassie, griff herum und fasste Blake in den Schritt. Sie drückte zu, so fest sie konnte, und freute sich, als er einen hellen Schmerzensschrei ausstieß, der ihr in den Ohren wehtat.

Kassie hörte das Geräusch von zerbrechendem Glas, drehte ihr Handgelenk und wünschte sich, sie hätte die Kraft, Blake den Schwanz abzureißen. Er ließ ihren Hals los und Kassie atmete erleichtert auf, aber daraus wurde sofort ein Schrei, als er sie unglaublich heftig schlug.

Der Schlag landete an der Seite ihres Kopfes und Kassie fiel zu Boden. In dem Wissen, dass sie jetzt nicht das Bewusstsein verlieren durfte, sprang sie auf und in die Richtung, von der sie dachte, dass Blake sich dort befand. Sie konnte nichts sehen, da ihr Blut in das eine Auge lief und schwarze Flecke vor dem anderen tanzten, aber es gelang ihr, seinen Arm zu greifen.

»Was zum Teufel machst du da, Schlampe? Nein, komm sofort zurück!«

Blake stürzte sich in Richtung Karina und des Fensters, und Kassie nutzte all ihre Kraft, um ihn in die Seite zu schlagen, genau dort, wo sie hoffte, dass seine Niere sich befand. Und es funktionierte, zumindest so halbwegs. Blake krümmte sich vor Schmerzen, ging aber nicht zu Boden.

Kassie blickte auf und sah, wie die Beine ihrer Schwester in die Luft traten, als sie versuchte, einen Halt zu finden, um sich den Rest des Weges nach oben zu ziehen und aus dem

Fenster zu schlüpfen. Kassie stürzte zu Karina, packte ihre Beine und schob.

Sie hörte Blake brüllen und gab ihrer Schwester einen letzten Stoß, als sie einen Schmerz in ihrem Rücken spürte, wie sie ihn noch nie zuvor gespürt hatte. Sie schrie und warf sich zur Seite, um zu versuchen, von dem wegzukommen, was auch immer es war. Aber Blake folgte ihr, als sie fiel. Sie fühlte einen weiteren schrecklichen, scharfen Schmerz in ihrem oberen Rücken und schnappte sofort nach Luft. Es fühlte sich an, als würde sie ersticken.

»Sie wird nie entkommen«, sagte Blake über ihr. »Du hast das Unvermeidliche nur hinausgezögert. Sie wird trotzdem verkauft, aber jetzt werde ich sie holen und dann werde ich sie vor deinen Augen in jedes ihrer Löcher ficken, bevor der Käufer kommt. Und das hat sie *dir* zu verdanken, du Fotze. Ich wollte sie ganz entspannt mit ihrem Käufer gehen lassen, aber wegen deiner Einmischung wird sie sich wünschen, dass sie tot ist, bevor er sie in die Finger bekommt und ihr das Leben erst *richtig* zur Hölle macht.«

Kassie konnte nicht mehr atmen, und was auch immer Blake ihr angetan hatte, tat entsetzlich weh, aber sie konnte nicht aufgeben. Konnte nicht zulassen, dass er ihre kleine Schwester in die Finger bekam.

Mit letzter Kraft, von der Kassie wusste, dass sie vom Adrenalin und nicht von irgendwo anders kam, schrie sie noch einmal und warf sich auf Blake, wobei sie ihren Körper umwandte, um ihm ins Gesicht zu sehen. Sie erblickte für eine Sekunde sein grinsendes Gesicht über ihrem und sie zielte genau darauf.

Gerade als sie ihren Zeigefinger in Richtung seines Auges stieß, ging eine Explosion durch die kleine Hütte.

Hollywood machte sich auf den Weg zur Hütte, so schnell er es wagte. Er konnte Stimmen von innen hören, aber nicht verstehen, was sie sagten. Er blickte zu Truck hinüber, der nickte und zwei Finger hochhielt, dann nach rechts und links zeigte.

Hollywood nickte. Es war fast so weit.

Er wusste, dass er warten musste, bis sein Team bereit war, aber alles in ihm wollte sich sofort in die Hütte stürzen.

Truck legte eine Hand auf seinen Arm. »In zehn Sekunden sind sie in Position und angriffsbereit«, erklärte er ihm mit Nachdruck.

Coachs Stimme drang aus dem Kopfhörer. »Da kommt jemand aus dem hinteren Fenster. Es handelt sich um die Schwester.«

Hollywood hielt den Atem an, als die Zeit buchstäblich stillzustehen schien. Er sah die heruntergekommene Hütte, als ob er an einem Ende eines wirklich langen Tunnels stand und das Gebäude am anderen. Sein ganzer Fokus lag auf der Vordertür, sein ganzes Wesen war darauf gerichtet.

»Sie hat es geschafft«, informierte Coach sie. »Verdammt, läuft die schnell.«

Aus dem Augenwinkel sah Hollywood eine kleine Gestalt, die von der Hütte wegrannte, so schnell sie konnte. Er sah, wie Coach schnell zu ihr aufschloss und sie auf den Boden warf, wobei er darauf achtete, dass er ihren Sturz abfing.

»Wir müssen reingehen«, erklärte Hollywood seinem Team durch das Headset.

»Karina geht es ganz gut«, informierte Coach die anderen. »Sie musste ein paar Schläge einstecken, aber sonst geht es ihr gut.«

Hollywood war zwar erleichtert, aber er machte sich noch immer wahnsinnig große Sorgen.

Und die wurden nur noch schlimmer, als er den schrillen Schmerzensschrei von Kassie vernahm, der aus der Hütte drang.

»Jetzt!«, befahl Ghost und fast gleichzeitig ging in der Hütte die Blitzgranate hoch. Sie war durch das Seitenfenster der Hütte geworfen worden.

Hollywood setzte sich in Bewegung, während Ghost befahl, die Granate zu werfen. Gewöhnt an den Lärm und das Licht der Dinger, die dazu bestimmt waren, den Gegner kampfunfähig zu machen, anstatt zu töten oder zu verstümmeln, schlug er die dünne Tür ein und trat hinein.

Blake lag auf dem Boden, eine Hand über seinem Gesicht und die andere bedeckte eines seiner Ohren. Und während Hollywood zusah, ließ Blake die Hand an seinem Ohr sinken und griff nach dem Messer, das er offensichtlich fallen gelassen hatte, als die Granate losging.

Hollywood drückte gleichzeitig mit Truck den Abzug seiner Waffe. Beide Kugeln trafen ihre beabsichtigten Ziele. Trucks Kugel ging in Blakes Hand und zwang ihn, das Messer noch einmal fallen zu lassen, und Hollywoods traf ihn direkt in die Schläfe.

Ohne sich darum zu kümmern, dass er gerade einen Menschen getötet hatte oder dass er es sogar absichtlich getan hatte, steckte Hollywood seine Waffe ins Holster und ging direkt zu Kassie, die bewegungslos auf dem Boden lag. Er ging zu ihr, um sie in seine Arme zu nehmen, aber Truck hielt ihn mit fester Hand davon ab.

»Vielleicht hat sie eine Wirbelsäulenverletzung. Wenn du sie bewegst, könnte sie im Rollstuhl landen«, warnte er ihn.

Hollywood knirschte frustriert mit den Zähnen. Er kniete sich auf den Boden neben sie und seine Hände schwebten über ihr.

Ein Aufruhr an der Tür lenkte seine Aufmerksamkeit von Kassie ab und er hatte nur eine Sekunde Zeit, um zu verstehen, was es war, und zu handeln. Karina hatte versucht, sich auf ihre Schwester zu werfen, und schluchzte dabei jämmerlich. Hollywood fing sie auf und wirbelte sie herum, damit sie Kassie nicht noch mehr verletzte, als sie es bereits war.

Er hörte vage, dass Fletch den Hubschrauber rief und das Krankenhaus über ihr Eintreffen informierte. Dann sprach Coach mit Ghost und den anderen und erklärte ihnen, dass Karina gesagt hätte, dass ein Käufer für beide von ihnen auf dem Weg sein sollte, also mussten sie wachsam bleiben.

Beatle und Blade erschienen in der kleinen Hütte und knieten sich neben Kassie nieder. Sie begannen, ihre Verletzungen zu untersuchen. Hollywood wollte derjenige sein, der sich um sie kümmerte, aber im Moment brauchte Karina ihn.

Er zog sich zurück und warf einen kurzen Blick auf Karina. Sie hatte einige Schnitte an ihren Armen und ein paar an den Beinen, die sie sich wahrscheinlich geholt hatte, als sie aus dem Fenster gesprungen war, aber sie waren nicht tief. Er umarmte sie wieder und sie kuschelte sich an ihn, als hätte sie ihn schon ihr ganzes Leben lang gekannt.

»Pst. Wir sind ja da. Es ist alles in Ordnung«, erklärte er ihr, wobei er sein Team und die Frau im Auge behielt, die ihm die Welt bedeutete.

»Sie hat mir gesagt, ich solle fliehen«, erklärte Karina weinend. »Sie hat sich zwischen ihn und mich gestellt. Er hat sie getreten und sie verletzt und trotzdem hat sie nur an mich gedacht.«

»Überrascht dich das?«, fragte Hollywood. »Sie liebt dich. So sehr.«

Karina antwortete nicht, sondern weinte nur noch mehr.

»Es tut mir leid, Mann«, erklärte Blade ihm leise und sah Hollywood an. »Es sieht nicht gut aus.«

»Was?«, fragte Hollywood, der nicht verstand, was sein Freund ihm zu sagen versuchte.

»Sie hat sehr viel Blut verloren. Zu viel. Sie hat einen Puls, aber er ist sehr schwach und sie hat eiskalte Hände.«

Hollywood wandte sich an Coach und schob Karina praktisch zu ihm. Er war sanft, aber er musste unbedingt zu Kassie. Es durfte einfach nicht sein, dass sie starb. Das konnte sie nicht. Er durfte nicht zu spät gekommen sein.

Ohne darauf zu warten, dass Karina okay war, wandte sich Hollywood an Kassie. Er hob ihre Hand und stellte fest, dass Blade nicht gelogen hatte. Er schwitzte vor Hitze in der kleinen Hütte, aber Kassies Hände waren eiskalt.

Hollywood ignorierte Blade, der murmelte, wie leid es ihm tat, streckte eine zitternde Hand aus und legte sie Kassie an den Hals. Er musste die Galle, die in seiner Kehle aufstieg, herunterschlucken, bevor er sprechen konnte.

»Sie ist okay«, versicherte er Blade.

»Hollywood, ich weiß, dass du das gern glauben würdest, aber –«

»Ihre Hände sind *immer* kalt, Blade«, erklärte Hollywood ihm. »Wirklich immer. Ich weiß auch nicht warum. Hat vielleicht was mit der Durchblutung zu tun, aber für sie ist es ganz normal.« Er drehte den Kopf und sah Blade in die Augen. »Ihr Puls ist vielleicht schwach, aber sie wird wieder gesund. Ich weiß es.«

Als Hollywood beide Hände um Kassies kalte Finger legte, hob Blade ihre freie Hand auf und versuchte, sie zu wärmen, genau wie Hollywood es mit der anderen tat. »Es tut mir leid, Mann«, sagte er. »Ich wusste nur nicht, warum sie sonst so kalt sein sollte, vor allem weil es hier *kein bisschen* kalt ist.«

»Ist schon in Ordnung«, versicherte Hollywood ihm ruhig. »Du kannst ihr ein Paar Handschuhe zu Weihnachten schenken.«

»Ich schreibe es auf meine Liste«, erklärte Blade seinem Kameraden lächelnd. Aber das Lächeln erstarb, als er hinzufügte: »Aber sie blutet *wirklich* viel zu stark. Wir müssen sie umdrehen und nachsehen, was das Arschloch ihr angetan hat.«

Hollywood nickte und half Blade dabei, Kassie auf die Seite zu legen, während Beatle ihren Hals stabilisierte. Beide Männer fluchten, als sie die klaffenden Löcher in ihrem T-Shirt und die riesige Blutlache unter ihr sahen.

»Ist sie okay?«, wollte Karina von der anderen Seite des Raumes wissen.

Ohne den Blick von der Frau abzuwenden, die er mehr als alles andere auf der Welt liebte, erklärte Hollywood bestimmt: »Sie kommt wieder in Ordnung, Karina.«

»Aber sie hat so viel Blut verloren«, bemerkte die jüngere Frau.

»Sie ist stark. Sie hat auf keinen Fall all das durchgestanden, um jetzt aufzugeben. Stimmt's, Kass?«

Nachdem sie Kassie umgedreht hatten, sodass sie jetzt auf dem Bauch lag, beugte Hollywood sich zu ihr und sprach direkt in ihr Ohr, während Blade eines der Messer nahm, die er immer dabeihatte, und Kassies T-Shirt am Rücken aufschlitzte, damit sie nachsehen konnten, womit sie es zu tun hatten.

»Du hast ihm den Hintern versohlt, nicht wahr?«, fragte er und hielt eine ihrer Hände in seiner, während er ihr die andere sanft in den Nacken gelegt hatte. »Du hast getan, was nötig war, damit Karina entkommen konnte, während du zurückgeblieben bist und dafür gesorgt hast, dass das Arschloch für niemanden mehr eine Bedrohung darstellt.«

Er sah hinüber zu Blake, der bewegungslos wenige Meter von ihnen entfernt lag, und bemerkte das Blut, das ihm aus dem Auge lief. Er vermied es, ihren Rücken anzusehen, beugte sich trotzdem noch einmal zu ihr und flüsterte: »Du hast ihm mit den Fingernägeln die Augen ausgestochen, nicht wahr? Gut gemacht. Ich bin stolz auf dich. Ich –«

»Der Helikopter wird in sechzig Sekunden eintreffen«, informierte Ghost sie alle über die Headsets. »Hollywood, du gehst mit Karina und Blade und Kassie. Wir anderen bleiben hier. Wir warten, ob noch jemand auftaucht, und kümmern uns dann auch um diesen Abschaum.«

Hollywood nickte, ohne Kassies Gesicht aus den Augen zu lassen. Er suchte nach einem Anzeichen dafür, dass sie noch da drin war. Dass sie darum kämpfte, zu ihm zurückzukehren.

»Zwei Stichwunden. Eine sieht so aus, als hätte sie ihre Lunge durchstoßen. Der andere Stich ist zu hoch, um irgendein lebenswichtiges Organ getroffen zu haben, aber ganz sicher können wir uns nicht sein«, informierte Blade sie alle.

Hollywood hörte, wie Ghost diese Information an die Sanitäter im Helikopter weitergab, konnte den Blick aber nicht von den obszönen Schnitten in Kassies Haut abwenden.

Er hatte ihr versprochen, dafür zu sorgen, dass sie in Sicherheit war. Er machte die Augen zu und atmete tief durch. Er musste seine Emotionen in den Griff bekommen. Er würde Kassie jetzt keine große Hilfe sein, wenn er sich gehen ließ.

»Es ist wahrscheinlich am einfachsten, sie so liegen zu

lassen und den Jungs im Helikopter zu überlassen«, sagte Blade und fing an, Kassies T-Shirt wieder über ihre Wunden zu ziehen.

Hollywood fühlte sich, als wäre er erneut in einem langen Tunnel. Alles um ihn herum war auf stumm geschaltet und er hörte sie nur teilweise. Sein ganzer Fokus lag auf Kassie. Er trat zurück, ließ Blade, Beatle und Truck sie hochheben und zuckte, als sie bei der Bewegung stöhnte. Er legte seine Hand unter ihren Hinterkopf, als sie aus der Hütte in Richtung des Hubschraubers gingen, der etwas weiter weg gelandet war.

Der Staub war sehr dicht, aber Hollywood versuchte nicht einmal, seinen Mund zu schützen. Er ging in die Hocke und tat alles, was er konnte, um Kassie zu beschützen. Er stieg in den Hubschrauber und half seinen Teamkollegen, Kassie hineinzubekommen. Die beiden Sanitäter im Hubschrauber übernahmen dann und Hollywood ging wieder an Kassies Kopf. Blade half Karina auf und in den Passagierraum und folgte ihr dann. Das Mädchen ging seitwärts zu Hollywood und ihrer Schwester und kuschelte sich an seine Seite.

Hollywood legte einen Arm um Karina und den anderen auf Kassies Hinterkopf, während die Ärzte ihr Ding machten. Er fühlte, wie der Hubschrauber in die Luft stieg, und hörte vage, dass Truck Beatle über das Headset fragte, ob er dachte, dass Kassie es schaffen würde.

Seine Antwort ließ Hollywood zum ersten Mal seit Stunden lächeln. »Natürlich schafft sie es, verdammt. Schließlich ist sie eine von uns. Sie ist hart wie Stahl.«

KAPITEL ZWANZIG

Hollywood hatte einen Arm um Karina gelegt, als sie im Wartezimmer eines Krankenhauses in San Antonio saßen. Er hatte keine Ahnung, um welches Krankenhaus es sich handelte, und es war ihm auch egal. Kassie befand sich im Operationssaal. Blade hatte recht gehabt. Einer der Messerstiche hatte ihre Lunge durchbohrt und der andere Stich sah zwar schlimm aus, hatte aber keine lebenswichtigen Organe getroffen. Blake hatte ihr Herz nur um wenige Zentimeter verfehlt. Der Stich war durch einige Muskeln gegangen und es würde ziemlich schmerzhaft, aber nicht lebensbedrohlich sein.

Hollywood hatte die Ärzte darum gebeten nachzusehen, ob Kassie auch vergewaltigt worden war. Karina hatte drauf beharrt, dass Blake sie nicht angerührt hatte, aber Kassie war auf dem Weg nach Laredo ziemlich lange mit ihm allein gewesen. Er hätte unterwegs angehalten und sie missbraucht haben können. Hollywood wollte, dass die Ärzte diese Untersuchung durchführten, während sie noch nicht bei Bewusstsein war, damit sie sich nicht daran erinnerte. Er wollte sie auf keinen Fall noch mehr traumatisieren, als sie es ohnehin schon war.

Die Ärzte hatten ihm versichert, dass sie sie genau untersuchen würden, sobald sie ihre Wunden behandelt hatten, um sicherzustellen, dass es nicht noch andere Dinge gab, über die man sich Sorgen machen musste ... und dazu gehörte auch herauszufinden, ob sie sexuell missbraucht worden war.

Erst waren sie im Wartezimmer nur zu dritt gewesen, Hollywood, Blade und Karina. Dann war Rock mit zwei weiteren Männern zu ihnen gestoßen. Und dann waren nach und nach immer mehr Leute gekommen. Irgendwann hatte das Krankenhauspersonal nachgegeben und der wachsenden Gruppe einen kleinen Konferenzraum zugestanden.

Und kaum hatte er es sich versehen, waren es fast zwei Dutzend Leute, die darauf warteten herauszufinden, wie es Kassie ging.

»Wer sind all diese Menschen?«, flüsterte Karina Hollywood zu, nachdem sie alle in gedämpftem Ton begrüßt hatten. Sie waren zu ihnen herübergekommen, um ein paar Worte mit ihnen zu wechseln und sie wissen zu lassen, dass sie für Kassie beteten, aber Hollywood wusste nicht, wer sie alle waren.

Rock hatte das gehört und seine Frage beantwortet: »Das sind einige der besten Menschen, die ich je kennengelernt habe. Dort drüben«, er nickte mit dem Kinn zur einen Seite des Raumes, »sind meine Freunde von der Polizei. Daxton, Quint, Cruz, Wes, Hayden, Conor und Calder. Die Rothaarige, Hayden, ist auch Polizistin, aber die anderen Frauen sind die Freundinnen der Beamten.«

Er drehte sich um und zeigte zur anderen Seite des Zimmers. »Und das sind ebenfalls Freunde von mir. Sie sind bei der Feuerwehr. Sledge, Crash, Chief, Squirrel, Taco, Driftwood, Moose und Tiger. Sledges Freundin ist nicht da, aber die von Crash schon ... Die Frau mit dem Hund ist Adeline.«

»Beth ist nicht gekommen?«, wollte Hollywood wissen. »Warum nicht? Ist sonst noch etwas los?«

Rock schüttelte schnell den Kopf. »Nein. Sie hat Platzangst ... oder besser gesagt, hatte. Sie arbeitet daran, aber von dem, was Sledge mir erzählt hat, wollte sie lieber bei ihrem Laptop bleiben, die Vorgänge von dort verfolgen und Tex weiterhin Informationen zukommen lassen.«

Hollywood spürte, wie Karina gegen ihn sank, und nahm sie fester in den Arm. »Alles in Ordnung?«, fragte er, obwohl er die Antwort schon kannte. Er nahm an, dass sie sich ähnlich fühlte wie er. Überfordert, müde, ungeduldig – und voller Angst vor der Tatsache, dass ein Arzt in den Raum kommen würde, um ihnen zu sagen, dass Kassie es nicht geschafft hatte.

Er wusste nicht, wie viel Zeit sie bereits im Operationssaal verbracht hatte, aber es kam ihm wie eine Ewigkeit vor.

Und gerade als Hollywood dachte, dass niemand mehr ins Zimmer passte, ging die Tür auf und Karinas Eltern kamen herein, gefolgt von Fish.

Karina sprang von dem Stuhl auf, auf dem sie gesessen hatte, und lief zu ihren Eltern. Lange Zeit blieben sie eng umschlungen in der Tür stehen, bevor Fish Donna beim Ellbogen nahm und die Gruppe zu ein paar Stühlen in der Nähe führte.

Hollywood stand auf und ging zu ihnen hinüber, um mit ihnen zu reden. Er schüttelte Fish die Hand. »Vielen Dank, dass du sie hergebracht hast.«

»Es tut mir leid«, erklärte Fish und sah Hollywood nicht richtig in die Augen.

Hollywood griff den anderen Mann fest an der Hand und ließ nicht zu, dass er sich losmachte. Er wartete, dass Fish ihn ansah. »Es gibt nichts, wofür du dich entschuldigen müsstest, Fish.«

»Ich hätte warten und mich vergewissern sollen, dass Karina unversehrt zu Hause ankommt.«

»Nein. Du hattest keinen Grund, misstrauisch zu sein. Schließlich hatten wir Dean ausgeschaltet und waren überzeugt davon, dass ihr keine Gefahr mehr drohte.«

»Trotzdem –«

»Fish, nein«, erklärte Hollywood ihm mit Nachdruck. »Die ganze Geschichte ist nicht deine Schuld.«

Die Männer sahen einander einen Augenblick lang an, bis Fish schließlich nickte. Hollywood ließ seine Hand los und sah hinüber zu Kassies Eltern. »Sie wird noch operiert. Wir wissen nicht viel, aber ich habe keinen Zweifel daran, dass sie es schaffen wird. Sie ist eine Kämpferin.«

»Du hättest sie sehen sollen, Dad«, erklärte Karina mit bebender Stimme. »Von dem Moment an, als sie die Hütte betrat, wo Blake mich festhielt, hat sie die Kontrolle übernommen. Sie hat mir sofort die Fesseln abgenommen und einen Weg gefunden, wie ich entkommen konnte.«

Jim Anderson strich seiner Tochter übers Haar und küsste sie auf die Schläfe. »Sie war bestimmt unglaublich.«

Karina nickte und legte den Kopf dann wieder an die Schulter ihres Vaters.

»Danke, dass Sie uns angerufen haben, mein Junge«, sagte Jim Anderson zu Hollywood. »Wir haben diese SMS bekommen, die angeblich von Karina stammte, aber uns war sofort klar, dass da irgendetwas nicht stimmte. Erstens würde sie nie die ganze Nacht lang wegbleiben und zweitens klang das alles gar nicht nach ihr. Einerseits haben wir uns nach Ihrem Anruf natürlich Sorgen gemacht, aber andererseits wussten wir wenigstens, dass wir nicht verrückt waren und dass Sie alles in Ihrer Macht Stehende tun werden, um sie wiederzufinden. Wissen Sie irgendetwas Neues über Kassies Zustand?«

Hollywood öffnete den Mund, um dem Mann, der noch immer seine jüngste Tochter im Arm hielt, alles mitzuteilen, was er wusste, wurde dann aber von einem Arzt unterbrochen, der in der Tür stand.

»Ich nehme an, Sie sind die Familienangehörigen und Freunde von Kassie Anderson?« Als alle das bejahten, fuhr der Arzt schnell fort: »Sie kommt wieder in Ordnung. Die Operation ist gut verlaufen. Wir konnten das Loch in ihrer Lunge reparieren und die beiden Wunden in ihrem Rücken nähen. Sie wird noch eine Weile Schmerzen haben und muss noch eine Zeit lang im Krankenhaus bleiben, damit wir weitere Komplikationen ausschließen können.

Anscheinend wurde sie ordentlich verprügelt. Eine ihrer Nieren ist geprellt und ein paar ihrer Rippen sind angebrochen. Außerdem hat sie einige heftige Hämatome an Rücken und Oberschenkeln.« Er wandte sich an Hollywood und sah ihn direkt an, um ihn wissen zu lassen, dass sie nicht vergewaltigt worden war, ohne es anzusprechen. »Allerdings haben wir keine weiteren schwerwiegenden Verletzungen gefunden. Und obwohl sie einige Wochen lang ziemlich heftige Schmerzen haben wird, hat sie unglaublich viel Glück gehabt.«

Hollywood schloss vor Erleichterung einen Moment lang die Augen. Ihre Verletzungen waren zwar grauenhaft, aber immerhin kam dazu nicht auch noch die psychologische Belastung einer Vergewaltigung, mit der sie fertigwerden musste. Natürlich würde sie sich professionelle Hilfe suchen müssen, um das zu überwinden, was sie durchgemacht hatte. Was auch ganz normal war, wenn man entführt worden war und fast ums Leben gekommen wäre, aber immerhin konnte er ihr dabei helfen, damit umzugehen.

»Können wir zu ihr?«, fragte Donna besorgt.

»Sie ist noch auf der Intensivstation«, erklärte der Arzt ihnen. »Aber ich werde eine zwanzigminütige Besuchszeit gewähren. Jeweils zehn Minuten mit maximal zwei Personen auf einmal«, warnte er sie. »Sie ist noch nicht bei Bewusstsein, also ist es das Beste, wenn Sie alle nach Hause fahren und sich ausschlafen. Wenn es ihr morgen früh gut geht, werde ich dafür sorgen, dass sie in ein normales Zimmer verlegt wird.«

»Vielen Dank«, entgegnete Kassies Mutter leise. »Können wir sie jetzt sehen?«

Hollywood hätte gern protestiert. Er hätte gern darauf bestanden, dass er derjenige war, der sie sehen durfte, aber er musste sich zurückhalten und zulassen, dass ihre Familie sich versicherte, dass ihre Tochter wieder in Ordnung kommen würde.

»Ja, wenn Sie mir bitte folgen würden«, erklärte der Arzt und wandte sich zur Tür.

Zu seiner großen Überraschung berührte Donna Hollywood am Arm. »Wir beeilen uns, damit Sie als Nächster reinkönnen«, erklärte sie ihm sanft.

Hollywood blickte Donna in die Augen und sah darin Verständnis und Mitgefühl für ihn, vermischt mit einer enormen Erleichterung, weil es ihrer Tochter gut gehen würde.

»Vielen Dank«, sagte er mit erstickter Stimme. Mehr hätte er nicht herausgebracht, auch wenn sein Leben davon abgehangen hätte.

»Du bleibst hier bei Hollywood«, erklärte Jim Karina.

»Wir sind gleich zurück und dann suchen wir uns ein Hotel, in dem wir übernachten können.«

»Entschuldigen Sie, Sir«, meldete sich ein Mann hinter ihnen zu Wort.

Alle drehten sich zu dem großen blonden Mann um, der gesprochen hatte.

»Ja?«, entgegnete Jim.

»Ich heiße Conor Paxton. Ich bin Wildhüter bei Texas Parks and Wildlife. Und mit Hollywood befreundet ... Und ich würde Ihnen und Ihrer Familie gern meine Gastfreundschaft anbieten. Ich habe ganz in der Nähe ein Haus. Und ich würde mich freuen, wenn Sie dort übernachten würden.«

»Oh, aber ... das geht doch nicht«, protestierte Donna schwach.

»Bitte«, ermutigte Conor sie. »Ich kann mich heute Abend um Sie kümmern und die Nacht dann selbst bei meinem Freund TJ verbringen.« Er zeigte auf einen ehemaligen Delta Force-Soldaten in der Nähe. »Es ist zwar kein Palast, aber sicher gemütlicher als ein Hotel.«

Donna sah zu ihrem Ehemann und der blickte von dem Mann vor sich zu der Gruppe von Leuten, die im Raum herumsaßen, und dann wieder zu seiner Frau.

»Wir wissen Ihre Gastfreundschaft wirklich zu schätzen«, erklärte Jim Conor und schüttelte ihm dann die Hand.

»Ich warte hier auf Sie, während Sie Ihre Tochter besuchen«, erklärte Conor ihm. Er nickte der Familie zu und Hollywood zog sich dann zurück, um ihnen ein wenig Privatsphäre zu geben.

Jim streckte Hollywood seine Hand hin und es schien, als würden alle im Raum Anwesenden die Luft anhalten. Langsam drückte Hollywood die Hand des anderen Mannes.

»Danke, dass Sie meine Mädchen gerettet haben«, sagte Jim leise.

»Ich hätte nicht zulassen dürfen, dass sie überhaupt in diese Situation geraten«, entgegnete Hollywood ehrlich.

Jim ließ seine Hand nicht los, sondern drückte sie nur umso fester. »Vielleicht. Vielleicht auch nicht. Aber was geschehen ist, ist geschehen. Wir können die Vergangenheit nicht ändern, sondern müssen uns auf die Zukunft konzentrieren. Aber sagen Sie mir eins ...«

»Alles, was Sie möchten«, erwiderte Hollywood sofort, da ihm klar war, dass Kassies Vater weitaus nachsichtiger mit ihm war, als er es in der gleichen Situation wahrscheinlich gewesen wäre.

»Muss ich mir Gedanken darüber machen, dass das erneut vorkommt? Sind diese Männer jetzt damit fertig, meine Familie zu terrorisieren?«

Er öffnete den Mund, um zu antworten, doch Fish war schneller. Er machte neben Hollywood halt und sagte mit Bestimmtheit: »So etwas oder etwas Ähnliches wird nicht noch einmal vorkommen, Sir. Ihren Töchtern steht es jetzt frei, ihr Leben zu leben, wie sie es möchten und mit *wem* sie es möchten.«

Jim ließ jetzt doch Hollywoods Hand los und sah Fish misstrauisch an. »Habe ich Ihr Wort darauf?«

»Auf jeden Fall«, entgegnete Fish, ohne zu zögern. »Richard Jacks, Dean Jennings, Blake Watson und all ihre Freunde werden von diesem Tag an *kein* Problem mehr für Ihre Familie darstellen.«

»Sehr gut.« Und damit war die Sache abgeschlossen. Als wären Fishs Worte Gesetz, verschwand der besorgte Ausdruck von Jims Gesicht, als hätte man ihn ausradiert. »Vielen Dank, dass Sie uns auf dem Laufenden gehalten und uns hergebracht haben«, erklärte er Fish. »Wir haben uns große Sorgen gemacht. Die Tatsache, dass Sie und Ihre Freunde wussten, was los war, und sogar wussten, wo unsere Töchter steckten, hat dafür gesorgt, dass diese ganze Sache ... zwar nicht gut, aber immerhin erträglich war. Ich habe die Männer und Frauen, die ihr Leben unserem Land widmen, immer respektiert. Und ich bin froh, dass Kassies Ex-Freund eine Ausnahme war und nicht die Regel.«

»Ja, Sir«, entgegnete Fish. »Es gibt in jedem Berufszweig Arschlöcher und eben auch beim Militär, aber es gibt niemanden, dem man mehr vertrauen kann als den Männern und Frauen in diesem Zimmer.«

»Wenn Sie jetzt so weit wären?«, meldete sich der Arzt zu Wort, der immer noch im Türrahmen stand. »Wir sollten gehen.«

Hollywood sah dabei zu, wie Kassies Eltern dem Arzt folgten. Eine der Frauen kam herüber und überredete Karina, sich zu ihr und ihren Freundinnen zu setzen. Hollywood war sich nicht ganz sicher, um wen es sich handelte, aber er war froh, dass jemand anderes einen Moment lang die Verantwortung für sie übernahm.

Er wollte mit jeder Faser seines Körpers bei Kassie sein. Dabei zusehen, wie ihre Brust sich hob und senkte, wenn sie atmete. Um sich persönlich davon zu überzeugen, dass es ihr tatsächlich gut ging.

»Hey, Kass«, sagte Hollywood zwanzig Minuten später leise. Ihre Eltern waren ins Wartezimmer zurückgekommen und kurz darauf mit Karina und Conor aufgebrochen.

Er hatte sich bei allen bedankt, die gekommen waren, um Kassie zu unterstützen, und war der Krankenschwester zu Kassies Zimmer gefolgt. Die Maschinen um sie herum piepten und überwachten ihre Atmung, ihren Puls und sogar den Sauerstoffgehalt in ihrem Blut.

Aber er hatte nur Augen für sie. Sie hatte einen großen blauen Fleck an ihrer Schläfe und ein blaues Auge. Sie lag auf dem Rücken und hatte die Nadel für einen Tropf in ihrem Arm und einen Sauerstoffschlauch in der Nase. Erst als er ihren Arm berührte, atmete Hollywood erleichtert auf.

Warm. Sie war warm.

Er setzte sich so, dass er ihre Hand in seiner halten konnte. Seine Lippen zuckten amüsiert. Sie waren kalt. Er rieb ihre Finger sanft, während er sprach. »Deiner Schwester geht es gut. Du hast sie davor geschützt, von diesem Arschloch verletzt zu werden. Sie ist abgehauen und so schnell sie konnte gerannt. Du hättest sie sehen sollen. Ich hab schon gedacht, dass nicht mal Coach sie einholt.«

Er machte eine Pause und zog sich einen Stuhl so nahe ans Bett, wie es ging. Dann rückte er ihn so, dass er so nahe wie möglich an Kassies Kopf war. Und dann sprach er die Worte aus, die er noch nie zu ihr gesagt hatte, während sie wach und bei Bewusstsein war. Bis zu diesem Moment war ihm gar nicht klar gewesen, wie wütend er auf sie war. Er war zu beschäftigt damit gewesen, sie zu finden und dafür zu sorgen, dass sie die medizinische Hilfe bekam, die sie benötigte. Aber sie so in diesem Krankenhausbett liegen zu sehen hatte seine Wut an die Oberfläche gebracht.

»Ich war noch nie zuvor in meinem Leben so wütend auf jemanden wie in dem Moment, als ich aufgewacht bin und feststellen musste, dass du nicht da bist. Du hättest mich wecken sollen, Liebling. Dann würdest du jetzt nicht hier liegen. Mein Team und ich sind für so etwas ausgebildet. Wir hätten damit umgehen können.«

Er machte eine kleine Pause. In dem Moment, als diese

Worte seinen Mund verließen, verflog auch seine Wut. »Ich hasse es, dich so zu sehen. Aber du musst wissen, dass ich dir dabei helfen werde, das zu bewältigen. Ich werde den ganzen Weg über bei dir sein. Du wirst dich beschweren, es leid sein, dass ich ständig an deinem Rockzipfel hänge, und du wirst versuchen, deinen normalen Tagesablauf wieder aufzunehmen, bevor du bereit dazu bist. Aber das ist in Ordnung, weil ich da sein und dafür sorgen werde, dass du nur das tust, was dir möglich ist. Ich liebe dich, Kassie Anderson. Ich möchte dich heiraten. Ich möchte dir so viele Kinder machen, wie du haben willst, und dann noch ein paar mehr. Ich möchte nicht eine Minute meines Lebens ohne dich verbringen.«

Sie zuckte nicht mal.

Hollywood lächelte. »Schlaf, mein Schatz. Werde wieder gesund. Morgen früh bin ich wieder da und wir werden unser gemeinsames Leben beginnen.«

Vorsichtig legte er ihre Hand ab und deckte sie mit der Decke zu. Dann machte er das Gleiche mit ihrer anderen Hand und achtete dabei darauf, die Nadel für den Tropf nicht zu berühren. Als er sie ordentlich eingepackt hatte, stand Hollywood auf und legte eine Hand an ihre Wange. Er beugte sich vor und küsste sie sanft auf die trockenen Lippen. Dann lehnte er seine Stirn an ihre und erklärte ihr: »Gott sei Dank hat dein Idiot von einem Ex-Freund dich dazu gezwungen, mich über die Webseite dieser Partnervermittlung zu kontaktieren.«

Er stand auf, küsste seine Finger, legte ihr die kurz auf die Lippen und verließ dann mit einem breiten Lächeln auf dem Gesicht den Raum.

KAPITEL EINUNDZWANZIG

Sechs Wochen später

»Verdammt noch mal, Hollywood, jetzt verschwinde schon«, beschwerte sich Kassie.

»Nein. Du bist noch nicht so weit.«

»Es geht mir *wunderbar*«, versicherte Kassie ihm. »Die Sache ist jetzt schon eineinhalb Monate her. Mein Arzt hat gesagt, ich könne all meine normalen Aktivitäten wieder aufnehmen. Ich liebe dich, aber du musst dich jetzt nicht mehr wie ein siamesischer Zwilling benehmen.« Ihre Stimme wurde weicher. »Du musst langsam mal wieder arbeiten gehen, Schatz. Wie willst du denn sonst Geld verdienen, um uns durchzubringen?«

»Ich will dich aber nicht allein lassen«, gab Hollywood zu.

Sie standen in der Küche in Fletchs Garagenwohnung. Hollywood hatte Kassie eigentlich in sein Apartment bringen wollen, war aber beruhigt, dass Fletch und Emily nur wenige Schritte entfernt waren, sollte er Hilfe mit

Kassie brauchen oder wenn sie etwas benötigte, während er bei der Arbeit auf dem Stützpunkt war.

Sie war eine Woche im Krankenhaus in San Antonio geblieben, dann hatte sie darum gebeten, in ein Krankenhaus in Austin verlegt zu werden. Sie wollte, dass ihre Eltern und ihre Schwester zu ihrer normalen Routine zurückkehrten, und das Leben in Conor Paxtons Haus in San Antonio war für sie alles andere als normal.

Sie hatte eine weitere Woche damit zugebracht, sich zu erholen und ihre Verbände im Austin Memorial wechseln zu lassen. Ihre Eltern wollten, dass sie während ihrer Genesung bei ihnen einzog, aber Hollywood hatte sie überzeugt, vorübergehend nach Temple zu ziehen, bis sie sich komplett erholt hatte.

Sie war von ihrem Job krankgeschrieben und der Gedanke, Hollywood weiterhin jeden Tag sehen zu können, war zu verlockend, sodass sie schließlich nachgab. Er war jeden Tag zu ihr gefahren, um sie zu sehen, während sie im Krankenhaus in Austin gelegen hatte, und sie hatte sich daran gewöhnt, dass er jedes Mal da war, wenn sie aufwachte.

So ließ sie sich von ihm überzeugen, in der Garagenwohnung zu bleiben, und Hollywood war im Wesentlichen bei ihr eingezogen.

Sie hatten ihre erste Auseinandersetzung einen Monat nach dem Vorfall gehabt, als sie von Rayne erfuhr, dass das Team auf eine Mission gehen sollte, aber Hollywood sich entschieden geweigert hatte, sie alleine zu lassen. Und da er sich geweigert hatte, hatte der Rest der Jungs es auch getan. Und ihr Kommandant war, gelinde gesagt, nicht gerade glücklich gewesen; es war ja schließlich nicht so, als könnten sie einfach so Befehle verweigern. Aber Hollywood hatte es getan.

Kassie hatte geschrien, geweint und sich generell aufgeregt und ihm gesagt, dass er gehen müsse. Dass sie nicht wollte, dass er vor ein Kriegsgericht gestellt oder degradiert wurde oder was auch immer passieren würde, wenn er nicht ging, wenn Onkel Sam ihm befahl zu gehen.

Aber Hollywood weigerte sich und behauptete, dass es ihr nicht gut genug ginge, um allein zu Hause zu bleiben, egal wie lange sie weg sein würden. Glücklicherweise siegte die Vernunft und Ghost sprach mit dem Verantwortlichen des anderen Delta-Teams, mit dem sie im Tierschutzgebiet zusammengearbeitet hatten, und sie hatten sich darauf geeinigt, dass sie stattdessen auf diese Mission gingen.

Aber das war jetzt zwei Wochen her und Kassie fühlte sich gut. Sie war nicht hundertprozentig wieder gesund, aber es ging ihr viel besser als noch vor zwei Wochen. Sie konnte die Stufen zur Wohnung ohne Probleme allein hinaufgehen, solange sie es langsam angehen ließ. Sie konnte sogar selbst einen BH anziehen, was in ihren Augen eine große Leistung war.

Sie legte eine Hand auf Hollywoods Arm. »Es geht mir wirklich gut, das schwöre ich dir.«

Er atmete wahnsinnig tief durch, legte ihr die Arme um die Taille und zog sie an sich. »Ich habe die letzten vierzig Nächte mit dir verbracht. Und ich will in Zukunft nicht eine einzige ohne dich verbringen.«

»Ich weiß«, beruhigte sie ihn und streichelte seinen Rücken, während sie ihre Wange an seinen Oberkörper legte. »Aber das musst du.«

»Ich will aber nicht«, sagte er trotzig.

»Ich weiß«, wiederholte Kassie. »Aber das musst du *wirklich*.«

Sie spürte, wie er sie hinter dem Ohr küsste. »Ja.«

»Ich komme ohne dich klar, Graham«, versicherte Kassie ihm.

»Ja, das wirst du.« Daraufhin machte Hollywood einen Schritt von ihr weg und sagte: »Es gibt da etwas, das ich dir zeigen muss.«

»Ach ja?«

»Setz dich auf die Couch. Ich bin gleich wieder da«, befahl Hollywood ihr.

Sie verdrehte die Augen, aber lächelte ihn an. Ohne zu widersprechen, tat sie, worum er sie gebeten hatte. Seit sie aus dem Krankenhaus entlassen worden war, war er besonders herrisch, aber da er meistens Dinge von ihr verlangte, die sie ohnehin tun wollte, beschwerte Kassie sich nicht.

Es war fast so, als würde er ihren Körper besser kennen als sie selbst. Er wusste, wann sie es übertrieben hatte und müde war, wann sie Schmerzen hatte und wann sie eine Schmerztablette nehmen musste. Eigentlich sollte sie sich Sorgen darum machen, warum er ihre Gedanken lesen konnte, aber um ehrlich zu sein, störte es sie nicht. Es fühlte sich gut an, umsorgt zu werden.

Sie ließ sich vorsichtig auf die Kissen sinken und wartete darauf, dass Hollywood zurückkam.

Eine Sekunde später war er schon wieder da. Er war nur ins Schlafzimmer gegangen und hatte etwas geholt, das wie ein Brief aussah.

Er setzte sich und hielt ihn ihr hin.

»Was ist das?«

»Lies und sieh selbst«, sagte Hollywood zu ihr. Er setzte sich in eine Ecke der Couch und zog sie in seine Arme.

Kassie rutschte herum, bis sie mit dem Rücken gegen ihn lehnte. Er legte die Arme um ihren Oberkörper und sie entspannte sich. Sie hatten viele Abende gemeinsam so auf der Couch verbracht und ferngesehen oder sich unterhalten.

Lange Zeit war es ihr unangenehm gewesen, flach auf dem Rücken zu liegen, und so hatten sie herausgefunden, dass diese Stellung am bequemsten war. Sie konnte aufrecht sitzen, sodass kein Druck auf ihre Wunden und Rippen ausgeübt wurde, aber sie konnten sich auch aneinander kuscheln, was in ihren Augen viel wichtiger war.

Der Brief war bereits geöffnet worden, also zog sie das einzelne Blatt heraus und begann zu lesen.

Hollywood,

ich schicke dir einen Gruß aus dem wunderschönen Idaho. Manchmal ist es hier so still, dass es fast unheimlich ist. Ich hoffe, dass du und der Rest des Teams mich hier besuchen werdet, damit wir den Grill, den ich gestern gekauft habe, einweihen können. Freunde sind hier schwer zu finden, da das Motto des Staates zu sein scheint »Lass mich in Ruhe«. Dir würde es wahrscheinlich nicht gefallen, weil es ziemlich schwer ist zu unterscheiden, wer einfach nur Angst vor dem Weltuntergang hat und sich darauf vorbereitet, und wer tatsächlich ein Terrorist ist, der eine Massenzerstörung im großen Rahmen plant.

Ich schwöre, ich fühle mich so, als würde ich ständig beobachtet werden. Ich weiß nicht, ob das nur so ist, weil ich neu hier bin, oder ob mehr dahintersteckt. Wäre es nicht blöd, wenn ich bis hierher gezogen wäre, um endlich Ruhe und Frieden zu finden und stattdessen mitten in eine Schläferzelle von ISIS-Terroristen geraten bin? Aber mach dir keine Sorgen, ich habe Tex unter meiner Schnellwahlnummer eingespeichert und Truck ruft mich jede Woche an, um mit mir zu quatschen wie ein Waschweib. Du weißt ja, dass ich euch Bescheid sage, wenn ich Verstärkung brauche.

Jedenfalls bitte grüß alle von mir. Sag Annie, ich erwarte, dass ihre Eltern sie hierherbringen, damit sie mich besuchen kann. Ich habe einen riesengroßen Garten und kann den größten Hindernisparcours bauen, den sie je gesehen hat.

Ich hoffe, Kassie erholt sich gut. Sie ist wahnsinnig hart im Nehmen und du hast wirklich verdammtes Glück mit ihr. Anbei schicke ich euch etwas, von dem ich annehme, dass es ihre Genesung beschleunigen wird. Zumindest ein kleines bisschen.
~Fish

An den kurzen Brief war mit einer Heftklammer ein Zeitungsausschnitt angeheftet. Kassie überflog ihn kurz – und keuchte dann schockiert. Sie sah Hollywood mit großen Augen an. »Ist es ... ist es wirklich ganz vorbei?«

Hollywood gab ihr einen leichten Kuss und nickte. »Es ist vorbei.«

Kassie las sich den kurzen Artikel durch. Es ging darum, dass es im Gefängnis von Leavenworth einen Aufstand gegeben hatte, bei dem ein Häftling und zwei Wärter ums Leben gekommen waren. Das Gefängnis befand sich vorläufig unter Verschluss und es waren keine Besucher erlaubt, bis die Untersuchungen abgeschlossen waren. Die Wärter standen unter dem Verdacht, Schmiergelder angenommen zu haben, um für die Besucher Dinge in das Gefängnis hinein- und hinauszuschmuggeln. Telefongespräche waren merkwürdigerweise nicht aufgezeichnet worden, wie es das Protokoll verlangte, und die Behörden »untersuchten« erhöhte terroristische Aktivitäten aufgrund der Informationen, die von den Insassen an die Besucher weitergegeben worden waren. »Heilige Scheiße«, sagte Kassie leise.

»Wir wissen nicht genau, was passiert ist«, erklärte

Hollywood ihr sanft, »aber Fish hat mehrmals angedeutet, Verbindungen zum Gefängnis zu haben. Wir wissen nicht wer oder wie, vermuten aber, dass er dahintersteckt. Er hat wohl ein oder zwei Gefallen eingefordert und sich um die Sache gekümmert.«

»Er hat jemanden beauftragt, Richard zu töten?«, wollte Kassie wissen, um sich Klarheit zu verschaffen.

Hollywood nickte.

»Also ist es tatsächlich vorbei«, stellte Kassie fest.

»Es ist tatsächlich vorbei.«

Sie ließ den Brief und den Zeitungsausschnitt auf den Boden fallen, ohne sich darum Gedanken zu machen, wo sie landeten, und wandte sich an Hollywood. Er hielt ihre Hüften fest, während sie sich auf ihn setzte und sagte: »Du musst zu deinem normalen Leben zurückkehren. Ich wünschte, wir könnten für immer hier leben und müssten uns nicht um die Arbeit oder sonst etwas Gedanken machen. Aber das geht nicht. Schließlich müssen wir leben. Ich muss auch langsam mal wieder anfangen zu arbeiten. Ich habe mit meinem Chef zu Hause gesprochen und er hat gesagt, dass es wahrscheinlich kein Problem ist, mich hierher zu versetzen. Sie brauchen immer gute Filialleiter und ich bin verdammt gut, auch wenn Eigenlob stinkt. Und du solltest auch aufhören, deinem Kommandanten auf die Nerven zu gehen, und das tun, was du am besten kannst.«

»Aber geht es dir auch gut, wenn ich weg bin?«, wollte er wissen.

»Ja«, erklärte Kassie ihm, ohne zu zögern. »Du wirst mir fehlen. Und ich werde mir Sorgen um dich machen. Aber im Endeffekt wird es mir gut gehen. Schließlich sind Emily und Annie auch hier. Und ich habe mich bis jetzt fast jeden Tag mit Rayne und Harley getroffen. Ich habe noch nie zuvor so gute Freundinnen gehabt. Richard hat mich irgendwie dahin gehend manipuliert, dass ich all meine Freundschaften aufgab und mich vielen Menschen, denen ich etwas bedeutet hatte, entfremdete. Es ist wirklich toll, wieder Freundinnen zu haben. Hier habe ich Menschen, die auf mich achtgeben.«

»Du hast bald einen Arzttermin. Wirst du dich von einer deiner Freundinnen hinbringen lassen?«

»Ja. Wenn du dich dann besser fühlst.«

»Das würde ich«, entgegnete er sofort.

»Dann ja. Hollywood«, entgegnete Kassie fest, »ich wurde verletzt. Das war alles andere als schön. Aber du hast mich gerettet und mich dann wieder gesund gepflegt. Ich möchte, dass unsere Beziehung funktioniert, aber damit das der Fall ist, muss es wieder so werden wie zuvor.«

»Das will ich aber nicht«, erklärte Hollywood ihr. Er hob die Hand und strich ihr über die Wange. »Ich will das, was wir jetzt haben. Dass wir zusammenleben. Dass wir zusammen zu Abend essen. Ich will, dass wir gemeinsam mit unseren Freunden Zeit verbringen und lachen, bis uns ganz schlecht ist.«

»Das will ich auch«, versicherte ihm Kassie, neigte den Kopf zur Seite und sah ihn an.

»Ich bin froh, dass das andere Team die vorherige Mission angenommen hat, aber dieses Mal werde ich dem Kommandanten sagen, dass ich dabei bin«, versprach Hollywood.

»Gut. Und du solltest auch wissen, dass ich den Arzt fragen werde, wann er denkt, dass ich wieder Sex haben kann.«

»Du bist noch nicht bereit«, protestierte Hollywood.

»Ich wusste, dass du das sagst«, entgegnete Kassie lachend. »Und du hast recht, ich bin noch nicht bereit. Heute noch nicht. Aber ich werde bereit sein. Sehr bald. Ich liebe dich, Hollywood. Bis vor Kurzem wäre es mir noch nicht einmal in den Sinn gekommen, darüber nachzudenken, mit dir zu schlafen. Aber ich will es unbedingt. Ich will dich. Ganz und gar.«

Hollywoods Griff um Kassies Hüfte wurde fester, doch er zwang sich sofort dazu, sie sanfter zu halten. »Ich liebe dich so sehr, Kass«, sagte er leise. »Ich wusste nicht einmal, dass es möglich ist, jemanden oder etwas so zu lieben, wie ich dich liebe. Ja, ich will mit dir schlafen, aber meine Angst, dir wehzutun, ist viel größer.«

»Ich werde dafür sorgen, dass du mir nicht wehtust.«

»Das ist auch besser so«, knurrte er. Dann seufzte er und sagte: »Wir brechen morgen Nachmittag auf.«

Kassie zuckte kurz zusammen, hatte sich dann aber sofort wieder im Griff. »Gut. Dann können wir heute Nacht miteinander kuscheln und morgen ziehst du los und versohlst ein paar Hintern.«

Er lächelte, doch Kassie bemerkte, dass er sich dazu zwingen musste.

»Du musst einfach wieder in den Sattel steigen, Hollywood«, schalt sie ihn. »Ich werde wahrscheinlich nicht einmal bemerken, dass du überhaupt weg bist.«

Sie wussten beide, dass sie log, aber er ging nicht weiter darauf ein. »Ich bin stolz auf dich, Kass. Du bist durch die Hölle gegangen, aber lässt dir nicht anmerken, wie viel dich das gekostet hat. Ich habe dabei zugesehen, wie du stundenlang mit deiner Schwester telefoniert und anschließend deine Mutter angerufen hast, um sie wissen zu lassen, was mit ihrer jüngeren Tochter los ist, damit sie ein Auge auf sie haben kann. Und direkt danach war auch noch Annie hier und du hast ihr stundenlang zugehört, während sie über Nichtigkeiten redete. Deshalb tu mir einen Gefallen ... Pass auf dich auf, während ich nicht da bin. Ich werde nicht hier sein, um Annie nach Hause zu schicken. Oder dir zu sagen, dass es Zeit ist, eine Schmerztablette zu nehmen. Oder dir Einhalt gebieten, wenn du wieder stundenlang mit deiner Mutter reden willst.«

»Ich verspreche dir, dass ich auf mich aufpassen werde. Weißt du schon, wie lange du weg sein wirst?«

Hollywood rümpfte die Nase und schüttelte den Kopf. »Vielleicht nur einen Tag, aber vielleicht auch wochenlang. Das kommt immer darauf an.«

»Sorge dafür, dass du nicht verletzt wirst. Das muss nun wirklich nicht uns beiden widerfahren. Es wäre schrecklich, wenn ich endlich Sex haben dürfte und dir hätte man es verboten.«

Hollywood lachte. »Ich sorge dafür.«

»Ich liebe dich«, versicherte Kassie ihm und schmiegte sich an seine Brust.

Sofort legte er seine Arme um sie und sagte: »Ich liebe dich auch, Kass.«

Sie schloss die Augen und sonnte sich in der Liebe, die von dem Mann unter ihr ausging und die sie so deutlich spüren konnte.

Zwei Wochen später

Hollywood öffnete die Tür zur Garagenwohnung und schlüpfte hinein. Er war viel länger weg gewesen, als er gedacht hatte, aber so waren ihre Missionen eben. Schließlich war es nicht so, als würden die Terroristen einfach hochspringen und rufen: »Hier bin ich!«, wenn sie versuchten, nicht gefunden zu werden.

In der Wohnung war es still, als er seine Tasche absetzte,

und Hollywood ging zum Schlafzimmer. Er wollte Kassie in seinen Armen spüren und sich selbst versichern, dass es ihr gut ging.

Er öffnete die Tür des einzigen Schlafzimmers und starrte ungläubig in den Raum. Das Bett war leer. Es sah aus, als hätte tagelang niemand mehr darin geschlafen. Gerade als er in Panik ausbrechen wollte, klingelte sein Telefon und eine SMS traf ein.

Fletch: Sie ist bei uns.

Hollywood atmete erleichtert auf, wirbelte herum und ging wieder in das Vorzimmer und zur Tür. Er hatte keine Ahnung, warum Kassie drüben im anderen Haus übernachtete, aber es spielte ja auch keine Rolle. Vielleicht fühlte sie sich einsam. Vielleicht machte sie sich um ihn Sorgen und Emily leistete ihr moralischen Beistand. Vielleicht war es aber auch umgekehrt und Kass leistete Emily moralischen Beistand. Es war ihm egal. Solange sie nur glücklich und gesund war, spielte es keine Rolle, in wessen Bett sie schlief, solange er dort mit ihr sein konnte.

Fletch wartete an der Haustür auf ihn, während er zügigen Schrittes über den Rasen eilte. Kaum war er im Haus, machte Fletch die Tür wieder zu und schaltete den Alarm ein.

Er zeigte auf eines der Gästeschlafzimmer am Ende des Flurs. Hollywood nickte seinem Freund zu und ging in diese Richtung.

Er öffnete die Tür einen Spaltbreit und das Licht im Flur fiel auf Kassie, die in dem großen Bett tief und fest schlief. Leise machte Hollywood die Tür zu und zog sein T-Shirt und die Jeans aus. Mit nichts weiter bekleidet als seinen Boxershorts schlüpfte er hinter Kassie unter die Decke und kuschelte sich an sie. Er legte seinen Arm über ihre Taille und küsste ihre Schulter, bevor er seinen Kopf auf das Kissen neben sie sinken ließ.

Sie wachte nicht auf, rutschte aber gegen ihn, sodass ihr Hintern sich fest an ihn presste. Hollywood spürte, wie sein Schwanz reagierte, aber er war viel zu müde, um einen Ständer zu bekommen. Zum ersten Mal seit zwei Wochen konnte er sich vollkommen entspannen. Jetzt war seine Welt endlich wieder in Ordnung.

Einen Monat später

Kassie stand völlig nackt vor Hollywood. Vor rund zwei Wochen hatten sie langsam wieder damit angefangen, Intimität in ihrer Beziehung zuzulassen. Sie hatten damit begonnen, auf der Couch herumzuknutschen. Dann hatten sie mit Petting weitergemacht. Vor zwei Tagen hatten sie gemeinsam geduscht und sich in den Armen gehalten, während er ihr mit dem Duschkopf einen Orgasmus beschert hatte, wie sie ihn noch nie zuvor in ihrem Leben empfunden hatte. Daraufhin war sie auf die Knie gegangen und hatte ihm gezeigt, wie sehr sie es zu schätzen wusste.

Gestern Abend hatten sie ein langes, heißes Bad genommen. Als sie damit angefangen hatte, seinen Schwanz zu streicheln, hatte er sie ins Bett gebracht und es ihr mit dem Mund besorgt, bis sie erneut einen weltbewegenden Orgasmus hatte, und sich dann von ihr mit der Hand befriedigen lassen.

Aber heute Abend war sie fest entschlossen, Hollywood in sich zu spüren. Sie fühlte sich großartig. Der Arzt hatte ihr versichert, dass sie tun konnte, was sie wollte, solange es nicht wehtat. Ihre Rippen waren verheilt. Die Wunden auf ihrem Rücken waren nichts mehr weiter als hässliche Narben, aber sie lebte, also waren sie ihr völlig egal.

Und sie wollte Hollywood. Unbedingt.

Er hatte zum Abendessen bei Fletch Steaks gegrillt und sie hatten sich verabschiedet, nachdem Annie ihnen die neuesten Bewegungsabläufe gezeigt hatte, die sie im Taekwondo gelernt hatte.

Sie hatte die Tür kaum hinter sich geschlossen, als Hollywood ihr bereits die Bluse über den Kopf zog. Kassie hätte am liebsten vor Freude geschrien, hielt sich aber zurück.

Und jetzt waren sie hier. Sie stand neben ihrem Bett, während er sich die Jeans und die Unterhose auszog. Sie sog scharf die Luft ein.

»Manchmal kann ich einfach nicht glauben, wie wunderschön du bist«, erklärte sie ihm und liebkoste seinen Oberkörper.

Er hielt ihre Handgelenke fest. »Wenn du glaubst, ich lasse es zu, dass du mich mit deinen eiskalten Händen anfasst, bevor ich die Gelegenheit hatte, sie aufzuwärmen, bist du verrückt.«

Sie lächelte und stellte sich näher an ihn. Sie nahm die Hände hinter den Rücken und seine Arme folgten ihr, da er immer noch ihre Handgelenke im Griff hatte. Ihre Brustwarzen streiften über seinen leicht behaarten Oberkörper und sie keuchte bei dem Gefühl. Dann schloss sie die Augen, machte es noch mal und spürte, wie ihre Brustwarzen noch härter wurden.

»Du bist diejenige, die schön ist, Kass«, erwiderte Hollywood leise. Sie blickte hinauf in seine Augen und sah nichts als Liebe, die daraus sprach.

»Ich will, dass du mit mir schläfst, Graham.«

»Mit dem größten Vergnügen.«

Die nächste Stunde verbrachte Kassie in einem sexuellen Rausch, wie sie ihn noch nie zuvor erlebt hatte. Hollywood durchdrang ihr gesamtes Dasein. Er nahm sich Zeit, erforschte jeden Zentimeter ihres Körpers. Fand heraus, was ihr gefiel und was sie erregte. Er besorgte es ihr mit der Hand, bis sie kam, und dann noch mal mit seiner Zunge. Dann gab er ihr die Gelegenheit, seinen Körper kennenzulernen.

Als sie es schließlich beide nicht mehr aushalten konnten, streifte Hollywood sich ein Kondom über und kniete über Kassie.

Er drückte mit seinen Beinen ihre weit auseinander, stützte sich mit einer Hand auf ihrer Hüfte ab und legte die andere um seinen Schwanz. Dann drang er nur mit der Spitze in sie ein und hielt dann inne.

»Mehr, Graham«, flehte Kassie.

»Schau mich an«, befahl Hollywood ihr.

Sie sah ihm in die Augen, eine Hand auf seinen Hintern gepresst, und versuchte, ihn an sich heranzuziehen, während sie sich mit der anderen in das Laken neben seiner Hüfte krallte.

»Ich liebe dich«, sagte er ganz einfach.

»Ich liebe ich auch«, erwiderte Kassie.

»Sag, dass du mich heiraten wirst und ich dir die Babys geben darf, die du dir so sehr wünschst.«

Es war keine Frage, aber Kassie gab ihm trotzdem, was er hören wollte. »Ja. Natürlich.«

»Mindestens drei.«

»Was?«, fragte Kassie und versuchte, ihre Hüften anzuheben, damit er anfing, sich zu bewegen, aber er zog sich einfach ein Stückchen zurück und verweigerte ihr, was sie unbedingt haben wollte.

»Drei Kinder. Mir ist egal, ob Mädchen oder Jungs.«

»Was immer du möchtest«, hauchte Kassie.

»Was immer ich möchte?«, fragte er und bewegte sich ein paar Zentimeter.

Kassie bog vor Erregung den Rücken durch und nickte.

»Ich möchte, dass du glücklich bist, Kassie. Das ist es, was ich möchte. Drei Kinder, von mir aus auch zwölf, es spielt keine Rolle. Wenn du nach Alaska ziehen und dort auf dem Land leben willst, dann werden wir eben das tun. Wenn du aufhören möchtest zu arbeiten, um dich voll und ganz deinen Kindern zu widmen, dann machen wir das. Wenn du weiterhin arbeiten möchtest, dann werden wir auch dafür einen Weg finden. Ich kann überall leben, alles tun, alles Mögliche sein, solange ich weiß, dass du zufrieden bist und das Leben lebst, das du dir schon seit mindestens zehn Jahren wünschst.«

»Graham«, stöhnte Kassie. »Das ist ja sehr nett von dir, aber im Augenblick wünsche ich mir nur, dass du mich fickst.«

Er grinste und sagte dann: »Dein Wunsch ist mir Befehl«, und drang bis zum Anschlag in sie ein.

Kassie seufzte erleichtert auf und kippte ihr Becken nach oben. »Es ist noch viel besser, als ich es mir erträumt hatte.«

»Für mich auch, mein Liebling. Für mich auch«, stimmte Hollywood ihr zu.

»Und jetzt ... nimm mich und mache mich zu der Deinen, Schatz«, befahl Kassie ihm.

»Und wer ist jetzt herrisch?«, neckte Hollywood sie und lächelte noch immer.

Kassie spannte die Muskeln ihrer Muschi so fest sie konnte an und sah, wie das Lächeln auf Hollywoods Gesicht verschwand.

»Du spielst nicht fair«, beklagte er sich, zog seinen Schwanz heraus und drang wieder in sie ein.

»Das Leben ist nicht fair«, erklärte Kassie ihm. »Schneller. Ich brauche mehr.«

Hollywood entschloss sich dazu, nicht mehr zu reden, und konzentrierte sich stattdessen voll und ganz darauf, es Kassie zu besorgen. Er begann, sich langsam und sanft zu bewegen, um sicherzustellen, dass sie bereit für ihn war und er ihr nicht wehtat. Dann fing er an, schneller zuzustoßen, seinen Blick auf Kassies Brüste gerichtet, die mit jedem Stoß auf und ab wippten.

Als Kassie kurz davor stand zu kommen, sah sie ihm in die Augen und bat: »Härter, Graham. Fick mich härter. Du wirst mir nicht wehtun. Ich habe mich noch nie in meinem ganzen Leben so gut gefühlt.«

Hollywood nahm sie beim Wort, ließ sich gehen und gab alle Kontrolle auf, während er in sie stieß. Das Geräusch von Haut, die auf Haut klatschte, war so laut, dass es fast obszön wirkte in dem stillen Zimmer. Kassie drückte den Rücken durch und fasste dorthin, wo ihre Körper miteinander verbunden waren.

Sie streichelte Hollywoods Schwanz, während er immer wieder in sie stieß, und benutzte ihre eigenen Säfte als Gleitmittel, als sie ihren Finger auf ihre Klitoris legte. Dann begann sie, sich wie wild zu reiben, ließ den Kopf in den Nacken fallen und stöhnte.

Kassie spürte, wie Hollywood sein Gewicht verlagerte, konnte sich aber nicht darauf konzentrieren, da sie kurz vorm Höhepunkt stand. Ihr Orgasmus überkam sie in

Wellen und sie bebte und zitterte unter ihm, während er sie festhielt.

»Sieh mich an, Kass«, befahl Hollywood ihr.

Sie schaute ihm in die Augen und konnte kaum glauben, was sie sah. Er war wunderschön. Absolut wunderschön. Jeder Muskel in seinem Körper war straff und eine Vene in seiner Stirn war deutlich sichtbar, als er zwischen zusammengepressten Zähnen sagte: »Ich habe niemals etwas Besseres getan, als auf deine Nachricht zu antworten. Ich habe das Paradies hier in meinem Bett und ich war noch nie so glücklich.«

Dann schlossen sich seine Augen und er stieß noch einmal in sie hinein und erstarrte dann, während er kam.

Kassie bebte noch von ihrem eigenen Orgasmus und sah träge zu, wie Hollywood wieder zu sich kam. Er lächelte und hielt die Augen für einen langen Moment geschlossen. Dann drehte er sich auf den Rücken und hielt Kassie an den Hüften an sich gepresst.

Kassie kuschelte sich an ihn und es dauerte einen Moment, bis sie beide wieder zu Atem kamen.

»Ich habe dir nicht wehgetan, oder?«, fragte Hollywood sie leise.

»Überhaupt nicht«, entgegnete Kassie mit Bestimmtheit.

»Gut. Denn so wie es aussieht, mag meine Kleine es ein bisschen rauer.«

Kassie versuchte, nicht zu erröten, doch es gelang ihr nicht. »Früher war das nicht so.«

»Dann ist bestimmt mein magischer Schwanz daran schuld«, erklärte Hollywood ihr.

Sie kicherte. »Kommt Glitter daraus hervorgeschossen, wenn du kommst?«, wollte sie wissen.

Er lachte leise. »Soweit ich weiß, nicht.«

Sie blieben noch einen Moment lang liegen. Kassie

näherte sich ihm so weit, dass sie an seinem Kinn riechen konnte. Sie inhalierte und seufzte zufrieden, bevor sie fragte: »Zwölf Kinder?«

»Oder so.«

Sie schüttelte den Kopf. »Fangen wir lieber erst mal mit zwei oder drei an und sehen dann weiter.«

»Abgemacht.«

Kassie biss sich auf die Lippe und fragte dann vorsichtig: »Hollywood?«

»Ja, mein Liebling?«

»Ich möchte Kinder haben. Und lieber früher als später, aber meine Eltern sind in der Beziehung ziemlich traditionell. Sie haben nur nichts gegen unser Zusammenleben eingewendet, weil ich verletzt war. Aber –«

»Ich werde dir kein Kind machen, bevor wir nicht verheiratet sind, mein Schatz.«

»Oh ... okay. Gut. Mein Vater würde nämlich verrückt werden, wenn ich ihm sage, dass er Großvater wird, bevor er mich zum Altar führen kann.«

»Meine Eltern haben ein Haus am Strand in North Carolina«, sagte er merkwürdigerweise.

»Tatsächlich?«, fragte Kassie und hob den Kopf, sodass sie ihm ins Gesicht sehen konnte.

»Es ist wunderschön.«

»Das glaube ich.«

»Ich habe immer davon geträumt, am Meer zu heiraten. Barfuß. Und das Haar meiner Braut weht im Wind. Ein einfaches, weißes Kleid.«

Kassies Augen füllten sich mit Tränen, als sie sich ihre Hochzeit vorstellte.

»Ich weiß, dass es noch ein langer Weg bis dorthin ist und die Planung ein Albtraum wird, aber meine Schwester würde dir gern helfen, genau wie meine Mutter. Wir könnten deine Eltern und Karina einfliegen lassen und nur in kleinem Kreis im Rahmen der Familie heiraten.«

»Du willst deine Freunde nicht einladen?«, wollte Kassie wissen. »Ich würde mich freuen, wenn Rayne, Emily und die anderen alle dabei wären.«

»Wenn du sie dabeihaben willst, werden wir sie natürlich einladen. Aber sei nicht überrascht, wenn sie die ganze Zeit ausgesprochen wachsam sind. Nach der schlechten Erfahrung auf der Hochzeit von Emily und Fletch sind sie wahrscheinlich ein wenig angespannt.«

Kassie hatte Geschichten über die vier bewaffneten Männer gehört, die die Hochzeit gestürmt und die Gäste ausgeraubt hatten, ohne zu wissen, dass zu den Hochzeitsgästen einige der gefährlichsten Männer der Welt gehörten.

»Und das kann ich gut verstehen. Glaubst du, wir könnten einfach hinterher unsere Hochzeit hier nachfeiern, sodass alle, die nicht kommen konnten, zusammen feiern können?«

»Auf jeden Fall.«

Kassie schwieg einen Moment lang und fragte dann: »Haben wir gerade unsere Hochzeit geplant?«

»Sieht so aus.«

»Hast du mich überhaupt gefragt, ob ich dich heiraten will?«

»Das spielt keine Rolle.«

»Was spielt keine Rolle?«, fragte Kassie ungläubig und stützte ihre Ellbogen auf Hollywoods Oberkörper auf, ohne sein schmerzverzerrtes Gesicht zu beachten.

Ohne ein Wort zu sagen, drehte Hollywood Kassie so, dass sie unter ihm auf dem Rücken lag und er ihre Handgelenke mit festem Griff über ihrem Kopf festhielt. »Kassie Anderson, machst du mich zum glücklichsten Mann der Welt und heiratest mich? Lässt du mich dir lauter kleine

Babys machen, die du verwöhnen und lieben kannst? Lässt du mich dafür sorgen, dass dein Leben leichter wird, und darf ich dich beschützen, bis dass der Tod uns scheidet?«

»Also, wenn du so fragst ... Ja.«

»Ich liebe dich«, flüsterte Hollywood und beugte sich zu ihr.

»Ich liebe dich auch«, erwiderte Kassie.

Zwanzig Minuten später feierten sie ihre Verlobung mit gegenseitigen Orgasmen.

Drei Monate später

»Sie ist wunderschön«, erklärte Diane Caverly ihrem Sohn, während sie gemeinsam neben der improvisierten Tanzfläche am Strand standen.

Kassie tanzte mit ihrem Vater. Sie wiegten sich hin und her. Sie war barfuß und ihr wadenlanges Kleid umflatterte sie, als sie zusammen mit ihrem Vater tanzte. Das Kleid war ärmellos und hatte einen Rundhalsausschnitt vorne und hinten. Sie hatte befürchtet, dass eine der Narben auf ihrem Rücken wegen des Ausschnittes sichtbar wäre, aber als sie Hollywood angerufen hatte, um ihn nach seiner Meinung zu fragen, hatte er ihr versichert, dass er sich einen Dreck um ihre Narben scherte, und soweit es ihn betraf, konnte sie stolz darauf sein, weil sie bedeuteten, dass sie das Schlimmste überlebt hatte, das sie jemals in ihrem Leben hatte durchmachen müssen, und dadurch stärker geworden und daran gewachsen war.

»Das ist sie«, stimmte Hollywood ihr zu. »Ich freue mich für dich«, erklärte seine Mutter ihm.

»Das weiß ich.«

»Danke, dass du uns an deinem Glück teilhaben lässt.«

Er wusste, dass sie damit die Hochzeit am Strand meinte, was er allerdings nicht realisierte war die Tatsache, dass er es genauso sehr für sich und Kassie getan hatte wie für seine Eltern.

»Gern geschehen«, sagte er schlicht.

»Du siehst gut aus«, erklärte sie ihm. »Glücklich.«

»Ich *bin* auch glücklich.«

»Mehr kann eine Mutter sich auch nicht wünschen«, erklärte Diane ihrem Sohn strahlend.

Der Song wechselte von einer langsamen und samtigen Melodie zu einem fröhlichen, kitschigen Achtzigerjahre Song. Emily, Rayne, Harley und Kassie johlten, schrien und tanzten wie die Verrückten. Hollywood sah seine Freunde an und bemerkte, dass Fletch, Ghost und Coach liebevoll den Kopf schüttelten.

Hollywood strahlte, als er seine Frau ansah und feststellte, dass sie grinste und ihn mit dem Finger zu sich lockte. Er ging sofort auf sie zu und spürte den weichen Sand unter seinen Füßen und den Wind, der durch sein Haar wehte.

Hollywood ignorierte seine Freunde, deren Frauen sie auch zu sich gerufen hatten, und als er sich näherte, packte Hollywood ihre Hand und zog sie an sich. Kassie grinste ihn an.

»Du hast kalte Hände.«

»Und was wirst du dagegen unternehmen?«, neckte sie ihn.

Er hob ihre Hände zu seinem Mund und pustete warmen Atem darauf, bevor er sie zwischen seinen eigenen Händen warm rieb. Dann erklärte er ihr, woran er gedacht hatte, und zwar seit dem Moment, als sie den Strand betreten hatte.

»In etwa einer Stunde, wenn es für uns akzeptabel ist, unseren eigenen Hochzeitsempfang zu verlassen, werde ich dich über die Schwelle in unserem Hotel tragen, dich lecken, bist du zum ersten Mal kommst, und dann werde ich dich zum ersten Mal ohne Kondom vögeln und dich bis zum Anschlag mit meinem Saft füllen. Anschließend wirst *du mich* ficken, bis wir beide den Verstand verlieren.«

»Ich kann es kaum erwarten, schwanger zu werden«, flüsterte Kassie, während sie zu der schnellen Musik tanzten, als wäre es ihr allererster gemeinsamer Tanz.

»Ich habe noch nie Sex ohne Kondom gehabt«, gestand Hollywood ihr. »Ich habe noch nie gesehen, wie mein Saft aus einer Frau heraustropft. Ich kann es kaum erwarten, das zum ersten Mal mit dir zu erleben.«

Sie rümpfte die Nase. »Oh ... Es tut mir leid, dir das sagen zu müssen, Romeo, aber das ist wirklich alles andere als sexy.«

»Natürlich ist es das«, erwiderte Hollywood. »Jeder einzelne Tropfen Sperma, der aus dir herausläuft, könnte den kleinen Schwimmer in sich gehabt haben, dem es gelungen ist, in deine ungeschützte Eizelle einzudringen. Das ist verdammt sexy.«

Kassie verdrehte die Augen. »Wenn du es sagst. Wenn es dir so sehr gefällt, kannst du auch derjenige sein, der es hinterher wieder sauber macht.«

»Abgemacht«, erwiderte Hollywood sofort.

»Was? Nein, Hollywood, ich habe nur Spaß gemacht. Ich –«

»Du kannst es jetzt nicht mehr zurücknehmen«, sagte er sofort. »Ab sofort ist es meine Aufgabe, dafür zu sorgen, dass du sauber und glücklich bist, nachdem wir uns geliebt haben. Ich werde dich jedes Mal ganz genau untersuchen müssen, um sicherzustellen, dass ich es auch gut gemacht habe.«

Kassie schlug ihm auf den Arm. »Hör sofort auf. Schließlich sind unsere Eltern hier.«

Hollywood erwiderte nichts, sondern grinste einfach zu ihr hinab.

Schließlich gab sie es auf und kuschelte sich wieder an ihn.

Während die Musik spielte und ihre Familien miteinander redeten und lachten, blickte Hollywood hinauf in den dunklen Himmel und dankte seinem Glücksstern.

Fünf Wochen später

Kassie saß auf dem Bett und trommelte mit den Fingern nervös auf ihren Oberschenkeln.

Hollywood nahm ihre Hand und drückte sie sanft. »Entspann dich, Kass.«

»Das kann ich nicht. Wie lange warten wir schon?«

»Ungefähr dreißig Sekunden«, entgegnete Hollywood grinsend.

»Du meine Güte«, stöhnte Kassie. »Das ist wirklich ausgesprochen stressig.«

Daraufhin musste Hollywood laut lachen. »Ich denke, du wirst die nächsten zweieinhalb Minuten überleben«, erwiderte er trocken. »Kass«, sagte er dann ernst, »sieh mich an.«

Sie schaute zu ihm hinauf.

»Entspann dich. Das ist nicht das Ende der Welt.«

»Ich weiß, aber ich will wirklich, dass er positiv ist.«

»Ich auch. Aber wenn es nicht so ist, ist das auch nicht schlimm.«

»Okay.«

»Okay.«

Kassie versuchte, nicht nervös zu zappeln, während sie darauf wartete, dass die nächsten Minuten vergingen. Schließlich sagte Hollywood: »Es ist so weit.«

Sie sprang auf und lief ins Badezimmer. Es war dumm gewesen, den Test dort zu lassen und in einem anderen Zimmer zu warten, aber da ihre Mutter immer den Satz benutzt hatte: »Bewachter Topf kocht nie«, hielt sie es für angebracht, das gleiche Prinzip auch hier anzuwenden.

Sie wusste, dass Hollywood ihr dicht auf den Fersen war, also ging sie direkt zum Waschbecken und sah hinab. Sie war sich nicht sicher, ob sie richtig sah, also blinzelte sie und ihr ganzer Körper fiel in sich zusammen. All ihre Muskeln wurden schlaff, während sie auf das kleine Stäbchen starrte, auf das sie nur wenige Minuten zuvor gepinkelt hatte.

»Kass?«, fragte Hollywood.

Sie nahm den Schwangerschaftstest, hielt ihn hoch und drehte ihn um, sodass er das Ergebnis sehen konnte.

»Er ist positiv«, flüsterte sie.

Hollywood grinste bis über beide Ohren. »Hey, Mommy«, sagte er leise.

»Hey, Daddy«, erwiderte sie.

Dann fiel sie ihm in die Arme und sie lachten beide laut vor Freude.

»Ein paar deiner kleinen Schwimmer sind wirklich toll«, neckte Kassie ihn.

»Nein, es ist dein fruchtbarer Bauch«, konterte er.

»Ich glaube nicht, dass das etwas Gutes für die Zukunft heißt«, sagte sie, als er aufhörte, sie herumzuwirbeln.

»Inwiefern?«

»Ich bin genau in dem Moment schwanger geworden, als wir aufgehört haben, Kondome zu verwenden. Wenn es dir mit den zwölf Kindern nicht ernst war, sollten wir besser gut aufpassen.«

»Ein bisschen ernst habe ich es schon gemeint«, entgegnete Hollywood vorsichtig.

Kassie wusste, dass sie wie eine Närrin grinste, konnte aber nicht damit aufhören. Ihr ganzes Leben lang hatte sie sich gewünscht, Mutter zu sein. Und als sie Annie kennenlernte und sah, was für ein wundervolles kleines Mädchen sie war, verstärkte das ihren Wunsch nur. Und natürlich war sie nicht blauäugig, sondern wusste ganz genau, dass man als Mutter nicht nur Lachen und Umarmungen zu erwarten hatte, konnte es aber trotzdem nicht erwarten, es alles selbst zu erleben.

»Wir machen das einfach aus dem Stegreif«, erklärte sie ihrem Ehemann.

»Wunderbar. Wann können wir es den anderen sagen?«, wollte er wissen.

Kassies Lächeln erstarrte und sie legte die Nase kraus. »Wir sollten mindestens noch zwei Monate warten. Wenn das Baby erst mal zwölf Wochen alt ist, hat es bessere Chancen, die ganze Schwangerschaft zu überleben.«

»Dann warten wir eben«, sagte Hollywood unbeschwert.

Kassie blickte zu ihm auf. »Kannst du denn warten? Ich bin mir nicht sicher, dass du ein Geheimnis vor deinen Freunden bewahren kannst.«

»Ich?«, fragte er, die Augenbrauen in gespielter Bestürzung hochgezogen. »Ich gehöre zu der härtesten Elitetruppe, die dieses Land vorzuweisen hat. Natürlich kann ich ein Geheimnis für mich behalten!«

»Wir werden ja sehen«, erklärte sie und nahm ihn erneut in die Arme. »Ich bin so aufgeregt.«

»Ich auch, Liebling. Ich denke, das schreit danach, gefeiert zu werden.«

Kassie lächelte, als Hollywood sie aus dem Badezimmer ins Schlafzimmer und zu ihrem Bett führte. Es war riesengroß mit Brettern an Stirn- und Fußende. Sie hatten es nach der Hochzeit gemeinsam gekauft und in ihr neues Haus gebracht.

Und während Hollywood ihr zeigte, wie sehr er sich darüber freute, dass sie sein Kind unter dem Herzen trug, konnte Kassie nicht anders als dankbar zu sein für ihr wundervolles Leben.

Eine Woche später

Es war spät, wie immer. Sehr spät oder ausgesprochen früh. Dane »Fish« Munroe ging durch den Supermarkt und erledigte seine Einkäufe für die Woche. Er war kein großer Koch, hatte aber einen Grill und eine Mikrowelle ... er würde also nicht verhungern. Er hatte begonnen, abends spät einzukaufen, weil weniger Leute da waren. Es war ja auch nicht so, als wäre Rathdrum eine pulsierende Metropole, aber seit er nach Idaho gezogen war, war seine Fähigkeit, mit Menschen zusammen sein zu können, noch geringer geworden.

Er hasste es zuzulassen, dass das, was mit ihm und seinem Team passiert war, ihn beeinflusste. Aber so war es eben. Nicht nur das, sondern er wurde schon genauso paranoid wie viele der Menschen, die in der Gegend lebten. Er baute zwar noch keinen Bunker in seinem Hinterhof, aber er hatte angefangen zu vermuten, dass er verfolgt wurde. Fish fühlte sich die ganze Zeit so, als würde er beobachtet werden, besonders hier im Lebensmittelgeschäft.

Als er sich umsah, sah Fish niemanden, aber das Gefühl verschwand nicht. Er erledigte seine Einkäufe so schnell er konnte und eilte zu seinem Wagen. Er hasste es, paranoid zu sein, aber er hatte sich noch nie geirrt, dass Schwierigkeiten im Anmarsch waren, wenn sich die Härchen in seinem Nacken aufstellten.

Als er in den Rückspiegel sah, während er aus der Parklücke fuhr, entdeckte Dane nichts Ungewöhnliches. Niemand folgte ihm und er sah auf dem ganzen Weg nach Hause keine Menschenseele. Dane versuchte, das Gefühl abzuschütteln, dass sich sein Leben bald ändern würde, und entschied, dass er besonders wachsam sein musste, als er sein Haus betrat. Er hatte sich im Laufe seiner Armeekarriere Feinde gemacht. Er wusste, dass Truck und sein Team ihm bei Bedarf den Rücken freihalten würden und in wenigen Stunden nach Idaho kommen könnten, aber er musste lange genug am Leben bleiben, damit sie die Chance hätten, zu ihm zu gelangen.

Als er in dieser Nacht einschlief, fragte sich Dane zum ersten Mal, ob der Umzug nach Idaho eine schlechte Idee gewesen war. Ohne eine Aufgabe fühlte er sich verloren. Nachdem er aus gesundheitlichen Gründen aus der Armee entlassen worden war, hatte er erkannt, dass ein Großteil von dem, was ihn ausmachte, damit zusammenhing, ein Delta Force-Soldat zu sein. Er wollte andere beschützen. Jetzt hatte er niemanden mehr, den er beschützen konnte. Er hatte niemanden, für den er sorgen konnte. Er war wirklich allein, auf mehr als eine Weise. Und er hasste es.

Im Lebensmittelgeschäft war Dane an diesem Abend tatsächlich ein Paar Augen gefolgt. So wie jedes Mal, wenn er in die Stadt kam. Die Frau interessierte sich für ihn. Sehr merkwürdig. Sie konnte ihm einfach ansehen, dass er nicht hierhergehörte. Er war zu ... groß ... für diesen kleinen Teil der Welt. Sie konnte mit einem Blick erkennen, dass er jemand Besonderes war. Bestimmt für große Dinge. Doch hier war er.

Die Frau war klein. Sehr klein. Klein genug, dass jeder, der sie sah, sie als völlig ungefährlich abtun würde, und das zu Recht. Und sie war nicht besonders hübsch. Sie stach nicht unter den Menschen in der Kleinstadt hervor, was auch ihr Ziel war. Ihr braunes Haar war nichts Außergewöhnliches und die Kleidung, die sie trug, war gemütlich und widerstandsfähig und nicht dafür gemacht, Aufmerksamkeit zu erregen.

Sie hatte ihn eines Abends bemerkt und er hatte sofort ihr Interesse geweckt. Sie hatte angefangen, ihm zu folgen. So viel über ihn herauszufinden, wie sie konnte ... aus der Ferne. Der Wunsch, ihn kennenzulernen, alles über ihn herauszufinden, zerfraß sie.

Bryn Hartwell war ein Genie. Ein echtes, wirkliches Genie. Sie war aus gutem Grund in diese kleine Stadt mitten im Nirgendwo gekommen. Sie ging davon aus, dass der Mann aus dem Laden das auch getan hatte. Sie würde ein Auge auf ihn haben. Ihn beobachten. Auf ihn achten. Vielleicht würde sie irgendwann den Mut haben, sich ihm zu nähern und Hallo zu sagen. Vielleicht.

Sie stand einige Minuten lang am großen Glasfenster des Lebensmittelgeschäfts, nachdem sein Wagen vom Parkplatz gefahren war. Wo wollte er hin? Hatte er zu Hause jemanden, der auf ihn wartete? Wie war sein Name?

Bryn schüttelte den Kopf und schalt sich selbst. Er

würde eine Spinnerin wie sie nicht kennenlernen wollen. Niemand wollte das.

*

Die Hochzeit von Bryn (Buch Sechs) **(erhältlich ab Ende** Feb 2020)

BÜCHER VON SUSAN STOKER

Die Delta Force Heroes:

Die Rettung von Rayne (Buch Eins)
Die Rettung von Emily (Buch Zwei)
Die Rettung von Harley (Buch Drei)
Die Hochzeit von Emily (Buch Vier)
Die Rettung von Kassie (Buch Fünf)

Und auch die folgenden Bücher von Susan Stoker werden in Kürze auf Deutsch erhältlich sein:

Aus der Reihe »Die Delta Force Heroes«:
Die Rettung von Bryn (Buch Sechs) (Feb 2020)
Die Rettung von Casey (Buch Sieben) (April 2020)
Die Rettung von Wendy (Buch Acht) (Juni 2020)
Die Rettung von Mary (Buch Neun) (Sept 2020)
Die Rettung von Macie (Buch Elf) (Okt 2020)

Aus der Reihe »SEAL of Protection«:
Protecting Caroline (Buch 1)
Protecting Alabama (Buch 2)

Protecting Fiona (Buch 3)
Marrying Caroline (Buch 4)
Protecting Summer (Buch 5)
Protecting Cheyenne (Buch 6)
Protecting Jessyka (Buch 7)
Protecting Julie (Buch 8)
Protecting Melody (Buch 9)
Protecting the Future (Buch 10)
Protecting Kiera (Buch 11)
Protecting Alabama's Kids (Buch 12)
Protecting Dakota (Buch 13)
The Boardwalk (Buch 14)

BIOGRAFIE

Susan Stoker ist die New York Times, USA Today und Wall Street Journal Bestsellerautorin der Buchreihen »Badge of Honor: Texas Heroes«, »SEAL of Protection«, »Die Delta Force Heroes« und einigen mehr. Stoker ist mit einem pensionierten Unteroffizier der US-Armee verheiratet und hat in ihrem Leben schon überall in den Vereinigten Staaten gelebt – von Missouri über Kalifornien bis hin zu Colorado. Zurzeit nennt sie die Region unter dem großen Himmel von Tennessee ihr Zuhause. Sie glaubt ganz und gar an Happy Ends und hat großen Spaß daran, Geschichten zu schreiben, in denen Romantik zu Liebe wird.

Besuchen Sie Susan im Netz!
www.stokeraces.com
facebook.com/authorsusanstoker
twitter.com/Susan_Stoker
bookbub.com/authors/susan-stoker

instagram.com/authorsusanstoker
Email: Susan@StokerAces.com

www.ingramcontent.com/pod-product-compliance
Lightning Source LLC
LaVergne TN
LVHW021650060526
838200LV00050B/2295